与世界无关的爱

YU
SHIJIE
WUGUAN
DE
AI

须弥 著

天津出版传媒集团
百花文艺出版社

图书在版编目（CIP）数据

与世界无关的爱 / 须弥著. -- 天津 : 百花文艺出版社, 2023.4
ISBN 978-7-5306-8402-3

Ⅰ. ①与… Ⅱ. ①须… Ⅲ. ①中篇小说—小说集—中国—当代②短篇小说—小说集—中国—当代 Ⅳ. ①I247.7

中国版本图书馆CIP数据核字（2022）第202674号

与世界无关的爱
YU SHIJIE WUGUAN DE AI
须弥 著

出 版 人：薛印胜 **责任编辑：**张 雪
装帧设计：谢蔓玉 **特邀编辑：**韩玉龙
出版发行：百花文艺出版社
地址：天津市和平区西康路35号 **邮编：**300051
电话传真：+86-22-23332651（发行部）
+86-22-23332656（总编室）
+86-22-23332478（邮购部）
网址：http://www.baihuawenyi.com
印刷：涿州市荣升新创印刷有限公司
开本：880毫米×1230毫米 1/32
字数：300千字
印张：11.25
版次：2023年4月第1版
印次：2023年4月第1次印刷
定价：59.80元

如有印装质量问题，请与涿州市荣升新创印刷有限公司联系调换
地址：涿州市百尺竿镇毛家屯村中心路3号院
邮编：072750

不知何时，我陷入遗忘，
只能用梦来填充记忆。
那些原本发生的事已面目全非，
在记忆的裂痕中加工成新的故事，
不断变换，重新上演……

须弥

与世界无关的爱

目 录

• • •

花　女

一

“阿雪，不要那样，脸的表情应该尽量放松，手指也一样，肩头要平稳，不要下垂，对，就是这样。”

花道师傅秀珠在这一带算是小有名气的，有许多女孩前来学习。学费三千元，算是很便宜了，普通女孩从开始学到出徒，大约要一年的时间，但学成之后，却可以受用一辈子。而且秀珠师傅教得很优秀，她手下教出来的徒弟，没有一个不得到赞扬的。

秀珠师傅是个很讲究的人，对徒弟极为严格。她要求前来学习花道的女孩子绝不能有男朋友。她认为，假如将花道掺杂了尘世间的感情，花道则不能称之为花道，而成尘世间的俗物了。秀珠师傅教她们时，对动作、神情的要求极为严格，但到她们自己动手时，秀珠师傅却让她们随心所欲。怎样能达到花道美的极致，怎样的姿势都无所谓，因为她认为女孩们的身材、面貌各不相同，千篇一律并不能很好地展示花道。因此，每个人按自己的习惯、领悟力寻求一种最合适自己的花道方式才是最重要的。正是秀珠师傅的这一思想，吸引了众多女孩前来学习花道。

但是毕竟二十岁左右的女孩子正是情窦初开的年龄，哪能不谈论感情呢？所以每到课程结束后，这些女孩们便聚在一起东扯西谈。当然，最主要的便是谈感情。

阿雪是一个月前开始学习的。她今年二十岁，梳着少女式的发型。她是圆脸，眼梢不翘起也不垂下，显然没有描画过的迹象。然而一旦距离远了看她，很容易误认为她对眼睫毛做过处理，又细又长，像有意描过了似的。她的眼又尖利又美丽，而且她经常对着群山发呆，看人时很容易显露出一股自然的哀愁。她的下巴不是美人式尖尖的样子，而是呈弧线形的，从脸向下画了个美丽的轮廓，在下巴处顿了一下，便延伸到耳后了。正是因为这一笔，她的脸成了圆形，原本很普通的嘴和鼻也因此变得具有可爱的意味了。她虽算不上是个美人，但她可爱的样子，显得比任何女孩都单纯。

师傅给她指出错误，她马上便改掉，而且反反复复练习了好几遍。

课程结束后，其他女孩陆续离去，阿雪又在花道教室练习了几遍。

“阿雪，你还没回家啊？”

师傅巡视到此，看到阿雪还在，便走了进来。

“师傅好。”

阿雪放松身子，对师傅施了个礼。

“怎么还没回家啊？”

“因为我想快点儿学会师傅传授的知识。”

“你已经做得很好了。你才刚来一个月，能够做到如此地步，已经很不错了。”

“师傅，恕我冒昧，请问花道的目的究竟是什么呢？”

“花道是在茶道发展之后发展起来的，这一点在日本做得最好，但论早的话，还是数中国，花道的目的就是让一枝花展示出一百朵花的美，甚至超过这么多花的美。以合适的花搭配周围的景物、用具，使它们达到完美的和谐，也就是我们日常所说的‘中庸’，这样说你明白吗？”

“以一朵花展示一百朵花的美？”

“是啊！有时候，只要选对花，再配以合适的景，一朵花就比一百朵花都美！”

“但是，师傅，一朵花的美跟一百朵花的美是不一样的，一朵花再美，它也是孤独的啊！”

“你连这点也发现了吗？”

“请师傅原谅。”

“你说的没错，一朵花再美，它也是孤寂的，而这正是花道的实质。花道的精神以及茶道的精神，究其根本是禅宗的精神，所以说花道是以一朵花展示独特的美。好比沙漠中的花，高崖上的花，平地上的花，带给人的感觉就是明显不同的，这主要在于个人的境界。除此之外，它还展示了人生的现实，即一个人活着便是孤寂的，故花道中只选取一朵花作为美的象征。表面上它是花，实际却是人，美且孤寂的人。你大概还不明白这些，等你长大了就明白了。”

阿雪认真地点了点头。

清晨，阿雪很早就醒了。但醒来后却是无事可做，她呆呆地望着晨曦的阳光照射的水珠。小时候，阿雪早上起来常常先围着村庄跑一圈，再回来冲个凉水澡，那感觉真是惬意极了。但进入青春期之后她很少运动了，她变得热爱幻想。她常常抱怨自己变懒惰了，心理上却并不为此而烦恼，即使在梦中，她也在漫无边际地幻想。

她这样呆望着远山，已经到了学习花道的时间。她匆忙地换上衣服便离开了。

师傅秀珠还没到，女孩们都聚在一起窃窃私语。阿雪平时见到这些人聊天一般不去凑热闹，别的女孩也认为阿雪是个不好接触的人，便不主动跟阿雪搭话，这天女孩们似乎格外生动活泼，阿雪正往花道教室走，听见那些聚在路上的人说：“听说有个男孩子要来？”

“男孩子来干吗？是秀珠师傅的儿子吗？”

“来学习花道。听说是秀珠师傅一个朋友的儿子。不过，说不定是秀珠师傅自己的孩子呢！”

“很有可能，秀珠师傅都五十岁了，不可能还没有子女，但是，秀珠师傅为什么让她儿子来学习花道呢！花道是女孩子学的啊！”

“兴许是为了给儿子找个心仪的女朋友吧！”

“秀珠师傅不是要求不能谈感情吗？她平时要求我们要求得那么严，难道她自己要以身试法？”

“正因为不要我们谈感情她才放心啊！我看她的这一要求正是为了给自己找一个称心的儿媳妇。”

“我倒真想见一见这个少年啊！看看他究竟长什么样！”

“男人样呗！”

“那还用你说。”

这时人群中有人说：“秀珠师傅来了。”众人忙收起话，匆忙跑进教室，走廊传出凌乱的脚步声。

众人刚坐好，便见秀珠师傅领着一个少年走了进来。少年穿着白色衣服，皮肤白皙，耳朵上有颗小痦子，在白净的皮肤下显得特别耀眼，仿佛闪烁着星辰，透出令人神往的美丽。他脸庞的轮廓不像一般男孩子那样深刻有力，而是跟少女一样曲线优美，眼、鼻、嘴、耳给人柔软的触感美。众人都看着少年，少年却羞怯地低着头。阿雪也看着少年，她没想到真有这么一个少年来学习花道，平时那些女孩子都是东扯西扯些不着调的话，没想到今天说的话竟然是真的，她暗暗地为那些女孩的先知能力而吃惊，这也许是女人天生具备的敏感吧！

秀珠师傅站在上面，对女孩们说：“今天我给你们介绍一位新同学，他的名字叫尚雨。希望大家以后能跟这位同学搞好关系，你们都是他的学姐，在花道上要多帮帮他。”

秀珠师傅做了简短的介绍，这跟她平日的作风是不符的，她说完了站在后面，少年便站到了前面。少年双手放在桌子上，似乎还有些紧张，他抬起头望着下面的女孩们，脸瞬间变红了。他以极低的声音说："各位好，我的名字叫尚雨。很高兴能在这里遇到各位，我从小便对花道感兴趣，长大后，我对花道几乎痴狂。父亲见到我的样子很伤心，他便求朋友，也就是秀珠师傅，让我来学习花道。我知道这里从来不收男弟子，但是我热爱花道、尊敬花道。或许正是我对花道的这份执着，打动了师傅，师傅同意破格收我做弟子，我十分感激。在以后的日子里，我有什么不懂的地方向各位请教，请各位不吝赐教，我将竭尽全力学好花道，使中国的花道普及开来，走进家家户户。"

秀珠师傅安排尚雨坐下后，便开始讲授课程。因为阿雪是后到的，坐在后面，尚雨便被安排坐到阿雪旁边。尚雨听得很仔细，不时在笔记本上记着笔记。他的字很秀美，阿雪觉得这字比自己的字要好看多了。到了休息时间，女孩子都围了过来，将尚雨和阿雪围在了中间，七嘴八舌地问尚雨问题。因为秀珠师傅从来没有收过男徒弟，所以大家一见到尚雨都觉得格外高兴，况且尚雨又是个美少年，这无疑更增加了女孩们的好奇。尚雨似乎很内向，别人问他问题他就简单作答，此外便低着头。很快到了讲授时间，女孩们便纷纷跑回了自己的座位。

课程结束，女孩们没有像往常那样迅速离开，而是围着尚雨聊天，尚雨低声说："我已经落后你们太多了，我得赶紧补上。"女孩们便自告奋勇给尚雨做指导，教教这个，教教那个。直至傍晚时分，女孩们才纷纷离去。尚雨看到仍在练习的阿雪，抱歉地说："真对不起，打扰你了。"

"没事。我也刚来一个月，所以练得还不怎么好。"

"你看上去动作很娴熟，姿势也很优美。你可以再示范一次，我照着练一遍吗？"

"好的。"

阿雪从花篮中拿出花，拿起剪子剪去几片叶子和多余的枝条。她的身姿从背面看上去很优美，她在插花时仿佛忘记了周围的一切，当她最后将花盒放进花篮里时，这束花宛然成了一个世界。

“太美了，真的太美了。”尚雨拍手叫好。

“你来试一下吧！”阿雪转过身，面向尚雨。

“好的，做得不好的话请不要笑话我。”

尚雨走上前，取出花，他跟阿雪有所不同，阿雪在剪花时仔细得令人心颤，尚雨却很随意，他似乎不用考虑，也无须用眼去看，只用剪子“咔嚓咔嚓”轻松地剪去凌乱的叶子。他的态度不像是在插花，而倒像在自己的幻想中自由驰骋，但他剪出的花枝却使人感到赏心悦目。他拿起一个小纸盒叠成一个八角形的盒子，用针穿一个孔，将花放进去，阿雪简直看呆了，这是与她截然不同的插花方式，但使人感觉格调更高。

“献丑了。”尚雨说话没有插花那么自然。

阿雪简直不知该怎么评价才好。她在脑海中搜寻着可以形容尚雨的词语，但却没有一个合适的。这时秀珠师傅走了过来。

“还在练习啊！”

“是的。”尚雨低着头说。

秀珠师傅看着桌上的两个花盒，拿起来看了看。

“这是你们两个人做的？”

“是的，这个是我的，那一个是尚雨的。”阿雪回答道。

“做得不错，你们是来得最晚的，但进步却是一般人不能比的，看来你们的领悟能力比别人高多了，以后要多多努力。”她又对阿雪说，“尚雨刚来，他有什么不懂的你多指导一下。我相信将来你们两个人一定是优秀的花道家。”

“是，师傅，我一定会做到的！”阿雪自信地说。

“早点儿回家吧，天不早了。”

阿雪朝着秀珠师傅施了一个礼，望着她远去。

“不早了，我也该走了。”尚雨说。

“那么，明天见。”

阿雪脑海中还浮现着刚才尚雨插花时的样子，那高雅的气质一面使她觉得很吃惊，一面又使她生出嫉妒之心来。

二

两个月后，秀珠师傅接受了一个企业家的邀请，在山下的茶室中举行了插花比赛。

每个弟子按入学的早晚顺序依次进行表演。秀珠师傅坐在对面，几位具有艺术气质的企业家坐在上座。屋外有清澈的小溪流过，隐约可以听得到声音。

每个弟子无一例外先向秀珠师傅施礼，然后朝正座的主宾施礼，半跪在地上，用一个木盆洗罢双手，便拿起剪刀、花束以及搭配的材料，表演完再依次施礼，退回到原来的位置，换下一人。

不一会儿，就只剩下阿雪和尚雨了。别人接触花道都有数年，来秀珠师傅这儿学习也至少有八个月了。阿雪和尚雨则仅仅学习了三个月与两个月。

“阿雪。”秀珠师傅朝阿雪使了个眼神。

“是。”阿雪回答道。

她以优雅的姿势走到桌前，并膝跪地，朝师傅和主宾先后施过礼，用手将袖口向上叠了三寸。然后她将白皙细长的手放进木盆中，她的眼睛仔细盯着手指。她捧起水的时候一点儿声音都没有，洗毕双手，用桌角折叠的白手帕擦拭了一下手，依原样放好。她从篮子中拿出花、剪刀、塑料布、棉绳等搭配物。她做每个动作的时候身子都保持着挺拔的姿势，仿佛优美挺立的杉木一样。她的视线落在自己的双手上，一手拿着花，另一只手挥动剪刀，没几秒钟花束便由原先的杂乱无章变得具有艺术美了。她将剪下的叶子扫进篮子，用塑料纸、棉绳扎成一个与花相搭配的模型。当她将组合好的花放在桌子上时，主宾赞叹道：“太优美了。”秀珠师傅也笑着点了点头。

尚雨还痴迷地看着阿雪的身姿，压根儿没意识到轮到自己了。在他看来，阿雪作为一个花女是少见的高雅之人，在这茶室之内，倘若让她沏茶，她以这优美的身姿、高雅的气质沏出的定是味道香郁的茶。

秀珠师傅见尚雨没动，便提醒了一句：“尚雨，该你了。”

“弟子初入花道，水平不及师姐们，在这里展示的话恐怕只能出丑。刚才各位已见到这么多师姐优秀的表演，我不表演也罢。”尚雨望着窗外依稀可见的绿色，文雅地说。

“没事，你只要能展现出自己的个性就行。”秀珠师傅说。

“你就表演一下嘛！我们还没见过你表演呢！”刚表演完的那些女孩们催促道。

阿雪还记得第一次见尚雨时他表演的花道。她知道刚才尚雨这么说是自谦，当时他剪花的姿势，剪出的花都相当完美，甚至自己也难以企及。她也想借机观察一下尚雨，看看他在这两个月中花道境界又提高了多少，便对他说：“你就表演给我们看吧！也许你能带给我们惊喜的。”

尚雨见不能推辞，便上前表演。他洗过手，然后擦干。他侧过身使身姿与桌面呈小角度倾斜，身姿却很挺拔，他的这个动作令大家吃了一惊，因为花道表演只有正对着宾客时才能表现出最佳的效果，他这么做，似乎有点儿不尊重主宾的意思。但当尚雨从篮子中拿出花与剪刀时，大家明白了他呈这个角度的原因。窗子是斜对着桌子的，表演者倘若正对着桌子，其行动无异于笼罩在阴影之中，要是境界高的人一眼便可以看出这种花道的问题。尚雨很敏锐地发现了这一点，于是他采取一定的角度使光线可以更多地直射过来，同时他又避免太多的光线直射导致刺眼，只有这样周围的人才能更好地欣赏花道。他采取的姿势使他的动作一方面能被人清晰地看到，另一方面又能令观赏者在适当的光线中产生绚丽的幻想。接着尚雨开始正式进入状态，他的手保持在胸前，以贯有的手法，迅速而随意地剪掉了多余的枝叶，在别人看来，他或许太随意了，不经考虑便剪很容易把花剪坏了。然而，尚雨迅速的手法根本使人看不清楚到底剪了哪些枝叶，甚至有没有剪过都令人怀疑。

正当别人注视着尚雨的姿势时，隐约间茶室内传来了溪水的流动声，还有小鸟在枝头的鸣叫声，而且渐渐清晰起来，窗外大自然的芬芳也飘进了人们的鼻中，一切动与静结合在一起，清晰与梦幻相交织……大家仿佛进入了一个动静结合、清晰而又充满幻想的境界中，这里面有小溪、树林、群山、小鸟、花草、蝴蝶……一切都有序地在这个世界生存着，随时间而流动。正在这时，尚雨侧过身，将花放在桌上，对着师傅和主宾施了个礼。所有人都还没从幻想的世界中回过神来。

“啊！”阿雪失声叫了出来。这时，秀珠师傅、主宾、女孩们都奉上了热烈的掌声。主宾感叹道：“今天我才真正明白什么是真正的花道。谢谢您，您让我们看到了这个美丽的世界，也使我们感受到了人的一生。一个人能这样清晰地感受到天人合一的境界，一辈子恐怕没有几次！”

“你表现得太好了，虽然你才学了两个月，可是早已远远地超过了我们。”一位女孩说。

“你确实进步了，尚雨。”秀珠师傅难得赞扬道。

尚雨羞愧地说：“是大家过誉了，我表现得没这么好。”

“你确实表现得很好，这是你应得的赞誉。”阿雪的表情一下子变得认真了。尚雨的表现，使她和之前的那些女孩们的表现变得可有可无。刚才大家还都在赞扬她，可一转眼，自己的杰作在尚雨面前变成了小儿科的东西，这种高雅与低俗世人很容易便能分辨出来。

“他果然是个天才。将我远远地抛在了后面。就现在来看，我根本不可能达到他这样的境界。”阿雪默默地想着，心里充满了忧愁。

结束后主宾请大家吃饭，她没有去，趁大家不注意的时候独自离开了。

饭吃到一半的时候，尚雨感觉屋子内的气氛很压抑，便借口离了席。当他走到山上的时候，只见阿雪正孤零零地站在山上。

尚雨朝阿雪走了过去，但是阿雪似乎在想什么，一点儿也没察觉到尚雨的到来。

“你在干什么呢？怎么没去吃晚饭啊？”尚雨小心地问。

“吃不下。没胃口。”阿雪看了尚雨一眼，说道。

“你在看什么呢？”尚雨边问边试图跟随阿雪的眼光去看下面，可是除了半山腰凌乱的小村庄外，没有什么值得注意的东西。

尚雨要回过头的时候，看到阿雪的眼中闪耀着一种光芒。

阿雪沉默了片刻，转过身对尚雨说：“我可能要放弃花道了。”

“什么？”尚雨感到很吃惊。

当意识到她在说什么的时候，尚雨感到不可思议：阿雪为什么要放弃自己甚为得意的花道。这难道不是将自己的爱好扼杀掉吗?

“我已经决定了。”阿雪说着朝山下走去。

尚雨不知道发生了什么，导致阿雪竟然产生这样的想法。他认为阿雪只不过是在开玩笑。因为在他眼中，自己的爱好是支撑自己生存下去的唯一动力。仿佛自己的存在什么都不为，就为那闪烁着熠熠光辉的、文静优雅的花道。失去了花道，他存在的意义也就会顷刻化为乌有，那么这个物质世界对他来说毫无疑问已失去了吸引力，就像是月球那冰冷的光线一样，那光是从夜晚的苍穹中反射过来的遥远的太阳之光，但是却是虚无的。

三

花道比赛的第二天，阿雪没来学习。过了半个月，阿雪还是没有来。一次下课后，尚雨找到了秀珠师傅。

“秀珠师傅，阿雪最近一直没有来。”

“我知道。”秀珠师傅说，“阿雪已经决定放弃花道了。后来我曾试着联系她。可她没有回答为什么，只是委托她的父母说，出于某些考量，自己不得不放弃花道，虽然她感到非常遗憾，可是还是这样做了决定。也许，她是要准备结婚吧？”

“结婚？”尚雨很吃惊。

“是啊！我听那些女孩子说的，好像阿雪要和一位男子结婚。为了爱情舍弃自己的爱好，这也是很正常的事情。”

“可是，我认为，爱好是维系一个人生命最关键的因素。倘若一个人连爱好都失去了，那么他活着的意义又是什么呢？”

“或许对有的人来说是这样。但是在爱情面前，许多东西都会让路的，比如爱好。”

“我感到不可思议。”

“那是因为你没遇到过爱情，等你遇到了，就会知道其中的力量了。”

令尚雨感到遗憾的是，自己没能从秀珠师傅的口中得知阿雪是因为什么放弃花道的。也许秀珠师傅也不知道。倘若真如秀珠师傅所说，阿雪是因为爱情才放弃花道的，那么阿雪也太盲目了。在他看来，爱好才是他的第一世界，爱情和友情之类的充其量只是第二世界，因为唯有爱好是直接与自己相关的，而且爱好不会牵扯到任何过度复杂的思想。爱情、友情之类的似乎必须要同别人发生微妙的作用才能产生奇特的结果。但对尚雨来说，那种奇特的感情还是不可知的。

他还记得阿雪曾经从事花道时的样子，那种姿态简直美极了。她本身的美丽远远超越了花道所具备的美丽，所以，与其说他在欣赏花道，倒不如说他在欣赏阿雪身上散发出的那种不可阻挡的美。这种美将他俘获了，甚至可以说将他内心深处的那个在黑暗中寻找光明的灵魂照亮了。他仿佛坠入了另一个奇异的世界。这是他以前从来未感受过的。

远山上郁绿的风景，像是从遥远的天际中送来的，那静止的景象，宛如一幅永恒的画卷。尚雨感觉这幅画如同金黄色的太阳光一样遥远，一样永恒。然而它是远离他所生存的世界的，哪怕他不顾辛苦从这个山头跑到那个山头，去寻找画卷中的美丽，也不会有结果。因为当走到那个山头的时候，他会发现那美丽的画卷早已消失了，自己并不能在画卷中逗留，之前他一直认为自己也能成为这优雅美景的一部分。

喜鹊在枝头鸣叫着，发出令人惊喜的声音。尚雨透过窗子望着外面的枝头，搜索了半天，也没能找到鸣叫的喜鹊。

他感觉自己的内心积压着什么东西。许多疑惑一层一层地叠加了起来，他想解开它们，但是却无能为力。

这种感觉已经困扰尚雨好多天了，但是他自己也搞不清楚是为什么。他发觉自己同之前刚来的时候相比明显发生了变化。刚来的时候，自己除了对花道的爱好和执着之外，似乎无所顾虑。自己的世界中只有那至高无上的花道，整个世界的奥妙也全部隐藏在这小小的花道中。他满怀信心地想驾驭着这个世界前进。

可是某一天，他好像迷失在这个世界中了。那种至高无上已经不再，另一种强大的力量好像占据了这个世界，并且在毁灭它。他试图摆脱那种力量，可是渐渐地发现那是不可能的。自己的力量太小了，而那股外来的力量又太大了。虽然他认定那是“外来的力量”，但是他又强烈地感受到这股力量似乎是从自己内心深处的某个地方冒出来的。他感到惶恐，可是却一点儿头绪都没有。在这种力量的影响下，他对花道渐渐失去了兴趣，再也无法将花道当作他的全部了，有时候，他甚至很难容忍自己从事花道，他觉得那是一件毫无意义的事情。

这种痛苦攫住了尚雨，他认为自己是在亵渎自己的爱好，他在毁掉自己最重要的东西。

一次下课的时候，他听到别的女孩在谈论阿雪。他的心里咯噔一下，不自觉地就将注意力转向那边了。

阿雪在这儿的时候不大同这些女孩们打交道，所以她们也很少提起她。这次提起来，却令尚雨感到吃惊。

尚雨插进去试问了一句："阿雪是要结婚了吗？"

"结婚？没有的事。"一个少女回答说。

"那她为什么要放弃花道呢？"

"听说好像是因为一个男子吧？"

"是吗？她是爱上了那个男子，所以才决定放弃花道的吗？"

"这个我也不清楚。好像是那样，爱情就是那样一种以摧毁为代价的美丽。"

尚雨感到头晕目眩，此刻他似乎明白自己长久以来变化的原因了。那个操控他的力量也越来越明显了。开始的时候他还怀疑，可是，现在他彻底明白了：他爱上了阿雪。所以他才变成了这样的一个人。阿雪的离去，似乎带走了他最重要的东西。

他感觉惴惴不安。这种情况在以前是从来没有发生过的。他以前的人生观念在这一瞬间被扭转、被彻底击碎了。

晚上，尚雨感觉以前宁静的夜晚变得令自己难以忍受了。那美妙的五月、芳香的鲜花、可爱的月亮、倾斜的房屋、高大的山群……这一切已经不再像以前那样美好了，它们成了痛苦的化身，一起向尚雨袭来。就仿佛千万条虫子在他的筋骨中吞噬他的神经细胞一样，他完全用不上力气，只能煎熬着、承受着……他失眠了。这是他人生中第一次失眠。

因为夜晚睡眠不足，所以白天上课的时候尚雨的精神严重地受到影响，秀珠师傅也发现了这一点。下课时，秀珠师傅将尚雨叫出去，问道："尚雨，最近怎么了？身体不舒服吗？我看着你好像精神不好。"

"我没事的，师傅。"尚雨说。

"倘若真的不舒服的话，就回去好好休息吧！"

"知道了。"尚雨说完便退了回去。

但是这种情况没有好转。

尚雨终于病倒了。没有任何病症，就只是躺在病床上，一动不动，连思考都不愿意。似乎一思考他就会感到痛苦。秀珠师傅去看望他的时候，只见他的眼睛呆呆地望着病房窗外的群山，仿佛在躲避什么。

秀珠师傅出来的时候，尚雨的父亲正好在外面，他俩便一同在医院的走廊上走着聊了一会儿。

走廊上爬满了葡萄藤，绿色的叶子满满地将过道覆盖住了，投下一片荫翳，使人觉得很清新。

其实，尚雨的父亲尚然和秀珠师傅是多年前的恋人。他们是初恋，后来因为秀珠父母的反对，这份姻缘没有成功。自从两人分手后，秀珠陷入万分痛苦之中。后来，秀珠整天将自己关在房间里，闲着没事的时候便看些关于花道的书，研究花道理论，后来她渐渐迷上了花道，也许是将它当作了自己的感情寄托。

之后，无论父母怎样劝说，秀珠都没有结婚。这时候秀珠父母才惊慌失措，然后打听女儿之前喜欢的那个人。结果得到了尚然已经结婚的消息。于是，秀珠更加坚定了那终生不变的感情。一天早上醒来，父母发现她失踪了，过了一段时间，发现秀珠独自跑到山上开了一所花道学校。但是，她一直没有结婚，似乎是要坚守那份感情。

两个人在此之前曾见过一次面，是在尚然刚刚当上父亲的时候。因为尚雨出生，尚然请了好多认识的朋友来祝贺，秀珠当然也在被邀请人之列。不过，尚然可能没想到秀珠一直没结婚。秀珠收到请柬的时候犹豫再三，最终还是去了。

看到秀珠的时候，尚然的心里咯噔了一下，但是当着妻子和众朋友的面，他没走过去和秀珠打招呼。不过，他知道秀珠一直在盯着他看，那眼神似乎含着一种令人伤心的哀痛。饭罢，那些人又在家里玩了一会儿，送走客人的时候，尚然见秀珠一个人站在门口没有走。于是他便走上前。

“恭喜你了。”秀珠说。

“谢谢。你呢？孩子也不小了吧？”尚然问道。

“我一直没有结婚。”秀珠说。

“什么？”尚然感到非常吃惊。

他根本没想到，这么多年来秀珠一直没有结婚。他不知道是不是因为自己，可是，乍一听，他就觉得自己好像陷入了某个无可逃避的旋涡一样。他本来以为自己在摆脱失恋的痛苦后才结婚，那时候秀珠早该结婚了。而且，刚结婚的时候，秀珠的母亲来拜访过他。

当时，尚然的家中只有简单的家具，尚然夫妻二人工作繁忙，所以家里乱糟糟的。秀珠母亲的到来，令他吃惊。秀珠的母亲端正地坐在沙发中间，将手中的小包放在膝盖上，朝着房子的布局扫了一眼，然后对尚然说：“你刚刚结婚吗？”

“是的。上个月刚结婚。因为结得匆忙，所以什么都没准备，到现在都感觉没缓过神来。”

“哦！挺快的嘛！”

尚然不知道她话中隐含的意思是什么，但是尚然意识到她肯定是有目的的，便等待着她来问话。可是她只是问自己这几年过得怎样，一句也没问自己和秀珠之前的事情。到了最后，他终于忍不住，开口问道：“现在秀珠好吗？”

“很好，”她开口说，“找了一个很好的男人，已经准备结婚了。我想到了当时的情景，似乎觉得自己当时对你和秀珠有点儿残忍，所以就想过来看一下。看到你现在生活得这么幸福，我就放心啦。”

说完后，她站起来告辞。尚然一直送她到门外。

如今看来，秀珠的母亲当时是撒谎了，也许是看到尚然结婚了，怕面子上过不去，所以才说秀珠也准备结婚了。今天知道这个事实，尚然一下子蒙了。因为他根本没想到秀珠的母亲会骗他。

“难道你一直不知道吗？”秀珠问。

“确实不知道，因为我们分手之后，我就失去了你的消息……”

最终，尚然还是没说出秀珠母亲欺骗他的事情。

“也许吧！这样反而更好。倘若你知道我没结婚的话，说不定会影响到你的生活。”

“可是，你为什么不结婚呢？”

尚然看到秀珠脸上的表情，似乎很执着。他看到她对往昔的感情仍同以前一样，就避开了她的目光。

“因为再也找不到自己爱的人。”

秀珠说得很简单。

可是，这句话对于尚然的震撼，却是异乎寻常的。

不过已经无能为力了，他已经结婚生子了，不可能再回头。望着自己和秀珠身上的些许变化，他感受到时间的残忍。时间将他们往昔的热情彻底毁灭，取而代之的是如今的无趣和平淡。他不想这样，甚至可以说他讨厌这样。但在时间面前，他已经成了一个彻底的失败者，所有的追逐好像全都消失了，似乎连对秀珠的那份爱，都沉淀在过往，如今再也寻觅不到了，他有的只是感叹，仅此而已。

四

记得那次离别的时候，秀珠对尚然说了一句令他吃惊的话：“我的爱是永远也不会变的，哪怕到死亡的那一天。”

但是尚然一想到家中身体虚弱的妻子和那刚刚出生不久的儿子，便仓促地对秀珠说：“那么，就送你到这里吧！我就此告辞了，再见。”说完他便匆匆忙忙地跑回了家，然后紧紧地关上门，一个人躲在房间里。

当天他想了很多问题，想到了自己以前和秀珠恋爱的时候，想到了秀珠的父母拆散他们的时候，想到了他们最后分开时的样子。他本来以为秀珠早已获得了幸福，可是如今知道真相后，他有一种滑稽的感觉。他觉得自己好像被命运彻底玩弄了，陷入了一种荒唐的境地。

甚至可以说，他陷入了这个事先早已为他准备好的圈套，而且越陷越深。到今天，他明白了所有的真相，可是一切都晚了，一切都不可改变，不可逆转。时间、命运就是这样无情地在人们的面前施展自己的威力。

更让他觉得无可奈何的事情是，自己的儿子尚雨在长大后却偏偏迷上了花道这种女孩子的玩意儿。他和妻子都竭力反对，想过各种办法来劝说尚雨放弃花道，可是都没成功。妻子对尚然说："既然他不肯放弃，就让他系统地学习一下花道吧！"

于是，尚然找到了秀珠，拜托她让尚雨到她那儿去学习花道。没想到秀珠爽快地答应了。这多少有点儿出乎尚然的意料。

对秀珠而言，她也许是想从尚雨的身上，找出更多尚然年轻时候的影子；也许她从尚雨的身上，看到了往昔的自己：自己的青春，自己当初的梦想，还有那美好的爱情……

如今的秀珠和尚然已经没有面对往昔的心了。他们走在走廊上，走了一半，还是没找到任何可以说的话题。尚然最后问道："尚雨怎么了？"

"我也不知道，最近一段时间，他的精神不是很好，也不知道是怎么了，中间我还找他谈了几次，可是……那孩子好像有什么心事吧！"

"心事？"

"我猜想可能是感情上的事。"

"他喜欢上某个女孩子了？是你们那儿学习花道的姑娘吗？"

"不要这么大惊小怪的。喜欢一个人有错吗？再说，他这个年龄的孩子，本来就处于感情的敏感期，对爱情有幻想是很正常的事情。"

"可是……"

"难道你忘记当初的我们了吗？我们不也是这样吗？身处青春期的人，产生这种感情是不由自主的。也许现在我们会感觉那时候的自己很幼稚，很可笑。可是倘若让我重新选择一次，我还是会那么选择。"

"秀珠，你这又是何苦呢？"

"没关系，这是我的选择。而且我从来没为此后悔过。你不用为此感到内疚的。”

“……”

尚然不知道该如何面对秀珠的这份感情。不过事到如今，他也无可奈何了。

天气不算热，但是尚然却出了一头汗，像是被雨淋过了一样。

“这也许就是我们的命运。当初父母反对我们的时候，我完全可以不顾父母的反对和你在一起的，或者我们可以私奔，跑到一个别人找不到的地方开始新的生活。可是，我那时候太懦弱了，简直一点儿反抗父母的想法都没有。那时候我太傻了。”

秀珠说着，似乎有些后悔之意。

“不过，时间一眨眼过去了二十年，我的爱竟然脱离爱本身，成了我精神中的一部分。也许这便是爱情的力量吧！”

“精神的一部分？”

“是啊！正因为如此，我才可以执着地守护着自己的爱。虽然已经过去这么多年了，我回想起来却如同昨天才发生的事情一样。也许直到死的时候，我的爱依旧如同当年一样炙热呢！”

尚然的爱却已经融入了世俗，变成了他生活中的一部分。甚至可以说，当初那份爱恋之心早已经随着生活的奔波消失殆尽了。

面对仍旧怀着炙热情感的秀珠，尚然感到很内疚。时至今日，他很难想象秀珠的爱已经达到了这种地步。

这时候，秀珠的一个弟子从远处跑了过来，喘着气对她说：“秀珠师傅，尚雨说要出院。”

“怎么了？发生什么事情啦？”

“我也不知道，我们在那里聊天的时候，尚雨突然从床上站起来说：‘我没有病，让我出院吧！’我们怎么劝都不行，他把东西都收拾好了呢！”

“好的。知道了，我马上过去。”

那个传话的女孩又匆匆地离去了，来去都宛如一阵风。

“尚然，你了解你的儿子吗？”

“这个……我确实不怎么了解。”

“你也太马虎了。作为一个父亲，不了解自己的儿子，怎么能算作是一个好父亲呢！”

“我本来就不算是一个好父亲嘛！尚雨从小就是他母亲带大的。”

于是，两人返回了病房。只见那个女孩正在阻拦尚雨，可是尚雨拿着包执意往外走。

见到秀珠师傅走来，那些女孩都松开了手。尚雨也停止了动作，他施了个礼，说道：“秀珠师傅，爸爸。”

“你真的不愿意待在医院里了吗？”尚然问。

“不愿意，因为我根本没有病。”

“那好吧！你就先随你父亲回家待上一段时间吧！等有所好转了再回来上课。”秀珠师傅说。

“好的。”尚雨答应道。

秀珠师傅转过身，对尚然说：“那我们就先走了，你将尚雨带回家，照看他一段时间吧！”

“好的。谢谢你这段时间以来对尚雨的照顾。”

秀珠师傅带领着那几个女孩离开了，房间里只剩下了尚雨和父亲。

尚雨将头侧过去，看着楼下的风景。那里有许多病人在散步，看起来很悠闲。不过，尚雨的心里却并不怎么高兴。

在尚然看来，儿子像是在故意躲避自己的视线。他走过去，将手搭在儿子的肩上，问道：“尚雨，究竟发生了什么事情？”

“什么事也没有发生。”

“那你怎么生病了呢？”

“我说过了，我没有生病。”

“……”

“我只不过精神状态不好，仅此而已。”

说完，尚雨从父亲的身边走过，走出了病房。外面是一片绿色的景象。

五

回家之后，尚雨总是待在房间默默发呆，有时候望着远处的山峦静思。

尚雨正在望着远处山峦上的景象发呆的时候，听到外面的母亲喊道：“尚雨，小美来找你了。”

小美是尚雨从小一起长大的邻居家的女孩，她如今在省外的一所高校上大学，此时大学放暑假。每次放假，小美都来找尚雨聊天。

母亲又喊了一遍，尚雨才回了声：“让小美进来吧！”

房间内立即就传来了敲门声，尚雨说：“门没上锁。”

小美推门进来，显得青春洋溢。尚雨仍旧回头望着外面，没有直视小美。

小美坐在床上，望着尚雨那在光线中显得柔美的下巴，她问道：“尚雨哥，你似乎有什么心事啊？”

“没有。”尚雨此时才回过了头。

“那你怎么看起来不高兴啊？”

“年纪大了的缘故吧！小时候我不是这样的，是不是？”

“是啊！小时候的你可爱极了。无论什么时候，都见你是笑嘻嘻的，我还是头一次见你这副忧愁的样子呢！”

“心事多了，自然忧愁就多了，”尚雨说，“对了，小美，你什么时候放的假？”

“昨天，我今天上午刚回来的。”

“你总是这样，一回家就先到我这里。”

“呵呵，我总惦记着你嘛！”

“你干吗不去找别的女孩子玩呢！”

“我才不去呢！找她们多没意思啊！我还是愿意和你聊天。”

“从小到大，你一点儿都没变！”

“是吗？那样多好啊！我最讨厌变化了。”

无论什么时候见到小美，她总是一副活泼可爱的样子。这一点上大学后也没有改变。

“尚雨哥，你干吗不上大学呢？我一直想不明白。”

每次回来，小美都这样问。尚雨也已经习惯了。她仿佛对尚雨没上大学这一点感到相当遗憾。

“我不是都说过了嘛！我对上大学一点儿兴趣都没有。所以还不如不去。我只对插花感兴趣。”

“尚雨哥，听说你去一个花道学校专门学习花道了？”

“是啊！那个师傅是我爸爸的朋友，所以才……”

“那一定大有进步了。尚雨哥，你给我演示一次，好不好？”说着，小美情不自禁地牵着尚雨的手，乞求着。

在此之前，小美的举动算是很正常的。可是此时，尚雨觉得似乎有一股电流顺着小美的手传到自己身上，他不自觉地向后退了一下，甩开了小美的手。小美愣了一下，似乎明白了什么，便恢复了严肃的神态。

“可以是可以，不过，家里没有花……”

“我们可以到外面去啊！那山上有好多花呢，什么样的都有。”

小美指着窗户外面的山说。尚雨的视线也停留在那里，仿佛自己的心已经飞到那边去了。

“那好吧！我们就到山上去，我给你演示一次。”

尚雨的父亲不在家，母亲正在那里绣什么东西，看到尚雨和小美出来，便问道：“你们要出去吗？”

“是啊，出去一下。”尚雨回答道。

母亲低下头，继续做自己的东西。

“尚雨哥，我们快走吧！”

小美说着拉起尚雨的手，这一次，尚雨没有摆脱。因为小时候，他们一直都是这样手牵着手走路的。

尚雨和小美拾级而上，小美走在前面，尚雨走在后面。这条道路他们已经走过无数次了，每次走的时候小美都显得特别高兴。

四周的树木高大葱郁，有些已经上百年了。这十几年中，它们甚至一点儿变化都没有，也许是树干太大的缘故，细微的变化很难被人察觉到。

花香飘了过来。太阳光很强烈，照得地面明晃晃的。各色的蝴蝶和蜜蜂在上空飞来飞去，像是在参加一场盛大的表演。

“尚雨哥，你快点儿走嘛！”

“小美，你还记得我们之前走这条路的景象吗？”

“记得啊！我们总是比谁用的步子更少，可是我每次都输。”

“你是女孩子嘛！步子当然小一些了。”

“也是。但是你还是每一次都和我比，真卑鄙！”

“那也是你自愿的嘛！”

这样说着，尚雨的心情逐渐爽朗起来，似乎刚才的不快全部被他抛诸脑后了。

走到花丛中的时候，原先伏在花朵上的蝴蝶被尚雨和小美的突如其来吓得四散飞舞,在半空中飞了一会儿,然后朝不远处的花丛飞去了。

“好了，就在这儿吧！”说着尚雨停了下来，“不过这里没有水和剪刀，就勉强凑合着吧！”

“嗯！”

小美点了点头，然后朝四周看了看，她对尚雨说：“尚雨哥，你等一下。”说着便朝一侧跑去。原来那儿有个红色的塑料桶，小美拿着塑料桶到湖水边取了些水来。

“尚雨哥，这是从湖中取来的水。”

“哦。”尚雨应了声。他将自己的上衣脱下来，叠好放在自己的左侧，然后双膝并拢跪在地上，将手指伸进去洗了洗，他洗的时候只是用另一只手的四个手指蘸了水去润湿另一只手的手指，然后轻轻地将手上的水拭去。小美从花丛中摘下几束花来。

一旦沉浸在花道中，尚雨就像忘记了这个世界一样，也似乎忘记了小美的存在。他贪婪地用手摆弄着花朵，将多余的枝叶一点儿一点儿掐去，随着纷纷落地的枝叶，一朵别具风格的花便呈现在了眼前。

他用手蘸了几滴水，滴在花色正鲜艳的花朵上，花朵立即呈现出鲜活的样貌。似乎那花朵已经不再是以前那朵单纯的花了，而是变成了美的象征。在这里，除了美丽之外，别无他物。阳光、蝴蝶、湖水、炎热的天气……都消失了，变得无足轻重了。当尚雨将花插到地上的时候，小美已经看呆了。

尚雨身上呈现的美，已经远远超越了少年人的青春之美。而且，那是一种让人感触更深的美丽。

“尚雨哥，太美了。”小美赞叹道。

在花道中，尚雨不是一个少年，而是一个神，他就像是在神界一样，享受着属于他自己的东西。

尚雨站了起来。这时候头上才出了汗。

“没有工具，也就只能这样了。”

小美点了点头。她发现，周围的蝴蝶和蜜蜂都飞到了那朵花上，莫非蝴蝶和蜜蜂也懂得美，也向往美吗?

望着眼前的花，尚雨蓦然想到了当初阿雪在他面前展示花道时的样子，那种烦躁的心情又立即占据了他的思想。

不知道怎么地，一做与花道相关的事情，尚雨就会强烈地思念阿雪。可是，也只有在从事花道的过程中，他才能找回自己应有的愉悦心情，除此之外，他都丝毫感觉不到高兴或者是别的感情。他变得既非忧伤又非痛苦，而是介于麻木和徒劳之间。他的脑子总是感到不清醒，犹如始终生活在梦境一般。

于是，尚雨沮丧地转过身，对小美说：“我回去了。”

还没等小美回过神来，尚雨已经匆匆忙忙地下了山。

六

尚雨对自己身上发生的变化感到不可思议。可是，渐渐地，他已经熟悉了这种变化。那是由痛苦的煎熬和瞬间的喜悦所组成的。每逢深夜的时候，他都会感到无限的痛苦，思想上几乎是不堪重负，他甚至感到自己快要疯掉了。可是在某一瞬间，也许是在山上观望月亮的时候，也许是在梦中，总之，在某个不可预料的时刻，那种愉悦的感觉就降临了。这种愉悦感在他身上存在如同电光一闪，他还未体验到是怎么一回事，那种感觉就突然消失了。

尚雨自从开始这样思索后，也开始明白了一些美学上的观点。他之前所向往的，就是那种健康的、透明的美丽，那是人人都可以体验得到的，而且是靠周围的许多因素堆积而成的，甚至可以说，是靠境界来创造的，其最高成就便是大自然的美丽。而自从那种感觉跟随自己后，他的心中开始萌生出另外一种美来，那是一种由丑恶衍生出来的美丽，也就是说，极度的丑恶经过漫长的等待后，就会产生一种由这些邪恶的种子组成的美丽之花，那朵花需要经过许许多多的煎熬和阴险才能成长，才能绽放。但是当它绽放的时候，其美丽却是让人感到惊颤的，那是恶之花，比善之花显得更为美丽。

那恶之花就如同尚雨现在心中的感受，他在受着极度的煎熬和痛苦，而其结果，就是为了那一瞬间的美好，甚至自己都不知道那种美好什么时候出现。

在一个深夜里，尚雨从梦中惊醒，他终于明白自己为什么变成这样了。原因很简单，那就是他爱上了阿雪。所以，阿雪的一切都可以影响到他的状态，听到别人说阿雪和别的男人恋爱的消息，他感到绝望，仿佛受到了巨大的打击。而得不到阿雪的消息，他会感到焦躁不安。这便是导致他现在病态的原因。可是，他只是知道这一点，根本找不出解决的办法。

到了第二天的时候，他对自己的母亲说："妈妈，我想放弃花道了。"

"放弃花道？"母亲很吃惊，但过了一会儿神情就恢复了，"放弃花道好啊，我本来就不希望你去搞那些女孩子的玩意儿。"

实际上，尚雨想放弃花道，是因为他害怕一看到花道就想起阿雪来。对他来说，阿雪现在已经是遥远的往昔了，她留给他的只有那痛苦的回忆。

小美每天都来找尚雨玩儿。听尚雨说要放弃花道，她为此感到惋惜："尚雨哥，你在花道上的天赋那么好，干吗要放弃呢？"

尚雨笑了笑，没有回答。

小美继续说："如果你一直从事花道工作的话，说不定将来会成为一代花道大师呢！你或许会推动中国的花道进入一个全新的境界。"

"也许真有那个可能，不过，我已经准备放弃花道了。"

"你真的那样决定了吗？"

"是的。"尚雨坚定地说。

"既然这样，那也好，毕竟花道是女孩子从事的工作。那你以后准备怎么办？"

"我准备去找工作。"

"去找什么样的工作呢？"

"这个嘛……我还没有想好。到时候再说吧！"

晚上，父亲回来的时候，照例没有说话便回了房间，直到吃饭的时候才出来。

吃饭的时候，父亲对尚雨说：“好得差不多了吗？”

“嗯，好点儿了。”

“秀珠师傅说，你随时可以回去。”

“我已经决定放弃花道了。”尚雨低着头说。

“什么？”尚然感到很吃惊。他望了一眼妻子，可妻子根本没有回应。

“你真的打算放弃花道吗？”尚然又问了一遍。

“是啊，所以请你转告秀珠师傅，说前段时间给她带来那么多麻烦，真是对不起了。”

“可是，你为什么要放弃花道呢？”

“没有任何理由。”

尚然望着没有任何表情的儿子，明白再怎么问也问不出缘由来。但是，他知道，尚雨一直将花道视为自己生命中最重要的东西。尚雨的这番话令他想起了他当年和秀珠分手的事情来。当初自己和秀珠分手，今天尚雨放弃花道，难道不都是在放弃自己生命中最重要的东西吗？

尚然不能忘记，自己当初和秀珠分手后的痛苦，虽然在秀珠的面前他竭力伪装，好像从来没后悔过的样子，可是秀珠刚走，他便抑制不住自己的心情了。哪怕在尚雨出生后的很长一段时间里，尚然都没有调整好自己的状态。妻子虽然知道丈夫的心中似乎有另一个女人，可是她从来没有开口问过。

尚然也不知道妻子为什么从来不开口问自己的过去。倘若她问，尚然就会轻松地说出来，那样他自己也会感觉好受一点儿。可是妻子从来不问，甚至当作什么都没发生一样。也许妻子是害怕一旦她问了，两人之间会出现某种危机。

如今，尚雨放弃花道，而他甚至不知道儿子为什么选择放弃。当初自己和秀珠分手至少是遭到了阻拦，可是尚雨没有遭遇任何事情，为什么会这么做呢？他望着沮丧的尚雨，心里有一种说不出的痛苦。

吃过晚饭后，尚雨便回到自己的房间，他从桌子上拿起一本书来看，但是一点儿都看不下去，随手翻到一页，看完了，其中写了什么内容自己都不知道。窗外已经漆黑一片了，热空气一股股地涌进窗户，还有那缕缕的花香，甚至还有水藻的味道。这一切都是那么清新自然，可在尚雨看来，这一切都让自己感到难受。不知怎地，他的脑海中浮现出阿雪的样貌来。

阿雪那玲珑的面庞，或许与别的女孩没什么区别，可是在尚雨看来，她却有着一种无穷的魅力，她那美丽整齐的睫毛，在阳光下显得平和而温柔的下巴，还有那双令人感到无限诱惑的嘴唇。她的眼神在看东西的时候会流露出一股特殊的哀愁，这一点是最让尚雨觉得着迷的，他不知道阿雪在想什么，为什么眼神中总是流露出这样的情感，难道她遭遇过什么不可思议的变故，才导致她时常这么忧伤吗？可是在尚雨看来，她好像天生便是这样子的，给人的是一种朦朦胧胧的类似于梦中的感觉，具有强烈的触感，也具有直觉上的美感。总之，尚雨已经完全被那幅景象给迷住了。

房间外传来敲门声，将尚雨的幻想打断了。

父亲在外面喊道：“尚雨，还没有睡觉吧！有些事情我想和你谈谈。”

尚雨走过去开了门。父亲走了进来，但是没有开灯，径直地走到床边坐了下来，外面的月光照在屋子里，一点儿也不黑，那点点的星光，仿佛在燃放的烟花一样美丽闪耀。

“尚雨，你是不是遇到了什么事情？”

“没有，我很好。”

“尚雨，你不用瞒着我，有什么话尽管和我说。从小我对你照顾就少，现在希望你能对我敞开心扉。”

“其实真的没有什么事情，爸爸。”

“我听秀珠师傅说，你喜欢上了一个女孩子？”

“是秀珠师傅说的吗？”尚雨很吃惊。

“是啊！她说你生病可能是因为那个女孩子。她是跟随秀珠师傅学习花道的吗？”

尚雨沉思了一会儿，回答道：“是的。”

“是哪一个？”

“她现在已经不在那儿了。”

“那她去哪儿了？”

“我也不知道。”

“我明白了，你是因为她才变成这个样子的吧！可是，你没有必要放弃花道啊。”

“可是，我只要一想到花道，就会想起她来，那样我就会感到十分痛苦。”尚雨说着哭了起来。在月光的照耀下，他脸上的泪很清晰。

“难道你真的要那样做吗？”

尚雨点了点头。

父亲站了起来，用手在尚雨的肩上拍了拍，然后离开了他的房间。

七

尚然因为尚雨的事情不得不再次和秀珠见面。不过，他的心也许期盼着这样的见面。

见面之后，秀珠像关心自己的儿子一般，问道：“尚雨好点儿了吧？”

尚然摇了摇头。

“尚雨让我告诉你，他已经决定放弃花道了。”

“什么？”秀珠的吃惊显然远超尚然听到时表现出的吃惊，“他为什么要放弃花道？你可知道，尚雨在花道上有着和别人不一样的天赋，他对花道有一种与生俱来的感觉，照此发展下去，他一定能成为一个优秀的花道师傅。”

“这个我也知道。我和他谈过了，可是他执意要放弃。如同你所预料的，他是为了一个女孩才变成这样的。”

“……”秀珠似乎感到无可奈何，“当初我是为了放弃爱情才来从事花道，而尚雨如今却要为了爱情放弃花道。爱情啊！真是无人能逃脱其魔爪的魔鬼。”

“对了，你知道尚雨喜欢的是哪个女孩吗？”

“这个我也不知道。尚雨从来没有说过，我也没注意到。”

“尚雨说那个女孩已经离开这里了。”

“离开这里了？那就是阿雪了。”

“阿雪？”尚然问道。

“是啊！阿雪是一个比尚雨早来几个月的女孩。上个月我们举行了一次花道比赛，她表现得还不错。不过，就在那次比赛之后，她就再也没有来过了，后来她家人给她办了退学。我问为什么，她家人只是说，她不想学了，想放弃。”

“她也是主动放弃花道的吗？”

“是啊！我真是不明白这群孩子。他们明明在花道上有着不同寻常的才能却又这样轻易地舍弃呢？”

“世间的事情也许都是这样吧，越是自己的优势，越是容易放弃，因为害怕会受到伤害之类的。”

“但是，尚雨真的是因为她吗？”

“你们这里就只有她一个人离开了吗？”

“是的，在尚雨来到这里之后只有她一人离开了。”

“那么应该就是她。”

“尚雨以后要怎么办呢？”

“我也不知道，所以这才来和你商量。”

“可是……”对于秀珠这样一个终生未婚的人来说，这样的事情根本不是问题。当初她和尚然分手之后，自己也是这样生活过来的，直到今天都是这样。

显然，尚然为自己儿子的事情很焦急。秀珠还从来未见过尚然这样的神情。

秀珠说："倘若尚雨真的是为阿雪才变成这样的，我可以去阿雪家和她谈谈，至少告诉她情况，看看她怎么决定，尚雨老是这样单相思也不是办法。"

"嗯，也只能这样了。"

谈完尚雨的事情之后，两人似乎变得很尴尬，不知道该说些什么才好。时隔这么多年后见面，他们都是为了尚雨。对于过去，两人似乎都在刻意地躲避。

盛夏时节的山上也并不凉快，但是因为树多，从远处吹来的风经过密密麻麻的树林的过滤，已经变得凉爽了。

尚然下山了，秀珠跟着走了下来。走到山下，二人辞别的时候，尚然突然提出了一个很唐突的请求，他请求秀珠为他表演一次花道。

"让我表演花道？你为什么会有这样的请求呢？"

"我就是想看一下。人们都说从花道中可以体验到另外一种人生。我也想感受一下。"

"是因为你儿子痴迷于花道，你才想感受一下的吧？"

"我也说不清是什么缘由，就在刚才，那种感觉特别强烈，好像某种东西在诱惑我一样。"

"那好吧。不过，在你眼前表演，一定会逊色很多的。"

"为什么呢？"

"因为是在你的面前啊，当然没平时表演得自然了。"

说着，秀珠从背后拿出了一把粉红色的小剪刀。她身上随时都带着剪刀，尚然很吃惊。秀珠没有理会尚然的惊讶，她从路边的花丛中剪了两束百合花，在尚然还没有注意的情况下，她已经剪去了那些多余的枝叶，使百合仅剩的那几片叶子显得上下左右相称，显示出协调的比例，那对称度简直比数学家计算得都要准确。在秀珠的手中，百合花的本质被显露得更为彻底了，原本尚然以为百合花就是一种花，根本不知道它还有另外一种怎样的特质，可是现在，百合花简直成了这个世界上所有美的代表。其中一朵百合花还含苞待放，更突出了一种潜在的美丽。就仿佛巨大的冰山一样，我们看到的虽然只是表面的一小部分，但是却可以感触到它水下那更巨大的部分。秀珠做完这一切后，将花插在一棵绽放着粉红色花朵的芙蓉树上，然后将芙蓉树的叶子稍微剪去些许，使得百合花和整棵芙蓉树融合在一起，感觉那百合花就是芙蓉树上开出的如同粉红色芙蓉花一样美丽的鲜花。

“美极了。你让我看到了另一个世界。”尚然这样说道。

“你太客气了。”秀珠不好意思地说，她将剪刀收回自己的腰间。然后整好自己的衣服。

“现在我明白尚雨为什么痴迷于花道了，也许他是受到了另一个世界带给他的诱惑吧！”尚然这么说。其实，他心里又一次感受到了自己已经消失多年的对秀珠的情感。

“那么，就此告辞了。”秀珠说着，便朝山上走去。

这时，尚然的手落在了秀珠的肩膀上。秀珠一个趔趄，险些摔倒，正巧倒在尚然的怀里。

尚然感到了夏天的炎热，那令人烦躁的蝉声，从四面八方传了过来，让人感到万分厌倦。尚然已经有数十年没有这样抱过秀珠了。

在尚然正要用颤抖的手去拥抱秀珠的时候，只听到山上传来呼喊秀珠的声音：“秀珠师傅，您的电话。”

于是秀珠匆忙从尚然的怀里站起来，然后施礼说道：“就此告辞了。”

望着秀珠匆匆忙忙离去的身影，尚然不知道为什么，心里怦怦直跳。

八

对于自我的亵渎不仅可以获得残忍的痛苦，同时也能获得一种剧烈的美感。这是阿雪放弃花道几个月后感受到的。

她认为，倘若没有尚雨的到来，那么她会将花道学好，然后朝着自己的花道之路前进。可是，尚雨的到来将一切完全改变了，她以前的单纯之心不知怎么地就被尚雨那天真的表情所改变了，那是她最讨厌的面孔，甚至他轻易就将自己所有的心血击垮了。这让她原本善良执着的心感到了一种不可挽回的绝望。与其这样下去，她认为自己还不如放弃花道。但是，她明白，放弃花道也就意味着她放弃了自己生命中最重要的东西，这样的自我亵渎，在某种程度上使她自己陷入了绝望的境地。但是，在过度的残忍之中，她寻觅到了一种特殊的安慰。

但是，毫无疑问的是，她一直为此而苦恼。如果她根本不知道这个世界上有尚雨的存在，那么她会生活得很好，可是这一切终究是不可能了。在别人看来或许那根本不是什么问题，可在阿雪看来，尚雨的花道才能已经将自己送进了地狱，因为那是她这一生也不能逾越的屏障。

所以，表面上阿雪放弃了花道，实际上阿雪却比以前更加执着了。虽然她表面上不再接触花道，可是心里却无时无刻不在想着花道。最让她痛苦的是，她每天那样辛劳地练习，用尽全部心思去钻研、去琢磨的花道，竟然还不如尚雨那不费心思甚至是像玩耍一样的花道。在她看来，尚雨的行为是亵渎花道，可是，当看到尚雨的插花作品时，她又感到那是一种自己力不能及的境界。那是最让她困惑的地方，为什么尚雨这样随意的举动却可以诞生这样了不起的花道作品呢？难道说尚雨是花道的天才吗？无论他怎么做，做什么，产生的结果都是最好的。与其说气愤，倒不如说阿雪充满了嫉妒。

放弃花道，并不是因为别的理由，而是阿雪自己和自己过不去。她永远无法超越尚雨，所以她只能放弃这条道路。

在家里的这几个月，阿雪一直没有出门，就是在思索这个问题，但是始终没有想通。

这一天，阿雪又在思索尚雨当时在花道比赛上的表现，这时传来了母亲的声音。

“阿雪，秀珠师傅来找你，说是有话跟你说。”

“我不想见她。”阿雪说。

“哦！那我就告诉她你不在家，让她改天再来吧。”

母亲的声音落地之后，阿雪突然改变了主意。她从床上下来，打开门走了出去。

“妈妈，不用了，我去见她。”

秀珠师傅在等待时望着门口的花束，那一定都是阿雪精心设计过的，自然美中透着一股令人难以觉察的人工美，没有学过花道的人可能看不出这一点来，但是从专业的角度，秀珠师傅一眼就看出来了。

“秀珠师傅，您来了。”

秀珠师傅的视线从那些花束上脱离。

“阿雪，好久不见了。”

阿雪低着头，说道：“秀珠师傅，真是对不起了，辜负了您对我的厚望。”

秀珠师傅没有接阿雪的话，她指着门口的那些花束说：“这些花都是你亲自打理过的吧？”

“嗯，虽然做得很自然，但是还是瞒不过师傅的眼睛。”

“阿雪，在我看来，你具备很好的花道才能，你干吗要放弃呢？”

“对不起，师傅，是我自身的原因。”

“好吧，关于这一点我就不问了。其实，我这次来，不仅是为了你，还是为了尚雨的事情。”

“尚雨的事情？他怎么了？”

秀珠师傅说了声：“那边有棵芙蓉树，我们到那边去说吧！”

秀珠师傅迈着矫健的步子。这么多年以来，她的步伐已经逐渐接近男人的步伐了。阿雪则在后面悄悄地跟着。芙蓉树下面有几个石凳，秀珠师傅和阿雪在石凳上坐了下来。

许多粉红色的芙蓉花瓣落在了地上，黄褐色的蝴蝶，在树枝间飞舞着。天空湛蓝，呈现一片安静优雅。

秀珠师傅沉思了一下，问道："阿雪，难道你不知道尚雨喜欢你吗？"

"什么？"阿雪很吃惊，她从来没有注意到这一点。

作为一个敏感的女孩子，她理应能感觉到这一点的。从尚雨与她说话的语气和看她的眼神中，或许是可以看出来的。可是和尚雨在一起的时候，她想到的只有花道，所以对此完全忽略了。她只是感到尚雨的存在对她的才能是一种巨大的讽刺。因为尚雨的到来，她的花道成了粗俗的、不堪一击的东西。

"现在尚雨为了你放弃花道了。这个还不是我最担心的，我更担心尚雨就这样消沉下去，一蹶不振。"

"尚雨放弃花道了？"这一点令阿雪更为吃惊，但是听到这句话的时候，阿雪的心里竟然感觉到好受了一些。

"是啊！我也不知道怎么了，突然一下子你们两个人都放弃花道了。而且，你们两个都具有特殊的花道才能。我是不明白现在的年轻人都是怎么想的。难道你一点儿都不喜欢尚雨吗？"

"这个，我也不知道。"

阿雪的脸上飞起了一片潮红。不过她的心里想的却是另外一件事。

"爱情这种事情，谁也不好拿捏。不过，无论你是喜欢尚雨还是不喜欢尚雨，我都希望你能好好地和他谈谈，让他恢复对生活的希望。"

秀珠师傅的表情显得很严肃，阿雪不知道秀珠师傅为什么如此关心尚雨，她心想：也许真如当初那些女孩们所说的，尚雨是秀珠师傅的孩子吧！

不过，对于阿雪来说，她的立场一下子发生了变化。她感觉自己仿佛一下子逾越了尚雨那道屏障。

"好的，师傅。您拜托我的事情我会去做的。"

阿雪的脸上现出了愉悦的神情。她从石桌上捡起一朵凋零的芙蓉花，用手撕去了上面毛茸茸的细丝。

秀珠师傅站起来，说：“那么，谢谢你了。”

阿雪也忙站起来，朝秀珠师傅施礼，说：“这是弟子应该做的。”

最后，秀珠师傅说：“你在花道上有着很好的潜质，倘若哪一天想回来了，我照样会欢迎的。”

“谢谢师傅的厚爱。”

“你就此留步吧！我有事，就先告辞了。”

“师傅慢走。”

这样目送师傅远去，阿雪的心里莫名其妙地兴奋了起来。

九

已经进入了盛夏时节，雨水也随之多了起来。几乎隔一两天便会下雨，使人觉得很沉闷。

从山上流下来汇集在一起的雨水，形成了一条小溪。在小溪边上，有许多翩翩飞舞的蝴蝶，顺着水面低低地飞着。夕阳西下的时候，还可以看到蜻蜓的身影。

尚雨在前几天的时候找了一份工作，是在一个人家中担任茶道师以及兼职室内设计。

主人田加对尚雨的手艺很满意。看到那清新朴素却不失文雅的房间，谁都会感到舒畅。现在的人追求的往往都是那种堆砌起来的繁华，似乎越是用珍贵的东西装饰，便显得越美丽。他们之所以这么认为，是因为他们根本不懂得美的真正含义。即使他们用黄金装饰房间，若不懂得如何发挥出美的最佳效果，也一样显得粗俗。

这便是美与不美的区别，美是人人都可以感触到的，可是制造美的能力，却并不是人人都具备的，那需要天生的才能，以及个人的欣赏角度，再配之以合适的表达方式，事物才能展现出最完美的效果。诚然同样是美，但是境界相差是很大的，有些人无论再怎么努力，也只能制造俗美，哪怕是用再名贵的东西，也改变不了这种状况。而尚雨呢，即使再普通的东西放在他手里，他也可以通过一定的组合搭配显示出璀璨的高雅美来，这便是人所谓掌握美的能力的差异。

从事这份工作，尚雨同时发挥了自己的花道和茶道才能，连日常不是很熟悉的茶道，这么一练都娴熟了。主人接待客人，都让尚雨跟在身边。

“我这位茶道师傅，可不一般的呐！”主人对客人说。

“怎么个不一般法呢？”客人问。

“一会儿看了你就知道了。”主人说。

尚雨从事茶道的时候不像从事花道那样考虑光线，就是正对着主宾。他下半身跪坐在地上，上半身直立着，形成一条坚硬的直线。他从茶盒中用拇指和食指捏起一小撮清新的茶叶，然后像蜻蜓点水一样放进紫砂壶中，倒上刚开的热水，然后快且轻地摇匀，将水完全倒进准备好的杯子里，一股强烈的芳香味道立即弥漫开来，之后他又将热水倒进去，稍待片刻，将不清不淡的茶水倒出来，颜色显得很中正，倒完之后，尚雨的身子又恢复到之前的状态。

“请您品尝一下吧！”

客人拿起小杯抿了一口，点了点头，说道：“果然是好茶。”

“茶嘛，都是同样的，关键是看煎制茶叶的方法以及泡茶的方式了。”

“对，对。”客人笑着应道。

但是，尚雨每当从事花道或者是茶道的时候，都会情不自禁地想到阿雪，这一点让他觉得很痛苦。

即使在家里，他的手法也充满了茶道的气息，也许是因为太熟悉，以至于将花道和茶道完全融入了日常生活。

小美还是照例来找尚雨玩儿，可是最近这些天尚雨都很忙，小美抱怨道："尚雨哥，你何必这样呢！那样的工作是女孩子干的嘛！"

"小美，我不是对你说过那是我的爱好？再说，什么工作什么人做，难道有个固定的要求吗？你不是也说，我从事花道的时候是最富有魅力的时候。"

"可是……现在你就没有空余时间了啊！"

"我现在不需要空余时间！因为一旦空下来，我就会想许多没必要的事情。"

小美感到些许遗憾，她对尚雨说："那我们周末的时候出去玩儿，好不好？"

"我看看有没有时间吧！只要那边没什么工作，我就和你去，怎么样？"

"好极了。"小美的眼中放出了光芒。

而此时的尚雨却在想：阿雪在干什么呢？她难道真的放弃花道了吗？

茂盛的树木，密密麻麻的，遮住了太阳光线。尚雨正在那里发呆的时候，母亲朝他喊道："尚雨，你的电话。"

"是谁打来的？"尚雨没有站起身子，就地问道。

"好像是一个叫阿雪的女孩。"

"什么？"尚雨愣了一下，连忙站起来，"我马上来。"

他怀着激动的心情从母亲的手中接过电话，只听电话里传来阿雪的声音："好久不见了。"

"你还好吗？"尚雨急匆匆地问，但是难掩他话语中流露出来的激动。

"还好，你呢？"

"我，我当然也很好了。而且，最近我找了一份花道的工作。"

听尚雨这么一说，阿雪的心中马上出现了比赛那天尚雨从事花道的场景，她压低声音说："改天有时间，我会去亲自拜访你的。"

"这怎么好意思呢！"

还没等尚雨说完，阿雪那边已经挂了电话。尚雨茫然地拿着话筒，不知道自己心里究竟是一种什么心情。

这时电话又响了，尚雨忙拿起电话喊道："阿雪，刚才……"

"尚雨，你现在可以来一趟吗？"

原来是尚雨的雇主田加。他说是有个贵宾，正好喜欢茶道，让尚雨一同去。

"可是……"尚雨看了看表。

"你就来嘛！算你帮我一下，那个人真的很想见识一下你的茶道。"

"那么好吧。"

尚雨应道。但是，一种失望之情却涌了出来。

十

尚雨赶到那边，只见对方是一个衣着华贵的人，穿一身高级丝织品的衣服。坐姿虽然显得很随意，但是还是可以感受到他身上洋溢出的那种雅致来。

"这就是我所说的那位茶道师傅，尚雨。"田加说。

"原来还这么年轻啊，我还以为三十多岁了呢！真是不简单，小伙子。"那人说道。

"这是康吉先生。"

尚雨施礼，说："康吉先生，您好。"

康吉也对着尚雨回了礼，然后说："就座吧！"

待到尚雨沏完了茶，康吉点了点头，他品了一口后说："果然不错，不过，你的姿势以及沏出的茶的味道，还显得有些稚嫩，没有达到完美的地步。以后随着你年龄的增长，这一点你或许会做得更好。"

"谢谢康吉先生的教导。"尚雨说。

"你得到这样一个小师傅，真是你的荣幸啊！"康吉对田加说。

“是啊，尚雨是个难得的人才，不仅有很好的茶道基础，而且花道也很了不得，搭配出来的室内设计，堪称绝美！我家中的一切，都是由尚雨来打点的。”

“是吗？你还懂得花道？可以一并展示给我看吗？”康吉说。

“就是略懂而已，没怎么受过师傅的教导，都是自己随便学的。”

“尚雨，你就不要谦虚了，展示一下给康吉先生看看！康吉先生也是一位花道的爱好者呢！”

“确实，我一直遗憾自己对花道没有特殊的感知能力，你就展示一下吧！”

“那么，我就献丑了。”

尚雨说着后退了一步，然后站起来走进了内室，拿出了一把剪刀和一些常用的花道装饰工具，然后在院子里采了几束百合花。

尚雨半蹲回座位前，对着两位展示了花道。格调显得比以前更加高雅了。

康吉鼓掌道：“太美了，你的花道简直达到了天人合一的境界。这是从事花道的人毕生追求的目标，而你竟然这么年轻就达到了，这实在是令人惊叹。”

“您过分赞誉了。”尚雨低着头说。

“不是赞誉，而是实话。倘若一个从事花道的人站在你面前的话，一定会自惭形秽，会被你那无形的光芒所伤害的。”

“真的吗？”

“是啊！我的女儿就很喜欢花道，前段时间去一个花道师傅那里学习，可是没几个月便不愿意学了，我问她为什么放弃了花道，她说，再学也学不好。在这之前，我认为我女儿的花道是很了不得的，可是这次见了你我才明白，在高雅的花道面前，粗俗的花道是不堪一击的，花道是靠天赋的，没有天赋的人，很难达到你这种境界。而一个人若是喜欢花道，又不能达到此种境界，只能选择放弃了。”

“那真的蛮可惜的。”

“下次有机会的，我可以向你引见一下我女儿。说不定你们还会成为好朋友呢！”

利用两人谈私事的时间，尚雨退了出来，正在回家的途中，外面下起了雨，但他还是冒着雨返回了家中。

其实，在路上的时候，尚雨一直在想：自己是不是该辞掉这份工作。这份工作固然是他所擅长的，可是他一想到这份工作便会想到阿雪，这使他无法坦然面对这份工作。

还没走到家中，雨就停了。当尚雨迈进自家门槛时，正巧看到西边出来的太阳，照在残留于树叶的雨珠上，闪闪发光。

晚上，母亲做了鲜鱼汤，满屋子都弥漫了鱼的香味。父亲回来得比较晚，也许是在外面有什么应酬。

吃饭的时候，父亲对尚雨说：“最近的工作怎样？”

“挺好的。”尚雨低着头回答。

“虽然是你喜欢的工作，可是我看你似乎并不怎么高兴。”

“也许是刚开始不习惯的缘故吧，慢慢就好了。”

“哦！要是这样的话就好。”

但是，一回到自己的房间，尚雨就又开始愁闷了。

他就那样呆坐着，身边的书看了一会儿便看不下去了。雨后的空气很清新，蝉声较以前更响了。

就在这会儿，小美来了。看到小美的笑容，尚雨觉得自己好像是抓住了什么似的。

但是他的脑袋还不怎么清醒，所以不知道说什么好，小美在一边说笑，他只是很勉强地表示赞同。

“尚雨哥，你家里有没有画纸啊？”

“没有专业的画纸，只有一些写字用的稿纸。”

“那也可以啊！反正闲着无聊，我给你画幅肖像画怎样？”

“还是不要了吧。”

“不嘛！我学了这么多年绘画，还从来没有画过人物呢！今天就让我画画你吧！”

“怎么可能呢？我见别人画画都是主要画人物的。”

“我喜欢画风景画嘛！也是因为找不到合适的人作画，所以一直没有画。”

尚雨便同意了，小美便在他的房间里用一块木板当作画板，然后照着尚雨画了起来。

但是，画了一会儿，尚雨的动作就变了，小美便提醒他，这样两三次之后，尚雨干脆说道：“好了，今天就到这里吧！改天再画。”

“可是画了还没一半唉！”

小美把画板转过来，只见画纸上只是有一个脸型和一双眼睛，其余的东西都是空白的。

不过，那样反而让尚雨感觉更好，他认为，只要有眼睛就足够了，别的东西自己都可以从容想象，一个人美的能力有多少，就能感受到多少美。

十一

周末又是一个雨天。但是雨下得很小，从尚雨刚睁眼的时候雨就已经开始下了。只见外面偶尔有人打着伞从马路上走过。

雨中的世界和晴天的世界是截然不同的。毫无疑问的是，这还是同一个世界，只不过因为环境不同，在人心中的感觉也就大不相同。这就像是两种对立的心情一样，无论怎样也无法靠拢在一起。

尚雨家不远处，有一座海拔四五百米的山，这座山除了修筑了一条水泥道路之外，别的建筑诸如寺庙之类的都没有建造，只有些上百年的树木，全是自然形成的，所以此山一般作为当地人散步的场所。

晴天的时候，山下的沟中只能看到杂草丛生，可是一旦下过雨，特别是大雨过后，山上的雨水都汇集到这个小沟里来，便形成了一个小湖泊。尚雨小时候经常在那里游泳，每当下雨，其他地方的鱼都会游到这条湖里来，有的时候，还有水蛇呢！

但是，这座山也许用不了多少年就要消失了，取而代之的是一排排高大的楼房。尚雨面对着这座山经常有这样的感慨。

尚雨以为下雨天小美就不会来找自己了，可是没想到刚吃过早饭，她就打着伞来了。

“我还以为你不来了呢！”尚雨说。

“怎么会呢？你瞧，这么小的雨，和不下没什么区别嘛！”

每当看到小美，尚雨都认为她还是小时候的样子。小时候尚雨在湖里游泳时，小美就拿着尚雨的衣服在岸边看尚雨和小伙伴游泳。

令尚雨想不清楚的是，为什么小美不喜欢和别人玩儿，就只喜欢和自己玩儿，从小便是这样。具体从什么时候开始他早已忘记了，反正在他有记忆的时候，身边就有这么一个小女孩。到后来小美逐渐长大了，身边的朋友全疏远了，但是，时不时地，她还是会来找尚雨说话，散步。

“下着雨，我们就不出去了。”尚雨说。

“可是你答应我的啊！”小美似是撒娇地说。

“但是，我当时没有想到会下雨。”

“下得这么小，根本没什么事嘛！要不我们就去山上玩儿，还近，雨大了我们可以直接跑回来。”

“那么好吧。”尚雨说，“你等我一下，我回房间去换件衣服。”

因为尚雨本来就没有打算出门，所以穿得很随意，甚至连鞋子都没有穿。

而小美则是经过精心打扮的，她今天穿了一件黄色的拉链衫，下身是一件白色的裙子，脚上穿着一双粉红色的高底凉鞋。

山上显得雾蒙蒙的，一个人都没有。要是晴天的话，还会有些情侣跑到山上幽会，可是因为阴雨，四处很潮湿，一点儿动静都没有。他们甚至可以听到彼此的心跳声了。

要是小美不在身边的话，尚雨早就抛弃雨伞了，可是在女孩子面前，他就像躲避着什么一样，一直小心翼翼的。

越往上走，雾气显得越大，两人的身影都隐约现在了雨雾之中。

“尚雨哥，一想到我们俩现在这样走着，我就感觉好奇妙，好像在梦中一样。”

“在梦中？怎么会是梦呢？”尚雨也没有思索，随口问道。

“就是梦啊！有时候我会想，现实和梦究竟有什么区别呢？现实是事情的表象呈现在我们的意识中形成的感觉，而梦呢，则是我们纯粹的感觉。这两者同样是感觉，只不过现实的感觉是由具体的事物折射而成的，梦的感觉则是不以实物作为标准的，即使有实物存在，也是经过幻想、夸张后的感觉，那么，梦和现实的区别在哪里呢？也许，它们在某个地方，还是结合在一起的呢！”

“小美，你怎么会想这样的问题呢？”

“你是不是觉得有点儿狡辩的味道啊？”

“确实有那么一点点儿哲理，你的学果然没白上。”说着尚雨笑了。

“尚雨哥——”小美迟疑了一下，“我听说，你有喜欢的人了？”

“你听谁说的？”

尚雨吃了一惊，他猜想也许是自己的母亲告诉她的。

“那也不算是，总之，我现在的处境，很难说——至少是没法说有。”

“那么你的意思是——没有了？”

尚雨没有回答，大步朝前走着，小美从后面赶了上来。

不知不觉，两人已经走到了山顶，可是雨却在这时候下大了。两人不仅下不了山，而且雨伞也丝毫不管用了。

好在山上有些可以避雨的岩石，小时候他们便经常躲在下面捉迷藏。

可是，两人的衣服却全湿了。

尚雨走在后面，小美在前面，当小美的脚踩在岩石上的时候，因为高底鞋站不稳，一下子朝后面仰去，雨伞也掉了下去，幸好走在后面的尚雨看到了，赶紧扶住了她。

尚雨扶着小美走到山洞中，然后去捡刚才小美掉在半路上的雨伞。返回来的时候，衣服已经湿透，贴在身体上了。

一阵风吹来，尚雨打了个寒战，虽然是夏天，可是空气已经被雨水冲刷得很凉爽了，这样吹过来，实在是冷极了。

穿着衣服反而比不穿衣服更冷，可是身边有小美在，尚雨也不好这么做，他只是用眼睛望着外面滂沱的大雨，希望雨赶紧小一些，他们好下山。

这时候，尚雨突然感到一股热气传到了自己的身上，原来是小美从背后抱住了他，他可以感受得到小美的体温，这是尚雨所没想到的，他迟疑了一下子，但是没有动弹。可他的心跳却明显加快了，甚至超过了外面雨点下落的速度。

“尚雨哥，不要动好吗？”

尚雨心情激动，想摆脱小美的手臂，但是回过身来的时候，眼前的一幕却令他的脸绯红了。因为眼下的小美赤裸着身子。黄色的拉链衫，白色的及膝裙，粉红色的鞋子，都放在一边的岩石上。也许是雨水声太大了吧！尚雨一点儿也没发现这一点。

尚雨是个从来没有结识过少女的少年，对于男女之事更是知之甚少。他只不过有时候会偶尔感到青春期的躁动。直到遇到阿雪之后，他才学会有意识地去想女人，想她究竟是什么样子的。可是小美一直是自己小时候的伙伴，两个人小时候甚至还在一起洗澡……但是那些小时候的回忆竟被眼前的一切掩埋了，他根本没想到，小美已经长成了一个少女……尚雨是第一次见到少女的裸体，所以显得不知所措，但是在慌张之中心里却感觉到一种难得的愉悦，当他意识到自己的这点思想时，脸上立即露出了羞涩的神情，然后低下了头。

尚雨迟疑了片刻，小美似乎在等待着尚雨的回应。只见尚雨俯下身子，捡起岩石上的衣服，然后拧了一下其中的水，递给了小美。

小美没有接衣服，气氛十分尴尬，她望着尚雨的眼睛，可是尚雨却躲避着她的眼睛。

“小美，我们不是这样的关系。”

尚雨递在半空的衣服停顿了一会儿，小美才接过去，然后背对着尚雨将衣服穿上，因为刚拧过，衣服上显出些许褶皱。

实际上，尚雨这时候心跳得厉害，他仿佛身处在冬季的雪地里一样，有种不可抑制的冲动，刚才小美的身体直接贴在尚雨的后背上，这让他的后背生出了一股热量。

正在这么想的时候，只见小美拎着鞋子跑进了雨里。

十二

尚雨拿着伞回到家中的时候，已经是傍晚时分了。吃过晚饭后，尚雨去给小美送落下的伞，顺便问问她的情况，可是她没有出来，只有小美的母亲接待了尚雨。

“小美怎么了？她今天去找你了吗？不知怎地，她一跑回来便躲进了房间里，之后再也没出来，晚饭也没吃，尚雨，你知道发生了什么事情吗？”

尚雨也不知道该说什么才好，只是问道：“小美还好吧？”

“看来你也不知道啊！没事，那丫头一直就那样，有什么事情总不和我说，也许过段时间就好了。”

尚雨又问了几句，得知小美没事后便离开了。

晚上回到家中，他又想起了白天的事情。那一刻确实令他怦然心动，甚至说是不能呼吸。但是他一想到阿雪，就讨厌起自己来，他感觉自己太对不起阿雪了，虽然自己什么事情都没有做过。

到了第二天，小美没来找尚雨。过了一星期，小美也没有再来。当尚雨去问的时候，小美母亲回答："在那之后的第二天小美就返回了学校。"

"我也许把她伤害得太深了吧！"尚雨心想。但是，他确实对小美一点儿男女的感情都没有，也怪他太愚笨，竟然一直没有发现小美对自己的感情。而且，他现在正处在自己感情的单相思中，哪有时间去顾及小美的感受呢。

从小美家返回的时候，他感到有点儿沮丧。他担心自己和小美的关系就这样恶化了，也许以后两人会变成陌生人那样。

就在走到家门口的时候，他突然看见一个熟悉的身影站在自己的家门前，走过去一看，原来是阿雪。

"阿雪。"他喊了一声。

阿雪回过了头。

"原来真的是你啊！"

"是啊，我说过要来拜访的嘛！"

"可是，你干吗不说一声呢？"

"怎么？我来得太仓促了吗？"

"没有，没有。"

虽然刚才尚雨还惦记着小美的事情，可是很快就将那件事情抛诸脑后。

当尚雨和阿雪走在不算宽阔的马路上时，阿雪说："其实，我这次来，是秀珠师傅拜托我的。"

"秀珠师傅？"尚雨感到很吃惊。

"是啊！秀珠师傅拜托我好久了。可是我一直没有想清楚，我不知道见了面该怎么和你说才好，所以就一直没来。"

"秀珠师傅拜托你什么呢？"

“她说你不知道为什么突然放弃了花道，让我来看看你，顺便劝你一下。”

“其实，我放弃花道是因为……”

“这个你不用向我解释了，我也不想知道。”

“哦！”

面对阿雪的这番话，尚雨不知道怎么说好。此次见到的阿雪，似乎和之前见到的有些不同，她好像有种孤傲的感觉，以前的阿雪不是这样的。

“我希望你放弃花道不是因为我。”

阿雪又像是突然袭击似的说了这句话。尚雨很尴尬，他既没有同意，也没有反对。

在一棵松树下面，有许多孩子在玩耍。他们将松树枝折下来，然后在地上写字。

尚雨其实早就想问一些问题了，可是这一路上他一直被阿雪的气势所压，开不了口，终于这时候，他才鼓起勇气说：“你为什么放弃花道了？我知道，花道是你的最爱，可是，为什么你会突然放弃呢？难道是因为……因为喜欢上了别人吗？”

“喜欢别人？这是谁说的？”

“那些学习花道的女孩们说的，她们说你喜欢上了一个男人，准备和他结婚，所以才放弃了花道。”

“那些女孩子一向爱瞎说的，这个你怎么能信呢？她们甚至还说，你是秀珠师傅的私生子呢！不过这一点不是针对你的。”

“这么说来——那些都是假的了？”

“是啊！本来就不存在嘛！”

听到阿雪这么说，尚雨的心情舒畅了许多。

“那么你为什么放弃花道呢？”

“这个……我也说不清楚，总之，就是想放弃了。”

“可是……”

“你为我感到惋惜吗？”

“是啊！你的花道才能那么好。”

“那你自己放弃学习花道，你难道不感到惋惜吗？”

“我即使不去学习了，也可以自学嘛！最近我就在一户人家工作，帮忙室内设计，从事茶道之类的，虽然没有专业的指导，但是，能干关于花道的工作，我已经很满足了。”

“看到你现在的状况很好，我就放心了。”

尚雨本来想说：“我这一切都是为了你。”可是他毕竟没有说出口。

两人又走了一会儿，尚雨表现得很不自然。

阿雪在拐弯的地方对尚雨说：“那么，我就先走了。以后有事你可以找我。”

“真的吗？”

“当然了。我们怎么着也是有共同爱好的人啊！”

虽然尚雨感到依依不舍，但还是目送阿雪离开了。

第二天，尚雨就收到了阿雪的一封信，信里阿雪诉说了她对自己的爱意。

尚雨不知道，原来阿雪也爱着自己，这个消息来得太突然了，他竟然高兴得流出了眼泪。他对着信笑完了哭，直到把信都看褶皱了，还拿在手里不能释怀，当他抬头望着外面山上的风景时，他早已经将小美的一切统统忘记了，他觉得炎热的夏季，还是很美丽的。

十三

秋后，尚雨和阿雪就举行了婚礼。

他们在婚礼后坐火车去度蜜月，火车上有卖鲜花的工作人员。那人停在尚雨的面前，看着尚雨和阿雪的打扮说：“你们是刚刚结婚吧。

先生，这么美丽的新娘，你该送给她一束美丽的鲜花。”

尚雨看了一眼阿雪，见她没反对，便对那人说：“给我来三枝玫瑰花吧！”

“三枝？好的。”那人从花束丛中抽出三枝，递给尚雨。

阿雪的眼睛望着尚雨手中的花束，并没有多么吃惊。

然而，尚雨却没有直接将玫瑰花送到阿雪的手中，而是将花放在桌子上，然后从背包里拿出一把细长的剪刀。就在这时，阿雪皱了皱眉头，可是尚雨并没有发现。尚雨右手拿起剪刀，左手拿起玫瑰花，咔嚓咔嚓地只能听到剪刀的响声。满车厢的人都听到了这个快速的、娴熟的、细碎的剪刀声，所有人都将注视的眼光移到了尚雨的身上。只见片刻之后，那三枝玫瑰花已经变成了另外一种样子。虽然还是花，但是美丽的程度却发生了明显的改变。前后的差别就像是月亮有光亮和没有光亮的区别一样。那三枝花的美超过了原先不知道多少倍，三枝花就在这个移动的狭小空间内绽放着光芒，虽然周围坐着的乘客身份各异，而且基本上都没什么花道修养，但是当尚雨落下剪刀时，车厢内还是传来了热烈的掌声。

做完这一切后，尚雨收起了剪刀，满心愉悦地望着阿雪。

然而阿雪显得并不怎么高兴。尚雨刚开始拿出剪刀的时候她有些吃惊，她原本以为尚雨会像别的男人一样，将鲜花送到自己的手中，不过三枝玫瑰花显得有些过分小气了，所以其实阿雪很容易想到他会用那样的表现手法。可是她讨厌尚雨展示花道，特别是当着这么多人的面的时候，当尚雨在游刃有余地展示他那完美而娴熟的花道技艺时，阿雪的脸上露出了痛苦的表情，但是慢慢地，她却沉浸在尚雨所营造的那种氛围中，直到尚雨将剪刀收起，她才恢复了正常状态。

尚雨没有得到阿雪的掌声，阿雪甚至什么话都没有说。

她的目光落在旁边那个细长的剪刀上，在她的眼中，那是尚雨花道的源泉，但那把剪刀却使自己受到了侮辱。于是，她伸过手去将剪刀拿起来，拉开了窗户，把剪刀扔到了铁轨外面。

尚雨没有料想到阿雪会有这样的举动，他感到很吃惊。

“我不愿意看到你在这么多人面前展示花道。”阿雪说。

尚雨忙说：“那以后我只在你的面前展示，这总可以了吧？”

“不要，我要你以后永远不再展示花道，不再对任何人展示花道。”

“阿雪……”尚雨一时不知所措。花道已经融入了他的生活，他见到花自然有想展示花道的欲望。他不知道阿雪为什么一下子变成这样，而在此之前，阿雪还是那么喜欢花道。

“因为我已经彻底地放弃了花道，所以我也不希望你从事任何与花道有关的事情了。”阿雪这样说。

两个人陷入了僵持状态，只见阿雪的眼眶里盈满了泪水。尚雨发现这一切后，忙答应道：“我答应你，我以后再也不碰花道了。”

这件事情是他们结婚旅行中遇到的唯一的矛盾。之后两人倒是非常融洽，只不过在旅馆的时候，尚雨看到外面的院子里有花，他还是忍不住想去摘几株练习一下花道。可是当他想起阿雪当时在火车上的样子，便转过弯朝另一侧走去。

对之前的尚雨来说，花道是他的一切，可是现在他选择了爱情。原本他认为在生活之余自己还可以干些与花道有关的事情，但他没想到阿雪这么抵触花道，他只好作罢。一看到花，他的心里还是有种异样的感觉，一种莫名其妙的欲望驱使着他，但是看到阿雪那美丽的身影，他还是决定放弃花道，虽然这对于他来说是相当困难的。

结婚之后，尚雨和阿雪搬出了父母的房子，用父母给的钱付了首付，然后贷款买了房子。

每天拥抱着阿雪入睡，这让尚雨感到很幸福。这是以前他不敢想的事情，然而现在梦想成了现实。阿雪成了自己的妻子，成了自己生活甚至可以说是生命的一部分，他很难想象，如果失去阿雪的话，自己的生活会变成什么样子。

结婚后，尚雨开始出去找工作，但是除了花道之外，他没有像样的本事，所以屡屡遭到拒绝，这让尚雨伤心极了。原先从事花道的时候他那样游刃有余，可是换了别的工作，他却像一个低能儿一样。无论走到哪里，都是拒绝的声音。

让他欣慰的是，每当他沮丧地回到家的时候，阿雪都会沏上一杯热茶，将茶端到他的面前，并且安慰他说："工作总会找到的，刚开始干谁能什么都会？慢慢熟悉不就好了嘛！"

十四

某个周末，尚雨接到了康吉先生的邀请，请他去原来他工作的地方闲谈。

其实，在和阿雪交往不久后，尚雨就辞去了那份有关花道的工作。而且更让他吃惊的是，阿雪将尚雨介绍给她的父母时，尚雨才发现阿雪的父亲竟然就是康吉先生。

当时康吉看到阿雪的男朋友是尚雨，并不怎么高兴。此后，康吉也曾经专门找尚雨谈过一次。他直言不讳地说："你和阿雪并不合适。"

"为什么呢？"尚雨非常疑惑。

"你是个花道少年，从事花道工作是很难养家的。一般的花道爱好者都是三四十岁的人，他们都有稳定的工作和富足的生活基础，可是你才二十多岁，虽然你确实很有花道方面的才能，可是，我不知道你能不能在这方面立足，甚至可以说，我不知道你能用什么来养家。"

康吉的这番话严重挫伤了尚雨的自尊心，当时他低着头说："我可以放弃花道，找份稳定的工作，认真工作，好好养家的。您放心，我不会让阿雪受苦的。"

"你难道真的可以为了阿雪放弃花道吗？"

"当然。为她放弃生命我也在所不惜。"

听到尚雨这么说，康吉的疑虑才消失了，他同意尚雨和阿雪交往。

这次康吉邀请，自然令尚雨想起了之前的那次对话，所以他感到很担心。

尚雨赶到的时候，康吉和田加两人依旧在那里喝茶。见到尚雨来了，前主人忙说："请坐吧，尚雨。"

"谢谢。"尚雨小心翼翼地就座了。尚雨此刻的心情同上一次坐在这里时截然不同。

"尚雨，你辞职的时候我还感到无法理解，我不明白你为什么突然就不干了。可是，我没想到，原来你同康吉先生的女儿恋爱了。我还以为是康吉先生介绍你们认识的呢，我甚至还认为康吉先生故意想抢走你！没想到你们原来就认识啊！"田加爽朗地笑着说道。

尚雨望着他身后的藤树。藤树高大成荫，已经将这个石桌的周围彻底遮盖了，但是由于修整得好，看上去很清新自然，没有一点儿多余的成分，一切都恰到好处。

康吉问道："尚雨，听说前段时间你在找工作，现在找到了吗？"

"找到了。虽然现在刚刚起步，不过，我相信以后会逐渐有起色的。"

"听你这么说，我就放心啦！"康吉说，"这次叫你来，是为了让你再充当一下上次的角色，给我们俩沏茶。"

"可是……"尚雨有点儿为难，因为他已经答应阿雪不再从事任何与花道有关的工作了。

"我知道。最近你一定感到相当愁苦吧，所以我才让你来释放一下。至于阿雪，你放心，我不会告诉她的。"

尚雨犹豫了一下，还是拿起了茶具。

"尚雨，我还以为你结婚之后沏茶的水平下降了呢，没想到反而更加娴熟了！"田加说。

"见笑了。"尚雨低着头，尴尬地说。

"年轻人嘛！拘束太多，你要是活到我们这个年龄，就不会是现在这个样子了。”

尚雨谦虚地说：“也许吧！”

康吉和田加谈起了往事，谈起了人生。尚雨便在一旁安静地坐着。之后两人又谈到了艺术和美。

“艺术展现的永远是美，哪怕是丑恶，通过艺术形式这一特殊的方式，展示出来的也是美。可以说，艺术的最高形式便是展示绝对的美。”

“我反而认为大自然才是美的。因为大自然不呈现任何恶，哪怕是自然灾害，它显示的反而是一种壮美。只因到了人类的身上，才变得不是那么美丽了吧！”

“所谓的美，是一系列事物现象在我们心中呈现出来的直觉反映。要是人的感觉错误，那么呈现出来的肯定就是错误的美感。而且每个人的美学观点都是不同的，就像是自然主义和唯美主义表现的美丽肯定是不一样的。但作为艺术，它呈现出来的是美的讯息，而且那种讯息在任何人的心里呈现的都是美。要是不美的话，只能说明那是伪艺术，或者是个人感知美的能力太弱，无法感受到那样的美。”

谈到这里的时候，田加朝对面一直不做声的尚雨问道：“尚雨，在你的眼中，艺术和美是什么样子的呢？”

尚雨看了康吉一眼，似是为了请示。

“这个就不用请示康吉先生了吧！”

“是啊，你就说说你的理解吧！”康吉说。

尚雨坐正了刚才稍微偏了的身子，他的视线落在后面那座古旧的房子上，那栋房子是两百多年前建造的，据说之前的主人是个文雅的儒士，喜欢诵文写字，所以直到现在，房间内还弥漫着一股书香气息。

就一栋房子来说，能存在几百年，是很了不起的，人世间的房子，充其量只能存在几十年，不是被风雨侵蚀得不成样子了，便是遭遇什么事故被毁掉了。而这座房子，却可以超越那一切的不可能性存在，维持它存在的动力是什么？刚才那会儿，尚雨一直在思考这个问题。

就是艺术和美！使房子可以存在下来的，除了艺术和美之外，没有别的东西。因为极力追求艺术性，所用的材料和设计方案都是极为讲究的，因此它才可以长久地经受住风雨的侵蚀，光靠这些还是不够的，房子要存在下来，并且维持几百年不动，必须会经常修葺，而修葺的动力便是维持房子原先具有的美丽，使之散发原有的艺术气息。所以说，房子存在下来的原因不是侥幸，也不是人为，而是由于纯粹的艺术和美在支撑。

尚雨收了收视线，说道："陀思妥耶夫斯基曾经说过：'唯有美能拯救这个世界。'这句话乍看很难理解。大部分人认为，拯救这个世界的是和平，是善良，而不是美。但是，要是考察一番的话，便可以发现一些问题。永久的和平，是不可能的，再说，世界上总存在一部分向往战争的人，即便是和平了，有些人会因为受不了这种和平而再度挑起战争。我们都知道，为什么人人都能吃苦，但是却无法适应永久的享乐。因为享乐的过程会将人类最本质、最原始的东西显现出来，人会陷入精神的恐慌中，他们找不到任何寄托，也失去了任何动力，所以他们便感到社会制度的不合适和随着时间暴露出来的，使他们无法忍受的法律漏洞、生存方式、思维方式、精神模式……这些都迫使他们希望社会变革，出现一种新的模式，产生一种新的精神，那么他们才会回到原先的状态，再次正常生活。可是社会变革通过言语和谈判是永远不可能实现的，即使制定的新秩序再美好，也不可能实现。一方面是因为还有许多守旧的人阻碍着新秩序的实施，另一方面是因为这种情况下新秩序会阻止自己出现。不在特定的情况下，无法显现出新的秩序来，除非已经到了新秩序需要出现的那一天。貌似人们提倡防患于未然，但是实际上人们都是在问题发生了之后才学会的防范。也就是说，在旧的秩序中，只能产生反抗的力量，而不能出现新的秩序，只有反抗成功了，新的秩序才会出现。这一切都说明，这个世界，至少只要是人类统治，就不可能是永久和平的。人们对和平的期盼就像是对长生不老的渴望一样：因为人们的寿命都很短，所以才渴求长生不老，可是一旦真的长生不老了，人们会更加痛苦。至于善良，每个人都可能是善良的，但是每个人都必然有欲望，欲望必然是利己的，所以就难免产生一些对别人不利的邪恶思想。而且人们都说，老好人在这个世界上是最可怜的，只有那些心智极差的人，才会去同情别人，将别人和自己等同，从而散发自己的怜悯之心。这个世界上，有的是险恶、阴险、毒辣。地位的不平等、贫富不均……这些都是导致邪恶的原因。诸如此类的问题是永远无法解决的。就像是尼采所言的权力意志，那是人天生的，并不是教化就可以使人达到的，因此也就永远无法摆脱贫富不均、地位的不平等以及权力的不平等。而美呢，只有美是永无止境的，人类可能死亡，这个宇宙可能消失，但是人类对于美的追求，却是永无止境的。感受美的能力无论高低，都不影响他们对于美的渴望。他们心中可能没有神，但是他们的心中一定会有美，纵使他们有邪恶的思想，但是化作纯粹的感觉都是美，只有美才能在人的心底萌生一种永久的动力。有人会说丑是美的对立面，其实并不是，丑并不是美的对立面，而是美的一部分，只有美才能衍生丑，甚至可以说也只有丑才能衍生美，它们两个是紧密地结合在一起的，甚至可以说是一体的，我们无法将它们具体分开。它们都能达到美的效果，即使是丑恶，也能引起美的感觉，这一点可能很令人吃惊，但事实上，当我们在认知到某事物那是丑的同时，事物的美也会浮现出来，它们的形象会合在一起，最后完全化作美。所以说，人会追逐美，也会追逐表面的丑，甚至有的人追逐最变态、最残忍的方式，其实那潜在的动力都是人对美的向往，因为只有美，才能在溅起人心底的涟漪，使人们对外界有所反应，产生永恒的动力，而那种动力恰好就是保留自身的生命意志，也是一切事物的起源。而艺术呢，则是作为美的表现形式，是美的载体，倘若没有艺术，人们就感受不到那各种各样的美，也可以说，艺术是人们探索美、追逐美的必然结果。只有通过艺术，美才能深化，才能达到新的高度，而人们正是为了追逐那永恒的美，才将艺术和美结合在一起。可以说，美不知道从什么时候开始就和艺术成为一体了。直到现在，人们还在苦苦思索，怎样才能达到美和艺术最完美的境界。”

尚雨是一口气说完的，中间虽然有停顿，但是似乎并没有思考，也就是说，这些话其实他早都已经想好了。说完之后，他对着两人施了礼，然后说：“这便是我对美和艺术的观点，说得不好请见谅。”

两人却陷入刚才尚雨的话语中，还没能醒悟过来。尚雨才二十几岁，可是他对于美的感悟能力已经超过了他们，他们感到远远不及。

“不，你说得太好了。真的，在此之前，我真的不曾有过这样的观点。今天让我受益匪浅。”田加说。

“您太客气了，其实我只不过是随意说的。”

“尚雨，你说得确实不错，远远超出我的想象。”康吉也说。

尚雨又在那里坐了一会儿，但是没有再开口。之后两人开始谈私事，尚雨便先离开了。

等到尚雨离开后，田加望着尚雨的背影说：“他果然隐藏着一股非凡的才能！”

“这一点我也发现了。”

“可是，你为什么要让尚雨放弃花道呢？”

“那不是我的主意，而是我女儿的。”

“阿雪？她不是很热爱花道吗？为什么要让尚雨放弃花道呢？”

“阿雪是我的女儿，我很清楚这一点，那是她的性格所使然。之前我甚至担心他们结婚后会过得不好，因为我害怕女儿是为了报复才嫁给尚雨的，可是看到尚雨愿意放弃花道，我就放心了。不过，尚雨就这样放弃花道，我还是感觉蛮可惜的。”

“报复？”

“是啊！我很明白阿雪要的是什么。但是我却无能为力！要是不遇到尚雨的话，她或许现在还天真地满怀对自己花道的希望呢！也许遇到尚雨是命中注定的吧，她幡然醒悟了。至于她具体是怎么想的，我也不知道，总之，我希望他们幸福就好。”

“那你干吗不帮助一下他们呢？你看尚雨生活得那么艰辛。”

“我也想帮助，但是，那种生活正是阿雪所渴望的。”

“阿雪希望清贫的生活？”

“不是，阿雪害怕富足的生活。富足之后她或许比现在更加痛苦。”

说到这里，康吉缄默不语了。他望着空中飞过的一群大雁，才意识到原来已经是深秋时节了。

十五

春天来得总是格外迟，冬天早就结束了，可是还未见到春天的影子。直到树叶开始生长的时候，才能意识到春天已经到来了。几天没注意，树上的叶子已经变成茂林一片了，进入了初夏。

阿雪眺望着远山发呆。她还记得一年多前在山上学习花道时的情景。

如今，她早已放弃了花道，将花道当成了一种美好的幻想。虽然放弃了花道，但是她觉得自己的花道技巧在无意之间增长了。这是一种很奇妙的感觉，也许是她天天想着花道的缘故吧。正因为天天想着，所以即使她在现实中不再从事花道，心里却一直在从事花道。每次想到花道，阿雪的心里都会有一种崇高之感，觉得现实中的一切都是鄙俗的。

尚雨如今也放弃了花道，在办公室安心地工作，只在偶尔空闲的时候，在办公桌前拿起剪刀剪些纸花。一些同事见了都会赞叹：“太美了，简直比女孩子的手还巧。”尚雨很惊奇，因为每次都是在无意识时剪的。当他看到眼前的剪纸时，才发现刚才自己已经不受控制了。不过，他已经有半年之久没有动过一枝花了，花道才能也有些荒废了。

阿雪认为自己学习花道的那段时间简直像是梦境。当时，她很认真地认为自己将来会从事花道，可是她的理想被尚雨的到来完全毁灭了。她的心里极为矛盾，因为她既不想放弃花道，又不想见到花道的终极境界出现在别人身上，所以她也只有放弃花道。这固然含有自暴自弃的成分，但是她再也找不出更好的办法。每当想到尚雨为自己放弃了花道，她都会觉得是一丝安慰。

一下班，尚雨便匆忙离开了办公室。他站在站牌下，同众人一起等公交车。

他总觉得自己很悲哀，但马上扭转了这种想法。

“这种想法太荒唐了，我应该考虑一下自己的家庭。”

为了让阿雪过得更好一些，他可谓想尽了一切的办法。不过，他们的日子过得既不好也不坏。生活每次有所好转的时候，总是一下子又陷入了困境。他不得不立即再投入努力，将自己的精力全部用在工作上。

在公交车上时，一个女子对他说：“你不是尚雨吗？”

“是的，您是？”

“我是同你一起学习花道的阿红啊！”

“啊！原来是你啊！”

“你现在还从事花道工作吗？”

“没有。”尚雨低着头，“我现在在做别的工作，在办公室里天天做些无聊的东西。”

“那太可惜了，你的花道可是我们之中最好的，比起来，我简直差远了。不过，你为什么不从事花道工作呢？凭你的才能，应该能将花道带入一个全新的时代，你理应能找到一份很好的花道工作的。”

“因为一些事情……”

“不过这也挺好的，坐办公室也很好嘛！悠闲自在。”

“你现在还从事花道工作吗？”

“是啊！我现在在一个女子学校教授花道，那些女学生真是笨死了，老惹我生气。不过，我很满意现在的工作，因为我喜欢嘛！”

“是啊！人嘛，从事一份自己喜欢的工作是最重要的。”

车走到一个十字路口的时候，阿红指着树木很多的一处说：“我工作的女子学校就是那里。如果你想练习花道的话，可以来这边，这里的房间、工具一应俱全。你家中没有专门的花道室吧？”

“没有。不过，我已经不再从事花道了。”尚雨干脆地说。

阿红下车以后，尚雨又朝那个方向看了看。那个地方很幽静，看上去像是个从事花道的好地方。

虽然尚雨已经放弃了花道，可是一想到花道，他还是感到很痛苦，心里觉得一阵不安。

回到家中的时候，阿雪正在做饭。看到厨房中阿雪的身影，他的心才好受了一点儿。

阿雪做好饭后，看到坐在沙发中面带愁容的尚雨，她说：“已经开始有蝉鸣声了，真烦人呐！”

“是啊！我回来的路上，看见好些女孩子都已经开始打着遮阳伞走路了。”

“你看上去不怎么高兴啊，发生了什么事情吗？”阿雪问。

“没有。”尚雨回答道，他将报纸放在桌子上，“对了，今天回来的时候我遇到当年和我们一起学习花道的阿红了，你还记得她吗？”

阿雪的脸色立即变了。她转过身说：“当时的事情，我都忘记了。”

尚雨没有注意到阿雪的表情，还是继续说道：“她在市里的一家女子学校任教，教授学生们花道，还叫我有空的时候去练习花道呢！”

阿雪走进厨房，端出了饭菜。她说道：“明天妈妈要来这边。”

“是吗？”

“我要妈妈陪我去趟医院。”

“医院？你怎么了啊？身子不舒服吗？”

“我可能怀孕了。”

尚雨感到阿雪的话实在是对自己的一种冲击。他还根本不曾想过要孩子呢！再说，现在房贷都还没有还清。

“怎么？你不想要这个孩子吗？”阿雪似是逼迫地问。

“没有，怎么可能呢！我最喜欢孩子了。只不过你突然这么说，我有点儿吃惊。那我明天请假陪你一起去吧！”

“不用了，有妈妈陪着我就行，反正她在家里也没有事情。”

“噢！”

尚雨低下了头，似是为没有发现阿雪怀孕而自责。但是，刚才心里因为花道而洋溢出来的热情，被这一消息驱散得无影无踪了。

第二天一早，阿雪的母亲便来了。尚雨本来想陪着一起去，但最后还是没有去。即使在上班的时候，他也感到心不在焉。没到下班时间，尚雨就给阿雪打了电话。

“阿雪，你还好吧？”

“嗯，还好。”

“那结果呢？”

“和我预料的一样，我怀孕了。”

“真的吗？那晚上你别去买菜了，我回去的时候直接去超市买吧！”

尚雨本来想和阿雪商量一下，自己是不是可以利用空余的时间去从事花道工作，那样自己也可以获得一些额外的报酬。可是现在，尚雨的希望又落空了。因为以后要照顾怀孕的阿雪，更没有那么多的空余时间了。

十六

日子就这样一天天过去了，尚雨每天下班都及时回家去打理家务并照顾阿雪。但是，萌生的花道之心却折磨着他，他就像是心被悬着一样，做任何事情的时候都感觉若有所失。

阿雪发现了尚雨这一点，便对他说："你要想做你的事情就去做吧！我现在还可以照顾自己的。"

尚雨回过神来，笑着说："我没有什么事情。"

一天下班回家，尚雨发现信箱里有一封花道活动的邀请函。他打开后，才发现是阿红寄来的。她也许是从秀珠师傅那儿要来了自己的联系方式吧。不过自己已经放弃花道了，她干吗还要送邀请函来呢？

邀请函中写道，几个女子学校一起组织了一场隆重的花道比赛，其中不乏各个学校的老师，还有那些年少的学生。阿红邀请尚雨和阿雪前来观赛，本次比赛的特邀嘉宾是秀珠师傅。

尚雨思索，该不该告诉阿雪呢？毕竟花道也是阿雪曾经喜欢的东西。但是走进客厅的时候，尚雨还没下定决心。

正巧阿雪坐在那里看电视，尚雨认为这个消息会令阿雪感到高兴，便将信件放在桌子上，说："这封邀请函，说是邀请所有的花道爱好者去参加几个女子学校组织的花道盛会，特邀嘉宾是秀珠师傅。你要不要去看一下？"

阿雪没有说话，她站起来走进了卧室，丝毫没有理睬尚雨的问话。

看到阿雪是这样的反应，尚雨也没有继续说下去，便将邀请函收了起来，再没提花道比赛的事情。

虽然尚雨没有决定去赴这个花道比赛，但是他却无时无刻不在想着花道。甚至在走路和工作的时候，他的手都在无形地做着花道的动作。

到了比赛的那天，尚雨坐车路过了那个学校，他心里感到一阵迟疑。最终，他还是下了车，朝阿红说的那个女子学校走去了。

学校里的人很稀少，也许已经放学了。难道花道比赛已经结束了吗？尚雨渴望在比赛上看到那优美的花道，可是没想到比赛已经结束了。他感到一丝遗憾，但他又想，这样也好，要不然见到那些人展示花道，自己会更受不了那种诱惑了。比赛既然结束，去观看一下花道室也好，那样心情也会舒畅很多的。

他顺着栽植着冬青和樱花树的小路走着，只见路边坐着一个女孩，在对着广场中间的雕塑作画，他走过去问道：“请问一下，你们的花道比赛结束了吗？”

“是啊！刚刚结束，现在在收拾会场呢！”少女回答说。

“你们的花道室在哪边？我想去看一下。”

“花道室在那边。”少女放下手中的画笔，指着不远处的一栋淡黄色的楼说。

“谢谢了。”

尚雨朝那边走去。那边果然还有一些进进出出的人。那栋楼显得很别致，虽然外形是西式的，但是一走进去，便可以感受到一股浓厚的中国古典气息。

那个花道室很大，比赛搭建的场地还在，地上铺的红布还没有撤去。大厅是呈半弧形的，一侧是由玻璃镶嵌而成的，有一大块空地上栽满了各色的鲜花。有些人正抬着桌子往外走，尚雨还是第一次到这样正式的花道室，所以心情有点儿激动。

就在他观赏的时候，一个人朝他走了过来，是秀珠师傅。

“啊！秀珠师傅。”尚雨施礼，但是显然不知道该说什么好。

“你来了。不过花道比赛已经结束了。”

“我已经放弃花道了。我过来只不过是想看一下。”

“那样啊！其实，你收到的邀请函，是我寄给你的。这次的花道比赛是我的几个女弟子举办的，她们都是当时和你在一起学习的人，所以她们就商量着请我来做评委，我推辞不过，便来了。我一想到你和阿雪是我教的人里最有花道天赋的两个人，所以便给你和阿雪发了邀请函。我想你们或许有兴趣来参加，哪怕是见见这些长久不见的同学也好啊。”

“哦！阿雪因为怀孕了，所以不便走动，就没有来，她让我向您问好。”

“哎！”秀珠感叹道，“你和阿雪要是从事花道的话，不知道比那些人强多少呢！看到今天的花道比赛，我真伤心，那些学生只是将花道当作打发时间的方式或者是向别人炫耀的工具，一点儿都看不到花道真正的精神所在。”

这时候，那些老师们，也就是当年尚雨的同学们走了过来。她们看到尚雨，都很吃惊，七嘴八舌地问尚雨这两年都去哪里了，如今在做什么。尚雨笑着勉强回答了。看到这些同学现在从事花道的样子，他觉得自己的工作竟是那么丑陋。

“尚雨啊！你可是我们当中花道最好的一个！你放弃了花道，真是可惜呐！要不然你再给我们展示一下你的花道吧！怎样？”

那些同学都说道。

“还是不要了吧！我已经有两年的时间不曾拿起花来了，花道一定都生疏了。还是不在你们这些专业的老师面前丢人了。”尚雨推辞说。

这些同学还不知道尚雨和阿雪结了婚。其中一人说道：“没事的，你就展示一下嘛！反正现在也没别人，学生都已经走了。你和阿雪可是当时师傅最器重的两个人，没想到你们两个先后放弃了花道，为此师傅可伤心了。”她说这话的时候，言语之中或许多少透露出一丝对尚雨的讽刺，尚雨也不好回应什么。

秀珠师傅望着尚雨，没再说什么。只有她知道，尚雨为什么放弃花道。

众人还是劝说尚雨上台表演一下，因为她们都想看一下尚雨如今的花道实力。固然当时尚雨的花道才能远远超过她们，可是两年没有接触花道，不知道他的花道究竟变成什么样子了。再者那些人都是天天从事花道教学工作的专业人士，虽然她们将花道当作挣钱的工具，但是她们还是暗暗地互相比较。试问，有哪一个人，希望被别人远远地抛弃在后面呢！

尚雨禁不住劝，还是上台表演了一番。因为心境不怎么沉稳，所以动作姿势都显得有些生硬。果然，他已经不再是两年前的他了。当表演完的时候，虽然众人给了他掌声。但是他从她们的脸上已经看不到她们两年前的那种表情，现在她们似乎在说："也不过如此嘛！"

秀珠师傅什么也没说，直接走出了花室。外面的空气很清爽，一些树木的叶子已经开始凋零。

当尚雨出来的时候，他还是从秀珠师傅的表情中看到了失望。

"师傅，承蒙您错爱了。"

"你已经两年没动花道了嘛！只要经过一番练习，自然还会恢复的。"

"其实这两年我一直等待机会，希望能在工作之外从事业余的花道，可是如今看来，我已经不具备这样的能力了。我的心态变了，所以我再也无法从事花道了。"

尚雨的手颤抖着，他也不知道怎么回事，一拿起剪刀来面对那些生动的鲜花就感到一阵恐慌，日常面对纸花的时候他是没有这种感觉的。他的手一点儿都不听使唤，脑子里也不再像两年前那样呈现出明确的思路。他的手甚至不知道在哪里下刀，而且一点儿准头都没有。他本来想剪这里，却生怕剪不好，结果一下剪刀，真的出现了问题。这些都说明他已经不再是那个澄净如水的少年了。面对自己的这番行动，他恨不得扔下剪刀逃到一个无人的地方。

当他沮丧地回到家中的时候，阿雪原本很生气，也许她早已经知道他去花道比赛现场了。但是当她看到尚雨的表情时，竟然不再生气了，出奇地谈到了花道："你今天去花道比赛了吧？"

"我本来不想去，可是下班的时候，还是情不自禁地去了那边。可是花道比赛已经结束了。"

"她们是不是让你展示花道了？"

"嗯。"尚雨说到这里，似乎显得极为痛苦。

突然，尚雨扑在了阿雪的怀里。他的样子就像是一个痛失一切的人一样。

“阿雪，现在我只有你了，除了你之外，我一无所有了。”

阿雪迟疑了一下，伸过手去，抚摸着尚雨的后背。她看到天边的夕阳格外美丽，她的心出奇的平静。

十七

两年前，阿雪在秀珠师傅那里学习花道的时候，尚雨的到来使得她的花道之梦破灭了。对她而言，尚雨就是花道的终极境界，她不可能逾越，而她的性格使她不屑于像那些女孩子一样，只是为了爱好和将来的工作去学习花道，所以她宁愿放弃花道，从今以后再也不触碰花道。

放弃花道之后，阿雪一直处于迷惘之中，因为舍弃了花道，她感觉自己的人生仿佛没有了意义。正当她处于徘徊之际，秀珠师傅来拜访她，并且对她说尚雨爱她。这对她来说简直是一个莫大的惊喜。如果尚雨喜欢她，那么她只要占据尚雨的心，便可以完全占有尚雨那至高无上的花道。

可是，阿雪并不想依靠占有尚雨的心来占据他拥有的花道才能。对她来说，尚雨身上的才能，是对自己的亵渎，是对自己存在的否定。她那么热爱花道，擅长花道，可是当她见到尚雨时，自己所钟爱的花道却化作痛苦朝她袭来。为了摆脱这种痛苦，她只有放弃花道。当她知道尚雨爱着自己的时候，心里便产生了一个恶毒的想法。她想用自己的一生来毁灭尚雨的花道才能，也只有那样，她的存在才能显示出意义来，她才能安心地从事彰显自己存在意义的花道。

于是，阿雪拜访了尚雨，并且主动向尚雨倾诉了自己的爱意。实际上，她究竟对尚雨有没有爱意，她自己也不知道。她只是能感受到自己对尚雨才能的嫉妒之心。那种疯狂的嫉妒之心将她控制住了，逼迫着她去做那些自己根本没有想过的事情。

在结婚旅行的火车上，尚雨以娴熟的手法展示了花道。那时尚雨的花道境界甚至比以前更高了，也许是由于结婚带给了他幸福感吧！就在尚雨以为她很高兴的时候，她的心里感到一种无法躲避的痛苦，这使她做出了那样疯狂的举动：她将剪刀扔到了外面，而且要尚雨彻底放弃花道。即使在之后的日子里，她也一直注意着尚雨的感受，每次尚雨对花道有所渴求的时候，阿雪其实都是知道的，但是每次她都故意装作不知道，而且强迫他放弃这种念头。也正是因为如此，他们的生活每次有所改善的时候，阿雪都故意使他们的生活再度陷入危机，那么尚雨就只能安心地工作，没有心思再去想花道之类的事情了。

直到今年春天，尚雨对她说他在路上遇到了以前一起学习花道的阿红。她从中感受到尚雨那颗燃起的花道之心是多么炙热，于是她故意说自己怀孕了，然后等尚雨睡着之后给母亲打电话，让母亲第二天陪她去医院做检查。不久之后她真的怀孕了。看到尚雨那炙热的花道之心有所减弱，她感到些许安慰。

前不久，尚雨收到了秀珠师傅寄来的邀请函，她又开始担心，怕尚雨因此再度重新回到花道当中。其实，第二天秀珠师傅就来过电话，问她们两人要不要去参加花道比赛，阿雪想也没想便拒绝了，当秀珠师傅问到尚雨的时候，阿雪说："尚雨上班很忙，可能也去不了。再说，尚雨这么久都没有从事花道了，可能已经生疏了。在那么多专业人士面前，他也不好意思去展示花道吧！"

阿雪知道尚雨会忍不住去参加花道比赛。当天晚上尚雨没有准时回家，她便知道尚雨去了哪里，为此她感到气愤。要是尚雨再提起花道的事情，她一定要阻止尚雨，她甚至还想故意流产来阻拦尚雨。可是，当她看到归来的尚雨满脸忧愁的样子，她便知道尚雨在花道比赛上发生了什么。一看到尚雨的表情，她的心情顿时由原先的气愤变成了兴奋。

望着睡在自己怀里的尚雨，阿雪满足地笑了。因为她看到自己所做的一切已经取得了成效。

在这之后，经过卖花小店的时候，她都会跑进去看看。她回过头对尚雨说："我买些花回家，你给我展示花道好不好？"

她看到尚雨的手在颤抖，继续说："要是你不和我结婚的话，一定能成为优秀的花道大师吧！"

实际上，说这话的阿雪又何尝不是呢？倘若她不放弃花道，将来一定也能成为花道大师。

但是，她宁愿自己毁灭自己的花道，甚至用自己的一生来毁灭那遭自己嫉妒的尚雨的花道才能。

在冬天的时候，阿雪生下一个可爱的小男孩。尚雨的工作也有所起色，升了职。他再也没有从事过花道，甚至走到有花的地方，他都会躲避开。

在他们的孩子五六岁的时候，阿雪开始教授儿子花道。也许是因为父母曾经都是从事花道的人，所以孩子一出生便对花道感兴趣。他像模像样地跟着母亲学着，样子极其认真。尚雨下班之后，便一个人坐在阳台上发呆。

"尚雨，你来教一下我们的儿子好不好？"

"哦，什么？"尚雨在阳台上应道。如今，他的脸上已经出现了些许皱纹，他已经是个快三十岁的人了。

"你来指导一下他的花道，看看有什么不对的地方。"阿雪说。

"这个啊！"尚雨感到很尴尬，"还是你指导他吧！"

小男孩拿着剪刀咔嚓咔嚓地剪着月季的叶子，向母亲问道："妈妈，是不是这样啊？"

"对，就是这样。有当年你爸爸的风采。"

"爸爸也会花道吗？"

"当然了，你爸爸的花道可是很厉害的呢！"

"是吗？爸爸。"小男孩的头抬着，望着尚雨。

尚雨被看得不自在，忙说："你妈妈是开玩笑的，妈妈的花道才是最好的呢！"

说着，尚雨便回到阳台上，在座位上坐着，望着西边快要落到地平线以下的夕阳。

"小心月季上的刺。"阿雪对儿子说。

儿子一遍一遍地练习着花道。阿雪则回过头去望着阳台上的尚雨，她的丈夫。

尚雨那略带忧伤的脸上映着夕阳金黄色的余晖，他的身影和周围的景物映衬在一起，他仿佛一尊古铜色的雕像一样。尚雨已经和当初那个花道少年截然不同了。原本他可以在花道之路上显示自己那无与伦比的才能，散发出异样的光彩，可是如今，他已经与平庸的中年男人没什么区别了。

阿雪想着：如今，自己的花道，终于超越了尚雨。她望着尚雨那显得疲劳的身躯，感慨地落下了泪水。

风泪眼

一

穿过一排排整齐的楼房和几条曲折的街道，车停靠在无人的石门庵旁。

文海在这儿下车，随他下车的，还有一个六十多岁的老头儿。他望着老头儿脑后半秃的头顶，还没来得及上前搭讪，老头儿已悄然消失在常春藤后。

他绕过开满鲜花的园子拐进庭院里。庭院的地上有几只鸽子在呱呱叫着，鸽子见到有人闯入，便闪到远处的地面觅食去了。一排排红叠着青、蓝掺着绿的房舍错落有致地分布在道路两旁，古典幽雅而不失宁静安谧，一阵阵的虫鸣鸟叫也可以清晰入耳。文海思忖父亲为何躲藏到这儿来。

三个月前，父亲突然对文海说自己要离开一段时间。当时他想：父亲可能是平时工作太忙了，没时间休息，才这样说，借此机会放松一下身心。可是他现在想来并非如此简单：按说父亲的年龄早该退休了，可他还不肯服老，或者是不放心自己，仍旧经营着陪伴了他一辈子的面包房。金文海不知道父亲为何经营面包房，在这之前，父亲曾在一家公司任要职，后来公司倒闭才退了下来，他也没有再找别的工作，便用自己十多年的积蓄开了这家面包房。面包房虽然维持基本流水不成问题，可是却挣不到钱，还有一段时间因为大超市的增多而经营不下去。也就是父亲能有这样的耐心，经营了一辈子也不肯放手，文海的妹妹曾多次劝说父亲卖掉面包房，静心生活。可他就是不听，他经常对兄妹俩说，能够娶你们的妈妈全靠这个面包房。这样说来，父亲大概是因为母亲才这样辛苦的。母亲在文海五六岁的时候便去世了，那时母亲经常在面包房里忙左忙右，挥舞着手臂，额头流着汗水……自从母亲去世后，父亲便一头扎进面包房，几天甚至几个月都不出来，他大概是在寻觅母亲生前在这里的影子。文海常常看到父亲坐在母亲工作的地方暗自落泪，每到这时，文海都悄悄离开。

这次父亲来到这么冷清的地方，大概也是因为母亲。父亲太爱母亲了，母亲去世后他消瘦了一大圈，这二十年来，他忍受了极大的痛苦，每天用工作来使自己忘记这一切，这些景象虽遥不可及却每天都会出现在父亲的梦境中。父亲来到这儿已经有三个月了，这几个月来文海因为经营面包房而难以分身，这次来这儿看父亲，是因为昨天父亲给他打电话让他带点儿东西过来。

他迈过一道门槛，按父亲所说的进了这个庭院。古色古香的房子前有一棵挺拔的樱花树，如今正绽放粉红色的花瓣，在风中摇曳不定。他走上前，敲了敲门问道："爸爸在里面吗？"

过了一会儿，门开了，文海见到了父亲那饱经沧桑的面孔。

"进来吧！"

文海跟父亲走进屋子。父亲坐下，也让文海坐下。文海把手中的东西放在桌上。

"爸，这是你要的东西。"

父亲拿起东西看了看，放在一旁，对文海说："我今天叫你来，不仅仅是要你拿这些东西来，我还有一些话要对你说。"

"爸，你说吧！我听着。"

文海看了看四周，屋子内的光线有些暗，墙上挂的是印象派的几幅画，桌角上放着叔本华的书，总体的格局很简单，完全是古式的风貌。

“采珠呢？”

“她跟天华去赏园了，你找她有什么事吗？要不我叫她来一趟。”

“不必了，”父亲赶忙说，“她跟那个天华还好吧？”

“挺好的，妹妹本来就聪慧漂亮，这个方面她有自己的主张，我也不好说什么，希望您也不要干预她的感情生活，毕竟将来过生活的是她自己，不是我，也不是您。”

父亲笑了笑，想起身沏壶茶。文海忙说自己来，便到柜子里拿出茶叶放在壶里，倒上热水。父亲拿过刚才文海带来的茶碗放在面前。文海给父亲倒满，也给自己倒了一杯。

“文海啊！自从你妈去世后我就没有好好地跟你谈过心。现在你大了，大学也毕业了，有很多话我也应该告诉你。”父亲拿起茶碗喝了口茶，热气从他的脸颊旁升起，徐徐袅袅。

“其实，采珠不是你的亲妹妹，你也不是她亲哥哥。”

“什么？”文海始料未及，这个消息对他来说实在是太出乎意料了。他怎么也不敢相信，跟他一起玩耍、一起睡觉、一起长大的妹妹竟然不是自己的亲妹妹。他就这样哑然地望着父亲，忘记了去问自己心里所有的疑团：到底谁是父亲的骨肉，到底谁是捡来的，谁是领养来的？被领养孩子的亲生父母又是谁呢？他们为什么会丢下这么小的生命而不顾？

“在二十三年前的今天，那一天我记得特别清楚，整个城市樱花盛开，美若仙境。你那时刚出生两个月，你妈抱着你去赏园，在一片花丛中，你妈发现了一个小婴儿，也就是你的妹妹。我们抱着她问遍了所有的人，可是没找到她的父母。当时你妈对我说她很喜欢这个小女孩，于是我跟你妈商量把她带回家，当作自己的女儿来养育。第二天，我便去公安局把她的户口落在了家里。我和你妈尽量地满足她，平时对她要求严格，你妈想把她培育成一个优秀的人，因为她跟你妈的命运太相似了，所以你妈才对她倾注了全部的爱。你大概时常抱怨你妈吧？我希望你不要这么想，你妈是世界上最好的女人，她善良、坚毅、富有爱心。我在你妹妹的身上看到了你妈的影子，也正是因为如此，我才全力供你们两个读完大学。这件事情，在我的心中埋藏了二十多年，今天之所以告诉你，是因为我觉得你已长大，有能力承担一切了，我希望你以后一定要照顾好妹妹，即使她不是你的亲妹妹，但你也要把她当亲妹妹来对待，因为她能健康地长大成人，少不了你妈的心血。”

说完这些，父亲转头朝向窗外，望着门口的那棵樱花树，他大概回到了二十三年前的往事中，追忆着跟妻子共赏樱花的乐趣和傍晚时分他抱着文海、妻子抱着采珠时两人笑逐颜开的情景。

“为什么要告诉我这些呢？你为什么不告诉妹妹而告诉我呢？”

文海用忧郁的眼神看着父亲，他精神恍惚，仿佛这些话是从地球背面传来的，此时他脱口而出的话也不是他真心想说的。

“我不想告诉你妹妹，也不想你告诉她，你知道就行了。”父亲拍了拍文海的肩膀，“堂堂七尺男儿，这点是能做到的吧！好好照顾你妹妹。如果你不愿意经营面包房，可将它转卖了，干些自己喜欢的事情。”

“可是，面包房是你一辈子的心血啊！”文海说。

“罢了，罢了。”父亲叹了口气说，“当年我开这个面包房的动机是为了让人们吃饭方便一些，给那些贫穷的人们一点儿物质帮助。给这些人钱他们决不会要的，所以我才想出了开面包房这个主意，你妈也是因为这点才嫁给我的，要不凭她的条件可以找一个比我强十倍的人。娶到你妈是我今生最大的荣幸，而失去她给我造成的打击也是无可比拟的，那时我甚至想随她而去，可是我放心不下你们两个。有段时间面包房生意不好，我曾想将它卖掉，转行去建筑行业或房地产。可是我觉得自己年龄大了，不太适合去干那些高风险的工作，才这样勉强放弃了这个念头，后来生意好些了，而我也无心再经营。你们两个都大学毕业，能独立了。你想卖掉的话就卖掉吧！年轻人应该干自己喜欢的事业，我经营面包房完全是因为你妈，如今你妈不在了，怎么样干你自己看着办就行了。”

父亲用手摩挲着那质地洁白的瓷茶碗，眼神越发幽深。这个茶碗是母亲生前用过的，父亲如今让文海拿来，大概是在表达一种难忘的怀念吧！母亲那温暖柔和的双手，晶莹饱满的嘴唇，都留在了这茶碗上，永远抹不去。

文海此时明白，即便妹妹讨厌上学，父亲还是要她上完私立大学，也全是因为母亲。

过了一会儿，父亲起身说去浇花。“这是我在这儿每天必干的事情，因为太无聊、太寂寞了，才想到要浇花、喂鸽子。平时压根儿没想到这是一种乐趣。就像是遇到了某些事物就想到了某个人，因为这些事物跟某人有密切的关系。平常自己忽略了别人，别人也忽略了自己，彼此都只认为那段友谊是一桩往事，而不挽回。我年轻时的朋友现在一个都不见了，想到这些真觉得悲伤。”

父亲说这番话的时候，文海却在想妹妹的事——妹妹不是自己的亲生妹妹的事。该隐藏到何时呢？但总有一天妹妹会知道的吧，到那时，妹妹会不会抱怨自己欺骗她？不，不应该让妹妹知道这事，这对妹妹的打击太大了，自己就当作什么也没发生过一样就行了。

“文海，爸爸好久没跟你一起散步、吃饭了。不如今天就出去一下吧！”

“呃——”文海回过神来，答应了一声，“好的。”

父亲把手中的小米撒向远处鸽群嬉戏的地方。一粒粒小米像弹球一样来回跳动着，落得凌乱无章。那鸽子刚开始一动不动，待小米落地后便扑过去觅食了，看来这三个月父亲跟这些鸽子已经熟识了，一见到父亲，它们像见了老朋友一样。文海望着父亲喂鸽子的情景，感到宽慰。文海等父亲喂完鸽子，一同浇完了花，然后父子俩穿过丛林，出了庵门。在这个地方停靠的电车很少，在父子俩等车的时候又聊了好一会儿，十五分钟后车还没到，父亲便提议向前走几站，文海便跟在父亲后面，借着春意盎然的环境，嗅着路两旁樱花飘出的淡淡清香，父亲兴致勃勃地走了五站，直到走累了，才坐上了电车。

在靠近“石老人”的一站，文海和父亲下了车，飞驰的车辆不停地穿梭，不远处传来中学校园内学生们朗朗的读书声，待人行道的红绿灯变绿时，文海扶着父亲穿过马路，走到栽满松树和夹竹桃的小道上，这个地方白天静悄悄的，路上一个行人都没有。

到海边时，父亲已经累得气喘吁吁，文海便扶着父亲坐在石栏杆旁。沙滩上，一个小男孩赤着脚从眼前跑过，一对情侣在沙滩上席地而坐。有几个年长的人身着泳衣打排球。一股股的浪潮涌上来，淹没年轻人光着的脚，身边飘过一阵阵青草的味道，还搀杂着海水的腥味。这样远望过去，那块被称为“石老人”的岩石真的活灵活现，像一个历经沧桑的老人，坐在碧波之中。

“看这海浪，就像是一个年轻人，朝气蓬勃，心潮狂热。”父亲望着翻涌上来的海水对文海说。

文海看了看父亲，点了点头。

“可是年轻人不免要做错事啊！”父亲扶着膝盖艰难地站起来，向前走去，文海也忙起身跟过去，父亲走得很慢，因为年轻的时候得过风湿病，所以一遇到潮气腿脚便不灵活。

“我年轻的时候也做过很多错事啊！要不是遇到你妈，我或许早被人遗弃了。那时候心绪不宁，想到什么便是什么，跟几个朋友经常做不该做的事，现在回想起来真是罪过啊！那些事留下的阴影直到现在我都没法摆脱，我每次走过娱乐场所，总听到一个声音在我耳边回响：‘今天要尽兴啊！’每到这时，我都感觉对你妈有无限的歉意，虽然是遇到你妈之前的事，可是我还是无法饶恕自己啊！这么多年里我常常悔恨叹息，怪自己年轻时一时冲动，如果当时不出现那样的事，或许现在的我就不会觉得自己是个罪人。所以，文海，你千万要做个理智的人啊！千万不要像我一样有愧于自己心爱的女人。”

父亲说要爬山，文海本想劝阻，可一想到父亲的性格，便只好搀扶着父亲。爬了没一半父亲便爬不动了，他嚷道：“不服老真的不行了！”

直至黄昏时分，文海才跟父亲返回石门庵。二人在石门庵附近的快餐店吃了饭，文海把父亲送回房间，父亲反复对文海说要照顾好妹妹，文海只是点头，忧愁却又涌上心头。他让父亲躺下，自己坐在一旁，拿起叔本华的书读，待父亲睡熟了，他一看表，早已过了九点，于是他给父亲盖好被子，把书合上放回原处，悄悄地合上门，这时弥漫在空中的樱花香气又钻进了他的鼻孔。

文海刚好坐上当天的末班车。车上一个人都没有，他坐在窗户边，借着路灯的光欣赏路两旁的春色，这时他想起躺在床上的父亲，他睡得那样安详。不过在睡梦中，父亲恐怕还在寻求安慰，呼唤母亲吧！父亲今天对他说的话比以往都多，莫非有什么原因吗？要不然父亲怎会如此反复地要求他照顾妹妹，是母亲托梦给父亲让父亲这样做的吗？文海无法知晓。

这时，从窗口吹来一阵风，文海的眼前浮现出妹妹的样子，妹妹在调皮地朝着他笑。妹妹长了一双迎风流泪的眼睛，一遇到风，眼睛便止不住地落泪，他还记得小时候在妹妹的眼泪中寻找自己影子的情景，每一次有风时都是他走在前面为她挡风，她总藏在后面拽着他的衣服。文海看到妹妹的影像从窗户的玻璃上不停地闪过，一会儿戛然停住，文海的思绪一下子中断了。

二

父亲的葬礼在一个星期后举行。

关于父亲的去世，文海感到无限自责，在离开石门庵的当天晚上，文海便觉得不对劲。他躺在床上想了许多，可是他没能想到，第二天早上，父亲便去世了。当时最早发现这件事的是庵主，庵主本来是去给父亲送早餐的，进屋后见到父亲躺在床上一动不动。

父亲终究还是随母亲去了，虽然时隔二十年，可丝毫不影响父亲对母亲那真挚的爱。在父亲的桌上还放着叔本华的书和没有喝完的茶水。文海记得父亲浇花、喂鸽子的样子。这些事就发生在昨天，可是因为悲痛，他觉得这些回忆已远去，像是发生在遥远的过去。

文海和采珠跪在地面，头埋在手掌里。屋子的正中央挂着父亲的照片。

来来回回有人来上香鞠躬，文海和采珠只是回礼，一句话也说不出。

彦欣跟天华出现在匆忙的人群中，他们两个走进来，换上拖鞋，上了炷香，鞠了三躬。文海和采珠转了转身子，回过礼。两人走过来，说道："节哀顺便。"文海和采珠回礼说："谢谢。"

天华把采珠扶起来，用手帮她擦了擦脸上的泪痕。"看都哭成什么样了！眼睛都肿了，还能撑得住吧？要不然休息一下。"

"不用的，我还行。"采珠无力地回答。

彦欣也靠过来，一手挽着文海。文海看了看妹妹说："采珠，你进去休息一下吧！这儿有我就行了。"

"不用了，哥，我还好，虽然爸的去世带给我的打击确实很大，可是毕竟我是他的女儿，生前不能为他做什么，死后也应该尽一点儿孝心。"

"那好吧！"文海叹了口气，他想起采珠不是自己亲妹妹的事实，更觉得自己无力支配采珠。他只希望天华能好好对待采珠，那样他也就不必再为她费心。父亲生前唯一的愿望也就得以实现。世事真是变幻无常啊！几天前他还没有这样想过，而现在，现实好像一下子摆在了他的面前。自己长大了，妹妹也是，他们再也不能形影不离、共享欢声笑语了，自己有女朋友，她也有男朋友。在不久的将来，一旦一方结婚，他们就再也不能像以前那样整天见面了，采珠要为人母，要顾家照看孩子，想到这里，他的眼前立即浮现出采珠以后的样子：跟母亲一样，挥着手臂，流着汗，照料孩子，脸上现出焦虑、无奈的神情。他希望采珠过这样的生活吗？不。他希望她过的是幸福的生活。可是，那样能称之为幸福吗？

中午下过一场大雨，雨急来急去，落花的景致使人觉得悲哀。来吊唁的人抱怨着离去，门口被雨水淋湿了，被来客踩得泥泞不堪。雨过天晴，清爽的空气钻进屋子，采珠遇到这股气流，眼睛又哗地一下子落下了泪水。末了，只剩下文海、采珠、天华和彦欣四个人，彦欣对文海说自己下午有点儿事要去黄岛一趟，就不陪在这儿了，文海抱歉似地回答说："我不能一起去了，真的不好意思，明天晚上请你吃饭，到时候我给你打电话。"

彦欣离开后，文海对采珠和天华说："天华，你带采珠出去散散心吧！剩下的事由我来处理就行了。"

"可是，哥你——"采珠说。

"好了，没事，记得晚上早点儿回来就行了。"文海打断妹妹的话。

天华带着采珠走出院子，采珠回过头去看文海的脸庞。

待一切平静后，文海收拾好东西，扫了扫地，他看到摆在桌子上的父亲的画像有些偏了，便上前把它扶正。院子里有父亲亲手栽种的迎春花、秋海棠、樱桃树，树下落了一地花瓣。

下午的这段时间里，文海去了趟石门庵，取回父亲生前留在那儿的东西。一走进庭院，文海便感觉到父亲的话语回响在耳边，父亲的脸庞，他浇花、喂鸽子的样子，还清晰地留在这个院子里，文海走进屋子，里面的一切布置仍与他上次来的时候一样，仿佛父亲只是出去活动了，屋子才这样安静。他走到桌旁，拿那个茶碗端详了一下，然后把它放在手提包里，这个茶碗是母亲也是父亲生前的唯一日常用品。桌角上还放着叔本华的那本书，他拿起来发现中间夹着一封信，便抽出来看了看，信上写的是父亲的忏悔和有关妹妹的身世，父亲在末尾一再写道让文海好好照顾妹妹。

傍晚时分，妹妹跟天华一起回来，妹妹的兴致不减，文海问她有没有吃过晚饭，天华回答说吃了，文海让天华进去坐坐，天华说：“还是改天吧！哥哥今天一定很累了！我就不打扰了，您好好休息吧！”

“那好吧，再见。”文海说道。采珠也挥挥手向天华告别。

“哥，你看上去憔悴了好多，爸的去世带给你的打击很大吧？”采珠小心翼翼地问。

其实，采珠不知道。文海的忧虑不仅是由于父亲的去世，更是因为父亲留下的那番话。

“也许吧！”文海这样回答道，他本来想伸手抚摸一下她的秀发，可是手停到半空又折回了。父亲的照片仍安详地摆在那儿，那双眼睛仿佛在对文海说话，于是，文海慌忙转过头，将视线移到漆黑的夜色中，四月底的夜晚是如此的黑，只能依稀辨别出院子里树的影子，月亮也没有，只有几颗星星点缀在空中。

“哥，你怎么了？在想小时候的事情吗？不要想太多，今天劳累了一天，你早点儿休息吧！”

“知道。”文海默默地说，“采珠，还记得小时候爸爸抱着我、妈妈抱着你在中山公园赏樱花的情景吧！月色朦胧，路灯的光把樱花树照得黄灿灿的，我们隔着爸妈的手臂挤眼睛，吹泡泡，互相嬉戏，一家四口那样在一起的时光是多么美好啊！现在妈离开了，爸也离开了，就只剩我们两个了。”

“嗯。”采珠觑着文海的背面，轻轻地回答。

“采珠，你说家里的面包房该怎样处理呢？转卖了，还是继续经营下去？”

“怎么能卖呢？那是爸一辈子的心血啊。”

“这我也知道。”文海转过身来，面对着采珠，“可是，这是爸的意思，我还有编辑的工作要做，虽然能抽出一点儿时间，可是根本不可能照顾周全，而你在外企更没时间照看面包房，这件事是我考虑了很久才告诉你的。”

“是吗？”采珠眯了眯眼睛，“那哥哥就自己做决定吧！”

“我告诉你就是为了让你拿个主意，我是这样打算的，面包房暂时由叔叔打理，实在不行的时候再将它转卖了。”

“那就这样吧！”采珠附和道，“哥，早点儿睡觉，明天你不是还要请彦欣姐吃饭吗？”

“这不打紧，反正是吃顿饭而已，下午就让她自己先去逛商店吧！我又不爱逛商店，哪天你跟她一块儿去吧！”

“我才不，”采珠闭紧嘴唇说，“哥哥，你真不了解女孩子的心，彦欣姐需要的是你的陪伴，又不是我。”

“……”

“好了，哥，今天可真累，我先去洗个澡睡觉了。”采珠打了个哈欠，用手揉了揉眼睛，向浴室走去。

文海望着采珠离去的身影，眼前仿佛出现了几只蝴蝶在翩翩起舞。

“天华是你介绍给采珠的吧？”文海问道。

“对啊！天华跟我是同事，”彦欣望着文海回答说：“有什么事吗？”

“没什么。”文海不自然地把头扭向窗外，望着外面灯光照亮的路。

从窗户外面吹来的风拂过彦欣的面颊，把屋子悬挂的彩灯吹得一晃一晃的，洁白的墙壁上落下她斑驳的身影。她用手把吹乱的头发拢在耳后，习惯性地摆了摆头，她盯着文海，关心地问：“你最近还好吧？我看你怎么如此伤感。”

“还好。”文海勉强笑了笑，“或许习惯了从前那样的生活，一旦发生变化后，自己觉得不习惯极了。我始终希望一切可以永远保持那种状态，可现在，一切都成了前尘往事。”

“你还有我呢！”

“还有你？”文海转过头望着彦欣。

“是啊！”彦欣说，“还有我在你身边，支持你，鼓励你，让我帮你分忧解难，我们共同面对，共渡难关，好吗？”

文海拿起彦欣的手放在自己的手中，微笑着点了点头。

父亲生前一直活在自责中，一直思念母亲，这或许便是他的命。自从知道采珠不是自己的亲妹妹后，文海时常会陷入遐想：万一哪一天采珠的亲生父母一下子出现在眼前，死活要把采珠带走，那该怎么办呢？到那时候，他还能当作任何事都没发生过吗？他还记得每年清明节父亲领着他和采珠去祭拜母亲的情景。母亲的墓在核桃树和杨柳树林的尽头，四周长满了蒲公英、狗尾巴草、映山红，野花遍地都是。每当父亲在母亲的坟前喃喃自语时，文海和采珠便悄悄地跑到周围摘些花放在母亲的坟前，然后恭敬地跪下磕三个头，等做完这一切，两人就爬起来去田野里捉蝴蝶了。

如今双亲都已去世，只剩下兄妹俩相依为命，可是他们不再是兄妹。虽说这么多年形成的感情没办法一下子割断，可是一旦真相大白后，随着时间的流逝，恐怕再深的感情也会被淡忘干净的吧！

父亲去世后，文海一直生活在这种矛盾之中，他与采珠一样，一个亲人都没有了。不，采珠的亲生父母或许还活着，或者她还有其他的兄弟姐妹，照这样说，文海比采珠更可怜。

彦欣在五月二日到杭州出差，正好文海也有些采访事宜要去趟长沙，他便一同去了南方。

三

五月八日，文海回到家，刚下飞机便接到了天华的电话。

“哥哥，采珠最近怎么了？我有两天没见到她了，打她手机也打不通。”天华焦急地说。

“你们平时常去的地方你都去找过了吗？”

“找过了，都没有。”

“这样，等我回家放下行李马上就去找她，找到她我就给你打电话，好不好？”

“那就拜托哥哥了。”

挂了电话，文海对彦欣说：“你先回去吧！好好休息一下，明天请你吃饭。”

“噢！”

彦欣的话还没说出口文海早已离去了，他拦住出租车，匆匆忙忙地向家里赶，他的心里乱极了，难道发生了什么事吗？

回到家里，他找遍了所有的房间都没有找到采珠的影子，她的卧室也是原来那副样子：地面整洁，被子叠得整整齐齐。那妹妹到底去哪儿了？该不会是遇到坏人了吧！应该报警吗？对，应该报警。他冲到电话机旁刚拿起话筒却又放下了。

这时吹过来一阵风，咚一声像什么东西倒了，他顺着声音望去，原来是父亲的遗照。他走过去把它放回桌上，望着父亲那双眼睛，他慌乱地问道：“爸，妹妹去哪儿了？请你告诉我，请你告诉我，好吗？”

这时文海蓦然想起了父亲以前对他讲过的话，他仿佛明白了什么似的跑进自己的卧室，从柜子里拿出自己的手提包，茶碗仍旧放在里面，叔本华的那本书却不见了。他放下书本，一下子明白了是怎么回事。他缓慢地走到床边坐下，这时发现书就放在自己的枕头旁，里面的信却不见了，肯定是被妹妹拿走了。妹妹会怎么想呢？他的脑子乱极了。他闭上眼睛，表情痛苦无比，双手抱着头向后躺在床上，突然，他蓦地坐了起来。对了，中山公园，妹妹一定去了中山公园，因为那里是她被遗弃的地方。除了中山公园以外她别无去处，于是他穿上外套，关上门，朝中山公园奔去了。

中山公园的人并不多，春天的气息已深，阳光已有些夏天的样子了，文海在公园的树丛中穿梭，他记得父亲说过，妹妹是在一个花丛中被捡到的。可是他并不知道是哪个花丛，他只能四下穿行，看见有人的地方就过去看看。他担心妹妹出事，希望尽快找到妹妹，可是见到采珠时该怎样面对她呢？他又着实忧虑。当穿过松树林时，他终于看到妹妹倚在不远处的樱花树下，周围是黄色的野菊花，采珠显得楚楚动人，宛若画中的人物。

文海思虑了一会儿，还是小心翼翼地迈过野菊花丛，走了过去，采珠见到有人过来，便抬起了头，她的眼睛红肿，看起来是哭过了。

“妹妹，有谁欺负你了吗？怎么哭了，你告诉哥，哥帮你出气。”

文海走过来，采珠却把头别向一边，她用颤抖的声音说：“这个地方就是当年我被遗弃的地方吧？”

“不是的，不是这样的，你听我说，妹妹——”

“不要叫我妹妹，我不再是你的妹妹了。”采珠哭着打断文海的话，不能自已地说，“你为什么要欺骗我，为什么不告诉我真相呢！”

“我不是不告诉你，我是怕你承受不了打击。如果你真的因此而伤心，那我向你说声对不起。可是，那又怎么样呢？事实如此又怎么样！我依旧是你的哥哥，还是会像以前那样爱护你，难道不是吗？这有什么区别吗？”

文海走过去，把双手放在采珠的肩膀上，让她面对着自己，但是采珠用力地甩开了文海的手，因为过分用力，她险些摔倒在地，身子完全靠在了倾斜的樱花树上，树上的樱花簌簌下落，飘落在她的身上、脚下，她摇着头，眼泪止不住地往下流，肩膀一颤一颤的。

“这不一样，真的完全不一样，对我那么好的母亲不再是我的母亲了，那样慈善的父亲也不再是我的父亲了，我本来还为有这样的父母而感到高兴、自豪，可是他们不再是我的父母，连哥哥你也不再是我的哥哥，这很不一样，我就只剩自己一个人了，这种感觉真的很难过。”

文海上前按住采珠几乎失控的身体，此时的他实在不知该如何劝说才好，他扭过头，眼泪不知不觉地流了下来，他长叹一口气，无奈地说："这有什么不一样呢？我现在就只剩一个人了，你也是一个人，我还是会像以前那样照顾你、关心你的，这跟以前有什么不一样呢？"

"可是你还有彦欣姐啊！"采珠平静地说，她也不去擦眼泪，就那样任其向下流。

文海的手一下子松开了，他没想到采珠会说出这样的话，这样的回答让他太吃惊了。他凝视着飞舞的樱花，轻轻地叹了口气，此时，他也无法开口说话了。

"连你都哑口无言了，还要我说什么呢？"采珠望着文海，慢慢地扶着樱花树站了起来，"你无话可说了吧！可是我还有话说，从小到大，都是由哥哥照看我的，我们一起上学，一起玩耍，最了解我的人便是哥哥，找男朋友的时候我总以哥哥为标准，可是，现在你不再是我的哥哥，我也不再是你妹妹了。"

文海向后退了几步。是的，他再也不是采珠的哥哥，可是他完全没有想到这一层。采珠这看似不经意又似乎是刻意的口吻让文海不知所措，如果真如采珠说的那样，他又该怎么办呢？采珠在他的眼中一直就是妹妹，遇到什么烦心事可以向她倾诉，可以与她打闹，但是怎么会变成这样？文海真的不明白，事情怎么会变得如此复杂，他仰头望着天，自言自语道："爸爸，你临死前为什么要将这件事告诉我呢！现在你和妈妈见面了，倒是安慰了，可是我们呢？我以后该怎样面对采珠，怎么做到你说的好好照顾她呢？"

文海很想说点儿什么，他想谈起往事回忆过去，可最终还是未能开口。他们就那样面对着，谁都不言语一句，只听着彼此的呼吸声和心跳声，以及风吹动树叶的声音和远处清洁工走路的脚步声。直至黄昏时分，路灯都亮起时，文海才动了动，他们坐的这里没有灯光，已变得漆黑一片，文海只有借着月色可以看清采珠的模样。她眼角的泪痕还清晰可辨，似乎哭了整整一下午，这双风泪眼好像有哭不完的泪珠，即便再哭上几个小时，相信采珠也可以做到。文海望着远处透过树叶照过来的几缕光，回过头对采珠说："饿了吧？找个地方去吃饭吧！"

采珠没有回答，只是慢慢地跟了过来。

在回去的电车上，文海和采珠一句话也没说，刚上去的时候车上没空位，待到了台东七路一站，车上才有了个空位，文海伸了伸手让采珠坐下，又过了两站文海也坐下了，两人虽坐在一起，可彼此都望向窗外，望着路旁的路灯和缓慢行走的路人，采珠的脸映在玻璃窗上，像浮在空中一样。当文海看到玻璃上采珠的眼神跟自己的眼神碰到一起时便回过了头，故意去看对面的景物。

到站之后，文海和采珠缓慢地走下车，他们穿过拥挤不堪的街道走进快餐店，文海问采珠要吃什么，采珠说随便，便转头朝向窗外，文海拿起菜谱点了一份紫菜汤、一份土豆丝、一份拔丝地瓜、一份红烧肉和一份铁锅鲇鱼，末了采珠说要吃火锅，文海便又要了火锅，自从妹妹知道他们之间的真实关系后，两人似乎拘谨了很多，像是陌生人第一次见面一样。吃完饭，文海对着黑夜在心里直叹息。

回到家的时候，电话刚好响起，文海走过去接电话。

"哥哥，我是天华。采珠找到了吗？"对方匆匆地问。

"你等等，"文海有气无力地说道，他把话筒搁在桌上，看了一眼采珠，可她丝毫没有要接电话的意思，"天华的电话。"文海丢下这句话便扭头走进了卧室。

文海不知道采珠说了什么，反正她说了几句便挂了电话。她站在屋子中央，呆呆地望着父亲的遗照。当文海从这里走过去洗漱时，她也仍旧站在屋子中央，文海本想侧身绕过去，可采珠把手一伸拦住了文海，文海无奈地抬起头看着她，不知道她究竟想干什么。

"哥，这两天我想了很多，思绪一会儿在这儿，一会儿在那儿，我真的不知道怎么办才好。爸的死，恐怕与我有直接的关系吧！"

"你怎么会这么想？"文海把洗漱用具放在桌子上，说："爸的死跟你有什么关系！即便存在跟爸的死有关联的人，也应该是妈，而不是你。”

“可是我总觉得爸的死是我间接造成的。我以前不该在他的面前提妈的事情，不应该在生气的时候对他喊他不如妈好，他配不上妈。如果是因为这些事而使爸觉得自责、愧疚，那杀死爸的人便是我。”

“不是这样的。”文海道，“这不关你的事，爸是因为过度思念妈才去世的。因为他太期望与妈见面了，以至于精神恍惚，不能相信妈死去的事实。况且，在最后的时刻他还要我好好照顾你，这说明一切与你无关。”

“正是因为这个，我更觉得与我有关，现在爸已经在天上看着我的一举一动，我还能若无其事地生活下去吗？到我死的时候我又怎么去面对妈面对爸呢？”采珠神情激动，泪珠一颗颗落下来。

“不要想这样的事了。”文海伸手环住采珠的肩膀把她搂在怀里，“死者已逝，爸现在也可以安息了。而活着的人还要继续生活，我们以后的人生还很长，不要把责任往自己身上揽，谁又有错呢？谁又没错呢？爸不会责怪你的，相信哥说的话。”

采珠靠在文海肩头，渐渐地停止了啜泣，可文海的肩头，却落满了采珠那清凉的泪水。

四

初夏的时候，文海搬去了面包房居住，在面包房的楼顶上可以眺望远方。八大关附近的五角枫依稀可辨，火葬场高大的烟囱腾起的青烟，一股一股升到高空。随着一阵青烟的散去，一个人就永远地消失在了这个世界，在几十年后的某天里，自己也会这样消逝吧！文海心想。

文海搬到面包房住，实际上是为了躲避采珠，他无法确认采珠对自己持什么感情，以至于文海产生了恐惧感。

他搬出去一周后，采珠便找到了面包房，问他为什么要搬出来。

“这儿离公司近，我上班方便一些。”文海解释道。

“是这样子吗？是因为这才搬出来的？”采珠斜眼望着文海，根本不相信他所说的话。

文海不舒服似地点了点头。

“是因为我吧！是为了躲避我才到这儿来的吧？”采珠自信地说，“我是喜欢哥哥，那又有什么错呢！如果喜欢一个人也是一种错误的话，那还有什么是对的呢！”

“我们做兄妹不是很好吗？我可以像以前那样关心你、疼爱你。那样不好吗？”文海无奈地伸着双手说。

“不好。”采珠大声嚷道，“那不一样，很不一样，我也曾想象以前一样，跟哥哥打闹、嬉戏，一起吃饭，哥哥跟彦欣姐约会，我跟天华约会。可是，我做不到，我无法做到想的这样。”

说完这些后，采珠便捂着脸跑出了面包房。文海没有追出去，只是望着采珠的身影渐渐消失在灌木丛后。

从杨柳树后吹过来的风把地面的沙尘吹到文海的脸上，他警觉地闭上眼睛，背过身去。可此时，他又想起采珠，在这样的风中，采珠的眼睛该又红肿了吧？

文海抬头望了望天，乌云正从四面八方聚拢过来。风也渐渐大起来，看来又要下雨了。于是，文海快步走进了面包房。

上午十点左右，天黑得像是傍晚一样，过了不久天上便落下了雨水，还夹杂着雷声。文海靠在窗户旁，听着由远及近的雷声，一道道闪电像强大的激光一样照亮他那张忧虑的面孔，外面的树叶被雨水打得唰唰作响，远处不知道哪儿有只狗在狂吠，顺流而下的雨水把窗子分割成一块一块的，渐渐地模糊了文海的视线。

文海坐回桌旁，着手处理自己未处理完的稿件，等处理完时，已经十二点多了。外面的雨不知在什么时候停了，屋檐上还有雨水一滴一滴地落到地面上，草坪和树叶被雨水冲刷过，碧绿无比，湿润的地面散发着泥土的气息。文海想去吃饭，可转念一想，给彦欣打了电话，邀她一同吃饭。

“抱歉，我刚刚吃过了。”彦欣在电话里道歉道。

“哦，这样啊。”文海忙改口说，“我自己去面包房弄点儿东西吃吧！”

“下午有空吗？一起去爬崂山好吗？雨后的空气好得很。”

“行。我马上去吃饭，你过来吧！我在面包房门口等你。”

“好的。”

文海笑着挂了电话。他把手机放在桌上，伸展了下手臂。这场雨后，他觉得心里清爽无比。

一点半的时候，彦欣出现在面包房前，文海看到她，拉开窗子伸出手去对她喊：“上来吧！我拿点儿东西。”

趁彦欣上来的时间，文海收拾了一下屋子。彦欣走进来，对屋内的布置大加赞赏，文海笑着说：“我可承受不住，你的称赞太贵重了。你这一称赞，会使我满足过头的。”

临上车时，彦欣让文海等一下，自己去买些东西。文海便站在路旁等着。街道上车并不多，只有电车跑来跑去，不知疲倦。不知道从哪儿流出的汽油，被雨水冲出很长一段距离，路上油迹斑斑，远看上去像是着了色一样。

过了几分钟，彦欣折回来，手里拎着一个方便袋，里面装的是紫葡萄，她笑着问：“不讨厌葡萄吧？”

文海点了点头，“有些喜欢。”

彦欣打开方便袋，拿出一串递给文海，她自己也拿一个含在嘴里。过了一会儿，公车来了，他们便上了车。

文海和彦欣去爬崂山，可两人并不像爬山，而像是散心，专挑好走的路走，崂山是有名的“沙沟葡萄源头杏，登瀛梨雪丹山杏”，不过现在各色水果都尚未成熟，文海觉得沮丧，既不能赏花，又不能品尝果实。到傍晚时，他们才爬了一半，可一回头，却发现已经走出了好远，便坐下休息。

“没想到你体力这样好。”文海喘着粗气疲倦地对彦欣说。

“这算什么！中学的时候我还拿过学校的长跑冠军呢！”说着她把衬衣袖子挽到胳膊肘处，双手环臂，侧过脸呆呆地看着文海。

望着渐渐变黑的天，文海对彦欣说：“今天就到这儿吧！以后有机会再爬，再晚了就下不了山了。”

彦欣应了声，靠在文海的胳膊上。两人晃晃悠悠地向山下走去。

文海的幻想成了现实，这是他不曾想过的。最近一段时间采珠也没来打扰他，只是偶尔通个电话，询问彼此的身体状况，生活有什么需要，工作怎么样。不过文海还是明显地觉得采珠跟天华的关系比以前淡了很多，天华给他打电话说过几次，平日从彦欣的口中也听到一些。文海认为这是采珠在闹脾气，过一段日子就好了。

天渐渐热了，面包房的生意也渐渐淡了些，叔叔曾跟他谈过几次，可他并不太在意，实在经营不善的话，就把面包房转卖了。

“面包房再这样下去总有一天会倒闭的。”叔叔气急败坏地说，他不明白这些年轻人的想法，“这可是你爸留下的东西啊！”

文海向叔叔保证，说自己以后一定会抽出时间关心面包房的情况。叔叔扫了一眼屋子，临走的时候说：“最近一段时间我发现采珠老在面包房后面的柳树下徘徊，我问她有什么事她也不说，只是那样来回不停地走。有时间的话多关心她一下，我看这孩子有心事。”

“谢谢叔叔的提醒，我会好好照顾妹妹的。”

待送走了叔叔，文海走到窗户边向后院看了看，果真看见妹妹在柳树下徘徊，低着头，心事重重的样子，头发被风吹得一颤一颤的。文海感到吃惊，妹妹为什么跑到这个地方来呢？听叔叔说妹妹每天下午都在这儿徘徊，莫非真的发生了什么事吗？可是她为什么不打电话告诉他，或者直接来找他呢？

文海终究没有想通。他下了楼，走进后院，直至走到了距采珠两米的距离，她才发现了文海，回过头，有些吃惊地望着他。

“采珠，你在这儿干吗？”文海问。

对面的人神色异常，显得有些不知所措，待她回过神来，拘谨地点头示意，用纯洁的目光望着文海，她轻声说道：“您好，您是采珠的哥哥吧！我叫静子。”

“静子？”文海一下子迷惑了。她不是采珠，可她怎么跟采珠长得一模一样，他几乎看不出两人有什么区别，她声音比采珠要柔和，可这难免不是采珠的恶作剧。这时一道闪电般的思绪从他脑中掠过，他以前曾幻想妹妹有个跟她一样的姐妹，长着一双迎风流泪的眼睛，可是世间真有长相如此相像的人吗？简直像是一个模子刻出来的，若不是她的亲姐妹，谁会长着一双同样的风泪眼呢？

“你——”文海尴尬无比，迟疑了一下，猜测道，“你应该是采珠的妹妹或是姐姐吧！”

静子点了点头：“我比采珠晚出生一个小时。”

“您这么多年来照顾姐姐，真的太谢谢您了。”

文海忙说：“这没什么，我一直把她当作自己的亲妹妹，哥哥照顾妹妹也是很自然的事。”

文海瞥见她穿的是一件咖啡色格子连衣裙，裙角随风飘荡，脚上穿着一双棕红色休闲鞋。这副打扮像极了妹妹，如若不是她开口说话表明身份，他简直不敢相信大自然能有这样的造化，雕饰出两个如此相似的人来。

“在姐姐跟我刚出生不久，我的爸妈把姐姐抛弃在了花丛中，后来爸妈也很后悔，千方百计地寻找姐姐的下落，直到五年前，他们终于找到了。可他们见姐姐生活得很快乐，还上了大学，便没有打搅姐姐的生活，另一方面也是觉得有愧于姐姐。不过，能有什么办法呢？我们家的状况实在是太差了，姐姐被亲生父母抛弃让人觉得可怜，可是如果姐姐生活在家中的话并不一定能像今天这样幸福。我以前并不知道自己有个姐姐，我在十八岁的时候，一次乘电车，曾在拥挤的人群中见过她。我很惊讶怎么会有人长得跟我如此相像，于是我怀疑自己有个同胞的姐妹，回到家里问父母，他们没有告诉我，说那只是巧合。可是会有这样的巧合吗？我想这个问题想了好几年，直至去年冬天父亲得了癌症，他去世之前才告诉我这一切，他对我说他觉得很对不起姐姐，妈也是因为觉得愧对姐姐，才在劳累中去世的。爸告诉了我姐姐现在的住址，要我找到姐姐代他说声对不起，要我看着姐姐过上幸福的生活。哥哥，我叫您哥哥可以吧？我请您帮个忙，让我见一下姐姐，跟她好好地谈一下，好吗？”

“你可以直接去找她啊！”文海说，“其实，我并不能帮上你什么忙。”

“我知道姐姐平时很听哥哥您的话，我想假如我直接去找她，她一定不会见我的，要是您让她出来的话她一定会出来的，一个小时就够了。”静子用渴望的目光望着文海，乞求道。

文海想了一下，说：“好吧！我让她给你打电话，你可以告诉我你的联系方式吗？”

“好的。”她说电话号码和地址的时候，从外面吹来一阵风，她忙用手挡住脸，眼睛立刻变得红肿了，这方面她跟采珠完全一样，都生了一双风泪眼，惹人怜爱。

事实并没有按照文海想的那样发展，而是朝另一轨道发展了。静子的突然出现打破了他刚刚趋于平静的生活。无论是静子，还是采珠，他都觉得无限忧愁，按理说他该把一切向采珠和盘托出，让她自己做决定。相信采珠一定会很高兴的，即使从来没见过面，没谈过心，可毕竟她们有血缘关系，心应该是相通的。可他又隐约觉得，事情可能没有这么简单，会发生什么他意想不到的事。

对面的电影院与其说是电影院，倒不如说是情侣聚集的场所，离开场还有十分钟时，穿着异样的情侣才一对对地出现在门口，不慌不忙地走进去。

大约二十分钟后，采珠推开了门，走了进来。她环视四方，朝这边走了过来。

文海要了两杯咖啡。

“哥，有什么事吗？”采珠拉过凳子坐下，向文海问道。

“最近还好吧？”文海盯着采珠的眼睛问。

“没有什么不好。”采珠淡淡地回答。

这时咖啡端上来，文海向服务员说了声谢谢。回过头来，屋子昏暗的灯光照下来，把采珠的头发染成金黄色，连耳垂的汗毛都清晰可见。他拿起咖啡抿了一口，透过杯子去看采珠。采珠很平静地坐在那儿，一动也不动，像是在思考什么。窗外有急驰而过的汽车，宛若从视线中划过的流星一般。对面坐着一对来看电影迟到的情侣，女孩有些生气，大概在责怪对方看电影都迟到。男孩则抚摸着女孩的手，向女孩道歉。

“我本来是不想说的，可是想来想去，还是觉得告诉你比较好。”文海停顿了一下，在心中思索着该如何说起，停顿了一分钟，他才理出一条思路来：“前几天有个女孩拜托我做一件事，她说要见你一面，跟你谈些事情，我不好推托便答应了——”

“既然是哥哥事先答应的，那哥哥去见她好了。”采珠打断了他的话。

文海本来以为，只说静子在找他，她们见了面，再说事情的真相。可采珠的这种态度使得他不得不说出来，面对着采珠那张明显在生气的脸，他说：“可是，她是你的亲生妹妹啊！听到这儿你一定感到很惊奇吧，当初我第一眼见她时也把她误认作你了，实在是太像了，即使不说出来，人们也很容易相信你们是一对姐妹。我想我不该隐瞒你，上次我隐瞒了你不是我亲生妹妹的事你抱怨我，我这次告诉你就是让你拿个主意，那女孩想见你，你去还是不去？”

“不去。”采珠果断地说，“如果换了别人的话我或许会去，可是对方是我的妹妹，这个妹妹我一次也没见过，是吧？时隔二十年，我从来不知道自己还有个妹妹，可今天却冒出一个人来自称是我妹妹，这算什么？既然已经抛弃了我，我就不再是那个家的人了，妹妹也就不再是我的妹妹了。你明白我此时的感受吗？这么多年我一直安稳地生活，可是某一天，突然有人告诉我，我是捡来的，这多么令人伤心啊！我一直以为自己很幸福，有疼爱我、关心我的父母和细心呵护我的哥哥，可是这一切突然成了往事，我是个弃儿，被父母抛弃在花丛中的弃儿，现在又冒出一个人来自称是我的妹妹，你说我能接受得了吗？如果是你的话，你会如何想呢？”

“可——她毕竟是你妹妹啊！妹妹想见一下姐姐，倾诉一下分离多年的心情，这都不能满足她吗？”

“……”采珠用手抱住了头，过了很久，她才抬起头，无力地说：“容我考虑一下，好吗？”

文海点了点头，他侧过脸，从玻璃窗上看采珠的影子，这种感觉，好像是很久以前的，他已经记不清楚了，这时对面开过来一辆车，照得玻璃透亮，他的视线越来越亮，最后什么也看不见了。

五

文海一觉醒来，太阳已升到半空，他本来早就想起来了，可是眼却睁不开，一直处于黑暗之中。天气炎热，他的身上直冒汗，过了半个小时，他才睁开了眼，一动不动地躺在床上望着头顶的天花板。新的一天又开始了，他的脑子不断地思索着各种事情，他想起父亲死前对他说的话。他仿佛又看到了苍老的父亲，在万花开放的庭院里散步，怀着懊悔的神情，脚步蹒跚地走着。

他穿上衣服，闻到房间里有股花露水味，大概是谁为了防止蚊蝇叮咬而喷洒的花露水。闻过这味道，他不禁打了个喷嚏，自小以来他对花露水香味就过敏，妹妹更是如此，不仅打喷嚏，还会流眼泪。妹妹那双眼睛，文海永远忘不掉。无论何时想起他都无比怜惜。她的耳垂在女子中算是较薄的，像张薄纸一样，大概一碰便会破掉，所以当初采珠想打耳洞的时候文海当场反对，怕这薄如蝉翼的耳朵破坏了原先的和谐。

文海吃完早饭，乘电车去了公司，一路上有好些地方在搭建台子，大概有什么文艺节目。到公司时，他接到了静子打来的电话。

“哥哥，姐姐答应与我见面了吗？”

文海沉思了一会儿，快步走出公司，他说：“采珠说她考虑一下，你能等吧？要不晚上我再去找她谈一下。”

“不必劳烦哥哥，我可以等，即使姐姐不想见我，我也不会怪姐姐的。”

“要不这样吧！你今天晚上有空吧？有空的话见一面可好？我们详谈一下，具体地址到时候我打电话告诉你。”

“好的。哥哥，那么晚上见。”

静子挂了电话，文海的耳边却还回响着刚才电话里传出的声音。

这个跟采珠长得一模一样的女子，生活一定很艰辛吧！只有她自己一个人，无依无靠，现在找到了姐姐，姐姐却又不同意与她见面，那女孩子受的苦恐怕比采珠要多得多。

第一次见到静子的时候，她用发卡拢着头发，她的嘴巴看起来比采珠小一些，这不禁使文海想起她的母亲来，生这对双胞胎的母亲又该是什么样子呢？莫非也像自己的女儿们一样有一双风泪眼吗？

文海返回公司，可心里却反反复复地思索着一件件事之间的联系，他试图理出一条清晰的脉络，把一件件事串起来，可是却做不到。看上去似乎彼此都有关联，可他却想不起到底哪个地方存在关联。他放下手头的工作，抬头去看窗外枝叶繁茂的树木，这片绿色使他觉得心里舒畅了很多。

傍晚，文海赶到约定的地点时，静子已经在等待了。他向服务员小姐要了两杯咖啡，道歉说："不好意思，有些事情耽误了，你等很久了吧？"

"没关系。"她淡淡地笑了笑。

静子跟采珠一样，都喜欢用牙反咬着下嘴唇，显出焦虑的样子，她笑得时候脸上现出两个浅浅的酒窝。采珠笑的时候有没有酒窝呢？文海平时没注意过，大概觉得彼此太熟悉了，都没怎么观察过她。

不知怎地，文海突然记起父亲要他好好照顾妹妹的话来。

亮起了灯的街道上，行人渐渐多了起来，月光宛若银纱一般铺在地面、车上、楼房上、行人身上。

"其实，这一切也不能怨采珠，最近一段时间，她遭受的打击太多了，所以她才不想见任何人。先是爸去世，再是得知自己是个弃儿，一个普通人很难同时接受这么多颠覆性的事实。希望你原谅她，不要抱怨她，好么？"

"我不会怪姐姐的，即使见不到姐姐，我也不会抱怨的。我只要看到姐姐幸福就好了。"

咖啡端上来，静子拿起杯子喝了一口，她连喝咖啡的姿势都与采珠完全一致。如果不是刻意提醒自己，他又模糊地认为对方是采珠了。

"那你呢？"文海盯着静子问。

"我什么啊？"静子不明白地反问。

"你过得好吗？"

"我啊！"静子闪烁其词，故作镇静地说，"我只希望姐姐幸福，至于自己，我都没考虑过，姐姐各方面都优秀，而我只是一个什么都不懂的乡下女孩子，谁又在乎我是不是幸福呢？这样的日子，不就过一天是一天嘛！"

"……"

文海觉得静子太……那种感觉无法用言语来形容，这话听起来像是在自暴自弃，他抿了口咖啡说："怎么能这样想呢？无论怎么样，还是要计划一下未来，想想自己哪天干什么，那样才行啊！"

静子没有接文海的话茬，她从身边拿过包，从里面拿出一个陶瓷的小杯子放在桌上，推到文海面前。

"这是姐姐刚出生时用的杯子，也是我唯一拥有的姐姐的东西。"她此时的声调被压得很低，大概心情也并不怎么好。"拜托哥哥把它交给姐姐。"

看到这个杯子，文海仿佛看到了父亲遗留的茶碗。恐怕这上面，也留着采珠幼儿时的唇印，永远抹不去。

"既然是采珠小时候用的东西，你留下就行了，何必一定要还给她呢？"

"因为我不想亏欠姐姐。爸妈都是在对姐姐的歉意中去世的，所以我不想再欠姐姐什么，可是现在我已经觉得有些对不起姐姐了。"静子说着伏下身子哭起来，"如果当初被抛弃的是我就好了。"

"你怎么会这样想呢？其实你不必对采珠有歉意，那不是你的错啊，事情已经发生，有谁能够改变得了呢？"

"真的，我是这么想的。"静子抬起头，擦了擦眼泪，用颤抖的声音说："如果当初被抛弃的是我，哪怕我就那样死去，没像姐姐一样遇到哥哥这样的好人家，我也不会后悔，那样我就不会觉得对不起姐姐了。"

"可是，你有没有想过，如果被抛弃的是你，你姐姐难保不会像你现在这样感到愧疚，你爸妈也还是依旧对自己的女儿怀有歉意。所以，还是面对现实吧！那些事都是上辈人造成的，如今上辈人全部离世，怎能把上辈的悔恨传递到下辈来呢！那样太不公平了。"

说罢，文海递过去几张纸巾。

文海再次途经石门庵时，是在金秋十月的时候。文海已与彦欣订了婚，打算在秋天完婚。在坐轮渡去黄岛看房子的路上，文海发现了石门庵，庵门口冷冷清清，透过稍微打开一点儿缝的庵门，文海看到里面仍是自己春天去时的样子，只是季节不同而已。他不禁遐想不断，一个地方一旦与自己身旁的人失去了关联，那么谁也不会再去注意它了。石门庵留下了父亲最后的身影：有他散步的样子，有他浇花的样子，有他喂鸽子的样子，甚至有他最后躺在床上的样子。

八月中旬的时候，叔叔得了慢性盲肠炎，要去医院动手术，这样面包房便没有人打理了。文海本想雇个人来打理，可叔叔死活不同意，非要文海亲自打理。无奈之中他只得临危受命，一边照看面包房一边写新闻稿。在这期间，静子来过几次电话，他说自己太忙，离不开，叫静子来面包房谈，静子每次都在面包房的后花园等待，他不明白采珠为何一直不见静子，莫非她真的如此忍心，连自己的妹妹都不认吗？这实在说不通，可是其中的原因他不得而知。

八月底，彦欣给文海打来电话，邀他谈些事，于是他安排了一下工作，忙完稿子便去了彦欣指定的地点。

“真不好意思，最近工作实在是太忙了，一边忙于公司的工作，一边又要照看面包房，疏忽了你，真是太对不起了。”文海一边赔着笑脸一边向彦欣道歉。

“我这次叫你来就是为了谈这件事。”彦欣把眼光放在文海身上，“我们结婚吧！”

“结婚？”文海吃了一惊。他没有想到彦欣跟他谈的是这个问题。

“是啊！”彦欣平静地说，“我们结婚。婚后我可以辞掉现在的工作，帮你照看面包房，让你专心去忙你的工作。每天早上我一睁眼见到的是你，然后做早饭，送你去上班，而我在家里收拾家务，买菜，想想晚饭的时候做什么饭，做好后我就坐在桌旁等你回来，每天都这样度过该有多幸福啊！每天我都可以见你，还可以生一个可爱的小孩，你说这样好不好？”

立即，文海眼前浮现出一个妻子的身影。那是他的母亲，一生劳累、艰辛，让人充满同情。难保彦欣结婚之后不会变成这样。

他又想起父亲，父亲曾对他说一定要让自己心爱的女人幸福，以及要他照顾妹妹。于是他又记起妹妹那双风泪眼，他觉得自己似乎无法做得尽善尽美。这段时间不仅疏忽了彦欣，更疏忽了妹妹，想到此，一股内疚敲打着他的心扉。

“好是好，可是——”他说，“爸生前要我好好照顾妹妹，我一定要看着妹妹幸福才行。”

“天华一定会好好对待采珠的。我了解天华这个人的性格，他一定不会辜负采珠的。”

“我指的不仅仅是这个。”

于是，文海跟彦欣说了静子的事，以及所有事情的原因及关联，彦欣吃了一惊，她怀疑地问：“这是真的吗？采珠不是你的亲妹妹，她还有个同胞的妹妹叫静子？”

文海点了点头：“正是因为如此，我才要亲眼看着静子跟采珠和好，不然我总觉得对不起采珠。”

“再等两个月好吗？等到了十月中旬，无论怎样我们都结婚，可以吗？”文海握着彦欣的手，心怀内疚地说。

彦欣点了点头，两人一起沿着海岸向前走去。

九月中旬的时候，静子给文海打来电话，说有事面谈。

“到我这里来好吗？虽然这里不比大城市，可……”静子支支吾吾地说。

“可以的，你告诉我车次，我傍晚过去。”

“劳烦哥哥多跑一趟。”静子说，“可是……这里偏僻得很，火车到五点就没有班次了。”

文海稍加考虑，想到自己很长时间没去过乡村了，要不是因为今天静子请托自己去，他恐怕不会再去那样的地方。九月的风已带有些凉意，触及肌肤，令人感到清爽无比。

这时话筒里又传来了静子的声音：“哥哥，还在听吗？”

“在听。”文海回过神，回答说，“我打车去吧，下班之后大约六点左右就可以出发。”

“那劳烦哥哥了。”静子客气地说，“……已经是九月的天了。”

文海听到静子的感叹，不禁想起第一次见到她时的情景。

九月的风景，已完全取代了五月的风景。不过未变的是，静子那双跟采珠一样的风泪眼。

“是啊！已经是秋天了。”文海接着她的话说。

“马上我又要长一岁啦！”静子说，“真快啊！还记得第一次见到哥哥的时候是在初夏，蝉声阵阵，百树繁盛。如今已是落叶时节了……”静子在声音变得发颤时马上挂断了电话。

静子说自己又要长一岁，实际是在提醒文海，采珠马上也要二十五岁了。妹妹的生日，他压根儿忘掉了。此刻经静子提醒他才回想起来，以前的二十四个生日都是父亲或母亲还有文海陪着妹妹过，如今双亲全都去世，除了文海，又有谁能给她过生日呢。

妹妹那双风泪眼此刻又浮现在他的脑海中，在烛光的闪动中，那双眼睛流着两股清泉，看上去使人觉得无比心痛。

下午天上降下了毛毛细雨，雨不大，可天气倒因为这雨而一下子变冷了。中午，文海跟彦欣一起吃了饭，然后去商场逛了一圈，在送走彦欣时，文海对她说：“晚上有点儿事情，有事九点后给我打电话，可以吗？”

彦欣笑着点了点头，上前吻了文海一下，然后钻进车里，跟文海挥手作别。

文海送走彦欣，自己在街上走着，这时天突然变阴沉，落下小雨，于是文海也叫了辆车。

雨大约下了半个小时，不大，可已有落叶飘落了，见过樱花飘落的文海看到落叶，在心中比较两者落下时心里有什么不同的感受。他左右比较，可就是比较不出，他甚至想道：黄色的郁金香飘落时该是如何的一番景象呢。

下午的太阳仅露过一半的脸，光芒微弱得很，泛黄的树叶越发显得凄凉、楚楚动人。

文海接到任务去市南一趟，忙完已经五点多了。他走到门口时让同事停下，把文件交给同事："前辈，晚上我有个重要的约会，现在快迟到了，就不去公司了，请你把我的文件一并带去吧！"

同事笑着答应了，开车离开了。

文海回家穿了件厚衣服，望了望凄楚的天，心想或许还会下雨，便带上了伞，出门拦了辆出租车，可到达静子所说的地方，还是迟到了半个小时。

"真抱歉，下午有点儿事……"文海道歉说。

"哥哥请坐吧！"静子站起来，指了指对面的座位说。

"天这么黑了啊，刚出门时天还亮着呢。"文海望了望天空，漆黑的天空连星星也没有。

"是啊，毕竟秋天了嘛，白天越来越短啦！"她这样说道，"再过一段时间，五点就天黑啦！不过，今天下午下过一阵雨，空气倒是很清新。"

"是的，"文海说，"你约我出来有什么事吗？"

"昨天，姐姐跟我见面了。"静子神情激动。

"她都跟你说了些什么？聊得还可以吧？"

她点了点头，脸上流露出一种高兴的神色，是满足，更是一种由衷的欢喜，但文海觉得她欢喜的背后却隐藏着一种无奈，或是惆怅，说是悲戚也未尝不可。

他虽然不知道她们都谈了些什么，可他总有一种怪异的感觉，这种感觉具体是什么，他也不清楚。

"姐姐跟我说了很多，其中有很多我听不太明白，她说见到我很高兴，还说拜托到下辈子再做姐妹吧！在吃饭的时候，姐姐说她想到了哥哥，继而说希望下辈子跟哥哥做兄妹……哥哥，你别误会姐姐，姐姐可能是太激动才乱说的，我本来打算告诉姐姐父母的事，可见姐姐神情慌乱，我便没有提及，她紧紧握着我的手，泪水扑扑地落到我的手臂上，我跟姐姐哭成了泪人，两人就那样哭，直到深夜才分开，分别的时候姐姐又对我说：一切拜托到下辈子吧！姐姐这样的话让我没法接，姐姐老说下辈子，下辈子，我不明白姐姐说所的下辈子指什么，不过我还是回答说：那么，就这样吧！望着姐姐离去的身影，我仿佛发现了自己的幻影，不，是我成了姐姐的幻影，我能感受姐姐的一切。”

“这我能理解。”

其实，文海明白采珠所说的下辈子指什么。可是，他想不明白，采珠为什么要拜托下辈子呢？难道她真到了这种境地了，不再指望今生，把希望全部寄托于下辈子吗？那该如何是好呢！

外面下起了小雨，雨水淅淅沥沥地打在树叶上，传出低沉苦闷的声音。空气随着雨水而清凉了许多，清新的空气渐渐地涌进了没关窗的屋子。电灯的绳线被风吹得一晃一晃的，灯光也在屋子里一晃一晃，仿佛人的心也随之晃动起来。

想到两个天生长了一双风泪眼的姐妹在一起哭泣，这种场景谁见了都会不禁怜惜。

“……”静子望了一眼文海说，“下周末就是姐姐的生日了。”

“……”

“我很想与姐姐共同度过一个生日，哪怕只有一次。”

“那下周你就去呗！到时候我提前离开，让你们姐妹好好聊一下。”

“……”静子无奈地说，“可是，我不能去。”

“为什么呢？为什么你不能去呢？”文海问。

“……”

“为什么你不能去呢？有什么缘由吗？”文海反复问了好几遍。

“……总之……我不能去的。”静子说着，眼睛中噙满了泪水，这双似乎望穿秋水的眼这样盯着文海，文海不禁受到巨大的震撼，他不明白其中的缘由，可必有缘由，既然静子不肯说出来，他也不好意思再去问。

静子突然站了起来，她瞧了一下外面，此刻雨已经停了，真是一场急来急去的雨。她转过头去对文海说:“天晴了，我们出去散散步吧！”

文海不可思议地望着心里不知道在想什么的静子，点了点头，跟她走了出去。

文海跟静子在一起散步时，又将身边的静子误认作采珠了。

诚然，如果采珠像静子这样性格的话，就会省去很多麻烦。可与他从小一起长大的采珠如果换了静子这种性格，他对采珠的感情或许就不止这么简单了。

不过，采珠对文海的感情令文海感到窒息，而面对眼前的静子，他却觉得很自然。

“哥哥，代我向姐姐问好，祝她生日快乐，好吗？”

“这不成问题。”

清新的空气钻进他的肺中，他长长地吸了一口气，觉得身体无比清爽。

乡间路旁没有灯，他们只能跟着感觉向前走。

远处隐约传来狗吠的声音，还有柔和的树叶飘落的声音，这是在乡村才能听到的声音。

静子突然停住了，她回过头说:“这个地方有些泥水，哥哥小心啊！”

文海睁大了眼睛，隐约看清地面的雨水，他只见静子在中间一踮脚，然后一下子跃了过去，宛如燕子般身体轻巧，自己不禁也用力地跳过去，可脚后跟还是踩到了水里，险些摔倒，是静子拉住了站立不稳的文海。

“哥哥，路很滑，乡村的路不比城市的柏油路，你们这些平时不大走土路的人应该很不习惯吧！”

这句话把文海说得极不舒服，他想到自己日常上班全是乘车的，确实不曾这样走过。可是如此柔弱的静子却每天走这样的路，甚至是大雨过后满是泥泞的街道。他不禁羞愧万分，生活在城市中的他从未想过乡村的生活，此刻来到静子生活的地方，他才深刻感受到乡村生活的艰辛。这恐怕正是静子约文海在这儿见面的目的吧！

六

在辞别静子的当天晚上，文海做了一个长长的梦。不过梦的内容无非是晚上跟静子见面的事，其中还搀杂着采珠的形象。

青岛早已经发展成了一个大都市，只有崂山附近还存在着古式的道观、庵、寺庙，可那早已经被人们遗忘了。静子的家便在这个被遗忘的角落里，文海不曾想到，在这样的都市中还存在这样的村落。

“这样的地方多的是呢！即使繁华的上海，也存在这样的村落。”静子直爽地对文海说。

此刻，文海才明白静子的父母为什么抛弃采珠，他们抛弃采珠，一定下了很大的决心吧！他总为父亲、母亲的劳累奔波而忧伤，可他不知道，在这样的地方，生活更为艰辛，他们每天都在为生计而劳累。

“前面那座高大的山就是崂山了。”静子指着挡住视线的黑影对文海说道。

“前面的山就是崂山吗？看起来真像个巨大的怪兽！”

文海以前去过崂山几次，可他不知道还存在这样的地方，在这儿透过层层叠叠的树木看崂山，别有一番滋味。

“快到红叶时节了，山上的枫树很快就要变得火红啦！过了红叶时节，就要进入冬季了，一眨眼新的一年就要来了。”

静子说着，在空中挥舞着双臂，她的手不小心碰到了文海的脸，便立刻停下了。在黑暗中，文海也感觉到了静子瞬间涨红了脸。

“不要把时间计算得这么快。这样算很快人就变老了。到红叶时节还有相当长的一段时间呢。”

静子爽朗地笑出声来，声音顺着空气飘进村子。

“只要有姐姐在，我就什么也不怕了。在我变老的时候，姐姐还是那样年轻漂亮吧！”静子过分认真地说。

“……”文海迟疑地望着静子，虽然在黑夜中并不能看清楚她的脸庞。“你怎么会这样想呢？”

这时候，天上的月亮从云后出来，洒下皎洁的月光，文海的心蓦地一下子变得不知所措了。

“哥哥，你约会过的吧？”

文海不明白她问这个做什么，只回应地点了点头。

“是在什么样的地方呢？”

“公园、咖啡屋，或者台东的步行街上。”

“没有在这样的乡村约会过吗？”

“……”

“是那样的啊！”静子说完了不顾文海，自个儿径直穿过石桥，转身进小巷里。

文海夜半醒来，久久难以成眠。他脑子中浮现出静子的身影。她擦着淡淡的口红，后面的长发全用发卡卡着，只有额前的秀发不时被风吹乱，她总习惯性地把头发拢到耳后，可她的目光却始终那样认真。

这天黄昏的夕阳，透着金黄的霞光，还隐隐约约闪现着红色，像静子那涨红的脸一样美丽。下班后的文海快步在道上走过，心里还想着静子和采珠带给他的不同感觉。

他拉开门，经过楼梯时，他看到了面包房里劳作的工人，于是他走过去，对那些人说：“今天就干到这儿吧，辛苦你们了。”

“谢谢老板。”大家都放下手中的活儿，整理好用具，然后陆续离开了面包房。

文海关上面包房的门，走上了二楼，他坐在床上，望着窗外随风晃动的树叶。四周一片寂静，他想站起来找些事情干，可心里的烦恼使他什么也干不了，正在这时候，彦欣给他打来了电话。

“周末的时候我要去趟日本。”

“去日本有什么事吗？”文海闭上眼睛，随口说道。

“是公司的安排，我向公司反映过我们十月份结婚的事，公司说我可以早点儿回来，大约一周左右吧！”

“我很想见你……那么好吧！”

“好了。”彦欣轻松地说，“再帮公司干完这最后一件事我就可以安心辞职了。我们以后就可以天天见面啦！”

“彦欣，我有话对你说……”文海皱了一下眉头，说，“最近一段时间，天华在干什么？”

“天华啊，不知道。他调到企划部一个多月了，我很少见到他，见面也就是打个招呼。”

“这样啊，”文海喃喃说道，“我真的好想你，你可要快点儿回来啊！”

“知道的。”彦欣调皮地说，“怎么，我不在你感觉到孤单了？”

文海轻轻抬起头，望着对面墙壁上的画。他淡淡的忧伤在一瞬间爆发，扩散至全身，他感到心里一阵抽搐，心似乎一下子僵住动弹不得。

“印象主义的画，看上去质感如此好，脉络清晰得好像是手心的掌纹，可是，又总觉得……”

彦欣不知道文海说的什么意思，也不知该怎样作答，最后她说：“放心，我会很快回来的。”

她说完，侧身去看窗外，一道道闪电从空中划过，又瞬间消失了。

窗户上渐渐洒满了雨水，在黑夜中，只能听到沉闷的雨水声和雷鸣声。

院子里的那棵樱桃树，据说是文海的曾祖母嫁给曾祖父时栽的，至今已有上百年历史，在二战时，有好些老树被毁，留存的很少，这棵樱桃树也被日本的炮弹击中，硕大的树干被拦腰截断。年轻的祖父看到这番情景以为树已死去，以后也没再理会，谁知到了第二年开春，断了的树干又长出了碧绿的新芽，于是祖父给它浇水，周围还围上了篱笆。祖父次年便参战了，在半岛地区抗击敌军，后来牺牲在华北地区，终究没能回来。

父亲的童年是在这棵樱桃树下度过的，三十年后，文海又在这棵樱桃树下度过他的童年。

文海看到樱桃树，回忆起自己跟采珠在下面你追我赶的情景，他暗自思忖：人的生命在它面前显得太短暂了。人一生只有几十年可活，而且时常生活在忧愁、无奈中，面前的树木已历经了几代人，仍在茂盛地生长着。这棵看着三代人长大的树木莫非不具备自己的思想吗？在它身上经历过的故事它该如何向人倾诉呢？难道它们把艰辛的历程化作泪水咽在了体内，才这样疯狂地生长吗？

如今这个季节，枝头已经硕果累累，挂满了红色的樱桃，可是，树叶就要慢慢飘落了。

做一棵树也未尝不可。文海无端地想。树木看上去柔弱，有时却又坚强得令人震惊。这不正是他想做到的吗？

周末那天，他给采珠打电话，说他傍晚过去。白天，他没有出门，周末的面包房没有机械烦琐的声音，平时听惯了这种声音的他此刻觉得心中好像缺少了什么。窗外的金银花树已经高过楼房，枝头伸在窗户的玻璃上。夏天的时候，文海经常打开窗户，伸出手摘一把金银花泡水喝，那种清香的味道他至今都记忆犹新。

他下了二楼，走进那空空的面包房。桌子上还放着昨天工人随手放在上面的木板，望着这些工具，他仿佛看到母亲在那儿和面，她用皮筋束着头发，可额前的发丝还是不时地被风吹乱，她的脸上都沾满了白色的面粉，身体一倾一倾地，很有节奏地动着，继而母亲不见了，父亲又出现在那儿，他坐在母亲的工作台旁，一支一支地抽烟，地面上扔了一地烟头，他额头紧锁，用手触摸着这些木质的板子，他的脸渐渐沉了下去……

七个月前，正是父亲决定搬去石门庵住的时候，可如今，父亲已与文海相隔在了两个世界。

父亲现在应该不再觉得有负罪感了吧？这时文海想起父亲遗留的瓷制茶碗来，继而他想到了几个月前静子交给他的采珠的杯子。

“这是姐姐刚出生时用的杯子，也是我拥有的唯一的姐姐的东西。拜托哥哥把它交给姐姐。”

把最亲爱的人唯一的东西交出去是一种什么感受呢！作为妹妹的静子又承受了多么大的痛苦，这是文海不曾想到的。

文海回到房间找出静子给她的杯子，用礼盒包装了一下，一并放在给妹妹的礼物中。

下午，文海去了趟父母的坟地，根据父亲的遗愿，父亲已与母亲合葬在一起，在远郊的森林尽头。过去这儿只有母亲一个人，孤零零地，现在父亲陪伴在母亲身旁，母亲就不再孤单了。

当文海为父母献上花时，蔚蓝的天空掠过一架飞机。

墓地周围的草已泛黄，狗尾巴草的黄色花瓣枯萎后蜷缩在草颈上，细长的叶子像是被暴雨击打过，向四处扩散开，使人感到忧伤。

淡淡的阳光洒到文海的身上，他穿过田地，走到大道上，坐上了电车。

回到面包房时，已经五点一刻，文海从衣架上取下黄衬衣、黑西服换上，这身装束显得过分严肃，好像是要出席一场正式的会议。

不到六点，文海回到家中，他走进房间，可房间空空如也，妹妹不在。于是他把礼物放下走进自己的卧室，卧室的布置和他离开时一样，没有人动过的痕迹。他想到静子，静子现在在干什么呢？静子说过很想与姐姐共同过一个生日，哪怕只有一次。她现在在干什么呢？也在准备自己的生日吗？今天有谁与她共度这个生日呢？妹妹还有他，可静子的身边却一个人也没有。

何不叫静子一起来呢！于是，文海拨打静子的电话，可是对方却关机了。文海以为打错了又打了一遍，可是仍旧是关机的声音。

静子为什么关机了，莫非发生了什么事情吗？

这时，采珠从外面归来，她的手中拿着好些东西，有菜，有零食，看来是刚去过超市。

文海走出来，说道："回来了？"

采珠应了声，把东西放到厨房。

"今天超市人可真多，我差点儿挤不上车。"采珠从厨房里走出来，对文海说，"哥，你坐下吧！我来做饭就行了。"

"那怎么行呢？今天是你生日，你应该休息。"文海说，"本来是父亲做的，可是……"

"没关系的。反正又没有外人，就我们俩，饭吃到什么时候都可以。"

采珠说罢，便去厨房准备饭菜了。

文海也走进去，可采珠说厨房本来就小，他在这儿反而碍事，便把文海赶了出来。文海望着采珠的背影，不禁把她误认成了静子。静子是不是就是采珠呢？文海甚至有这样大胆的想法：长相完全一样，又同样生着一双风泪眼，世间真有这样巧合的事情吗？

在采珠做饭的时候，文海想了很多，有关于父母的，也有关于采珠和静子的，最后他的思想停在彦欣身上。彦欣现在应该在日本了吧，再过不到一个月两个人就要结婚了，文海觉得自己很对不起彦欣，每次遇到事情都是彦欣来安慰他，而他却什么也不能为她做。莫非人就是要找个性格互补的人结婚才算是完满的吗？

一样样菜端上桌，外面的天也完全黑了下来，无尽的苍穹把人们置于它的黑暗之中，使他们的心渐渐感觉到凉意，窗台上的茶花散发着淡淡的幽香，被风吹进屋子里。

文海望着忙里忙外的采珠，上前拉住她说:“行了，这些菜足够了。”

“还有一个菜，马上就好。”说完她又钻进厨房里。

在厨房门口，他看到妹妹忙碌的身影，宛如木偶戏上的木偶一样，来来回回动着。望着这身影，他又回忆起母亲，这两个形象在他的思想中汇成一个，他俯下身，觉得悲哀极了。

“好了，我们开始吧！”

采珠端上最后一个菜，走进里屋换下衣服，洗了洗脸，把用发卡束着的头发放下来，瀑布般地垂在脑后，她走过来，在对面坐了下来。

饭吃了一半的时候，文海拿出自己为妹妹准备的礼物递给她。

“是什么？皮鞋吗，口红，还是别的什么东西？”

采珠歪着头，一本正经地望着文海。

“你打开看看就知道了。”

采珠打开了，原来是极普通的两个靠在一起的木偶人，两只手牵在一起。采珠把它合上，表现出高兴的样子谢谢哥哥，可她的眼睛中，闪过一种异样的光芒，虽然只是一闪而过，但还是被文海看在了眼里。

“这是静子让我交给你的东西。”文海把那包装好的杯子从背后拿出来递到采珠面前。“这里面装的是你小时候用过的杯子，她可真是一个好女孩啊……”

采珠没有接杯子，她用激动的声音问:“谁是一个好女孩？静子？”

“她真可怜啊！父母相继去世，她自己一定很凄惨吧，而且，对于幸福，她都……”

“仅是可怜吗？仅仅是可怜吗？”采珠一遍遍地问道。

“这样的女孩，是该得到幸福的。”

“是吗？”采珠那双眼睛又变红了，泪珠开始在眼眶中打转。

她起身，走到窗台旁，把窗户打开，身子靠在窗沿上，头探在窗外。

“傻瓜，天这样冷，会感冒的。”

文海放下杯子，过去拉采珠，可是天气并不冷，风反而有些柔和。

“静子那样的人该得到幸福，那我这样的人呢？”

采珠背对着文海，面对着茫茫黑夜，低沉地问。

对面公路上的车一辆辆飞驰而过，商店门口的人进进出出，很是繁华。

“……”

“是不是只有静子那样的人才需要幸福，而我这样的人……”

采珠转过身来面对着文海，可身子还靠在窗户上。

“这样多危险！”文海拉着采珠的手把她拉到自己的身边，自己则走到窗台旁看着外面的风景。

“难道你不曾想过，静子这个人或许根本就不存在……”采珠的泪终于顺着面颊流了下来，在灯光下显得晶莹剔透。

文海的耳边响着风声，虽然没有听清楚，可他还是蓦地回过了头，脑子里闪过一个念头，居然真的是这样吗？他一开始的感觉是正确的。妹妹再怎样伪装，始终是自己的妹妹，自己对妹妹这么多年的感觉是不会错的。想到父亲死后发生的这一切事情，他不禁无奈地闭上眼睛，心里窜起一阵无助的痛苦。

“那这一切，这一切……”文海颤抖地说。

“是的，这一切都是我编出来的。”

接下来，两人沉默许久。

过了一会儿，外面起风了，透过窗户可以看到天空中游走的云朵，遮住了星星和月亮，天渐渐变黄了。

文海把窗户关上，走到采珠面前。

“坐下吧！别老这样站着。”

文海走到沙发前坐下，可采珠却不肯坐下，她缓慢地走过来，眼神中透出无限的忧伤。在几分钟前，她还是高高兴兴的，可一瞬间，两人怎么变成了这样呢？

采珠的忧伤也传给了文海，他的心也渐渐变乱了。

“如果回到二十年前，那时候我跟哥哥一起在樱桃花下玩耍，一起在田野中捉蝴蝶，在我扭着脚的时候哥哥背着我，我受欺负时哥哥跟人打架，回家时被爸妈骂，那时候有多好。不，哪怕回到十年前，我跟哥哥一起上学、放学，一起做作业，一起拿三好学生的奖状，下雨时打一把伞，每次都是哥哥全身湿透，而我的衣服一点儿都没湿。哥哥骑自行车载着我，我一不小心摔倒，痛得呜呜直哭。那时候多好啊！不，哪怕是五年前，我，哥哥，都在上大学，彼此经常通电话，写信，遇到什么不愉快的事我便向哥哥倾诉，那时候有多好啊！不，即使回到一年前，爸还健在，我们下班之后无论遇到什么事都会坚持回家吃饭，一家三口就那样在一起吃饭，聊天，交流一下自己的感情和工作，偶尔开着玩笑，那多好啊！可是，现在，一切都发生变化了，再也回不到从前，哪怕是回到爸生前的时候也好……”

说着说着，采珠泣不成声了，最后用手捂住脸，蹲在了地上。

文海低下头，心里的叹息声不停。

窗外划过一道闪电，随之而来的是震耳欲聋的雷鸣。雨水顺着玻璃窗向下流着，外面传来行人的声音。

“又下雨了，秋天的雨，明天又要变冷了。”

文海说着，同时将视线放在了窗户上。

采珠从地上渐渐抬起头，眼睛红红的。她慢慢站起来，坐回座位上，也望着玻璃窗。

“彦欣姐呢？她最近去哪儿了？”她的声音还没恢复正常。

“她去日本出差了，大约下周三回来吧！她回来后就要辞职了。”

“为什么要辞职？”采珠问。

文海沉吟了一会儿，说：“她说辞职后好好照顾家庭。”

“照顾家庭？”

“是的，下个月中旬我们就要结婚了。”他艰难地说出这句话。

“哦！”采珠的语气一下子变得忧戚无比，心一下子沉了下去。

“是这样啊，是这样啊！”她来来回回地重复着这句话。

“过几天等彦欣回来，我准备跟她去黄岛看看房子。”

采珠抬起头望着文海：“你们要去黄岛买房子？可是这房子……”

“这房子，你就在这儿住着吧！”

“那怎么行，这房子该由哥哥住的，搬也应该是我搬出去。”采珠抿着嘴，形象渐渐高大起来。

“你就住在这儿吧！”文海无力地说。

“我可不想妨碍哥哥跟彦欣姐的幸福。”

“怎么会妨碍呢？”文海露出意外的神色。

采珠平静地说：“毕竟这样经常见面……”

文海觉得采珠好像一瞬间变成了父亲的性格，她这样说话，反倒令他无所适从了。

采珠望了文海好一会儿，吸了口气说：“那么，好吧！”

“让我们像以前那样，好吗？就像是你说的一年前，五年前，十年前，二十年前那样，好吗？你愿意的话，就笑一下，别再哭丧着脸了。”文海伸过手去替采珠擦了擦眼睛。

采珠“嗯”了一声，收起痛苦的脸，微笑了一下，可这笑中带着无限的无奈和苦涩。

此刻，文海的心情似乎一下子轻松了很多。

“哥哥，再抱我一次，好吗？”采珠望着玻璃窗上流下的雨水悲哀地说。

文海迟疑了一下，伸过手去，绕过采珠的秀发，把她紧紧地搂在怀里。

贫穷的描述

一个人一出生便拥有一生享不尽的财富是幸福的。当然，这样的人少之又少， 每个人都不能奢望出生便拥有不工作的权利。从另一方面说，有伟大才能的人则势必受到贫穷的威胁：为了生活，他们不得不付出十倍百倍的努力来工作，来改变自己糟糕的生活。同时这也激发了他们的才能，这样奋斗一生，他们获得了成功。这是人最理想的生活模式，奋斗一生却毫无收获的人是悲哀的，因财富而享受一生的人是平庸的。

事实上，世界上存在这么一种人：他讨厌同人打交道，也讨厌计划生活。我便是这样的人。按说这样的人该隐居避世，像僧侣那样生活才对。可我已无法按照这个心愿去做，只因我想生活在这个对我而言毫无意义的世界上。可我不想同人打交道。我喜欢独自一人在家，不受任何人的打扰。

一个名叫小阿丽的十九岁姑娘在我家做家政工作，为我做饭、洗衣、打扫房子甚至整理床铺，她是单纯善良的，她平时寡言少语，这跟我有些相似。像她这么大的妙龄少女，正是爱幻想且多语的年纪，她却与其他少女略有不同。我对她的工作很满意，不过由于我是个喜怒无常的人，经常没有缘由便对她发火。那些时候她只是低着头，连看也不看我一眼。待我骂完，她便拿起抹布用劲儿擦着桌子，仿佛要将气出在这上面。

我很少博得别人的喜欢。当然同情我更不需要。偶尔有人表示对我有好感，我却像害怕毒蛇一般拒绝他们的好意。我偶尔想交一个真诚的朋友，可当他们出现时，我便发现他们不是真诚的。虽然他们没有恶意，从我这样一个贫穷的人身上得不到什么东西。他们自认为以富贵的身份与我结交对我来说是种幸运，可我并不这么想，我最不愿意有几个富贵的朋友，也不愿别人因我有什么样的朋友而改变对我的看法。

近来我更贫穷了，连正常的生活运转都出现了困难，我看出小阿丽的不满意。毕竟她只是一个少女。不为财富工作的人是极少数的，她务实一点儿总没错。虽然我最近时常发怒，可却没有再对着小阿丽。我想我太对不起她啦！要是她为别人工作的话，或许就不会是这种结果。

到了晚饭时间，小阿丽依旧为我准备好饭菜。她自己默默地坐着，一句话都不对我说。

饭吃到一半的时候，突然传来了敲门声。我看了小阿丽一眼，她放下碗筷过去开门了。

继而我见小阿丽以轻快的脚步跑到我身边，她的眼中闪着激动的光。

“先生，您的朋友来了。”

“我的朋友？”

我站了起来，朝门口走去。原来那是我认识的一个富贵朋友，他得意洋洋地抽着烟，脸上的表情仿佛在暗示我把他请进门。

这是我最不想见到的面孔，我砰的一声关上了门。外面传来几声巨响，继而恢复了平静。

“先生，您的生活本来是可以改善的，您又何必呢？”

我坐回桌边继续吃饭。

“先生，您只要稍微改变一下，便可以——”

“小阿丽。如果这样——”我打断了她的话，望着她的眼说，“我宁愿做穷人。”

“做穷人是要付出代价的。”她嘟囔道。

“我知道。”我说。

继而我们各自吃各自的饭，谁也没有理谁。

也许大家会说我铁石心肠。这也难怪，我本来就是个心冷的人，面对什么事既不热心也不发慌。也许你们认为我为了生活应该屈服，这要是你们——你们可能会这么做，可我不会。我不会为战争伤心流泪，我不会为一个人的死而伤心。我不知道为什么还有人垂青于我，而且还是富家子弟，我一遍遍地拒绝他们，他们反而更想同我做朋友。也许在他们而言，靠自己的财富结交一个穷人是轻而易举的事，但却在我这里碰了壁。他们这些人天生有种骄傲的心态，对越是难办到的事便越有兴趣，因为他们有的是时间，有的是金钱。

晚上我一般会在房间里看书，累了便偶尔出去散散步，因为白天我几乎不出门。在我看书时，小阿丽推门进来对我说：“先生，我出去一下。”

我只是应了声，但马上发现这是晚上，可我抬头时她已经出门了。我又看了几页书，但我怕小阿丽在深夜外出会出什么事，便将书扔在桌上，穿上衣服去寻找小阿丽。

夜很深，没有人，这也是我所希望的。我喜欢同黑夜打交道，讨厌跟白天打交道。这并不是因为我讨厌白天，而是因为我讨厌白天人们那一张张虚伪的面孔。巨大的影子垂在地上，高楼横在眼前，灯光闪闪照着马路。我沿着街向前走，树枝勾住了我的衣服，我将它拨弄开，却弄下了几片绿叶。走到十字口大道时，我看到小阿丽和一个女子站在路灯下在说着什么。那女子年龄比小阿丽大两三岁，我见她将一包东西递给小阿丽。我正想走过去，这时小阿丽看到了我，她头也不回地跑掉了，那个女子迟疑了一下，钻进了小巷。

我回到家时，小阿丽还没回来。我认为小阿丽一定是做了什么事，那个女子跟她说不定有什么阴谋。连小阿丽都背叛了我，我悲伤地想。

过了半夜，小阿丽才回到家。见我依旧坐在客厅里，她吓了一跳，忙把手中的东西藏在身后，但她的脸变红了。

“先生，您还没睡啊！”

“我在等你，”我说，“你身后藏的是什么？”

平时我要求看，小阿丽一定将她的东西给我看，她对我向来什么都不隐瞒。这次她却向后退，而且试图将东西藏得更严实些。

“小阿丽，给我看看那是什么东西？”

她拗不过我，只得乖乖地将东西拿出来了。我将它打开，里面是一沓钱。我立刻明白了什么，发怒似的说：“将这些钱送回去。我不需要这些人的钱。”

小阿丽一声不吭。

我又加大了声音：“听到了没有，明天就送回去！”

听到我这么大声音，小阿丽的手一抖，钱全掉在了地上。她连忙躬身去捡。

我向房间走去，进房时，我看到她的脸上挂满了泪水。

其实，我是想将小阿丽培养成我理想中的样子。我之所以经常对她发怒，是因为我知道，只要她再稍稍长大些，出了门跟别的女子一相识，说不定就会变成使我痛心的样子。为了让她一直保持现在的天真模样，我不得不对她这样。

第二天早上，我刚出门，就见到小阿丽站在门口，衣服穿得很整齐。

“怎么了，小阿丽？”我问。

“先生，我要离开这儿了。”小阿丽低着头说。

“离开这儿？去哪儿？”我吃惊地问。

“有位先生，说每月给我一千元让我去做家政，而且那儿离我家很近。”

“在这儿不是很好吗？在这儿工作的一年你难道不高兴吗？”

“先生，在这儿我过得很好。可是——”

“小阿丽，我知道我确实太穷了，不过你放心，以后我会努力的，我会努力改变现状使我们的生活变得好起来。”

“先生——”

“请你不要走，哪怕我失去自由也行。只要我的文学是自由的，其他的我可以不在乎。”

“先生，您能做到吗？让您跟富人做朋友您都不肯，您怎么可能放弃您的自由呢！我知道您讨厌那些人，也知道您在想什么，可是，为了生活，您不应该——”

“小阿丽，我可以的。我会给你双倍的工资。”

“先生，还是算了吧！”小阿丽哭着说，“就在昨天晚上，我瞒着您去向一个家乡的朋友借了点儿钱，我想这点儿钱可以改变您的生活，至少是目前的现状。那位朋友看我处境为难，好不容易将钱借给了我，她还劝我早点儿离开您，去一家富人家中，为了将来的生活……可先生您……”

我很吃惊，小阿丽竟会为了我去借钱。而我竟以为那是讨厌的富人为炫耀自己才给我的。我一时不知所措，望着小阿丽痛苦的眼神，我一句话也说不出来。

“先生，这些钱您留下吧！或许可以……至于您欠我的六个月的工资也请不要再担心了。”

“小阿丽……”我悲伤地喊道。

她将钱放在桌上，拎起她的东西从我的房子里走了。

望着这些钱我心感悲哀，为了这些钱我逼走了自己的小阿丽，而金钱向来是我讨厌的东西。看来是我的性格逼走了小阿丽，在她到我家工作的日子里，她一直很勤劳，虽然我一月只能给她五百元，甚至有些时候我还拿不出现金，可她一点儿怨言也没有，默默地陪伴着我。因为我好胜且狂傲的性格，拒绝任何人的帮助，导致小阿丽跟我受了各种各样的苦。我自以为小阿丽是我的朋友，她会理解我，我一直在为了生活而努力，试图过得更好一些，我也认为小阿丽会按我的理想去发展。可是我错了，我全错了。这时我的心中涌出一股悲哀的爱恋之意——是对小阿丽的。

小阿丽已经走了，她将去另一位先生家。那位先生也许会好好待她，也许不会。

而我，则只能一个人忍受着贫穷和孤独，度过以后没有任何一个人陪伴的日子。

虚伪的繁华

一

我和阿雪在去年结了婚。

那时，我就职于某化工厂，是化工公司的一个小职员。一个月的收入有两千多元，自己花起来绰绰有余，除去每月花销，我还给父母寄去几百元。那段日子，我经常醉酒，一般倒在哪儿便在哪儿睡，有时候醒过来，发现自己竟睡在马路中间，不禁为自己捏把汗。但那时什么也没想，就那样上下班，喝酒，睡觉。

在工作的第三年，我认识了阿雪。那时阿雪就职于某化妆品公司，据说是一家很有名的化妆品公司，很多明星都用她们公司的产品。我天生是不喜欢化妆品的，什么美白、防晒，我统统不懂，所以我当然不会去买化妆品。这就难免会使人怀疑，既然我不喜欢化妆品，我是怎么结识在化妆品公司上班的妻子的呢?

我是通过一位小学同学才认识阿雪的。这位小学同学也在化妆品公司工作，跟阿雪是同事。从朋友的口中得知这位小学同学在银行工作过，没想到她现在却在化妆品公司。

“银行啊！那都是两年前的事情了，早不在银行干了，后来我在一家超市干了几个月，又换了一家旅行社。前两个月，我换到了这家化妆品公司。”

“化妆品公司？你三年内换了四份工作！”

“是啊！没办法。”她抿嘴一笑，“要不就是公司不景气，要不就是给的待遇太差了。”

“那也换得太频繁了吧！”

“哪有啊！反正我走了还有别人去嘛，想去的人多的是呢！”

这位小学同学很热情，非要请我喝咖啡，我便同意了。

“你现在这儿等一下，我一个同事在里面买东西，我去叫她。”

我苦笑了一下，以为是个男同事。

过了一会儿，她领过来一个文静的姑娘。

“这是我的同事，阿雪。这是我小学时的同学，浩宇，现在就职于某化工公司。”

“您好。”阿雪向我伸出了白皙的手。

“您好。”我迟疑了一下，也伸出了手。

喝咖啡时，我得知，阿雪的哥哥跟我在同一个公司。

“真的吗？你哥哥叫什么名字？”小学同学问。

“震宇。”

“震宇？你认识他吗？浩宇。”

“真抱歉，我不认识。”

“也是，那么大一个公司嘛！”

阿雪的脸色变了一下，端起了杯子。

按理说这一面不应该使我产生什么感情。可在几个月后的一天，阿雪到公司找她哥哥，我在公司遇上了她。

“真有缘啊！又遇到了你。”

“缘分这东西，我可不相信。”

“我找我哥哥，你可以带我去吗？”

“好吧！”

我带她找到了。原来她哥哥就在我附近的一个车间里。震宇他穿着蓝色的工作服，从楼上走了下来，是个很帅气的小伙子。

“谢谢你了。”他对我说。

“不客气。”

我正要走，他提出要请我吃饭。“正好我妹妹来了，一起吧！”

我想了一会儿，还是同意了。

经过这两次接触，阿雪给我留下了联系方式。后来，她经常来找哥哥，顺便来看看我。再加上震宇和我小学同学的劝说，我们两人终于发展起来。

“经过我的仔细调查，你还是适合我妹妹的。”

“谢谢。”我苦笑一下。后来我才知道，震宇连我的家庭、学历以及恋爱史都调查过了。

终于，我和阿雪定了亲。这也是父母所希望的。

“你往家寄的钱可以少些了。”父母对我说。

然而，我发现，即使不给父母寄钱，钱也不够用。以前富余，是因为我什么也不用管，挣多少花多少就可以，住的地方也不需要添什么新东西，而现在要考虑买房子、买车、置办家具，钱自然紧了起来。阿雪的工资每月有一千五百元，我的工资涨到了三千元。在这个小城市，这样的工资已经算高的了。我们两人加起来，一个月工资四千五百元，除去吃饭、租房、买东西的钱，一个月下来也就剩余两千元，而房价这段时间又涨了。我真是越来越力不从心。仅仅一栋房子，就需要我跟阿雪奋斗几十年。但我们还是结了婚，买了简单的家具，房子是用银行贷款的钱买的。

“看着这么寒碜的家具，我真感觉对不起你。”

“没什么，以后就会变好了。”阿雪自信地说。

我们之后的生活也没有好转，依旧每月还着银行贷款。省吃俭用，不敢轻易换工作，生怕还不上下个月的房贷。

一天下班回来，阿雪疲倦地倒在我怀里，对我说：“我们公司最近要裁员，我真怕……”

“你们公司效益不是很好吗？不是很多明星都用你们公司的产品吗？”

“那只不过是表面现象，公司效益越来越不行了。我们什么也得不到，依旧每个月拿着那一千块钱，现在倒好，说裁员就裁员。”

“裁就裁呗！你工作这么认真，不会裁你的。”

或许是因为累了，阿雪躺在我怀里睡着了。我把她抱进隔壁的卧室，给她捋了捋乱了的头发。

望着阿雪，我想起了泰戈尔的一句话：撕开她那尚未绽放的青春花瓣，从而榨尽其中所有甜美的汁液。

阿雪不正是这样吗？下班路过菜市场的时候，我经常看到阿雪跟人讲价的情景。阿雪已由以前那个文静的姑娘完全变成一个勤俭持家的妇女了。而我呢，依旧在化工公司任职，别的什么也不去管，因为我知道，如果我管别的事，不但弄不好，反而会弄得越来越糟。

二

第二天一大早，阿雪就去上班了。

这天我休息。因为我在化工公司工作，休息时间并不在周末。

被子里还留有阿雪的体温，可我还是起床了。

桌子上放着纸条：老公，饭在锅里，自己热热吃。我突然产生一股冲动，似乎要哭出来。

厨房没菜了。我打算帮妻子去买点儿菜，但我没去菜市场，而是去了超市。我怕见到菜市场妇女的样子。

在超市逛了一会儿，终于买了些青菜。我不知道什么好吃，只不过随便选的。

就在我结账的时候，突然一个人叫住了我。

“浩宇啊！真的是你啊！你可真变了，还亲自来超市买菜。”

“反正也闲着没事嘛！”

这是我大学时的一个同学，他现在在这家超市当经理。

“有空吗？我现在正好闲着，找个地方好好聊聊吧！大学毕业后咱们都四五年没见了。”同学说。

“好啊！”

我随同学来到了一家茶馆。

“听说你在化工公司，不错嘛！”同学说。

“我不太喜欢变动，所以……”

“可不是嘛！现在人人都向钱看，你我这样的人真无奈。”

“你在大超市做经理，何必说这么丧气的话呢！”

“什么大超市的经理，总还是给别人做事，看人脸色行事，说不定哪天做得不顺，就被辞掉了。而且，我也不喜欢这份工作。”

“还记得堂吉诃德吗？其实，我感觉，现在的社会太闷了，压得人都喘不过气来，人人都很积极，但其实，这都是表面的热闹，现在的人就跟堂吉诃德差不多。”

“是啊！堂吉诃德。”

我和同学都笑了。

“现在的人不知从哪儿学的，都想依靠别人的力量改变自己的处境，而自己处境一旦改变，人也高傲起来，连依靠的人都看不起了。”

“也许是环境所导致的吧！”

我和同学发现这个问题没有争论的必要，便转移了话题。

“听说你的妻子在化妆品公司工作？”

“嗯。”

“那一定是个美人吧？”

“怎么这样说呢？”

“在化妆品公司工作的当然是美人了。”

“这个逻辑可不通。”

“对了，你可以让你妻子帮忙弄点儿化妆品，我老婆可喜欢那个公司的化妆品了。”

“……”

“从公司内部买便宜嘛！再说，也不会担心有质量问题。”

“这可说不定。”

“办不办吗？”

“好吧！回家我跟我老婆说说。”

“谢谢你啊！”

“客气什么，都是朋友。”

“这是钱，就帮我买这个款的吧！”

他递给我一张纸，上面写着化妆品的品类，可是我看不懂。

告别了同学，我便回了家。晚上阿雪见到厨房的菜，问我：“你去超市买的吗？”

“是呀！”

“去超市买多贵啊，还不如去菜市场……”

“价格都差不多吧，而且质量也有保证。”

“那可说不准，说不定农药更多呢！”

下午我跟同学说了这句话，现在阿雪却对我也说了这句。

阿雪拿着蔬菜去清洗了，厨房里传来了炒菜声。

“阿雪……”

“什么事？”阿雪在厨房里喊道。

“我一个同学让你帮他从公司买些化妆品。”

“去市场上买不就行了。干吗要从公司买呢！”

“是给他妻子买的。钱都给我了呢！”

“是吗？”阿雪走了出来。

“我这人总是心太软。”

“好，”阿雪看我这样子，说：“要什么样的？”

“这是他要的品类。”

我将纸递给阿雪，阿雪把它放进口袋里。

“好，我明天给他带回来。”阿雪又走进了厨房。

晚饭之后，我依旧和阿雪在客厅看电视。

“今天公司提裁员的事了。”阿雪说。

“怎么样？”我急忙问。

“听说名单已经确定下来了，只不过还没有公布。”

“哦！不用担心的。”

阿雪将头靠在我怀里，仿佛很疲倦一样。

“你说，我说是万一，万一我被辞退了，你说我该怎么办？”

“那就再找份别的工作呗！要不待在家里吧！其实我一直不希望你出去工作。”

“那房贷怎么办啊！”

“下个月我的工资又要涨了，付房贷应该是不成问题的。”

“但我不能让你一个人受罪啊！”

“什么受罪不受罪的，工作而已嘛！”

“如果公司辞退了我，我自己在附近开个店怎么样，开个杂货铺，生意一定会好的。”

“我怎么能让你受这份罪呢！”

“我已经决定了。跟父母借点儿钱开个杂货铺，月收入也许比我上班都多呢！”

“再说吧！”

我将阿雪抱紧了，双手捧起阿雪的脸，望着她闪亮的眼珠。

三

阿雪还是被公司辞退了。

“不是还可以找份更好的工作嘛！”一个同事对我说。

“话虽如此，但在竞争如此激烈的社会……”

“是啊！目前的状况到还是不景气，我们公司虽然还好，但说不定哪天也会……”

“再怎么着也会有口饭吃的。”

“看你的样子，好像挺担心你妻子的。”

“如果是我的话还好，我是怕她会因为这次的事儿失掉信心，以后什么也不肯做了。”

“人生来就该做好接受各种打击的准备。”

酒喝得差不多了，我便向同事告辞。出门的时候，天正下着雨。此时，刚才喝的酒似乎涌了上来，我觉得脸上火烧火燎的。透过在公路上奔驰的公交车的窗户，我用蒙眬的醉眼出神地望着映在湿漉漉的柏油马路上互相交错开过的无数车灯。

街上闪耀着各式的广告牌，明亮的广告牌像路灯一样排列着。

白天热闹非凡的百货商店，此时冷清极了。只有几个少女撑着伞从商店走出。

化工厂还在运转着，白色的烟雾从高高的烟囱管子里排出来，随风向上飘去。化工厂就这样一天二十四小时工作着，一刻也不停歇。它们白天生产，晚上排放毒气。以前我住职工宿舍的时候深有体会，每到下半夜，空气中都弥漫着一股味道，连窗户也不能开，不用说是小鸟，连附近山上的松树也一年比一年少了。

车子在一家商场门口停住了。司机跑下车，好像是车出了一点儿故障。

我木然地望着窗外，街道落了一地叶子，白天清洁工扫起的叶子还堆在那里。透过路灯，我看到商场后面是一条非常狭窄的小道，两侧是破旧的平房，灯光在晃动着。而公路上的车却来回穿梭着。在我的眼前，仅仅相隔几米，却是截然不同的情景：外面的街道是柏油路、高楼、悬铃木、汽车，里面却是臭水流过的土路、平房、狗尾巴草、昏黄的灯光。

我看见，有一对情侣在一家漂亮的女装店前徘徊，看上去都是外地来城市打工的。两个人在商场里走来走去，却什么也没有买。

倘若是阿雪，即使花费我一个月的工资，我也会给她买的。当然，阿雪不会提这样的要求，结婚之后，她什么也没有要求我买。洗衣机、电冰箱都还是结婚的时候买的。阿雪就是这么一个人，如果不是我主动提出，她绝不会向我提什么要求。

而我这个人，如果别人不提的话，我一般不会主动去做。有时想到这些，我总感觉对不起阿雪。虽然阿雪不向我提要求，实际上她的内心却是希望我这么做的，可是我却装作什么也不知道，把她的希望忽略了。每每想到此，我内心都会有种负罪感。

"街道变宽了也罢，商场变多了也罢，楼房变高了也罢，只要太阳没变就好。"我自言自语地说。

回到家的时候，阿雪的哥哥竟然也在。

"您来了。"我客气地说。

"你喝酒了？"震宇问。

"是啊！跟一个同事……"

"我听说了阿雪的事，所以过来看看。"他打断了我的话。

"哦！"

"你决定怎么办？"

"怎么办？我赞同阿雪的想法，再找份工作也可以，不愿工作的话在家也可以。"

"阿雪说要开个杂货铺，这事你知道吗？"

“前几天阿雪跟我说了。”

我望了阿雪一眼，她坐在沙发里，低着头，一句话也不说。

“钱的问题你不用担心，我已经跟父母那边说过了，他们说可以帮忙，至于其他的问题……”

“那些问题交给我就行了。”我说。

“浩宇，你工作也要加把劲儿啊！”

“嗯！”

“我听说我们公司也要做出调整……”

“该不会也是裁员吧？”我问。

“不是。听说公司要开一家分公司，准备培养一批人到新公司做管理工作。”

“哦！”

“听说这里面有你的名字，你可要积极争取啊！”

“啊？”我很惊诧，他是从哪儿得到这个消息的。

“该通通关系就通通，你说不出口我帮你说也可以。”

“公司那么多人，不大好办吧！”

“我从一个比较要好的同事口中得知，上面中意的人有两个，其中一个是你。应该不会错的。”

“到时候，你如果进了新公司，我就要求公司将我也派到那边。”

“现在公司的效益也可以啊！”

“人太多了，有本事的老前辈多的是，不缺我一个。到了新公司，有你在，我可以有更好的发展前途。”

“这事还不一定呢！”

“所以说嘛！这件事要赶紧做，我帮你通融一下上边，你以后的工作要加把劲儿。”

“好的。”

“哥哥，浩宇，喝茶。”阿雪将沏好的茶端了上来。

“天色不早了，我就不打扰了。你们早点儿休息吧！”阿雪的哥哥起身告辞。

“我送送你。”

“不用了，就此留步吧！”

楼下面传来了车开动的声音，震宇很快消失在巷子里。

“肚子饿吗？我给你做点儿饭。”阿雪说。

“不用了，我不饿。”

“那我去给你冲点儿蜂蜜水吧！”

“阿雪，你真的打算开杂货铺吗？”我将西服外套脱下来放在沙发上。

阿雪将蜂蜜水放在桌上，只是低着头嗯了声。

“不去做不可以吗？”

“为什么？”

阿雪抬头望着我。

“我不想让你受这份罪，让你抛头露面，跟那些杂乱的人交往，我怎么忍心让你受这个罪呢？”

“我不觉得是受罪啊！”

“刚才你哥哥不是说了吗？公司要做调整，说不定要派我去新公司做经理呢！那时你就不用再工作了。”

“可闲在家里也没事啊！”

“好了，这件事以后再说吧！”

我将阿雪搂在怀里。

天空中何时出来的星星，寒碜地闪烁着光芒。就着夜光望去，街道和两侧的商店、超市、工厂都非常寂寥。

四

“赶紧，快点儿，把货物运进仓库里，马上就要下雨了。”一个人对搬运工喊道。

几个搬运工推着一个大箱子向仓库走去。

“还要拉三趟，快走吧！”那人对司机说。

司机发动汽车，穿过狭窄的道路，行驶在宽阔的街道上。

“下雨了，今天恐怕拉不了三趟了。”

“快点儿走就行了。”

“起雾了，前面的路口好像出了车祸，车都挤在一起了。”

“该死的，调头从别的路走吧！”那人说，“晚上我还要去另一家超市呢！”

“你在几家超市任职啊！”

“算是三家吧！上午在市南的那家，下午在刚才的那家，晚上去一家小超市帮忙。”

“那可够累的啊！”

“是啊！晚上十点多才回家，早上不到七点就起床了。”

“那还不如我们司机呢！”司机笑了笑。

“毕竟安全嘛！”那人也笑了笑。

果然如震宇说的那样，公司宣布要成立一个分公司，要从公司选拔一批优秀的人去新公司做管理人员，开拓市场。结果也如震宇所说，最终剩两个人选，其中一个便是我。

“哎！你好运气啊！”同事说。

“我也没想到，其实，我在哪儿工作都一样。”

“到了那边会有很好的发展机遇。到时候可别忘了兄弟啊！”

“未来还难以预料呢！”

我在心里想，如果这样下去，十年的房贷也许八年就还清了，甚至五年就还清了。想到这些，我的心里舒了一口气，以后终于不用为房子而这么艰辛地生活了。

下了班后，几个同事拉我去喝酒，一想到阿雪一个人在家孤零零的样子，我无论如何也坐不住了，匆忙喝了几杯，便要起身走。

“干吗这么着急，以后我们想见面也难了。”同事说。

“实在不好意思，以后有空的时候我请你们。”

“哎！看你这心不在焉的样子，就放你走吧！以后可别忘了我们啊！”

我拿起椅子上的外套。一关上门，屋子里传来喧闹的声音。

在坐公交车的时候，我想，等到了新公司，不如买辆汽车，以后就不用再挤公交车了。以后跟阿雪出门也不用让阿雪孤零零地站在人群拥挤的车厢里了。我决定，一旦条件改善，就立即买辆汽车，哪怕买辆一般的也可以。

还有四五站的时候我下了车。我怕阿雪看到我喝酒的样子，时间还不晚，走回去酒正好醒了。然而，我下错了地方，竟然提前了几站，一下车，我发现道路很陌生，楼房也很陌生。我感觉那边是家的方向，便顺着向那边走去。

我喝得不多，但却比以往更头晕。也许是喝得太急了，此时我感觉天旋地转，脚步也晃晃悠悠的。

五

我和阿雪去年结了婚，还没有孩子。

关于孩子，我是有自己的意见的。我喜欢小孩，喜欢小孩那细腻的皮肤，可爱的脸和单纯的思想。在小孩看来，这个世界是一尘不染的，是充满了趣味的。而我在结婚之前便对阿雪说，不能急着要孩子，想想自己，我们现在的经济条件不好，连维持两个人的生活都很艰难。

阿雪当时也没说什么，看样子她是不同意我的观点的，至少在心里，她是反对我的。

这天早上，我对阿雪说："我们要个孩子，怎么样？"

"你不是不想要孩子吗？"

"现在想要了。"

"为什么呢！"

"没有为什么。"

"你是不想让我开杂货铺才这么说的吧！你想用孩子阻挡我去开杂货铺。其实，你不应该这么想，别人能做的事我为什么就不能做呢？我已经跟父母筹到钱了，铺子的地点也找好了，就在离家不远的那家百货大楼边上。你就不用担心了，我会做好的。"

"可是……"

上班时，又有一群同事要请我吃饭，我借口家里有事全推掉了。他们用鄙视的眼光看着我，仿佛在说：别太自以为是了。

下班的时候，有一通电话打到了办公室。

"浩宇，你的电话。"

"谁打来的？"

"好像是从市政府来的，说是你的同学。"

"哦？"

我不记得自己还有在市政府的同学，便疑惑地接起了电话。

"喂，您好，我是宋浩宇……"

"浩宇啊！最近还好吗？我是江浩啊！"

"江浩，怎么是你？你不是出国了吗，什么时候回来的？"

"早就回来了，有三年了，我之前在南方，现在我调回来了，在市政府管工商这一行。"

"真不够意思啊！回来也不告诉我一声。"

"我今天刚调回来，头一个不就给你打的电话，至于在南方时，遇到了些烦恼的事，所以没联系你。”

“我说，电话里讲不明白，见个面怎么样？”

“行啊！”

“好了，我要先回家了，我太太还在家，晚上我打电话约你吧！”

“真是个好丈夫！行了，晚上我找好地方打电话给你。”

“再见。”

“再见。”

江浩是我的高中同学。在高中，我跟他关系最亲密。后来江浩考取了法国一所大学的博士，我们之后便失去了联系。我以为他还在法国或者英国呢，没想到他早回国了。而最令我没想到的一点是，一直沉迷于文学的他竟然选择了从政。记得以前他是多么热爱文学，经常写诗念给我听，上了大学，他还不时将写的小说寄给我。但他的小说一篇都没发表过，据说后来全烧掉了。考研时他选的是法律专业，后来也是以法律博士的身份进了法国的那所大学。我一直不明白江浩为什么要选择法律专业。后来我才知道，他是因为一个女生才这么做的，他追求的这个女生喜欢一个有钱有势的男生，而不喜欢他。他对她说：“权势金钱算什么呢？”那女生却回答：“可我喜欢。”从此之后，江浩将他大学期间写的五十万字小说全烧掉了。他哭着说：“我一定要出人头地。”现在他终于做到了。可是他为什么来这个城市呢？我知道，以前他追求的那个女生和那个男生还在这个城市。江浩这次回来，莫不是为了报复吧？现在那个女生和那个男生早结婚了，也许孩子都有了。即使他现在可以达到报复的目的，可是又有什么用呢？

晚上我对阿雪说：“你自己做饭吃吧！有一个大学的同学约我。”

“哦！”阿雪应了声。

“是高中时比较要好的一个男同学，他现在刚从外地回来。”

“那去吧！少喝点儿酒，早点儿回来。”

“嗯！”

阿雪帮我整了整衣服领子。

“阿雪……”

“嗯？”

“等有空的时候，我们一起出去旅行好不好？”

“旅行？”

“是啊！到时候我请上几天假，我们好好地出去玩玩。”

“好。”阿雪说。

我赶到江浩定的地点时，他已经等很久了。酒店门口的树叶被风吹拂着发出轻轻的声音，是家很豪华的酒店。

江浩见到我，跟我来了个拥抱。

“有六年多没见了啊！”

“是啊！时间过得真快！”

我坐下来，菜端上来，江浩早点好了菜。

“对了，你结婚了吗？”

“还没呢！”江浩说，“没时间，也没那闲心。”

“怎么能这么说，还是找个人约束着才好啊！”

“我可不愿意让人约束。”

“这次回来应该稳定了吧？”

“暂时会在这里吧！听说市长快换了，我才回来的。”

“哦！”

我看了江浩一眼，他的眼神果然显得像个老道的官员，再也不是以前的书生样了。

“听说你在化工公司工作，怎么样？想不想换份工作。”

“不用了，我不喜欢工作变动。”

“那到时我去你们公司一趟，让他们照顾一下你。”

“不必了，真的不用，谢谢。”

“浩宇，毕业这么多年，你还是老样子啊！”

“是啊！还能怎么变呢，我就是这个样子的。”

“现在社会像你这样的人真的越来越少了。”

“无论在什么情况下，保持自己的本性，这才是做人的原则嘛！”

“对了，浩宇，雪娟还在这个城市吗？”江浩还是问到了这个女生。

“在呢！”

“他们结婚了吗？”

“结了。”

“哦！”

江浩若有所失地从口袋里拿出一根烟，点燃了，在烟的红光照耀下，他的脸上显露出一丝痛苦。

六

我回到家的时候，阿雪的哥哥也在。

桌子上摆着没动的饭筷。阿雪低着头，眼睛红红的，仿佛哭泣过。

我坐到阿雪的身旁，急忙问道：“怎么了？发生什么事了？”

阿雪没有回答，震宇开了口：“我爸今天出门的时候被车撞了，送到医院的时候已经晚了。”

“真的吗？”

我将阿雪拥在自己怀里，她抽泣起来，身子都颤抖了。

“阿雪，别哭了。”我抚摸着阿雪美丽乌黑的秀发。

“浩宇，准备开杂货铺的钱今天已经……”震宇说。

“嗯，知道了。”

震宇劝了阿雪一会儿，便告辞了。我让阿雪回房间睡觉，顺便将震宇送出门。

“听说你有个同学在市政府工作？”

“是啊！是一个高中同学。”

我很惊异，他是从哪儿得知这个消息的。同学的到来我也是刚知道的。

“请留步吧！你回去好好安慰安慰阿雪。”

在路灯的照耀下，震宇的身子显得很单薄，不知道怎么地，我竟有些怜悯他。

“阿雪，以后你就别再考虑杂货铺的事了。一切你都不用担心，我会帮你承担的。等过几天，我去跟公司请个假，我们两个出去好好旅行一下。”

“不用的，你不用为我特意……”

“其实，也不是特意为你。最近我的心情糟透了，我也想借此散散心。”

望着窗外漆黑的夜，我仿佛入了魔一样。

在公司的时候，我随手翻着当天的报纸。报纸上有娱乐、体育新闻，也有经济、政治新闻，但这一切对我来说却如同幻影一样虚伪。还有一条新闻说一家公司总裁卷着公司的钱潜逃了，公司在一夜之间宣布破产。我想，说不定我这家化工公司在什么时候也会破产的。

阿雪昨天对我说，今天回娘家处理葬事，她现在已经到那边了吧？面对父亲的灵位，她又该泪流满面了吧？

一个同事来叫我，说公司经理要见我。

我进了经理室。经理正在打电话，见我进来了，便对对方说："好了，先不说了，过后我再给你打电话吧！”便挂了电话。

“请坐，喝点儿水吧！”经理给我倒了杯水。

“谢谢。”我说。

“公司要成立一家新公司，这个你知道吧？”

“嗯。听说了。”

“经过公司高层的一致意见，决定让你去担任分公司的经理，你觉得怎样？”

“如果是这样的话，我一定会更加努力工作的。”

“那就好，希望你管理好新公司，以实际行动向我们证明你的能力。”

“我会的。”

“那就好。”经理说，“对了，听说你认识市政府的江书记？”

“江书记？”

“就是江浩书记。今天，市政府刚刚任命的。”

这实在大大出乎我的意料。我说：“我跟他是高中同学。”

“哦！原来如此。”

“哦！”我一头雾水地离开了经理办公室。

突然，我想起了什么，便又折回了经理室。

“又怎么了？浩宇。”

“经理，我想请几天假。”

“哦！好的，反正新公司还没有正式运行，你就休息几天吧！”

“谢谢经理。”

我拖着疲倦的身子走回自己的办公室，将工作服换了下来，这时一个进来的同事说：“听说你被派去新公司做经理了？”

我没回答，打开门，走了出去。

我走出公司，沿着小道向前走着。一辆辆汽车奔驰而过，将落叶拂在我的脚下。

在一条小河旁，我停下了。河水很清，不过由于是深秋，河水呈现一片暗淡。小河还在流动着，水面漂浮着一些枯黄的柳树叶，我将手伸进小河中，河水异常的凉。

在河面上，我仿佛看到阿雪哭泣的身影。

小河两侧都是食品厂，原先的时候全是居民楼，去年还是前年，这儿建了许多食品厂，如今大部分已经停产了。食品厂门口还站着门卫，里面却一个人都没了。

我上了公交车。车上人很拥挤，在夕阳下，无论是车厢里的人，还是外面的楼房，都有点儿旧电影的感觉。

工作令我感到累了，生活也令我感到累了。我低声对自己说：我失去了所谓的工作欲，因此讨厌了工作，我失去了所谓的生活欲，因此讨厌了生活。

我还是在上一次醉酒时下车的那一站下了车。我隐隐约约对这条路还有印象，我沿着一条小道走到了大道上。

阿雪今天晚上还回家吗？也许不回来了吧？我这样想着。如果阿雪回来的话，就立即跟她旅行去，离开这个地方。

快到家的时候，阿雪给我挂来了电话。

“浩宇，我今天晚上回不去了，明早回去。”

“好的，早点儿回来，回来之后我们去旅行。”

“你请假了？”

“是啊！票都订好了。”

“那好吧！我尽量早点儿回去。”

挂了电话，我打开房门，一股空寂之情朝我涌来。

我脱下外套，放在沙发上。疲倦地朝沙发坐去，连肚子的饥饿似乎也忘记了。

忧　雪

一

宏法师父望着外面的天，失望地回过了头。

自从入冬以来，他每天早上醒来，都是先看天空。他还让小沙弥随时来向他汇报。他在坐禅时，小沙弥悄悄推门而入。但他见师父闭目凝思，便不去打扰，等待师父醒来。

宏法醒后，见小沙弥在一旁站着，便大声呵斥道："你没见我在坐禅吗，干吗进来。"

小沙弥缩着脖子一句话也不说。

宏法又问道："怎么样？下了吗？"

"启禀师父，天色好好的，一点儿阴的样子都没有。"

每当听到这句，宏法都大为恼火，甚至要跳起来。

"那你站在这儿干什么，接着看去。"

小沙弥便乖乖退出去，继续观天去了。小沙弥来这个寺庙已经有五年了。前几年，他从来没见师父发过这么大的火。即使他犯了错误，师父也只是和蔼地笑笑，以佛理教育他一番。但到了今年冬天，师父几乎每天都要他去观察天色，看有没有下雪。入冬一个月了，一直是晴好天气。他每次如实向师父报告，都会遭到师父的一顿斥责。他认为这是师父在生他的气，嫌他不成材。

“师父让我观察天色恐怕另有深意，也许是隐藏着什么佛理吧？”

小沙弥只怪自己无法参透这个佛理，无法令师父高兴。想着，他又观望起天色来。冬天的景色很惨淡，天色也很凄迷，天与地仿佛相连，这种景色越看便越觉美丽。

对身在寺庙的宏法也罢，小沙弥也罢，外界繁华的景象只不过生死流转的因而已，其果都是相同的。而且，外界愈是繁华，其果就更加悲凄。

宏法已接近净土的世界了。他可以无视外物存在，外界反映在他的心中都是空的。他对外界既无欲的要求又无本的回报。这使小沙弥倾慕不已。在他的眼中，富贵之人纵使吃穿不愁，外物想要什么便是什么，但他们执着于色欲，依旧生活在痛苦之中，而且要经受生死流转之苦和转世轮回之痛。宏法师父却逐渐脱离现世，进入万世永恒的境界。小沙弥站在师父脚下，感觉师父就如同莲花一样神圣，而瞬间散发的佛光，几乎照彻了他灵魂深处的罪恶。所以，每次师父骂他，他瑟缩着身子，显得很害怕的样子，但心里却是极度欢喜。他甚至希望师父能打他，他认为被佛手打到那实在是种幸福。

二

宏法师父现年六十九岁。是这个寺庙资历最深的僧人。而且他的参悟能力要比一般的僧人高，所以名声传到方圆几百里的地方。几乎人人将他视为无上高僧。

但是，他内心在想什么，只有自己才知道。出家之后，他总共做了一万四千个关于净世的梦。就这点而言，没有哪个僧人能达到这样的境界。

然而，在未出家之前，他做了两个梦，这决定了他的一生。

第一个梦是他在二十五岁的时候做的。他梦到一个圣女飞临他的床前，她眼神含着娇羞，这几乎使宏法震惊了。圣女洁白的身体将整个屋子都照亮了，几乎跟佛身一样。

在此之后，他深陷于圣女的美中，一度患了重病。他想：自己哪怕再能见她一次，死去也值得。但他此后再没梦到她。他对妻子那凡人的身体几乎厌恶到了极点。直到二十九岁时，他做了人生中最关键的一个梦。

他又梦到了那个圣女。她的身体如珍珠般闪着华美的光，眼睛如钻石一样光辉四射。他胆怯地缩在角落中，甚至连多看一眼圣女的勇气都没有。但他还是鼓足勇气说："圣女啊！让我吻吻你的手足吧！那样我死也甘心了。"

圣女没有表情，似乎只有光芒，有的只是灵。她说：

"现在的你是无法碰到我的。"

"那我怎样才可以碰到你呢？"

"你只有通过修行祛除你本身的污垢，只剩下灵，那样才可以。但是你要付出四十年的岁月。四十年后那个冬天的第一个雪夜，你便可以触碰到我了。"

虽然只是一个梦，但宏法却信以为真。他宁愿花掉自己四十年的时间换取一吻圣女手足的机会。于是他告别妻子，辞别家人，开始了修行之路。在这四十年中，他一次也没梦到圣女，除去那六百天外，几乎每天晚上他都梦到净土。渐渐地，他忘掉了圣女。他几乎进入了无欲无求的世界。他想让世界静止，世界便静止在他的眼中。四十年了，他没有听到过任何关于"富贵""繁华"的消息，在他看来，人世间不存在穷人与富人，也不存在冷清与繁华，一切事物的法相都是虚无的。一切因缘而生，因果而灭。众生追求的只不过是外界给予的诱惑的幻影而已。

深夜，夜空宁静。鸟低鸣着，伴着风声传荡。月儿升上高空，似钩一般，景物已经败尽，只剩颓废的枝条，在地上透下斑驳的影子。

三

但是越来越接近圣女说的日子，宏法又突然记了起来，他澄澈如水般的心一下子掀起了巨浪，再也控制不住。

入冬了，几乎每晚他都睡不安稳，总觉得半夜会下雪，便爬起来去外面看看，星月依旧在空，他回来躺下，但一会儿又醒了，一晚上能有十几次。

所以说，白天的时候说是在坐禅，实际上是在睡觉。他已经有六十九岁高龄，一晚上醒十几次实在太累。所以，白天坐禅的时候他便睡着了。

小沙弥又来报告了。

“师父，仍旧没有下雪。”

“是吗？”

宏法应了声。因为他实在是太累，几乎连话也不愿意说了。

“师父，您让我观望天色，天色里一定有什么玄机吧？”

“玄机？”

“对啊！它一定隐藏着一个非常深的佛理。所以师父才让我天天观望。但弟子愚昧，参透不了其中的佛理，惹得师父您生气，弟子不孝。”

此时已是夕阳西下，一缕霞光透过寺门照到宏法的脸上。他的胡子、眉毛都斑白了，仿佛一尊佛像。

“扶我到后院走走吧！”宏法睁开了眼。

小沙弥怔了一下，说：“是，师父。”便上去扶着师父的手。以前他从来不让任何人扶的，他的肌肤干巴巴的，很松弛，但在小沙弥看来，这如同珍珠一般美丽。因为它不是现世的东西。小沙弥小心地望着宏法的脸，心里充满了喜悦。

“师父，您慢点儿。”小沙弥说。

宏法由小沙弥指引走进后院。后院的菩提树叶子已经完全枯萎了。

白天的时候，后院的落叶已被僧人清扫过，但傍晚又落了一地。宏法的脚踏在叶子上，一点儿声音都没有。小沙弥却踩得“咔吱咔吱”响。小沙弥在夕阳中望着宏法那张脸，心里格外激动。

“师父恐怕已不是这个世界的人了吧！留下的只有肉体了啊！”

“你看，这个世界显得多么宁静。”宏法说。

望着夕阳的红光，宏法心想：“这辈子恐怕再也见不到她了。”

他转过身，对小沙弥说：“好了，我们回去吧！”

小沙弥扶着师父，回头望着夕阳。夕阳柔美，平静地照在菩提树上。

到了第二天早上，小沙弥满心高兴地闯进了师父的卧室。

“师父，昨夜下雪了。师父，一片雪的世界呐！”

然而，宏法师父昨夜在梦中早已圆寂了。

与世界无关的爱

一

艾德离开呼伦湖已经有段时间了，上周，八月十五刚过，呼伦湖上空已经呼啸着寒风了。他从帐篷里爬起来，拉开一个角望着远处一望无际的草原，风吹着草层层叠叠地向前推进，一直延伸到目光所不及的地方。

布鲁托骑着马从远处奔驰而来，在艾德的帐篷前面停下，朝帐篷里喊道："艾德——"但是帐篷里没有传来任何回答，他拿起马鞭敲打在帐篷上，发出砰砰的声音。里面仍没有传出任何声音，布鲁托正想下马进入帐篷，这时，艾德出现在不远处的山坡上，他朝这边走来，风推着草层层朝他的方向涌去。他整个人淹没在草丛当中，就像是伴随着海水涌动的船只一样。当他走过来的时候，布鲁托已经从马上下来，站在那里等他了。

艾德看了一眼布鲁托，问道："找我有什么事情吗？"

"天就要变冷了，你准备什么时候离开这儿？"

"再过段日子吧！暂时我还不想离开。"艾德说。他望着一望无际的草原，有很罕见的鹰在天空中翱翔着。

"早点儿离开这儿，冬天的草原可不好受。"布鲁托说，"我要去趟满归镇，你需要买什么东西吗？我给你带回来。"

“我也没什么东西要买。你就给我带点儿日常生活用品回来吧！你等一下，我看看需要什么。”说着艾德钻进了帐篷，清理了一下小木桌上自己的用具，说道：“给我带一只牙膏吧，再买些吃的。”

“这个没问题。”布鲁托接过手机，又问：“不需要被子吗？天气可马上就要变凉了。”

“如果你带得了的话，就帮我带一床过来。”

接下来两人又谈了几句，然后布鲁托上马离去，消失在绵延起伏的草丛中。

布鲁托是本地人，差不多五十岁了，自从在他二十岁父母去世后，他就以放牧为生，牛、羊、马这些动物他都养过，并且很熟悉这些动物的习性。别人可能认为饲养动物很容易，其实在草原上是很困难的，要是不熟悉草的性质，把握不住这些动物的习性，一年下来动物数量减少一半都是有可能的。但布鲁托的牲畜一般一年也就减少一两只。这样的工作环境很难让他组成家庭，所以他至今仍是独身一人。他是一个很热心的人，艾德刚来没有几天便和他结成了朋友，那种感觉好像两人相识多年一样，他对艾德讲过自己的经历：年轻的时候，他结过一次婚，但他适应不了城市的生活，就和那个女人离了婚，重新返回了草原。对他这样的人来说，一生注定要生活在草原上。

艾德每天都要散步到山头，看夕阳从地平线上消失，然后再返回帐篷。夜晚，听着簌簌的风声，用被子蒙住自己的头，然后呼呼地进入梦乡。

艾德出生在孔子的故乡曲阜。他在那里一直生活到上高中，大学之后他就每年回去一两次。本来以为上完大学之后，会有一个美好的前程在等待着他，可是后来他才知道一切都是幻想。二十一世纪遍地都是大学生，要升迁和发财已经用不着学历，他工作了几年，很快发现前途无望，一点儿未来的出路都没有，就辞职自己开了一家贸易公司。开始的时候非常困难，只有他和一个朋友，两年后中国进入工业发展的繁盛期，他的企业也借着房地产和汽车产业的兴盛慢慢地发展了起来。没想到那时候又突然遭遇了一场金融危机，积压了一大批商品没有出手，直接导致了企业的破产。他充满了绝望之情，后来到大城市去，才发现很多人的情况跟自己也差不多。因为这件事情，艾德觉得自己好像参透了人生一样，他又像过去那样，过起了节俭的日子。他时常在廉价的小酒馆里喝酒。他的家人不要求他给家里带来多少东西，只要求他活得好好的，他本来计划读研究生，运气好的话再读博士，可是父亲的突然去世打乱了他的计划。那是十二年前，父亲从山间的盘山公路往家赶，车后面开来了一辆大货车，直接把父亲的车撞到了悬崖下面，车祸很严重，尸体拖上来之后直接送去了火葬场，艾德连父亲的最后一面都没见到。

也不知道怎么地，艾德就流浪到了草原上。那是几个月前的事情，他从自己的床底下翻出一张中国地图，望着这个熟悉的形状，艾德最后觉得没有地方可去，于是选择了草原。他是跟随旅游团到达呼伦贝尔草原的，其后旅行团离开，他自己留了下来。

艾德被声音吵醒了，巨大的风声拍打在帐篷上，好像随时要把帐篷吹走一样。他不情愿地从被窝里出来，在门口掀开一个缝隙，外面已经白茫茫一片了。还不到十一月份，竟然已经下雪了，一股寒风钻进了帐篷，艾德顿时觉得寒冷难耐。他返回帐篷，走到小桌子旁，上面还摆着喝剩的牛奶，他将牛奶倒在玻璃杯里，拿起一块干面包就吃着。看上去雪已经将整个草原覆盖了，如果雪再下一阵的话，他说不定就被困在这个地方了。吃完面包，他穿上厚一点儿的衣服去看他的马，只见木桩上只剩下一个绳子尾巴，也许因为耐不住寒冷，马儿挣脱缰绳跑到其他地方去了。四周已经白茫茫一片，天上还飘着雪花，他用力拔了一下拴马儿的木桩，可是拔不出来，用脚跺了几下，原来木桩已经被冰冻起来了。他从雪原上找到一些枯萎的草，可是因为太潮湿，几乎点不着。

原本艾德想打电话给布鲁托让他来接自己的，才发现手机已经没电了。不过他想只要天气一好转，布鲁托就会来找自己的。但是这样的天气不知道得持续到什么时候，他望着外面的世界，压根儿没想到有一天自己会落入这样的处境。可是是他自己待在这个地方不肯走，要怨也只能怨自己。眼下他只担心吃的东西可能挨不到布鲁托来找他的时候。

风呼呼地吹着，他翻看着一本日本小说，最后能吃的东西全都被吃光了，雪还是没停，帐篷被大雪压得吱呀吱呀的，像要倒掉一般。他走出去，将雪从帐篷上扒下来，脚踩在雪里，已经没过了脚脖子。雪要是再这样下个一两天，他只能冒着雪花步行到附近的镇上了，最近的满归镇距这儿也有六十多里路。他还是希望布鲁托赶紧将他接出去。

到了第三天，雪花变小了一些，他已经有差不多两天没有吃饭了，大部分时间就是用看小说打发，借以转移自己的注意力，可是并不怎么管用，不远处的大路上，已经差不多一周没看到一个人的身影了，连动物的痕迹都没有，他记得刚下雪的那天，还见一只鹰在天空中飞翔，现在什么也看不到了，也许是因为寒冷，动物们都躲到什么地方避寒去了。

当他觉得自己的意识都变得模糊的时候，不远处传来了马儿的声音，他从被窝里爬出来，听到布鲁托在喊他：“艾德，艾德！”

马儿在雪中走得极为艰难，过了好一会儿，布鲁托才到帐篷门口，他的马的背后还跟着艾德跑掉的那匹马。他从马背后拿出吃的和饮料递给艾德。艾德吃了几口，布鲁托说：“我还真担心你这几天遭遇什么不测，雪下得太大了。”

“我一直在等着你来呢，要是你再晚来一两天，估计我真的得葬身这个鬼地方了。”

“我原来以为刚开始下雪的时候你就离开了呢，我还纳闷你怎么没有去找我，可我昨天清点牲畜的时候发现了你的马，我这才知道这马自己跑了回来，估计你还在这儿，所以今天我就赶紧过来看看，你瞧，雪太厚了，汽车都没法通行，走了大半天才到这儿。”

正说话的空儿，后面的帐篷被雪哗啦一下子压倒了，艾德心有余悸地看着塌掉的帐篷，然后两个人都笑了。布鲁托说：“赶紧走吧！我们怎么也得在明天早上天亮前赶回去，天气预报说明天还有大雪。”

“我收拾一下东西。”艾德说。

“不用收拾了，本来马在雪地里就走不快，等哪天天晴了再来收拾吧！”

“好吧！”艾德钻进塌掉的帐篷里，拿出自己的手机和几本书，然后上了马。他估计明年开春之前都不会再有人来这个地方了。

回到满归镇的这天晚上，艾德睡了来到草原之后最好的一觉。他梦到大草原上呼呼吹着的风和漫天飞扬的雪花。第二天早上，他打开窗户，果然看到雪花又厚了一层，公路上一个人都看不到，连汽车压过的痕迹都没有。这场雪可真够大的，他想自己也许真的该离开这儿，回到山东，起码那儿的天气要比这儿好多了。这时他才想起自己已经有好长一段时间没工作了，自己的企业已经没了，就在昨夜的梦中，那些事情他还觉得触手可及，甚至父亲活着的时光，都鲜明地印在他的脑中，可是面对着外面的白雪世界，他觉得一切恍若隔世，什么精神也提不起来。

现在他审问自己：我跑到这个地方来，难道不是为了躲避什么东西吗？他在躲避自己的人生，躲避这个时代的生活，当然他一直不承认，他对这个世界相当失望。他和朋友们几乎有整整一年没有联系过了，他就一个人躲在这个荒凉的角落里，不为任何人所知。他想，这样的人生有意思吗？这是自己所期望的生活吗？当然不是，可是他不知道自己究竟想过什么样的生活，总之他觉得自己做不到。

近两年他都没怎么工作，当然也就没什么收入，好在他办企业时挣的钱还有剩余。他已经有两年的时间没接触过任何女人，很显然，他没有房子，没有工作，没有自己的住所，甚至连自己的生活都没有。

他也想过要找份工作干，可是找了几份都不满意，他就怀着失落的心一个人跑到了大草原上，在这里虽然很寂寞，不过让他忘掉了这个世界，甚至可以不用为自己的生存负什么责任。也就是因为这个，他宁愿待在与世隔绝的草原上，也不肯返回现实生活当中去，他觉得人生而已，与其选择过去那样的生活，倒不如选择眼下的生活，这样的生活更让他觉得安心。

布鲁托来到他的房间，叫他中午的时候一起吃饭，他对艾德说："你是第一次在这个地方过冬吧？"

艾德点了点头："慢慢就适应了。"

临走的时候，布鲁托对他说："有好长时间没有喝酒了吧！晚上我带你出去喝几杯。"

艾德很高兴能遇到布鲁托。布鲁托对待他就像对待自己的兄弟一样，这还是他人生中头一次遇到这样的人。过去只在小说中看到过，他觉得现实生活中根本没有这样的人，直到遇到布鲁托，他才知道这样的人真的存在。他的性情是那样的善良，几乎看不到他有什么烦心事。艾德之所以待在这里，重要原因之一就是布鲁托。虽然他们才认识几个月，可是他感觉两人像认识几十年一样亲切。

中午吃的是羊肉、土豆泥，因为艾德对羊奶过敏，所以只喝了一小杯。席上只有布鲁托和他，所以他觉得不怎么拘束，差不多快吃完的时候，帮布鲁托看家的那个六十多岁的老管家走进来说："先生，刚才我清点马群的时候发现少了两匹，雪地上也没有凌乱的脚印，我分不清它们是什么时候走的，去什么地方了。"

"知道了，一会儿我和你去找一下。"布鲁托说。老管家退了出去。

布鲁托站起来对艾德说："你下午没事就睡一觉吧！反正雪还不知道下到什么时候。"

"好的。"艾德真诚地对他说，"你去忙你的吧！"

走到门口的时候，布鲁托回过头对艾德说："晚上我来叫你，别忘了。”说着他做了一个喝酒的动作，然后关上门走了出去。

艾德回到房间，发现外面的雪已经小了一些，他靠在窗户上，没有任何睡意，但是精神上觉得有些困顿。这时候，他看到一个女人从街道上走过，她穿着波西米亚风格的衣服，层层叠叠，像是俄罗斯的传统服饰，也许那是一位从俄罗斯漂泊到中国来的姑娘吧！她打着一把黑白相间的雨伞，艾德看不清她的相貌。突然，艾德听到街道上有喊叫声，他看到那姑娘停下了脚步，回过头，原来后面有个人喊她。那人匆匆地跑到她的身边，然后在她的耳边说了几句话，他们就这样一起远去了。在他们说话的瞬间，雨伞被风摇曳着，那个姑娘的脸露出了一半，他只看到了她的轮廓，当他们走远后，脚印很快也被雪花重新覆盖了。艾德便从窗边返回床上。

艾德在不同的地方见过各种女子，他觉得那些女子不够美，虽然长年生活在森林和草原，可是皮肤并不像想象中的那样好，她们总是沉默寡言，低着头从人的面前走过，似乎对这个世界逆来顺受。当然在某些地方他也见过一些极为漂亮的女子，在四川他就见过一次，那个女子穿着艳丽的服饰，在一条船上与他擦肩而过。但是他从来没想过要同这些女子产生什么关联，他觉得现在生活的这个世界规矩太多了，每个人总是充满了各种各样的欲求，他知道这些欲求是很难控制的。总之，他只在很少的地方见到过还保留着民族特色的少数民族，大部分少数民族的风俗也已经变得和汉族差不多了。

他拿起一本小说，在床上看着，这里的房间都是采用的地暖设施，只要在下面的壁炉里添上几块柴火，整个屋子就非常暖和，这会儿比早上醒来的时候暖和了许多，许是管家出门之前往壁炉里添柴火了。书看了没多久，他就觉得睡意袭来，没过一会儿，他拿着书的手就耷拉下去，进入了睡梦之中。

天色渐黑的时候，艾德才从睡梦中醒过来，他走到客厅里，发现布鲁托还没有回来。正当他准备看看外面的天色时，门被打开了，布鲁托和管家走了进来。他们拍了拍头上的雪，布鲁托走到冒着火的炉子前面烤了一下双手，艾德问："怎么样？马找回来了吗？"

"找回来了。"布鲁托喘着粗气说。

"先生，你不用生气，不值得和鲁思那样的小人生气。"管家对布鲁托说。

"我没有生气。"

"怎么了？发生什么事情了？"艾德问。

"没什么。马被鲁思关到他的院子里面了，怪不得我们找遍了整个镇子都没有，走到他家门口时我听到马叫的声音，我就知道是我失踪的马，敲了半天的门他才来开，我说明来意后，他还坚决否认，说他的马根本没有出去过，也没有马来到他家，我坚决要看，他才让我走到后院去，我一眼就发现那两匹马不是他的，和院子里那些马的气质完全不同，他竟然还狡辩。要是我年轻的时候，我早就跟他大打出手了。天快黑的时候，他见我没有要走的意思，说再清点一遍，后来跟我说之前清点错了，确实多了两匹。我真恨不得把他打趴下。"

"鲁思的品行是人所共知的，先生，您根本没必要跟这样的小人生气。"管家说。

"像他这样的人，应该被赶出这个镇子才对。过去我们这里从没有这样的人。"

"先生，我去给你们做饭。"

"不必了，我和艾德要出去吃，你也一起去吧！"

"先生，你们去吧！我在家里自己做饭吃就行了。"

"好吧！"布鲁托转过身对艾德说："等我暖和一下，就出去。"

那是一间小酒吧，不怎么吵闹，里面坐着七八个人，都在桌上默默地喝酒，他们说着艾德根本听不懂的语言。其中一张桌子上一个老头儿拿着塔罗牌展示预言的可能性。

"刚才真对不起，我在你的面前展示了不好的一面。"布鲁托向艾德道歉。

“没什么，要是我的话，说不定会更气愤。”艾德从口袋里拿出当初他从云南带回来的烟，递给布鲁托。

两个人一连喝了好几杯。布鲁托对艾德说：“庆祝你死里逃生。”

艾德笑了笑，自己前几天还在雪地里担心自己的生死问题，现在已经在酒吧里喝酒，想想觉得真奇妙。

“来到这里的人中你是最让我有好感的一个。”布鲁托说。

“为什么呢？”

“就这么说吧！看到你，我就觉得好像看到了年轻时候的自己。”

“那别人呢？”

“其他人没有给我这种感觉。”

“看来我还是个挺特殊的人了。”说着艾德笑了。

“我对你说过我的经历是不是？”

“嗯。”

“可事实并不是那样的。”

“不是那样？你的意思那些事情是你虚构的？”艾德吃惊地问。

“并不全是。只不过事实不是那个样子罢了。”

“那是怎样的？”

布鲁托将自己酒杯中的酒喝了，艾德又给他倒上，然后他开口说道：“那是许多年前的事情了。”

接下来，布鲁托对艾德说了他年轻时候的真实经历。

二

我的父亲是农村的知青，我母亲是本地人，你应该知道，那个地方是当时相当有名的“北大荒”，几百人甚至几千人在那片荒凉的土地上开垦、种植作物，有些公子哥儿是从城里来的，压根儿就没吃过乡下种地的苦，我父亲就是其中的一个，当时母亲看到父亲受不了这些苦，就从家里偷水果来给父亲吃，这样一来一往，母亲逐渐地就喜欢上了父亲，父亲也喜欢上了母亲，至少母亲是这么和我说的。父亲的身子很单薄，用母亲的话来说就是一个文弱书生，父亲一个人生活在远离任何亲人朋友的农村，自然不可能拒绝母亲的恩惠，两年后，她竟然把父亲带到了家里给父母看，结果可想而知，我外祖父母不仅没有同意，而且冷冷地要求父亲断绝与母亲的任何往来，因为在他们看来，母亲那时候年轻，有许多事情都不明白，他们知道，像父亲这样从城里来的迟早会回到城市，母亲喜欢这样一个人，是不可能有什么结果的。后来不知道什么原因，父亲被调到了其他大队，但母亲和父亲私下还是来往着，这一点谁都不知道，直到父亲要回城的时候，外祖父母才发现母亲怀孕了，这在当时掀起了轩然大波，他们那时候急了，只能让父亲和母亲赶紧结婚，你知道那时候结婚需要所在的单位审批的，就在母亲等待审批结果的时候，父亲已经回了城里。

一个月后，母亲挺着大肚子来到父亲所在的城里，那是南方的一个小城，母亲坐了好几天的汽车，又坐了一天一夜的船才到，父亲见到母亲的时候，对母亲说让她先回家，过几个月孩子生下来后，他们再商量结婚的事情。母亲竟然天真地相信了，当她生下我后，再次返回父亲所在的小城，那时父亲已经和一位门当户对的姑娘结了婚。谁知道母亲没哭没闹，就这样坐着船和汽车回到了老家。在母亲去世之前，她才和我说，在回乡的路上，她从船上跳进了江中，可是被一个当地人救了上来。“原本这个世界上没有我们娘俩的。”她当时这么说。所以，“父亲”这个词语在我的心中仅仅是概念，从来没有在现实中出现过，母亲孤独地走完了一生，直到临死前才和我说了她和父亲之间的事情。

感情这玩意儿也许可以遗传，母亲总是提醒我，没有与世界无关的爱，我也经常对自己这么说，可是很多事情说起来是一回事，到了亲身体验的时候，又是另外一码事。

那一年我二十三岁，母亲已经去世，我刚刚习惯了放牧的生活。那时已经开始陆续有人到这里旅游，他们觉得一望无际的草原实在是种美好的景象，也许这是人的某种需求心理吧！一开始他们喜欢去有大海的地方，再后来是名山河流，然后大群的人开始出现在草原上。我经常看到一些游客从我的身边走过，还跟着我的马群和羊群前行，他们还给我钱让我教他们怎么骑马，实话说，我真不情愿，我知道，钱是好东西，可是对我来说它一点儿用处都没有，我那些马都是真正的马，并不是为了给他们骑了消遣的。七月份的时候，来过好几批游客，他们都是白天在这里，晚上就离去。那一次，等所有的人都走了以后，我照例把自己的马群和羊群关起来，当我返回自己的营地时发现有个女子站在那里，她说自己不想跟那些人到镇上住，问我有没有帐篷可以让她住一晚。

这里当然有帐篷，就像你刚来这儿的时候，我给她搭好了帐篷，她对我说谢谢，然后我就钻进了自己的帐篷里。过了一会儿我将饭做好了，走到她那里敲了敲帐篷，她走出来问我怎么了，我问她吃过饭没有，她说自己带了面包和香肠，我对她说，那些东西不顶用，便叫她到我的帐篷里一起吃饭。吃过饭之后，她正想离开，我对她说如果没事可以聊聊天，她就坐下来，我们一边聊着城市和乡村的不同，一边喝着羊奶，慢慢聊得多了，她说自己是因为失恋才跑到这个地方来的，她二十一岁，家是江西的，她说：天苍苍，野茫茫，风吹草低见牛羊，记得中学课本是这样描写草原的，所以想到草原来看一看，看看这里是不是这种景象。我问她看到的是怎样的，是不是和书中描写的一样，她笑着说差不多，我对她说这是七月份，要是前几个月来的话，这里还会下雪呢！我觉得过去从来没有这么快乐过，那夜的月光像鲜花一样美丽。

第二天我依旧照看着羊群和马群，心想那个女子已经离开了，心里顿时升起一股失落的感觉，但是当我骑着马回来拿东西的时候，发现女子正坐在帐篷前画画，我从马上下来，她站了起来。我走过去，看到她画的草原，我说真美，她笑着说，只不过瞎画罢了。我问她怎么还不回镇上去，要不然该找不到旅行团了。她说自己暂时还不想回去，还想在这草原上多待几天。我不知该说什么，回到帐篷中喝了点儿羊奶，然后走到马桩处解开缰绳准备继续去放马和羊时，我听到她的声音，对了，我忘记和你说她的名字了，她叫姜红，我牵着马走过去，她好像有什么请求似的，我对她说有什么事就说，她不好意思地对我说，可不可以教她骑马。我说可以，但是要去看一下羊群和马群，等回来后教她，我骑着马朝远处的草原奔驰而去。

她是个很聪明的人，没几个小时就学会了骑马，我见过许多来这儿来旅行的女子，她们都对马害怕得要死，听到马喘息的声音，连摸一下都不敢，她却很从容地抚摸着马毛，当我给她套好马鞍的时候，她一下子就跳上去了，可是马不听她的使唤，一下子身子乱窜，她被重重地摔在草地上，我忙跑过去将马拉住，然后跑到她跟前问有没有受伤，她扶着自己的身子站起来，拍了拍身上的泥土，告诉我没事。我又给她讲了一遍骑马的要领，之后她就再没有摔下来过，没过多久，她就慢慢地掌握了骑马的要领。当她骑马奔向远方的时候，我一下子跳上身边一匹没有马鞍的马背上，朝她追了过去。

有一天夜里，天上下起了大暴雨，那个小帐篷很轻易地就被风吹倒了，我赶忙跑过去把她从里面拉出来，本来想帮她把小帐篷重新撑起来，可是我发现支撑的木棍全都断掉了，于是我让她把行李拿到我的帐篷里面，我的帐篷里有张小小的床，虽然底下全是水，可是床上什么事都没有。我看到她的身子被雨淋得颤抖，于是将被子披在她的身上，我对她说该早点儿离开这里的，草原上的雨一般会下很长时间，帐篷被雨点打得啪啦啪啦的，草地被风吹得一排排压向前方，一直到草原的边际，我从顶棚上将油灯拿下来放在木桌上，这种环境之下，大概是没办法休息了，于是我和她聊着天，可是我显然不知道该说什么。

“你可不可以教我画画？”我问。

“当然可以了，你不是也教我骑马了嘛。不过画画这个东西，不是一下子就能学会的。”

她看到我的木桌上放着几本书，就问：“你平时没事的时候就看这些书吗？”

“是啊！”我的脚踩在水中，给她拿过上面的那本书——是关于成吉思汗的。她翻了翻，然后放在一边，“真是奇妙的生活，至少是我无法想象的。”

“没什么，我觉得这就是我的日常生活，当然有时候我也会觉得很无聊，很寂寞，想找个人聊天，可是身边一个人都没有，我就只能看看书，或者是看看天空中的月亮，偶尔骑马在草原上奔跑，跑累了再回来，一天天就是这样过来的。”

这会儿暴风雨又变大了。帐篷几乎要倒掉一样，我对她说：“我出去将帐篷的四周重新固定一下。”

“我帮你吧！”

“不用了，你在这里就行。”

当我将帐篷外面重新固定好的时候，身上的衣服已经彻底被雨水淋湿了。当我钻进帐篷，站在水中的时候，上牙和下牙不停地磕碰着。

“冻坏了吧！你赶紧过来暖和一下吧！”

“没事。”我说着，但是还是慢慢地坐在床边，她拿着被子的另一侧盖在我身上。就在这时候，外面刮过来一阵大风，木桌上的油灯一下子掉进了地上的水中，光亮随之消失，整个帐篷变得一片漆黑，只听到外面呼呼的大风和打在帐篷上作响的雨点。我们两个人都沉默着，甚至可以听到彼此的心跳。过了一会儿，她对我说，把身上的湿衣服脱下来就行，要不然会感冒的，我就小心翼翼地将衣服脱下来，不过很麻烦，湿衣服都紧贴在身上，我站在水中的脚一下子打滑，扑腾一下子整个人倒在了水中，她问我怎么了，我忙回答说没事，只不过跌了一跤，她伸出手摸索着看我在哪个地方，我迟疑地站在那里不知道该做什么，我听到她的脚落地触碰到水的声音，她站在了我的面前，之后我感觉到她将自己的身子贴在了我的身上，于是我们倒在了那张小床上，我可以感觉到她的呼吸和外面的雨声交织在一起，当我躺在她的身边与她相拥的时候，很久很久我才进入梦乡，雨声在我的耳中显得那样真切。

第二天早上醒来的时候，黎明的光已经洒满整个草原，我不知道该说什么，脑子像是很劳累一样，我小心地从床上下来，从上面拿下自己的衣服穿上，虽然还很湿，但是我已经习惯了，当我走出帐篷的时候，我看到门口那个被风吹得乱七八糟的小帐篷，我这时才想起自己的羊和马，幸好门口那匹马还在，也许昨晚风雨太大了，我竟然没有听到它的嘶鸣声，我忙解开缰绳，骑着马朝那边奔去。草原上的雨水渗得格外快，但是有的地方还有些小水湾，骑马奔过的时候溅起无数水花，我发现栅栏已经被马和羊弄烂了，不过幸好它们都没跑远，没用半小时我就将它们找了回来，不过修复栅栏需要一段时间，看到那些在啃着青草的羊群和马群，我放心了，便骑着马返回了营地。

她正在收拾那个小帐篷，我便下马和她一起收拾。其间我们两人都没说什么，对昨天晚上发生的事情都心知肚明，也许是还没想好该说什么。

收拾完的时候，她问我："昨天那么大的雨，你的羊和马都还好吧？"

我回答说："都还好，栅栏坏掉了，幸好它们都没跑远。"

"雨后的草原，真美。"她望着远方说，"瞧，彩虹。"

"嗯。"我应着。

她提议和我去一起修栅栏，我没有反对，我们搞了整整一天才把破损的栅栏修好，傍晚的时候，把所有的羊和马赶回栅栏里，我们两个策马返回营地。

此后，那个小帐篷再也没有恢复，每天晚上我们都挤在那张小床上。还是有旅客从这里经过，他们还以为我们是一对年轻的夫妻，甚至有的人说羡慕我们这种生活。我就听到好多人说："像这样什么也不管地生活在草原上，该是多么幸福啊！爱情就是爱情，而不受其他东西的影响，也不必在乎跟别人的关系处得怎样，更不用去揣摩别人的想法，去做得罪人的事情。"可是我知道，这样的生活谁都能过，他们只是想想，根本没有去实现的勇气，因为他们不肯放弃他们所拥有的东西。

我的生活就这样在持续，当然同过去发生了巨大的变化，我从来没想过，我的人生中某一天会出现一个女人，但是现实是确实出现了。我们常常不分昼夜，就那样躺在青草上，皮肤感受着青草的凉意，天上的云朵时不时地挂在一望无际的蓝天上，我们累了就躺在青草上望着天空发呆，我知道爱情，但是我总觉得这种感觉和别人的不同，草原上只有我们俩，策马奔腾，跑到哪里都可以，那时候这里还没有公路，基本上除了游客很少有什么汽车经过。

八月份就这样到来了，她和我说她要走了，我知道这是迟早会发生的事情。她走的时候我觉得非常难受，我不知道没有她的生活该如何继续下去，人生就是这样，一旦发生了什么，注入了什么，你就不能再若无其事地像过去那样生活，而且我已经那样孤独地生活了二十三年，直到今年才发现生活中缺少了什么，在她走的前天晚上，我陷入长久的沉默，不知道该说什么，过去的我不明白什么叫忧愁，可是现在我明白了，而且忧愁万分，望着一望无际的草原，我也觉得它不再像过去那样美，似乎飘荡着一股什么气息。

那天晚上又有一场暴雨来袭，这次我听到了外面马儿的叫声，它竭力想摆脱缰绳，我没有出去看，她躺在我的怀里，对我说："我想让你一辈子也忘不掉我。"

其实，她不知道，在那一个暴风雨的晚上，我已经注定这辈子也忘不掉她。

到了第二天，我发现一个空空的木桩，马儿挣脱缰绳跑掉了。她在收拾自己的东西，我步行去牧场那边找了一匹马，我发现栅栏又像上次一样坏掉了，马匹几乎全跑了，只有十几只羊还在附近的草地上啃草。我没有像上次那样去找回丢失的马儿，随便骑上一匹马朝营地赶去，她已经将东西收拾好了，我将她送到附近的镇上，分别的时候，我难受得似乎胃肠都要吐出来一样，她对我说："我想我们还会见面的。"

除了母亲去世的时候，我过去从未有过分别，此刻我一个字也吐不出来，她抚摸着我的脸，在我的嘴唇上吻了一下，说："就像里尔克和克拉拉一样。"

她上了车，我没有看她离去，我知道自己会很难受，我骑上马朝草原奔去，走得越远，我觉得自己的心越是难受，我一直骑过了牧场，来到了呼伦湖的边上，我将马儿拴在一棵树上，自己坐在湖边无声地哭了起来。过去我不知道哭是一种什么感觉，可是这次我知道了，那是一种非常难受，就像是要死掉一样的感觉。不知道过了多久，我的情绪才慢慢平息下来，骑着马儿返回牧场，将坏掉的栅栏修复，然后将走失的马儿找回来，最终还是有两匹没有找到，也许是跑得太远了，闯进了其他牧场，也许是被野兽吃掉了。

一年，两年，就这样，一晃五年过去了，生活再没有任何变化，草原不远处的那条公路修好了，来旅行的人也越来越多，但是我的笑容却随着她的离开永久地消失了。七月中旬，我仍然骑着马儿奔驰在草原上，去追逐着晨曦和朝露，在傍晚送走夕阳和晚霞，我偶尔也会想是不是该结束这样的游牧生活，去城市过另外一种生活，可是我知道自己会不适应那样的生活，我生来就不是那样的人，也过不了那样的生活。

有一天，又一个旅行团来了，当一群人从我的眼前经过时，我发现了那张熟悉的面孔。我问她这几年干什么去了，怎么不回来找我，她回答说，她过着同其他人一样的生活，毕业后工作，闲着没事逛逛商店，偶尔自己做顿饭，说到这里，我觉得有些伤心，她和我完全是两个世界的人，接下来她说的话几乎让我疯掉，她说自己一年后结了婚，之后生了个孩子，现在孩子两岁了。说到这里的时候，我已经将头转了过去，望着天空的眼睛紧紧地闭上了，我觉得一切希望都没了。她坐起来，望着我，她说这并不影响我们之间的关系，我们还是可以像以前那样。可是我的身子颤抖着，我咬了咬嘴唇，用手擦着嘴角说，我等了她五年，可是等来的就是这样的消息。

“不要这样，你知道的，我爱你。”她抓着我的手说。

我可以感受到自己哆嗦得有多厉害，她的意思再明显不过了，她爱我，但是她无法待在这里和我过这样的生活，她选择和其他女人一样，在城市中工作，生活，建立家庭，可是她愿意一年之中抽出这么一个月半个月的时间，释放自己的爱情，过一段与世界无关的生活。可是，我连她是不是真的爱我都不敢确认，虽然她根本没有骗我的必要。但是我只不过是她生活中的一部分，一这么想我就觉得心里非常难受。

晚上，我们又躺在我那张小床上，就像五年前一样。我听着风吹着帐篷的声音，想让自己什么都不去想。她在我的耳边说：“老天，只有在这样的草原上才能真正地体验爱的感觉，回想一下这五年来的生活……简直令人难以忍受。”

她这么说让我觉得十分难受。我几乎要绝望了。我想起五年前我们分别时她说的话，问她：“我记得你当初说，我们会像里尔克和克拉拉一样，这句话是什么意思？”

“里尔克是奥地利的一个诗人，这个你知道吧？”

“不知道。”我摇了摇头，我从来不看诗歌。

“他和他的妻子约定，他们分别去欧洲的其他国家，只要有机会，两个人就想办法团聚，不在对方的身边时，他们还过着像单身一样的生活，就是说，他们的爱情并不影响他们的生活。”

“你知不知道，我一直希望与你永远生活在一起。”

“如果是这样，你肯定会后悔的。”她对我说，“如果我们两个一直生活在一起，我就会慢慢地不再爱你了，就像不再爱过去我爱过的任何人一样，生活会毁掉我们的爱情，我不希望我的爱被毁在那琐屑的生活上面，难道你希望这样吗？”

“我不希望，可是……”

“没有什么可是。”她说着将自己的嘴唇凑上来，淹没了我的声音。

虽然我们还是像过去那样骑马在草地上奔跑，可是我觉得现状已经发生了截然不同的变化，再也不像从前那样了。我希望她能留下来，可是过了不久，她就离开了。她说她想念自己的儿子了，我愤怒不已。

“你不要这样，”她对我说，“你这样会让我讨厌你的，你知道，你曾经是我失落时的希望，可是我不想被这种幻想驱使着去改变自己的生活，生活就是生活，幻想就是幻想，我不会将这两者等同在一起的。”

听到她这句话，我的心里一阵怒火，也许我只是她寂寞时的一剂良药，就像是一个人的生活中或多或少总有不对劲的地方，到某一刻就会爆发，浑然不觉或者不会控制的人，要么发疯，要么承受痛苦，他们从来都不知道怎样将这痛苦的感受放下。可是她懂得，无论在她的生活中遇到多少烦心的事情，她都可以忍耐，因为在她的生活中还有另外一种幻想，就是她在草原上的自由，一到了这儿，她所有的烦恼就都没有了，像一个活泼野性的少女，因为在这里不必受到世俗的影响，更不在乎衣食住行和人际交往。

她还是走了，整整一个冬天，我都处在痛苦之中，我感觉这五年来我的痛苦在逐年增加，我几乎已经承受不了了。可是我不知道该如何劝说自己放下这些痛苦，连我已经习惯的草原生活也让我觉得焦躁难忍，我等到草原重新散发绿色，又等到隆冬的雪将这个荒野覆盖，可是她没有来。我有想过去找她，可是我还是忍住了，我劝说自己她也许不会来了，我该把她从自己的世界里忘掉。可是，老天，我没想到忘掉一个人会这么难，记忆这种强大的力量是我根本无法与之对抗的，人被塑造成这样，也许就是为了爱情，因为只有记忆和思念，才能组成爱情。可是，老天，我该怎么办，我以后的生活将陷入绝望之中。一想到她，我就悲伤得难以自已。有一年，我的马儿在一场暴风雨中少了十几匹，可是我依旧漫不经心，骑着马儿漫游在草原上，没有心思去想走失的马儿。

我的生活就这样继续着，甚至年龄好像也停止了增长，马群和羊群换了一批又一批，我竟还以为是当初的那些。和她分别的五年后，我再一次见到了她，我看到她的装饰改变了很多，眼角多了一些皱纹，不再像五年前那样富有青春气息，我们很快又抱在一起。

“我等了你又一个五年。”我说。

“你不知道生活有多累，孩子大了，让人烦恼的事情太多了。”

“那就抛弃一切，到这里来，和我在一起，好吗？”

“不行，你看我的脸，我的肌肤，它们都在枯萎了，这就是作为一个女人的命运，我没法选择。”

“你的意思是还要让我等再一个五年？我还要等多少个五年？一直到我们死亡？”我生气地喊道。

她将自己的头埋在我的怀里，我的心里又爱又恨，把责备的话全都忘得一干二净了。

“你干吗要让自己的生命这样消逝，你就不能为了我放弃那样的生活吗？”

“你不明白的，你不明白的。”她对我说。

我站起身来，将缰绳解开，骑上马儿奔向远方。是啊！我不明白，我不明白她的生活，她的思想，这就是我们的命运，谁都不明白谁的选择。

这次她待的时间格外长，一直到了九月份，寒冷的空气从遥远的西伯利亚开始向这边移动，我们还是骑着马儿在草原上游走，但是草原陷入了安静，再也没有游客来打扰这里的清静。她对我说自己过得并不怎么幸福，至少没有那种幸福的感觉，我马上说，你为什么不走其他的路，何必要一直走一条路。

“有很多事情都是命中注定的，”她说，“我相信大多数女人的命运都是这样的，她们选择的是顺从，而不是去改变。”

临近十月份的时候，她和我说要离开，出来的时间太长了。

“难道你就不能为了我留下吗？”送她走的路上我问道。

她拉着我的手，对我说：“你不要这样哀求我，我知道现在的生活并不怎么符合我的理想，但是我不能抛弃我的一切，我做不到。”

我笑起来，但眼泪随之而下，“那么我呢？难道我像过去一样继续在煎熬中等待你的到来？”

“你可以不那么做。”

“但是你知道我会这么做，我没有其他的选择。”

“不，你应该找个好女人，和她生活在一起，你会幸福的。”

“不，我不会！”我喊道。

快要走到草原的尽头时，她对我说：“真的，是时候选择遗忘了。”

我知道她的意思是以后再也不会来了，我的生命中将再没有她，再没有任何期盼。

我走路的脚步慢了下来，我的一只手拉着马的缰绳，使它走得尽量慢一些，好让这种离别更长一些。

我觉得我快要死了，我停下了脚步，她回过头望着我，我咬着牙问道：“我再问你一遍，你会不会留下来。”

“这绝不可能。”她说。

我含着泪快步走过去，以极快的速度从我的身后拿出那把事先准备好的匕首，那本来是我切羊肉的，为了防御未知的野兽所以随身携带。原本我只想拿刀威胁他留下。几番争执后，刀子不知怎地插入了她体内。我很惊诧那把匕首毫无阻碍地插进了她柔软的身体里，慌乱之下，我的另一只手扶住了她向后倒的身体。看着她胸前汩汩流出的鲜血，我趴在她的身上哭泣着:“你为什么要离开我，是你逼迫我的，我忍受不了你的离去，你不知道我有多痛苦。”

她再没说一句话，只是从嘴里发出“啊，啊”的痛苦呻吟，不一会儿她的呼吸就停止了。我趴在她的身上哇哇大哭，我不知道那匕首怎么会意外插入她的身体，我希望她活着，不愿看到她这个样子。她死的那一瞬间我不知道自己的心里在想什么，那股情绪很强烈。我抱着她的尸体在草原上呆呆地坐了半天，最后我将她的尸体埋在了我的营地下面。我试着自杀，也想着去警察局自首，也许是因为那时候年轻，一想到自己会因过失杀人罪而未来在监狱中度过，便心生怯意。总之，我就这样活了下来，而且一直活到了今天，事实上，我认为我早该死了，不过在昨天的梦中，我还梦见了她，我们在大草原上奔跑，就那样永无止境地跑着。

三

艾德让布鲁托说话小声点儿，以免被其他的人听到。

“我一点儿都不怕死。”布鲁托说，看来他真的有点儿喝醉了，“我真该找个人决斗，然后故意让他杀死我。”

“那是野蛮的方式，不能解决任何问题。”

“我觉得那是公平的，两个人决定各自的命运，生或死。”

艾德觉得他的想法简直不可理喻。布鲁托继续对他说，自从那以后，他就结束了一直在草原上游荡的生活，在这个镇子买了套自己的房子，不过他大部分时间不回来，只是冬天特殊的季节才回来，家里一般由那个管家照看。

这时隔壁桌上的人说:“外面又开始下雪了。”

正当艾德和布鲁托把目光朝向窗子外面的时候，酒吧的门开了，走进来一个女子。艾德认得出，那正是他白天看到的那个穿着波西米亚风格衣服的女子，跟在她后面的还有一个女子，穿着一身黑衣服，不过不像她穿得那样花哨，她们在角落的一个桌子上坐下来，跟酒吧老板叫了一瓶暖胃的酒，两个人就那样喝起来。

艾德问布鲁托那是谁，布鲁托回答说：“她叫艾琳娜，对她的情况我不怎么了解，因为我大部分时间都待在草原上。不过我听别人说她是俄罗斯和蒙古的混血儿，也有人说她是纯种的俄罗斯人，她的相貌看上去既像中国人，又像俄罗斯人，所以这点很少有人能分清楚。前几年的时候，她在这儿可出名了，因为三年之内她结了五次婚。”

艾德打断布鲁托的话：“五次婚？她多大了？”

“今年好像二十三岁，她二十岁那年就跟了一个俄罗斯男人，那男人三十多岁，是到中国来做生意的，没过多久他就把她带到了俄罗斯，听说还去了莫斯科，在那里生活了一段时间，可是没过多久，她就独自一人回来了，没人知道她离婚的原因，人们都猜想是那个男人只不过跟她玩玩，过了新鲜感就抛弃了她。回来之后，没过多久她就嫁给了一个蒙古族的男人，那男人二十多岁，身体瘦弱，一点儿都不像蒙古族的人，没出三个月，那个男人就死了。后来她又嫁过三个男人，但是没一个长久的。总之，人们都这么说，一般过分漂亮的东西都是有毒的。她碰上谁谁就倒霉，所以你以后遇到她要绕开走，虽然看她不至于有什么灾难，但是她那张脸，那双眼睛，怕你看上一眼就会出问题。”

艾德本来还想听关于艾琳娜更多的故事，但是布鲁托打住了，对他说：“还是少在背后说人家的闲话，这样的行为是不道德的。”

艾德表示赞同，然后两个人继续聊着这里的天气，当艾德转过头看外面的时候，发现雪还在继续下着，但是坐在窗户边上的那两个女子不见了，他急忙在夜色中寻找，可是没有任何身影。

艾德打算雪停后就向布鲁托告别，可是一连几天雪都没有停，他又把这个念头给忘记了。大部分时间他都在火炉面前望着窗外的景象发呆。直到雪过天晴后，他压抑的心情才变得好了一点儿，布鲁托和管家出门购置东西了，他就走到路上闲逛，这里的人好长时间不能出们，现在街道上满是走来走去的人，当他走到一个商铺门口，发现那个叫艾琳娜的女子在推销商店的真皮大衣。虽然这里的人对她议论纷纷，可还是聚集在她的商店门口，买她的真皮大衣，她生意好得实在很难形容。艾德走过去的时候，正好遇到艾琳娜抬头的目光，她将真皮大衣递过来，放在艾德面前，对他说道："这位外地来的先生，要买真皮大衣吗？"

"你怎么知道我是从外地来的？"艾德问。

"这一点很明显，每个地方的人有每个地方的特点，虽然很细微，可是有心的人会发现，说话的言语，甚至连走路的姿势都是有不同之处的。"

"这一点我倒没发现，"艾德说，"你这里的生意好得异常。"

"经常下雪虽然对生意影响很大，可是长时间的雪，对生意反倒是一种帮助，因为它促进了人们的购物欲望。一旦雪停了，走在大街上，好像不买点儿什么心情就不好。"

"这里都有什么样的真皮大衣？"

"什么样的都有。"

说着，艾琳娜把各式各样的真皮大衣都拿到艾德的面前，可是艾德挑来挑去，并不想买真皮大衣，他只是想同这个有着奇特故事的女子聊聊天罢了。

看到他翻来翻去的样子，艾琳娜说："我们本地人可没有这么挑剔。"

说着她就把艾德冷落在一边，去招呼其他的客人去了。艾德虽然不知道买真皮大衣干什么，可是还是买了一件真皮大衣。后来他听到艾琳娜对那些人喊道："今天商店的真皮大衣都已经卖完了，想买的明天再过来吧！"然后她和几个女子把摆在外面的木凳搬到了商店内。艾德从地上捡起一个小蝴蝶形状的头饰，那是刚才艾琳娜搬东西时掉落的，艾德以为她还会出来，所以一直在门口等着，可是门关上之后再没有人出来，只能听到从里面传来的女子们的笑声，其中艾琳娜的笑声最大。又等了一会儿，艾德便将那个小的蝴蝶头饰放进口袋，回到布鲁托的家中。布鲁托看到艾德买的真皮大衣，感到很吃惊，问他去哪儿买的。

“就镇上那家，那个叫艾琳娜的女子开的店。”说着，艾德将真皮大衣扔在桌子上。

布鲁托笑着说：“她就有那么一种魅力，让人没有理由不买她的真皮大衣，虽然家里根本不缺少真皮大衣。你觉得有不买她的真皮大衣的理由吗？”

“没有。”艾德回答。

“买归买，不过你别忘了我对你的劝告，艾琳娜在这一带是个奇迹，她竟然能把真皮大衣卖成这样，假如她卖其他东西，我相信也会一样。但是买东西就是买东西，我劝你不要跟她走得太近。”

“为什么？”

“这么看来你是爱上她了？”

“没有，”艾德忙否认，“我只不过对她这个人感兴趣而已。”

“那么至少是有点儿意思了。不过过不了多久她就会离开这里。”

“离开？她要去哪儿？”

“你当然不知道，她每隔一个多月都会出去一趟，去俄罗斯采购真皮大衣和一些其他的玩意儿。这也是她店里真皮大衣卖得好的原因之一，她总是知道人们的需求，满足人们对于新鲜事物和潮流的好奇心。”

第二天，艾德从那里经过的时候，发现商店果然关门了。他很难相信这里昨天还是那么热闹。他过去从来没见过这样做生意的，忙活一个月只开业一天，然后商店就这样关着。不过这个小镇实在是没地方可逛，娱乐场所就那么几个，漫长的寒冬使人感觉这样的季节好像永远会持续下去，所以他做什么事情都感觉没有精神。他和布鲁托说自己想去参观成吉思汗出生的地方，布鲁托告诉他："这可困难啦，那里离这个地方太遥远，再说也没什么东西，你又不能见到成吉思汗本人。"

艾德觉得也是，再说去那么一个陌生的地方自己也不知道能不能适应，用了好几个月才在这儿待习惯了，可是仅仅是饮食方面习惯了罢了，对于这儿的社交习惯以及这里人的思维观念，他却一点儿搞不清楚，除了能和布鲁托说上话之外，他感觉自己在这里是那么孤独，他想办法打法在这里的时间，他隔几天就和一个身在北京的朋友通电话，听一下外面的生活是怎样的。其实，他很嫌弃这样的自己，他本来就是想不去理睬外面的生活才来到这里的，但是他却始终放不下对外面生活的关注。

一月份的时候，艾德路过那里才发现商店开门了，他想看一下艾琳娜是不是在里面，所以就走了过去，从门缝里，他看到女子们在整理从包裹里拿出来的衣服，原来这会儿她们变成卖丝绸衣服的了。

她穿着比过去更花哨的红裙子，露出光滑的小腿，其他女子有穿裙子的，但都在里面穿着保暖裤之类，他很难想象，在零下二十多度的天气里还有人会做这种夏天的装扮。衣服放得到处都是，不知什么时候，艾琳娜发现有双眼睛瞪着她们，她扔下手中的衣服，对那些人说："姐妹们，有个男人在外面偷看我们！"

有个人朝门口走来，艾德本想快步走开，可是还没来得及反应，门就打开了。他尴尬地站在门口，不知道是该走还是该这样继续站着。

艾琳娜朝他走了过来，打量着他。

"也许有人该告诉你，这样看女人是不礼貌的。"

艾德在口袋里摸索着，终于摸到了那个头饰，他拿出来，放在她的面前，对她说："这是你上一次掉在地上的，本来想第二天给你送来的，结果你出远门了。"

艾琳娜从他的手中拿起那个头饰，回头给姐妹们展示了一下，然后笑着说："他说是来给我送这个的。"

整个屋子的女子都笑了。艾德被这些笑声弄得非常尴尬，他恨不得找个地洞钻进去。这时艾琳娜对他说：“你让我觉得自己身在十九世纪，真的。”

当她把头饰扔在一张堆满衣服上的桌子上时，他才明白她说的是什么意思。他觉得自己也确实傻，这个时代，已经没有哪个女子会为丢了一个不值钱的头饰而担心了。

“如果没其他事的话，我还要工作。”她说，“如果你想买衣服的话，可以明天来。也许有你喜欢的衣服。”

艾德迟疑了好一会儿才走开，晚上吃饭的时候，艾德也心不在焉，他老是看到那飘忽不定的目光在他的脑海里闪动。

第二天，艾德对布鲁托说自己要回家过春节，布鲁托说那就尽快走，若是过段时间，说不定又要下雪了，到那时候就走不成了。

艾德收拾了一下东西，布鲁托将他送到车站。离开这个待了大半年的地方时，他觉得有些恋恋不舍。

布鲁托问：“你还会来吗？”

他笑着说：“会的。”

上车的时候，望着布鲁托离去的身影，他感觉自己好像永远不会再回这个地方了一样。

春节过得没有意思。他整天把自己关在家中，年逾七旬的母亲一句话都不说，只是把饭端到他的房间来。他就在自己的故乡东游西荡，这样过了两三个月，他觉得无聊，便决定去北京找朋友，可到那里的时候才知道朋友出差了，要半个多月才回来。在北京城里瞎逛了两三天，他想自己也许该结束这种生活，该想想怎样工作了，可是一想到工作的事情，就觉得反感。几天后，他又经过一望无际的大草原，来到了那个小镇。

对于他的到来，布鲁托觉得很高兴，他热情地拥抱了艾德，因为他没想到艾德还会再来到这个地方。

艾德说：“这儿还是这么冷，我在路上看到两边堆积的雪还一点儿都没融化呢！”

布鲁托笑着说:“快了，估计下个月天气就变暖了，用不了多长时间，草原上就会是一片绿油油了。放牧的季节又快要来到了。”

一个傍晚，艾德回来的时候，经过那个商店，发现艾琳娜正坐在商店门口。

“先生，你可真是辜负了我的一片好意，我还等着你来买我的衣服呢！”艾琳娜快嘴地说，她的双腿交叠在一起。

“对不起，我正好回老家了，前几天刚刚回来。”

“你在这里放牧吗？”

“不是。”

“那你在这里工作？”

“不是。”

“既然你不在这里放牧，也不在这里工作，那我就不明白你为什么会待在这样一个地方了。”

“实际上，我也不知道自己为什么待在这里。”艾德说，“那么你呢，你为什么在这里？”

艾琳娜笑了，她的笑声和其他女人的都不同。

“那么我该在哪里？”她盯着艾德的眼睛。

“我也不知道。不过我听说你是俄罗斯人。”

“那么你一定从别人口中听到我其他的故事了。”

“听了一点点。”

“你觉得是真的还是假的？”

“这个应该问你了。”

“你应该相信他们说的。”

她的眼睛闪着狡黠的光。艾德分不清她是想默认还是否认。

单从她的眼睛来看，艾德肯定会认为她是俄罗斯人，但是她的相貌和肤色又同中国人没什么区别。艾德想回到布鲁托那里也没什么事，倒不如在这里打发一下时间，便和艾琳娜聊了一会儿，从她的话语中他判断她似乎并不像人们说的那样，他问她结过五次婚的传言，她既不表示肯定，也不否认。后来，她对他说："今年的生意不好，我下个月要去趟俄罗斯。"艾德知道这是她的工作，便没问什么，她见他没有反应，便直接对他说，既然他没有任何工作，是不是可以加入她，和她一起工作。这时他才明白了她的意思。

"我有两个姐妹上个月结婚了，丈夫不想让她们出来工作了。你也知道，女人一旦结婚，命运就无法由自己决定了。不过我还是认为，一个女人，不该轻易地依赖男人才是。你说是不是？"

艾德表示赞同，艾琳娜问他究竟想不想加入她，看来她确实缺少人手。他问："下个月去俄罗斯吗？"

"是的。"

"我还没去过俄罗斯。"

"那正好，我可以领你在俄罗斯玩一玩。"

"我要考虑一下。"

"下个月三号出发，要是你来的话，直接到这个商店来就行。"

她站了起来，对他说："好了，我要休息了，再见。"说着她走进了商店。

果然如布鲁托所说，一周之后天气就转暖了。艾德骑着马儿赶往草原的时候，发现枯萎的草丛上已经出现了一层矮矮的青草。但是眼下的草原还没有一点儿草原的气势，时不时地有汽车从他身边走过。当他回来的时候，发现公路边上有头死掉的羊，身上还流着鲜血，也许是和汽车相撞了。

夜晚，艾德借着月色走在路上，突然听到艾琳娜喊他的声音。他走过去时，发现那里还站着一个男人。她叫艾德和他们一起玩麻将，半路上她又打电话叫来一个女性朋友，四个人在她住的地方打起麻将来。艾琳娜时不时地用挑逗的目光和那个男人说话，好像艾德和那个女子根本不在一样。那个男人输了钱还是一样高兴地笑着，时不时地将自己的手放在艾琳娜的腿上，艾琳娜把他的手拿开，这一幕被艾德看在眼中，他觉得人们关于艾琳娜的传言都是真的了。正当他这样想的时候，艾琳娜又用挑逗的目光望了艾德一眼。虽然他知道她经常对男人这样挑逗，可他的心头还是感到痒痒的。到了下半夜，除了艾琳娜还依旧有精神外，其他三个人已经困顿得不行了，连刚才那个高兴的男人，此时也不停地打着哈欠。艾德催促他赶紧出，他却比谁出得都慢，后来艾德和那个男人吵了起来，他挥起拳头就想朝那个男人抡去，幸好被手快的艾琳娜拉住了。她分开他们，对那个男子说今天到这里就可以了，男子悻悻地站起来，拉开门朝外面走去，艾琳娜走在他的身边，临走的时候还在他的嘴唇上亲了一下。送走了那个男人，她走回来，对着艾德说："干吗为了这么点儿小事就发火，我最讨厌这样的男人了。"

艾德没有说什么，拿起自己的衣服朝外面走。不知什么时候他被艾琳娜拉住了。

"不要生气。"艾琳娜说着，在他的嘴唇上吻了一下。

艾德不知道，这个女人究竟是魔鬼还是妖精，他的心竟然一下子恢复了平静，当他走出去的时候，天差不多已经亮了。他将手伸进自己的口袋，发现自己输掉的钱不知道什么时候被艾琳娜放了回来。

艾德一回到布鲁托那里，管家就向布鲁托汇报道："艾德先生回来了。"

布鲁托穿着睡衣从卧室走出来，手里端着一杯羊奶。

"你可回来了，我还担心你发生什么事了呢！"

"昨天我和别人打了一晚上麻将。"

"艾琳娜？"

"你怎么知道的？"

“我虽然劝过你，不过我知道别人的劝说对当事人来说几乎不起任何作用。但是我还是要劝你，我怕你哪一天会被她害了。”

“我会听从你的劝告的。”艾德说，“不过今天我太累了，想休息一下。”

当艾德关上卧室门的时候，他听到布鲁托叹气的声音。

之后的一段日子，艾德总是感觉艾琳娜的影子在他眼前晃动。自从她吻了他之后，他就禁不住地想念她，她那双眼睛，不知道有什么特殊的魅力，也许她就是诱惑过尤利西斯的海妖的后代。

四

到了那一天，艾德还是出现在了艾琳娜的商店门口。一见到他，艾琳娜就高兴地走过来。

“我知道你会来的。瞧，就剩下我们三个了。”

她指着身后那个男子，原来就是同他一起打麻将的那个男子。他心里顿时觉得不高兴。

“你真是不知道我们要去什么地方，”艾琳娜说，“竟然什么东西都没准备，好了，时间不早了，我们该上路了，要是你缺少什么东西，就用巴里的吧！”

艾琳娜回过头将门锁上，背上背包，三个人骑上马，朝北方赶去。

在路上，艾德问艾琳娜为什么要去俄罗斯。她回答：“没得选择，这就是我的人生，我只有靠这种方式才能生活下去。”

“干吗不做其他工作呢？”

“你说的是放牧？那不是属于我的生活，我生来就不是放牧的料，用不了多久你就会知道的。”

他们走到中国边境，然后将马交给边境上的一个酒店老板。不久，他们坐上火车，经过一个个城镇，最终到达了莫斯科。艾琳娜找了一家旅馆给他们安排下来，这时候艾德才知道艾琳娜能说一口流利的俄语，也许正如人们所说的，她是一个俄罗斯姑娘。她让他们待在旅馆里，然后自己出去了。直到傍晚，她才走进房间叫他们两个去吃饭，她已经点了牛肉和排骨，艾德不得不佩服艾琳娜的能力。

他们在这里又住了三天，艾德觉得无聊便想出去走走，可是巴里拦住了他。艾德根本不想听他的话，甚至连同他住在一起都觉得不乐意。要不是在俄罗斯，艾德早就懒得理他了。

“你出去会被移民局的人查的。”

“那艾琳娜呢？”艾德问。

“艾琳娜有俄罗斯的护照，我们只要在这里再耐心地等两天就可以了。”

艾德问巴里过去来这里也是这样吗，他回答说是的，艾德说那我们来莫斯科是为了什么，就这样在酒店里呆坐着。巴里点了点头，他说除非有艾琳娜的指示，才能出去，因为艾琳娜能分辨出谁是移民局的人。

到了晚上，艾琳娜回来换衣服，对他们说遇上了一点儿小麻烦，要在这里多待两天。艾德觉得天天待在旅馆里面太无聊了，便向艾琳娜抱怨。艾琳娜以一种不屑的姿态对他说：“你看巴里抱怨过吗？我早该知道你做这行不合适。不过既然你已经来了，也没有其他办法。一会儿吃了饭，我带你们出去玩儿。不过你要记得留意我的眼神，要是发现移民局的人或者警察，我会给你指示让你想办法离开的。”

吃过晚饭，巴里和艾德被艾琳娜领着走在一条条纵横交错的大街上，他们穿过了不知道多少个路口，在一个靠近街口的酒吧门口，艾琳娜推开门，走了进去。他们刚坐下时，艾德看到有个三十多岁的俄罗斯男子走到这里和艾琳娜说着什么话，艾德只听到艾琳娜三个字，其他什么都听不懂，艾琳娜和那个俄罗斯人有说有笑，那人还用手在她的鼻子上摩挲着，艾德低头问巴里那是什么人，巴里告诉他自己也不知道，可能是她的情人，她的情人到处都是。艾德吃惊地问：“在俄罗斯吗？”巴里回答说：“全世界。”

艾德不想留在这样一个地方，他起身想往外走，巴里拉住了他：“你干什么去？”

“我不想待在这儿。”艾德说。

“你不记得艾琳娜说过的话吗？这里随时都有可能有警察或者移民局的人出现。”

“去他的警察！”艾德摆脱巴里朝外面走去，当他走到门口的时候，发现艾琳娜还在和那个俄罗斯人愉快地交谈，几乎鼻子碰着鼻子。

艾德走到大街上，不一会儿就迷失了方向。他心想，即使这样迷失方向，也比让他回去看艾琳娜和俄罗斯男人调情的好。就当他不知该往何处走的时候，艾琳娜和巴里从后面赶了过来。艾琳娜脸色阴沉，非常生气，她对他说：“早知道不该带你来的，你就会惹祸，你再这样下去，我们能不能安稳地返回中国都是问题。”

回到旅馆，艾德和巴里走进房间，艾琳娜留在柜台那里和服务员说了一通。没过多久，艾琳娜领着两个俄罗斯女子走了进来。

两个俄罗斯女子朝他们俩走来，意思很明显，艾琳娜已经替他们支付了。俄罗斯女子用手抚摸着艾德的胸膛，他挣脱开，对那个俄罗斯女子说：“对不起，我不需要。”当他跑出门口的时候，巴里早已经和另一个俄罗斯女子双双倒在了床上。

艾琳娜正在大厅的沙发上悠闲地望着外面人来人往的人群。艾德走过去坐下，艾琳娜问他怎么下来了。艾德压低声音说：“你知道，我根本不需要。”

“是男人都需要。”艾琳娜说，“不用那么小声，在这里没有人能听懂中国话。”

“我去年大半年都待在一望无际的草原上，你该知道。”

“我不知道。”

“你该知道我需要什么。”

“你需要什么？”

“我需要你！”艾德大声喊道。有几个服务员正朝这边看着。

“你小声点儿，”艾琳娜说，“你知道，这是不可能的。你难道不知道我的故事吗？我三年之内结过五次婚，爱上我这样的人你会倒霉的。所以收手吧！我们不是一个世界的人，虽然现在我们在一起工作，但是很快到了中国我们就分道扬镳了。世界上什么样的姑娘都有，你该去找她们。”

“我谁都不需要，我只要你。”

“别无理取闹了。这趟俄罗斯之行你已经给我添了很多麻烦，要再这样，明天你就见不到我了。”

“你不用威胁我，哪怕我自己待在俄罗斯，我也绝不会惧怕什么东西。”

“我知道你不怕。但是你应该明白，我们来这里是为了生计，不要意气用事，意气用事过不了日子的。”

艾德不知道该说什么了，他知道她说的对，但是一想起她和俄罗斯男人的热乎劲儿，他心里的愤怒就难以平息。也许是看出了艾德的心理，艾琳娜在他的耳边说：“一切都是逢场作戏，和爱无关。”

“你让我多付了好几百元，”她说，“既然你不需要姑娘，那我们出去散会儿步吧！”

艾德随她走出了旅馆，他们在一条河边上走着，艾德问这是不是伏尔加河，艾琳娜说不是，伏尔加河在几里外。艾德这样走着，两个人看起来就像情侣。走到人少的地方，艾德扳过她的身子，将自己的手放在她的肩膀上，亲吻着她的嘴唇，她一点儿都没反抗。

差不多这样走了半个小时，艾琳娜说：“别以为我们是在风花雪月，我们是在做生意。时间不早了，回去休息吧！如果顺利的话，用不了两天我们就可以返回中国了。”

回去的时候，巴里早已经睡着了。如果不是为了省钱，艾德才不愿意和打鼾的巴里睡在一间房里。第二天一早，巴里对艾德说：“昨天你干吗跑了，我险些应付不过来。”

第三天晚上，艾琳娜自己背回三个行李包，敲开他们的门，对他们说：“明天早上出发，回中国。”

艾琳娜到柜台上算完账，收起钱包，三个人一人背着一个行李包，艾德和巴里都没问里面装的什么东西，也没问此行的目的。他们乘坐地铁走出城外，然后坐上汽车到火车站，坐上火车慢慢悠悠地行驶到远离莫斯科的地方。第三天黄昏，他们到达了俄罗斯边境，在树林中随便吃了点儿食物，到了夜晚，他们借着夜色偷偷地溜进中国的境内，艾琳娜将钱交给酒店老板，领回那三匹马，他们三个骑上马儿，一路狂奔，在一个傍晚时分，终于到了出发的地方。巴里和艾德将行李放在商店里，艾琳娜给了他们一人一万元钱。艾德本来不想要，巴里给他使了个眼色，意思是让他收下。当他回到布鲁托的家中时，已经晚上八点钟了。他敲开门，过了好久老管家才来开门。

老管家告诉艾德布鲁托被警察带走了，艾德问发生了什么事情，老管家说他也不知道。不过晚上也没法去警察局，于是他等到了第二天一大早便去警察局看布鲁托，他看到布鲁托消瘦了很多，布鲁托笑着对他说：“我还以为再也见不到你了呢！”

“发生了什么事情？我刚刚离开不到一个月，怎么就发生了这么大的变化？”

“你还记得当初我在酒吧给你讲过的事情吗？也许有人偷听了我们的谈话，就去警察局报了警，说我是杀人凶手，于是警察就上门把我抓了。”

“怎么会发生这样的事情，需要我找个律师帮你辩护吗？”

“不用了，你也知道，这件事情已经过去十几年了，只要我不承认，就没有什么证据能判定我是杀人犯，最次的情况是我被判过失伤人。

不过这些年我内心受的折磨也足够了，我时常在睡梦中见到她死时的样子，我命该如此，倘若就这样死去的话，我也没什么好遗憾的了。”

“那需要我帮你做点儿什么事情呢？”

“什么也不用帮我。你回去告诉管家，让他帮我好好照看家。如果我不能活着走出去的话，就让他在那里好好地生活，将我的羊和马照顾好。在这个世界上已经没有让我留恋的东西了。”

回去的路上，艾德感到自己去了俄罗斯这一趟，似乎很多事情都变了，就连他的心态，也不再是一个月前的样子。他觉得时间好像一下子过去了许多年。

当他回到布鲁托家中的时候，管家忙问布鲁托怎么样了，艾德转达了布鲁托对管家交代的话，管家生气地说：“肯定是鲁思那家伙，在这个镇子上，除了鲁思，没有人会怀着这样的恶意。他估计还记恨上次先生去他家找马的事情。可是他不知道，他这是要将先生置于死地啊！他太狠毒了，我希望先生不要承认这件事情，那么警察也拿先生没有办法。”

“可是据我所知，布鲁托已经打算承认这件事了。”

“怎么会呢？先生不会这么傻的！”

“你还是遵从布鲁托的意思吧！一直把这件事埋藏在心里，对他来说并不好受，也许这样做他的内心会好受一点儿。”

自从那天从俄罗斯回来，艾德就再也没见过艾琳娜，也不知道她的商店生意怎么样。终于等到了宣判的那天，艾德早早地就来到了法庭上，里面只有寥寥十几个人，他坐在最前排，法官念了一下布鲁托自己交代的罪行，然后问他有没有异议，他说没有，于是法庭最终宣判布鲁托无期徒刑，剥夺政治权利终生。宣判完后，艾德又去看了布鲁托一次，布鲁托说很吃惊，为什么没有判他死刑，艾德说这是法律的裁决，你就遵从吧！也许用不了十年八年你就出来了。

“可是这不能为我赎罪。”布鲁托说。

“人这一辈子，总会在不得已的情况下做出一些错事，而且这些错事都是没法偿还的，可是没办法，它还是会发生，这就是人的命运。所以你别是老是想着自己的罪恶，人生来不是为了背负罪恶的，我们活着该追求内心中认为应当追求的东西。”

“我知道，你若是想在我的房子里住着，多久都可以。要是你哪天离开的话，请你和我说一声，至少让我知道你离开了。”

“好的，”艾德站起来，整理好自己的衣服，准备离去，“你有什么需要带的东西吗，我会和老管家说，让他给你带来。”

“我现在什么东西都不需要，十几年了，我现在最需要的就是安静地休息。”

“那么抽空我再来看你。”

艾德转身离去。这次艾德第一次到监狱中探望一个人，过去他从没想到有朝一日自己还会来这样的地方。

回去的途中，正好经过艾琳娜的商店，只见她站在门口，她看出他的心情不好，便朝他走了过来。

“我知道你的朋友出了点儿事情，为此我感到抱歉，不过你不必难过，一个人有一个人的命运，既然这是属于他自己的命运，其他人就没法去改变。”

“我知道。你最近的生意如何？”艾德问。

“好的很，你瞧，现在我不是悠闲自在地在这里。我准备这个月休息一下，再去趟俄罗斯。你去不去？虽然上一次去你可没少惹麻烦，不过我认为你随同一起去还是不错的，我相信你不会拒绝我的好意。”

“如果巴里不去的话我就去。”艾德说。

“巴里虽然是个小人，但是为了钱他还是很忠诚的，在大事上他拿捏得很准。如果你不乐意同他说话，完全可以不理睬他，若是你觉得和他住一间房委屈了，那么我给你们安排两间房。这样你们就互不牵扯了。”

“我就是不希望和他同行。”

“好了，别再提无理的要求了。我知道你吃醋，不过你吃这些不相干的醋干吗？你知道，我不爱任何人，我只爱钱。对我来说，只有钱才是可靠的，世间没有哪个男人是靠得住的。”

“那么你没有爱过什么人吗？”艾德问。

“爱过，不过没有长久的。过不了一段时间，我就失去兴趣了。算了，跟你说这些东西干吗。在爱情中的人都是傻瓜，谁想去做傻瓜谁就去做，我可不乐意当傻瓜。”

她一边说着，一边玩弄着一条丝巾。艾德又和她说了几句，她告诉了艾德出发的时间，然后两人就告别了。

出发的前一天，艾德骑着马在草原上跑了一天，草原已经变得相当有气势，放牧的人也逐渐多了起来。老管家将布鲁托的羊群和马群重新安置在牧场里，艾德平时没事的时候就过来帮忙照看一下，他随着马群一直跑到山脚下，马儿在小溪边喝水，他就望着深蓝色的天空发呆。他骑马路过艾琳娜的商店，大门锁着，于是他来到了她住的地方，将马拴在门口的树上，他推门进去，静悄悄的，整个房间的布置跟他上次来的时候没有任何变化，他的视线停留在室内，艾琳娜穿着宽大的红裙，她的手正慢慢地向茶杯伸过去，她将茶杯端至唇边，慢慢地饮着，然后轻轻地放到桌子上。那双狡黠的眼睛用余光看到了外面的艾德。她打开门，光线一下子照了进来，她的红裙子格外鲜艳，在这个庭院里，万物都好像陷入了沉默，他盯着她的眼睛，可是她注视他的目光让他难以忍受，这是一种无形的压力，逼得他将视线移向其他地方，好不容易，他才慢慢地把视线停留在她带着层层花纹的裙子上，他觉得刚才艾琳娜的行为就像是一种仪式，她把他请进屋子里，然后从衣服后伸出一只手，帮他倒上茶水，然后慢慢地推到他的面前，他端起茶杯，一边喝着茶一边注视着周围的一切，他觉得眼下看到的艾琳娜不像是平常看到的样子，添茶水的时候，她的手指不经意地掠过他的手背，让他感到一阵难以言表的震颤，他把茶杯端在嘴边，手不停地颤抖，他从对面的屏风中隐约看到后面有块镜子，他仿佛看到一条蛇在他的面前游走，茶水洒到了桌子上，艾琳娜问他怎么了，他忙用手擦了擦桌上的茶水，说没事，然后把茶杯摆放端正，慢慢地推到桌子中央。

临走之前，艾琳娜告诉他明天早上九点出发，这次她告诉他带足换洗的衣服和必备的生活用品。

上马之前，他觉得她的眼睛一直在看着他，那双无言的眼睛，谁都无法猜透她究竟在想什么。

五

出发的时候，艾琳娜已经换上了适合骑马的装束。他们三个人骑着马穿越一片草原和几个村庄，在荒野度过了一个晚上，然后第二天到达中国的边境，艾琳娜把马交给酒店的老板照看，然后三个人趁着夜色溜进俄罗斯的境内。

就在赶路的时候，突然一伙持枪的军队出现在他们的面前，艾德心想坏了，遇到俄罗斯的边防部队了。可是艾琳娜却丝毫不慌，那些人问他们是从哪儿来的，艾琳娜走到那些军人面前，从口袋中掏出烟递给他们，然后一个个为他们点上，她对他们说这烟是从中国的云南带过来的，中国的最南边，离这里有上万里路。那些军人说这烟不错，她就从背后的包里掏出一条来，分给他们一人一盒，过了一会儿，长官对他们说，好了，我们继续巡逻吧！说着带着那些军人离开了。

胆小的巴里已经吓得路都走不成了。不过没过多久，他的话就多了起来，滔滔不绝地说着刚才遇到的情景，说着对艾琳娜赞不绝口的话。艾德没有说什么，不过内心却对艾琳娜更为佩服了。

接下来是火车的路程，然后是汽车，再后来是地铁，他们走进繁华的莫斯科。同世界上任何繁华的城市一样，这里到处都是人。不过都是白种人，像他们这种黄皮肤的人，在大街上很少看到。艾琳娜依旧在那个旅馆给他们安排好房间，如艾琳娜所说的，艾德和巴里被安排在了两间不同的房间里，不过比之前订的那间小了很多。艾德收拾好自己的东西，从窗口望着莫斯科繁华的景象，对他而言，这里就是世界的尽头，他从来没想到有一天，自己会来这样一个地方，而且还不止一次。这天正好是星期日，不远处的教堂里传来做弥撒的声音，他听着教堂的钟声，在自己胸前比划了一个十字，虽然他并不是信徒。

艾德和巴里仍然留在旅馆内，艾琳娜出去办事。艾德不知道她这么一个女子，怎么有这样的本事，能与那些人打好交道。由于已经不是第一次来这儿，艾德不想老是待在这里一动不动，没有多嘴的巴里在身边，他可以随时出去。

他来到了上次艾琳娜带他去的那家酒吧，但是没有看到艾琳娜的身影，其中一个白人走来问他话，也许是问他想喝什么酒，他用英文回答说谢谢然后转身离去。他又来到不远处的另外一家酒吧，可是仍然没有看到艾琳娜的身影，莫斯科这么多酒吧，他不可能挨家去找。于是他坐下来，要了一杯酒喝，他用英语说了好几遍那个服务员才知道他要的是伏特加。当他喝得差不多的时候，听到后面传来一个说中文的声音，他回过头，果然是艾琳娜，她正在和一个黄皮肤的男人说话，她马上看到了艾德，和那个男人说了一会儿话，她朝艾德走了过来。

“老天，你可真会瞎搞，你这样冒失地出来，很容易遇到危险的。”

“我不在乎有什么危险。”艾德说。

“我很欣赏你这种不受约束的心。不过，有的时候你还是要约束一下自己，并不是说自由在任何时候都是好的。”

“你在这个地方干什么？”艾德问。

“你没看到吗？我在谈生意。”

“跟那个中国男人？”

“是的。”

“晚上你不会去他那儿吧？”

“别把我想成那样的人。我对你说过的，仅仅是生意而已。他帮助我挣钱，我才对他笑脸相迎，要不然的话，在这样的地方，我才不会去理睬一个没有任何用处的中国人。”

“有时候想想你真是个可怕的女人。”

“也许吧！”艾琳娜笑着，“你要继续这样跟着我，说不定某一天会死在连你自己也想不到的地方。”

“那么我也会非常高兴。我确实还不知道自己未来的生活是什么样子的呢！”

“你既然来了,就和我一起去吧！那个人一会儿要请我去看场戏剧。”

演出的是什么戏剧，艾德一点儿都看不懂，不过他看到那个男子和艾琳娜看得津津有味。艾德好不容易才等到戏剧结束，他马上出去透了口气。

返回的路上，艾琳娜对艾德说：“这次我们也许要去趟巴黎。”

“巴黎？”艾德惊呼，“去那里干吗？”

“生意上的事情。”

当然，艾德知道即使问她，也不可能明白是怎样的生意。莫斯科离巴黎实在是太远了，按照艾琳娜的说法，他们要坐着火车从莫斯科离开，然后坐着火车穿越整个欧洲，到达巴黎，等办完事后，再按照原路返回，从莫斯科回到中国去。

回到旅馆，艾琳娜将详细的计划和两个人说完，巴里一听要到那么遥远的地方去，就直摇头。

“我从未去过那么遥远的地方，从俄罗斯到那里，恐怕不亚于从这里到云南那么远，而且还要坐火车，真见鬼，我宁愿待在俄罗斯也不愿去那儿。”巴里嚷道。

“穿越俄罗斯的国境，坐着铁路一直向西南走，用不了太久的时间。”艾琳娜指着地图说。

“如果你不乐意去的话，完全可以在这里等我们，或者你自己收拾行李返回中国。”艾德说。

“你也知道，”艾琳娜说，“我们的人手已经不够，只有我们两个人，出了问题都没应对的办法。”

到最后艾琳娜还是劝服了巴里，第二天一大早，他们就收拾好东西，从莫斯科的地铁出发，一直向西驶去，穿过好几个城市。然后租了三匹马在俄罗斯大草原上驰骋了两千公里，翻过一座不知名的山，进入另一个国度。艾德发现火车穿越了维也纳，然后离开了奥地利。四月份的一个早上，他们进入法国境内，终于到了巴黎。当艾德看到高耸的埃菲尔铁塔时，才有了他们已经到达巴黎的真实感觉。三个人用蹩脚的英语和服务生交谈着，好不容易才找到个旅馆住下。三个人沉沉地睡了一晚，第二天早上，艾琳娜敲开他们的门，她将衣服放在桌子上，让他们换上，艾德拿起来，发现那是宽大的藏服，上面绣着艳丽的图案。

艾琳娜查阅完地图，然后拿着一张写着地址的纸条带着他们穿过数不清的街道，最后停在一栋豪华的写字楼前，他们上去，在一个客厅里等待，不一会儿过来三个男人，将他们三个的双眼蒙住，用手领着他们走进一间办公室。当他们睁开眼睛的时候，发现已经到了一栋向阳的房间里，桌子后面坐着一个穿着藏服的男人，但是个白人。他示意他们坐下，然后问道：“你们是从高地来的中国人？”

他指的高地是西藏。艾琳娜回答说是，然后以一种和平时不一样的声音说话，就像是京剧中的声音，她唱了一首艾德听不懂的藏语歌，那个白人鼓掌说好，他将目光停在艾琳娜的身上。

艾琳娜走过去，用手拿起茶壶，以手腕的力量慢慢地将茶倒入茶碗中，将茶碗推至白人的面前。那个白人用粗大的手拿起小小的茶碗，送至唇边，稍后对他们说：“你们先回去吧！”

这桩生意就这样谈成了。他们在巴黎留宿了两天，刚返回旅馆，巴里就急不可耐地去找巴黎的姑娘。艾琳娜提醒他小心点儿，说这里不是俄罗斯。

换过衣服，艾琳娜就像是一个标准的法国姑娘。她刚要出门，艾德就跟上了她。她盯着艾德，对他说："你如果想跟着，那就跟着吧。"

穿过了不知道多少个街口，艾琳娜在一个双层小楼前面停下，她走过去，向门口的人说了几句法语。那个人进去通告，过了一会儿，他出来说让他们进去。

房间里坐着一个戴着面纱的女人，穿着一身白色的中国裙装。她的视线一直盯着两人，他们跪坐在地上，那女子突然说道："妹妹，好久不见了。"

"姐姐这些年来可好？"艾琳娜问。

"尚好。"她说着，然后从裙后伸出了一只手，艾德看到她的皮肤是黄色的。难道她是一个中国女人吗？她是不是艾琳娜的姐姐？这一点他无从得知。

艾德的目光停留在她的身上，感觉到一股神秘的气息。

"这是你的丈夫吗？"那女子问。

"不是。他是我的生意伙伴。"艾琳娜说。艾德倒是希望她说他是她的丈夫。

她的眼睛在房间里游弋着，把自己的手收回裙下，除了双眼之外，看不到她的半点儿肌肤。她突然小声地笑了，那笑声和艾琳娜的截然不同，就像是从另外一个房间传来的。

"妹妹，你这些年可出名了，你的事迹我都听说了。"

"你是从哪儿得到的消息？"

"这个，我自然有办法知道。"

接下来，也许是故意不让艾德听到她们之间的谈话，她们开始用一种他听不懂的语言交谈。听上去不像是法语，也许是她们两个之间的方言。她们越说越快，到了最后，两个人突然都停止了说话。艾琳娜说："那么，再见。"

"再见。"那女子一动不动，眼神也没有移动，她望着窗外的景象。

艾琳娜双手撑着坐起来，然后站起来，艾德也依样站起来，艾琳娜朝那个女子施了个礼，艾德也依样施了个礼。那个女子挥了挥衣袖，看不到她的手指，只有轻纱在空中挥舞，身后的门开了，他们就撤了出来。

刚出门口，艾德就问："她真的是你的姐姐吗？"

"是的，我已经有十几年没见过她了。"

"这是你第一次来巴黎吗？"

"也是唯一的一次。"艾琳娜回答。

晚上，艾琳娜请他们去咖啡馆喝了几杯咖啡，喝咖啡的时候，有个法国男人来和艾琳娜搭讪。艾德挡在了前面，艾琳娜叫艾德闪开，可是他就是不听，结果那个法国男人和他吵了起来，艾琳娜一把拉起艾德就跑，边跑边说："傻瓜，你会把警察引来的。"

当他们走到一架桥上时，见前面站着三四个警察，艾琳娜对他们说："一定要装作若无其事。他们不会看出我们是偷渡过来的。"

然而，巴里害怕了。他的样子让警察很容易就看出来他们心里有鬼。那几个警察让他们停下来，并要求他们出示证件。巴里不知道警察说的什么，心里紧张到了极点，他在艾琳娜的耳边问那些警察都问什么，艾琳娜说："他们要看我们的证件。"

"你们两个听我的指示，我们故意掏证件，再往前走两步就跑，三个人朝三个方向，以免被他们全部抓住，要是脱身了就在旅馆里碰头。"

艾琳娜一边说一边装作从后面的背包里拿证件的样子，她用中文喊了一声，三个人朝三个方向跑去，警察朝他们追去。巴里跑到桥上不知道该往何处跑，就一下子跳进了河中。不知道穿过了多少路口，他们才摆脱了警察的追赶，艾琳娜停下来的时候，才发现艾德一直跟在自己的身后。

"不是让你自己跑掉的吗？你跟着我干什么？"

“我不能丢掉你。”艾德说。

“傻瓜，如果我们被抓住的话就全完蛋了。你再这么自作主张的话，总有一天我会被你害死的。”

他们顺着刚才的道路返回桥边去找巴里，看看他是不是逃脱了，结果他看到湿漉漉的巴里正躺在岸边，周围有几个警察在用笔记录什么东西。可怜的巴里淹死了。艾琳娜拉着艾德的手悄悄离开，返回了旅馆，艾琳娜退了两间房，只留下了一间，她对艾德说：“我知道你不想看到这种情况，但是没有办法。”

两人从窗户看着外面巴黎的景象，虽然美丽，却不属于他们。艾琳娜对艾德说明天返回中国，他知道那又将是一段漫长的旅程。

那天夜里，他听到外面在弹奏着钢琴曲，不知道是法国还是德国的曲子。她的秀发洒落在他的胸前，她的唇落在他的身上，勾引着他，挑逗着他，他被她带到一个梦幻的地方。她的声音隐藏在钢琴声的后面，就像是钢琴背后另一种伴奏的声音，似乎没有起点，也没有终点，他的心头突然掠过一阵忧伤，他知道自己也许这一生再难忘掉这一刻。在模糊的光亮中，他看到她胸前的蜘蛛纹身，像是真的在爬行一样。

艾德知道，那些人关于艾琳娜的故事都是真的。她就像是一团火焰，在他的心中慢慢地行走。

艾德没有留恋巴黎的繁华。他们第二天就坐着地铁出了巴黎，然后坐上火车，穿越整个欧洲，到达荒凉的西伯利亚，在莫斯科没有停留，他们一直不停息地前进，过了边境，他们准备从酒店老板那里赎回三匹马，艾琳娜想到巴里已经死了，便对酒店老板说：“给这匹马开个价吧！我卖给你。”

酒店老板开价一万，她没有讨价还价，她对艾德说这一万块钱应该是属于巴里的。然后他们骑上马，在草原上过了一夜，第二天晚上返回镇上。

翌日早上，艾德去商店找艾琳娜的时候，她不在，艾德去她家里也没找到。她就这样消失了。他在煎熬中等待了半个月，有一天，艾琳娜的商店开门了，她在里面若无其事地收拾着东西。见艾德来了，她笑了笑，似乎自己在这段时间里根本没有离开过一样。

她对他说，今年不用再出去了，然后悠闲地坐在椅子上喝茶。艾德很难将眼下的艾琳娜同那个机智勇敢的女子联系在一起。对她来说，那一切也许仅仅是生活中的一个片段，没有任何价值。

没过多久，艾琳娜将她原先的房子卖掉，买了一栋新房子。他不知道她是怎样突然变成富翁的。当他到她那里做客的时候，她指着那边的一块空地说："我准备自己规划一个园林，在那边建一个可以完全按照自己心意而建成的房屋。"

她端来咖啡，然后两人坐在木椅上望着遥远的落日，艾德觉得这是一种幸福。

艾德去看了布鲁托，然后去牧场帮他照看了一段时间的羊和马。草原跟他去年来时见到的样子没什么区别。自从认识艾琳娜之后，他觉得自己的人生有了戏剧化的发展，不过骑着马在草原上奔驰的时候，他认为自己生活的戏剧性又结束了。

十月份的时候，艾德开始和艾琳娜同居。虽然他喜欢她这种边缘性的性格，但是他还是希望可以将她的性格转化得像平常女子那样。可是没过多久，他就发现他做什么都是徒劳的，因为她的思想和别的女子是截然不同的。骑马的时候他无论如何也追不上她。

"你想和我在一起的话，就别要求我这要求我那，"艾琳娜说，"我从来没要求过你什么，这你知道，假如你还是这样的话，我会离开你，你知道我不是在开玩笑。"

艾琳娜总是时不时地消失一段时间，过了几天，她又若无其事地出现在艾德的面前。当艾德问她去哪儿的时候，她完全当做没听到。艾德追问的时候，她就用认真的目光盯着他。他知道她的意思，便闭口不言了。

实话说，这样下去，艾德想还不如去俄罗斯，虽然一路上很艰苦，可是至少能和她一直在一起。当他问下一次什么时候出发时，她满不在乎地说还不知道什么时候，玩够了再说。

艾德不知道自己是不是爱上了她，那是和任何女人都不一样的感觉。慢慢地，他感受到自己莫名其妙的变化，变得让他很不习惯。比如说，每天早上醒来，他都想看到她睡在他的面前，只要她不在眼前，他的心就安静不下来，感觉内心空荡荡的，无依无靠，但他知道，艾琳娜不会有这种感觉。在过去，他一直怕承担责任，可是这次他却想自己承担责任。

艾琳娜每次早上醒来，都会为艾德在身边而感到吃惊。她还是喜欢自己一个人躺在一张大床上，可以任意地翻滚，她不喜欢被别人搂在怀里进入梦乡，不知道怎地，艾德却格外喜欢这样。

早上准备早餐的时候，艾琳娜只准备一份，艾德每次都抱怨，她对他说让他自己准备，她不愿意为了他人而改变自己的口味。

有一天，艾德从草原上归来，发现艾琳娜又不见了，他骑着马跑到镇上的酒吧，只见她正同一个年轻男子有说有笑，脸几乎贴在一起。他没走过去，只跟酒吧老板要了一杯酒。可是当他把手中的酒拿起来往肚子里灌的时候，发现自己的手颤抖得厉害，酒根本倒不进嘴中，只听到玻璃瓶撞击牙齿的声音。没过一会儿，艾琳娜走过来，对着他的脸吻了一下，然后若无其事地问他什么时候来的，他克制着自己，没有发疯，但是正当他准备开口的时候，她已经离开了酒吧。

艾德自己嫉妒到发疯，但是艾琳娜总是对他说该克制自己的情绪，他明确地知道自己控制不了。在艾琳娜的眼中，从来没什么道德的观念，她对艾德说过，只要她见到漂亮的男子，就想与他们发生关系，与爱情无关。在艾德看来，艾琳娜是个可怕的女人，但是他不知道她的身上有什么魅力，竟然使他对她如此着迷。

这年冬天，艾德提议与艾琳娜去北京生活一段时间，他觉得这儿实在是太冷了。但是艾琳娜说自己不喜欢北京，更不喜欢到那样的大城市去生活。他对她一点儿办法都没有，只能听从她的意见。他每天都将壁炉烧得通红，望着外面一场接一场的雪，他想到去年这个时候自己刚来到这个镇上，在布鲁托的家中，他看到穿着波西米亚风格衣服的艾琳娜在大街上走过，接下来在酒吧与她相遇。而这一年来，他竟然陪她去了两次俄罗斯，两人的关系也发生了翻天覆地的变化，这一点回忆起来甚至让他自己都觉得吃惊。

在酒吧喝酒的时候，他听到别人谈论艾琳娜的风流韵事，这让他受不了。他听到隔壁桌子上的人说艾琳娜一直在做着走私的勾当，迷上了一个从内陆来的男人，利用那个男人一起帮他做这样的勾当。在这里艾德没有认识的人，但是人们竟然在谈论他，他知道他们所说的那个人就是他自己。他将酒一口喝完，然后结账走出去，在回去的路上，他在想艾琳娜是不是真的在做走私的勾当，她和他在一起就是为了利用他完成她的生意，这么想着他感到心烦意乱，一不小心跌倒在雪地里，他好不容易扶着自己的腿站起来，感觉胳膊和膝盖都很疼。他觉得人们说的很有道理，她卖衣服，卖真皮大衣，那些东西都是幌子，要不然她不可能千里迢迢跑到莫斯科、巴黎去，而且每次只带回几个小小的行李包，她更不可能一眨眼就有钱买下这么一栋豪华的房子。

艾德想如果自己手中有枪的话，他会忍不住要朝艾琳娜开枪。他知道他去要求她什么东西她不会屈从的。他打开房门走进去，艾琳娜正对着火堆烤火，艾德将头上的围巾拿下来，然后脱下外套扔在沙发上。两个人沉默了好一会儿，艾德开口问她是不是真的在走私。

“你觉得呢？”艾琳娜回过头，反问道。

“我不知道。”

“如果我真的在走私呢！你会怎么办？把我交给警察？”

“我不在乎你是不是在走私，我只在乎你是不是爱我。”艾德提高了声音说。

艾琳娜站起来，穿着袜子走了过来，她将手放在艾德的脸上，和她的脸靠在一起亲吻着。

“小宝贝，你该知道，我是爱你的。不爱你的话，我不会让你住到这儿来。”她低语道。

“可是，”艾德气愤地说，“就在上周，你还跟其他男人在一起过。”

“和这没有关系。”艾琳娜说，“不要因此把我们的关系变得沉重。你知道的，我们都没有必要为对方做什么事情，你是你，我是我，你无权要求我什么。”

艾德把艾琳娜推开，抡起拳头，朝她的脸挥去，可是到眼前的时候，他停了下来。

艾琳娜瞪着他说：“为什么不打下来？”

“爱就意味着解除暴力，这一点你不明白吗？”

“我讨厌这样。有的人喜欢把爱隐藏起来，有的人喜欢把爱公开，可是我不喜欢这样，做任何一种选择，都会把爱变得沉重，使爱成为一个包袱，我们需要的是爱情，就像空气一样的爱情，不被任何东西驾驭。”

听着艾琳娜的话，艾德知道自己已经顺从了。没过多久，他们就在温暖的洗澡间里洗起澡来。艾琳娜推开他的身子，嚷道：“你喝了太多的酒。”

六

艾德很吃惊艾琳娜从未怀孕，他也没从其他人的口中得知她有孩子的消息。据她自己说，在十几岁的时候，她曾服用过一种特殊的药物，使得她一辈子不能怀孕。在艾德看来，女人都是有母性的，她们都渴望着对孩子的呵护。但是艾琳娜说自己根本不喜欢孩子，看到孩子就讨厌，她说自己这辈子都不会有孩子的。

这是一段幸福的日子。艾德觉得自己别无所求，偶尔去咖啡厅或者酒吧坐一坐，或者在草原上骑马游荡一会儿，听别人讲一些发生在这个小镇上的古老故事。他觉得生活的追求不过如此，世界上再没有比这更好的生活。

次年春天，艾琳娜请了一帮木匠和水泥匠来，他们在庭院里乒乒乓乓地干了一个多月。艾琳娜每天上午九点和下午五点都会去看一下。艾德看着这个庭院慢慢变成一种自然的风格，假山出来了，溪水出来了，各种各样的树木出来了，连小鸟都逐渐来到这个地方栖息。这天傍晚，艾德从屋子里走出来，发现庭院简直像一个皇家园林了。他看到艾琳娜把工钱交给工人，然后满意地在庭院的四周逛着。艾德觉得整个世界仿佛都被容纳在这小小的庭院中。虽然几步之遥就可以走到外面，看到与之截然不同的另一个世界。他觉得这里完全恢复了中国古代庭院的样子，在现在的世界里，城市里到处是高楼，再没有这种古典的庭院，它藏匿着中国自古以来许多的神秘元素。没过几天，艾琳娜走进庭院，后面还跟着好几个人，他们用小推车运送着一尊大理石雕像。不是基督，也不是什么女神，而是一尊艾琳娜自己的雕像。她让那些人把雕像安置在水流中间，耸立着，就像是送子观音一样。总之，这个庭院完全打造成了艾琳娜喜欢的样子。

就在艾德以为两个人要在远离任何城市的小镇上过着与世隔绝的生活时，一天傍晚，艾琳娜对艾德说要去俄罗斯。艾德问什么时候，艾琳娜回答说明天早上。

第二天一大早，艾德刚起床就发现艾琳娜已经在庭院里了。她把香点燃，放在自己的雕像前。然后他看见她朝着那雕像叩拜了三次，双手合十祈祷着什么。当他洗漱完毕，艾琳娜正牵着两匹马走进庭院。她对他说已经吃过早饭了，让他赶紧吃，一小时之后出发。她走到屋子里面收拾东西，艾德吃完饭的时候，她正好拿着行李走出来。上马之前，她将一个护照交给艾德，让他拿好。艾德打开了看了看，他不知道艾琳娜是什么时候通过什么途径给他办的俄罗斯护照。

他们踏上一望无际的草原，半夜的时候，他们留宿在草原上。四周安静得出奇，草原的青草味很浓厚，和她在一起他总是在等待，她总是给他带来不同的感觉，从未有过一次重复的感觉。她的手指掠过他的胸膛，嘴唇，他看到群星在天空中闪耀，两匹马在远处低声喘着气，他看到她胸前的那只蜘蛛爬过。

次日清晨，他们很早就出发，一路马不停蹄，直到傍晚的时候，他们才靠近了俄罗斯的边境。酒店的老板已经在迎接他们了。他对艾琳娜抛着媚眼，说她有一段时间没有来了，艾琳娜没有说什么，把马交给他，然后两人借着月色偷偷溜进俄罗斯的边境。在艾德看来，这不是在工作，而像一次次冒险，虽然目的地很明确，但是路上会发生什么事情谁也不知道。第二天中午，他们搭乘上长途火车，艾琳娜在车上一直和隔壁的一对俄罗斯年轻人说话。艾德坐在一边一言不发，他的脸色非常难看，他观望着外面的风景，萧条的河流和村庄。他看到周围的俄罗斯姑娘，都没有艾琳娜这样活泼。

火车驶进了莫斯科，他们随着人流下了车，然后乘上地铁，来到过去他们住过的旅馆。刚进房间，艾琳娜就攀上了艾德的脖子，她的脸压得他几乎不能呼吸。一会儿，艾琳娜穿上衣服朝外走去，艾德问她去哪儿。她回答说："不要多问，你应该知道的。"

艾德觉得这样的时间是如此难熬，上两次来俄罗斯的时候他还没这种感觉，也许是和艾琳娜做了情人的缘故。他喝了水后，就昏昏欲睡，一直睡到第二天早上。第二天一大早，他发现艾琳娜坐在大厅里看着外面的行人。他的头还是很疼，他怀疑她在水中放了安眠药，也许她昨天晚上压根儿就没有回来，一这么想他就觉得胸中一股怒气。

见他走了过来，她对他说："今天在这里休息一天，我们可能还得去趟巴黎。"

"天哪！"艾德喊道。可是他知道，即使她说去美国，他也会很情愿地跟着她翻山越岭，渡过危险的海洋到达那个地方。

晚上的时候，艾琳娜带艾德到酒吧中去。她和一个俄罗斯小伙聊得火热，艾德看着她那张脸，内心的怒火无法平息。艾琳娜时不时地回头看一下艾德，对着他笑一下。当那个小伙子离开的时候，艾德对她说了自己的想法。艾琳娜笑着说："如果你真想掐死我的话，那么我求之不得。"

"我不希望看到你和其他男人说话，还有说有笑。"艾德说。

"啊！那么我该做什么？只和你说话吗？你没看出来我和他们说话只不过是为了消遣吗？难道你让我整天沉默寡言，不说上十句话，人应该为自己找乐子，你也是。"

"我宁愿和你在山村里过着平静的生活，哪怕我们一贫如洗。"

"那是你的幻想。你觉得我是怎样活着的？如果我不想方设法认识不同的人，我想我现在早不在人世了。你知道吗？任何人都是你利用的对象，只要你能恰当地利用他们，你的人生就会减少很多不必要的痛苦和麻烦。"

"那么说来，我也是你利用的对象了？"

"也可以这么说。当然我还爱你。不过这两者是无关的。"

艾琳娜就是这样，什么话都可以说得出来，艾德希望她和别的女人一样，哪怕说些圆滑的谎话。她的性格时常让他受到伤害，但是又令他时刻着迷与此。

翌日，他们离开莫斯科，穿越几千公里的西伯利亚，然后穿越整个欧洲，来到了他们的目的地——巴黎。那天正好是星期天，教堂里传来做弥撒的声音，他们从教堂前面走过，四处都有洪流般的人群。他们找到一个旅馆住了下来。

在咖啡馆的时候，艾琳娜又恢复了本性，和一个帅气的法国小伙热烈地聊起来。艾德觉得甚为气愤，他坐在她的一边不停地喝着咖啡。她望了他一眼，对他说："你这样喝咖啡，我可支付不起。"

“我不需要你支付，我自己有钱。”说着艾德掏出钱来放在桌子上，站起身来准备离开。

艾琳娜拉住他的胳膊，“这是在法国，你需要支付的是欧元。”说着她将钱塞进他的口袋中，在他耳边说：“不要惹祸，我希望顺顺利利地离开法国，而不是像上次那样出那么多乱子。”

艾德正在气头上，他摆脱艾琳娜的手朝外面走去。他以为艾琳娜会追上来，可是他走过了一个路口，回头朝咖啡馆门口看，艾琳娜不知道什么时候早回到里面了。艾德不想这样回去，让她认为自己是屈服了，便顺着街道一直向前走。他记得上次来到法国走过的路，便按照记忆向前走着，当他走到那个二层小楼的时候，他想自己的记忆力还是可以的。他用英语对门口的那个女人说他要见里面的人。那个法国女人对英语不熟悉，说了好多遍都没听明白。

艾德等了很久，才被那个女人带到房间里。那个女人将门拉开，然后对里面的女人说了一声，就退下了。他走进去，看到她坐在屋子的正中央，屋子里的窗帘都拉着，在这里一点儿都听不到外面的声音。她穿着一身宽大的丝绸衣服，白色的，像是蝴蝶的翅膀，是半透明的。她抬头看了他一眼，以从另一个房间传进来的声音问道：“你是上次和艾琳娜一起来过的男子？”

“是的。”艾德回答。

“你为什么来找我？这么看来艾琳娜也来到巴黎了？”

“在巴黎我没有其他认识的人。”

那个女子从艾德的脸上看出了发生什么事情，她似笑非笑，纹丝不动。

“有一天你会因艾琳娜而死的。”她说。

“也许，”艾德说，“未来的事情，谁也说不准。”

“已经有不下十个男人因她而死了。”她冷冷地说，“如果你知趣的话，就应该离开她。”

“我不会离开她的。我爱她。”

“爱？难道你不怕死吗？”

“与死相比，我更怕的是爱情。”

“也许有比爱情更可怕的东西。”

她说着移动了一下身子，她的小腿从裙后露了出来，洁白无瑕，就像是水晶一般。

她让他走到她的面前，他听从了。当他在那里迟疑的时候，他看到她的丝绸衣服从身上滑下，她赤裸着站了起来，他还没做出什么反应，她就用手捧着他的脸，她的耳边低语着什么语言，艾德听不懂，她的手放在他的嘴唇上，然后开启他的嘴唇。也许有几个小时，当他头昏脑胀地穿上自己的衣服离开时，她的装饰已经恢复成了他刚进来时的样子，她还是那样端坐着，眼前摆着冒着热气的茶水，一切都像没有发生过一样。艾德浑身颤抖着，他已经分不清时间的概念，这种感觉就像是到了世界末日。

回到旅馆的时候，艾琳娜问他去哪儿了，他没有回答，艾琳娜亲吻着他的脸在他耳边说着什么，他一句也没有听到。他的眼前盘旋着那个神秘女子的微笑，他似乎感到那微笑中隐藏着一股寂寞，还有一种无比的嫉妒，艾琳娜品尝过的东西，她也要品尝一下。

其后的几天里，艾德和艾琳娜相处得非常愉快。他随她去了上次那个地方，同那个白人谈生意。艾琳娜走到那个白人的面前亲吻了一下他的手，然后从怀中拿出一小盒茶叶放在桌上。“这是从西藏采摘的茶叶。”那白人打开盒子闻了一下，脸上立马呈现出不一样的表情。艾德知道，这桩生意谈得很成功。他随她走出来的时候，问她为什么要穿着藏服来到这儿。她告诉他，那个白人对西藏那个地方很崇拜，他喜欢西藏的一切。艾德问她给白人的真是从西藏采摘的茶叶吗，艾琳娜笑着说是白天的时候在唐人街的茶叶商店里买的，只不过让人包装了一下而已。

走在香榭丽舍大街上，艾琳娜说，对她而言，巴黎和莫斯科没什么区别，全是一群可怜的人，寄居在这样冰冷的地方，濒临毁灭的世界。

艾琳娜问："要不要在巴黎骑马？"

艾德说："当然想，只是这样方便吗？"

"没什么不方便的。"

两个人走到一个马场，租了两匹马，在草地上跑了半个小时，回来的时候，艾德对艾琳娜说："比起呼伦贝尔草原来，这片草地真是可怜。"

那个租马的老板对他们两人说他们骑得非常好，他还从未见过骑马骑得这么好的人。当然了，这个时代都是以汽车、火车、地铁等机器为交通工具，很少有人去触摸马鞍了。

临行的前一天晚上，艾琳娜又去酒吧消遣，她叫艾德的时候，艾德说自己不想去。当艾琳娜走后，他却鬼使神差地来到了上次他来的地方，艾琳娜的姐姐那里。

"你为什么又回来？男人就是这样贪得无厌。"她说着。

"我不知道。"艾德回答。

"也许你是想报复。"

"我没想报复什么。"

"你心里应该清楚。"

她站了起来，一袭白裙就像是蝴蝶的羽翼，她双手一展，白裙无声地飘落，她是那样的美，就像是维纳斯。他不知道自己返回这里是不是因为迷上了她。

这里没有任何声音，艾德不忍呼吸，怕自己的气息打破这种安静。他们好像置身在一个真空的世界里，当他的欲望渐渐远离的时候，他才感觉自己的生命重新回到了自己身上。

他穿上衣服，回过头的时候，她已经恢复成了进来之前的样子。她用手拎起茶壶，将水静静地倒入茶杯中，然后放下茶壶，一只手把茶碗推过来。

"喝杯茶。"

他端起茶碗，里面透着一股她身上的香气。

“最后一次，以后永远不要再来了。”她说道。

他将茶碗放回原处。一切好像又恢复成了他来之前的样子，就连感觉都如此。

直到夕阳的光芒照在地板上的时候，艾德才起身离去。他的耳边回响着她的声音：“你永远不要再回来。”

当他走出门的那一瞬间，他才明白，吸引他的不是她的肉体，而是一种难言的痛苦。

那种感觉无法言说，就像是一阵青烟从他的眼前飘过而引起的忧伤，一种永远无法切实地感受到的感觉。

艾琳娜回到旅馆时，艾德已经在睡梦中，她想自己没有在水中放安眠药。

第二天他们选择回程，穿越欧洲大陆，然后进入荒凉的西伯利亚，翻过乌拉尔山，到达莫斯科。在莫斯科他们没有停留，直接乘火车赶往边境。借着月色返回中国境内，从酒店老板那里赎回马儿，经过两天两夜的奔驰，穿越大草原，返回那个具有中国古典式庭院的房子。

艾琳娜没日没夜地和姐妹们打麻将。艾德没事就在庭院里散步，他觉得艾琳娜亲手规划的这个庭院倒是不错，是个消遣的好地方。每次外出归来，他都要去看望布鲁托，这一次他拖的时间格外长。

布鲁托对他说：“你的脸上充满了忧愁，你遭遇了什么不幸吗？”

他说：“什么事也没发生，一切都很正常，再正常不过了。”

“也许你该说出来，有些事情藏在心里是一种负担。就像我的过去。”布鲁托说。

“但是真的没有什么事情。”他说着。

“是不是因为艾琳娜？”

“我不知道。有时候我感觉她让我非常痛苦，可是有时候我又感到离不开她。也许别人说的对，将来有一天我会因她而死。”

“她对其他人来说本来就是一个谜。”布鲁托说。

“也许。”

“我很难想象这究竟是一个什么样的女子。”

“我也不知道。”艾德忧心忡忡地说。

这个小镇同艾德来的第一天没什么区别，这里的人口没有增加，也没有减少，这似乎是一个不会变化的地方。有一天晚上，艾德在睡梦中听到钢琴的演奏声，当他起床顺着声音去寻找的时候，发现钢琴声是从庭院中传来的，他分辨不出那是什么曲子，听上去像是俄罗斯的风格，又像是德国的风格。走过一条条小道，他在池子边上看到池中的人，艾琳娜，她的雕像前摆放着一架钢琴，不知道她什么时候买的，也不知道什么时候摆放在那里的。她像是一个演奏家，双手不停地在钢琴上舞动。最后一个音符在空中停留住的时候，艾德被她的钢琴声吸引了。一切恢复平静，他听到水流的声音。他看到艾琳娜站了起来，隔着水池站在他的对面，更让他吃惊的是，她穿着一身如同她巴黎的姐姐穿着的一样的衣服，白色丝绸，如水般光滑，如蝴蝶羽翼般轻盈，那只蜘蛛，在月光下隐约爬动。

两个人哑然无声，沉默了良久，然后返回屋子里。

流水般的日子就这样过着，艾德的心情逐渐恢复平静，他又找回了过去的幸福时光。他时常骑着马，走到草原的尽头，在呼伦湖的边上怀念着这两年的时光。他觉得与现实相比，还是回忆更具魅力。

艾琳娜还是经常去酒吧，时不时地和某个年轻的小伙子畅聊一番。一眨眼她已经是个快要三十岁的女人了。可是在她过去的这些年岁中，她已经拥有了许多女人一辈子都不能拥有、甚至不敢想的东西。她对生活没什么不满足的，她手中的钱，也许用到她老死的时候都绰绰有余，她之所以去俄罗斯，是因为生活的无聊，她时不时地需要调剂一下生活，以便把生活的航向调正，不至于在人生中迷失路途。艾德走进酒吧，看到她正在同一个男人耳语，她看到了他，却装作完全没看到的样子。

不过，在回去的路上，她吻了他两三回，把他的怒气都平息了。

有一回，他骑着马从草原上回来，刚走进庭院，就看到艾琳娜和一个男子坐在那架钢琴前弹奏。他怒不可言，把马拴好，向着那个男子走去。看到他走了过来，那个男子正要起身，艾琳娜却拉着他的手让他坐下。艾德只好等他们演奏完，之后，那个男子匆匆忙忙地离开了庭院，艾琳娜问艾德怎么样，艾德回答说不怎么样。

“我是问你曲子怎么样，不是那个男人。”

“都不怎么样。”艾德冷冷地回答。

“这个男人的醋你都吃，我只不过想装点一下我的生活而已，你又不陪我弹钢琴，那么我只能叫别人陪我。”

“如果能杀死你，我真想现在就杀死你。在你的雕像面前。”

“哈哈，我知道你不会杀我的。”

“为什么？”

“因为你爱我。”

“但是如果你继续这样的话，我迟早有一天会不再爱你的，到那时候，我就会结束掉你的生命。”

“我很期盼那一天的到来。”艾琳娜说完走进了屋子，不一会儿传来她洗澡的声音。

虽然他们两个时常因为这些琐事吵架，但是每次都会和好如初。最根本的原因是他们还爱着对方，至少表面来看是如此。隔一段时间，艾琳娜都会安顺地在家里待着，既不去找人打麻将，也不去酒吧里消遣时光。她就那么在庭院一坐一天，有时候还会弹起忧伤的曲子，兴致来了，还会对着图谱弹奏莫扎特和贝多芬的曲子。每当弹钢琴的时候，她都会忘乎所以，艾德坐在一旁欣赏着，就像在国家大剧院欣赏顶级的钢琴家演奏一样。确实，艾琳娜每一个音符都把握得很好。她好像有什么心事，也许是在思考人生。艾德喜欢这时候的她。他给她准备好咖啡，放在钢琴一侧的桌子上，等她弹完的时候喝。他对这时的艾琳娜相当满意，她会陪他一起在草原上骑马驰骋，一直到呼伦湖边，她将头靠在树上与他相对而坐，或者将头放在他的腿上，望着天空中飞翔的雄鹰。还没到九月份的时候，树上的叶子就已经开始簌簌飘落了，他们从草原上回来的时候，一阵阵猛烈的风吹着一望无际的草原，艾德知道，用不了多久，从西伯利亚吹来的寒流就要入侵这个地方了。

七

十一月，一队打扮得很奇怪的人出现在艾琳娜的房前。艾琳娜将他们安置在自己的家里，幸好这个房子足够大，不过两人间里还是住进入了三四个人。下雪的时候，他们就在客厅里弹奏着自己随身携带的乐器，几个人还在火堆前面玩牌。艾琳娜会亲吻每个人，然后给他们以笑容。这让艾德觉得十分气愤，原本这栋房子是很安静的，特别是在冬天。可是现在却像沙龙一样，每天都是这些人在这里吵闹，其中一对男女在大厅的角落里摆弄艾琳娜的钢琴，发出嗡嗡的声音。艾琳娜干脆到外面去请了一个佣人，专门给他们做饭，每到开饭的时候，客厅里都坐得满满的，艾德从来没细数过有多少人，看上去大约有十几个男人，三个女人。他不知道这些人和艾琳娜是什么关系，更不知道艾琳娜为什么要将他们安置在家中。睡觉的时候，艾德表达了自己的不满，艾琳娜对他说这些都是她的朋友。他问他们是从哪儿来的，什么时候离开。艾琳娜说他们准备去蒙古国，现在雪太大没法成行，也许到了一月份，他们就会离开。

大雪覆盖了草原，根本没法出去，艾德只能待在家里，他想找个清静的地方都不能，即使在庭院里，也被那些人给占满了。他抽空去看望了布鲁托，他在里面过得很好。从监狱走出来的时候，他直接去了布鲁托的房子，他不想待在那个喧闹的房子里。

隔天，他还是回到了艾琳娜那里，因为他担心她会和那些人瞎混。

他走进庭院，发现那些人正在庭院里玩雪，其中几个男人对着艾琳娜的雕像拿着雪球练手，这时艾琳娜走了出来，她看到他们正要将雪球扔在雕像上，脸色立即变得很难看，她对那些人嚷道：“如果你们再这样胡作非为的话，那么我只能请你们离开了。”

那些人收敛了几天，可是没过几天又将艾琳娜的话完全忘记了。他们的天性同艾琳娜一样，都不受什么东西约束。夜里艾德经常被声音吵醒，是他们在客厅里敲打乐器，艾琳娜对艾德说：“看来明天我们得去趟俄罗斯了。”

“不是我们该去俄罗斯，而是应该让这些人去蒙古国。”艾德说。

“他们都是我的朋友，我不想做太过分的事情。就这么说定了，明天出发。”

“可是雪还没有停，出行会有困难的。”

“你以为我过去没在雪天出发过吗？再大的雪我都见过。我记得一次在俄罗斯的边境上，雪没过了膝盖，我两天两夜没吃东西，可是我知道我不会死的。”

“我想看一下大海，到时可以去看一下吗？”

“这一路上没有经过靠近海的地方，”艾琳娜说，“假如你真想看的话，等到了俄罗斯，我们可以一直向东行驶到港口，那里就可以看到大海。”

“我想看中国的海。”

“可是我不想。”艾琳娜盯着艾德的眼睛说，“我不想往南走。”

后来艾德才知道，往南走是艾琳娜的禁忌，对她来说，那是一个不可打破的魔咒。所以她不能去南方，只能待在最遥远的北方边界线附近。

第二天，艾琳娜和那些人一一吻别，告诉他们她要离开一段时间，那些人都双手合十做着祝福的手势。艾琳娜和艾德骑上马朝北走去，小雪还在天空中飘着，原本应该两天的路程他们走了整整五天。他们将马交给酒店老板，然后在里面吃了点儿热腾腾的饭，借着夜色穿过边境线，进入辽阔的俄罗斯境内，第五天黄昏，他们赶上了火车，火车在半路上坏了一次，停了五个多小时，再次启程的时候，艾德和艾琳娜已经趴在座位上睡着了。

七点的钟声敲响的时候，火车驶进了莫斯科。两人就像是旅客那样从火车上走下来，乘上拥挤的地铁。没过多长时间，他们就在旅馆里安顿下来，艾德看着一本书，艾琳娜走进了洗手间，她出来的时候，已经换了一身俄罗斯风格的衣服。他知道，她又要出去了。他将一本黑色封面的《圣经》丢在桌子上。她知道他这个举动的意思，对他说道：“我是中国人，我的心中没有基督。”

“即使没有基督，你也该明白什么是罪恶。”

“你过来帮我把裙子后面的拉链拉上。”艾琳娜对艾德说。

艾德放下书，走到她的身边，当他的手放在拉链上的时候，不是拉上，而是帮她拉开了，她问他行了没，他一下子把艾琳娜推到在床上。艾琳娜把裙子重新穿上，用一种极难形容的表情看着艾德，她将头发整理好，出了门。

艾德的心情糟糕到了极点，他开始体验到爱的不能承受之重。这个房间摆放着许多陶瓷花瓶，都是中国货。他不知道自己什么时候睡着的，醒来的时候已经第二天中午了，艾琳娜不在，他知道她又在水中下了安眠药。

直到傍晚的时候，艾琳娜才回来，她对他说：“我们该去吃饭了。”

出去的路上，艾德对艾琳娜说：“你是不是去找你的情人去了？”

艾琳娜笑着说：“我根本用不着找情人。”

“那你干吗在我喝的水中下药。”

“我没有。”艾琳娜辩解道。

“你有。”

“没有，”艾琳娜说，“假如你不信我的话，那我也没办法。”

走到餐厅的时候，艾德看到一个俄罗斯男子同艾琳娜眨着眼睛。

他们找了个位子坐了下来。艾德不知道怎么想的，竟然答应和艾琳娜再次来俄罗斯，他明明知道在这儿他控制不了她，他开始胡思乱想，什么清晰的思路都没有。吃过饭后，他问她明天有没有时间去海边，艾琳娜说明天晚上她要去看电影,艾德说该死的电影,什么时候看都行。结果两个人闹得不欢而散，艾琳娜不知去向。艾德回到旅馆的时候没发现她，去她常去的酒吧找她，也没在。当他走到一个首饰商店门口的时候，正好看到她和一个蓝眼睛的俄罗斯男人在里面买首饰。他心情糟糕地走开，一个人坐上地铁，从地铁的出口买了一张俄罗斯地图，然后坐着火车一直向东驶去，三天后，他到达了海边，安静的海边没有什么人，呼啸的寒风吹着大海，让他觉得走的每一步都非常难受。

他在海边逗留了一天，没有说一句话。然后坐着火车从一座城市走到另一座城市，天下起了雪，他看到一个个小镇，但是没过几分钟就消失在自己的视线中。到莫斯科的时候，周围已经是一片雪的世界。他从一个表情猥琐的中年人手中买到一把手枪，放在自己里层的上衣口袋中，他想自己也许在什么时候会用到这把枪。

艾琳娜没有问他这些天都去干什么了,她对他说生意已经做完了,随时都可以离开。

在回程的路上，艾琳娜对艾德说:“本来我该在上周末就离开了，但是我想我应该等你回来。”艾德想开口说什么，但是最后他沉默着，一句话也没说。

中国境内的雪要比莫斯科大多了，他们从边境线到镇上花了整整一周的时间，走进庭院的时候，他发现庭院里什么东西都有，像是一个垃圾场。艾琳娜朝屋子里面喊了几声，没有任何声音，那些人已经离开了。

艾德病了整整一个月，高烧不退，每天都昏昏沉沉的，艾琳娜寸步不离地坐在他床边，手握着他的手，这让艾德觉得很欣慰。那年春天，艾琳娜又叫了一帮木匠和水泥匠在庭院里乒乒乓乓地忙了大半个月，当艾德能下床走路的时候，他发现庭院里原先的雕像已经被换成了一尊人面蛇身的雕像。艾德以为它是女娲，但走过去仔细看的时候，发现那张面孔还是艾琳娜。

艾德变得很少说话，即使面对艾琳娜，他都保持着缄默。他将自己关在屋子里，看着《世界通史》，还一边写着笔记。艾琳娜将要迈进三十岁的门槛，但是她仍旧穿着波西米亚风格的衣服，看上去就像艾德第一次见到她的样子。几个月后，艾德慢慢走出家门，到草原上策马奔腾。

一天傍晚，他在草丛中抓住一只伤了翅膀的老鹰，回来就去商店买了个大号的鸟笼，将老鹰养在笼子里，挂在庭院里的树枝上。艾琳娜对他说不应该将老鹰装在笼子里，他问为什么，艾琳娜说，麻雀之类的鸟你可以放在笼子里养，它们虽然渴望自由，但是觉得笼子里是另外一番天地，可是对老鹰来说，失去自由就失去了一切，它会因此死去。但是他没有听从艾琳娜的话。

艾德开始学习钢琴，用艾琳娜那架钢琴演奏一些简单的曲子。有一天，他去看望布鲁托的时候，布鲁托说出了他的担忧。

“你应该离开这儿了。”

“我不明白你的意思。”艾德说。

“当初你来这儿的时候，我记得很清楚，那时候我从你的眼中看到的是失落，可是现在我从你的眼中看到的是绝望。”

“我也不知道，这是一种我所不知道的痛苦。”

“是因为爱情？”

“我也许在爱情中迷失了方向，就像进入一个虚无的空间，我不知该如何应付。”

艾德并没有说出他的全部想法，因为有些地方连他自己都感到疑惑。

六月份的时候，那伙人从蒙古国归来，在这里停留了一周。艾德和其中几个人还交上了朋友，有时候还加入他们的阵营，和他们一起玩牌，或者和其中的一个女子一同弹钢琴。那个女子说着不知道哪个地方的方言，他一句话都听不懂，不过弹起曲子来都是一样的，对于钢琴来说，都是靠音符去传达意思的。

走到酒吧的时候，这儿的人们已经都认识艾德了。人们对他议论纷纷，他听到他们在角落里低声说他是同艾琳娜在一起最长命的男人。照他们的说法，还没有一个男人和艾琳娜在一起度过两年的。

有一次，艾德从酒吧走出来的时候，有一颗子弹从他的耳边飞过，打在对面的墙上，当他回过头去的时候，没有发现任何人的踪影。他开始逐渐相信酒吧那些人的话，好在有惊无险。这一年，艾德又一次建议艾琳娜搬到其他城市去住，哪怕是个荒凉的山村，只要是安静的生活就可以。但是遭到了艾琳娜的反对，她说宁愿和他分手也不愿到其他地方去，她要他以后别再提这个话题，她说她对北京、上海压根儿一点儿兴趣都没有。

两个人从来没谈过结婚的话题，似乎结婚这件事对他们来说是根本不必考虑的。八月中旬，艾德买了一个钻石戒指送给艾琳娜，可是艾琳娜根本没有往手上戴，她问他是在哪儿买的。他把地址说了一遍，她将那个戒指放在桌上，对他说："你被那个女人给骗了，她卖给你一个假的戒指。"

"这怎么可能！"艾德喊道。

"谁都可以看得出来，我真不知道你是怎样鉴别的，你好好看看那是钻石吗？"

艾德拿起来看的时候，发现果然是假的，他买的时候竟然没发现。

第二天，他骑着马到了那家商店门口，看到那个二十岁的服务员正坐在那边观望着窗外的风景。看到他走过来，她甜美地笑了一下。

艾德直接掏出戒指来，放在玻璃柜台上，"这是假的。"他小声地说。

"怎么可能？我们这里没有假的戒指。先生，您这么说是对我们店名声的玷污。"

“你仔细看一下。”艾德对她说。

她拿起来看了一下，说：“先生，我怎么知道昨天卖给你的是不是这个戒指，也许你换了一个假的故意来为难我。”

艾德看了一下四周，将头靠向她的耳边。

“小姐，你应该很清楚这是不是昨天你卖给我的那枚戒指。倘若你不承认的话，我会去工商局举报你欺诈消费者或者直接报警。”

很明显，她的脸色发生了变化。她睁大眼睛，站在那里不知道该怎么办。

过了一会儿，她说：“我可以给你换其他的戒指。”

艾德坚决地说：“我想退掉戒指。”

她似乎显得很窘迫。“要是您这样做的话，我这个月奖金会一分也没有的。”她说道。

“这似乎和我无关吧！”艾德说。

艾德没想到她竟然哭了起来，看到她颤抖的身体，他的同情心起了作用，他对她说：“那你就给我换一款吧！”

她擦掉脸上的眼泪，给他耐心地讲解着每一款的优点，最后他选中了一款带蛇形花纹的戒指。

他将戒指送给艾琳娜时，艾琳娜说：“说实话，我对戒指没什么兴趣，你还是将它送给其他女孩子吧！”

这天夜里，艾德只是想与艾琳娜接吻，长久地激吻，把嘴唇都咬破了。他压低了声音，在她的耳边问道：“你的第一次是怎样的？”

“我没有第一次。”艾琳娜说。

“谁都有第一次。”

“我就没有，”她说，“至少我根本不记得。”

“爱一个人，就很介意这个人是不是第一次，是吗？”艾德问。

“我不会介意。”

“不，你会介意的。”

“你说的恐怕是你自己。”

“那你介意什么？”

“谎言。”

“谎言？仅仅这样？”

“仅仅这样。”

艾德的钢琴水平已经日渐长进。他可以演奏莫扎特的曲子，只不过每次弹完艾琳娜都笑话他的指法不对。有些时候，他的手总是来回不停地按着几个键让它发出重复的声音。他将布鲁托的马带到草原上，然后打开栅栏，让它们在草原上随意奔跑，他也不去追，只是看着它们奔跑的身影。老管家担心它们会在草原上迷失方向，可是艾德笑着对他说，它们适应了被人照顾，无法抵挡回归的欲望。

九月份，艾德和艾琳娜说自己要去寻找成吉思汗的遗迹，他从庭院里将那只装着老鹰的笼子拿下来，打开，老鹰振翅飞翔，他望着它，直到它消失在天空中。

“你是要告诉我鸟儿迟早要飞走的吗？”艾琳娜问。

“我不是鸟儿，”艾德解释道，“我是说，鸟儿也会有忧郁的情绪，就像人一样。”

“放心，它们不会忧郁太久的，用不了多久，它们就会忘记忧郁是怎么一回事了。”

“事实上，自从认识你之后，我觉得这个世界上，再没有美好的东西了。”

“那是因为你还没见过美好的东西。”艾琳娜低声说。

“也许，”艾德说，“我一直认为你是我所见过的最美好的东西。”

“你觉得这个庭院美不美？”艾琳娜指着庭院问。

“美，但是这种美不是能同人共呼吸的。”

“你觉得它能存在多长时间？”

“我不知道。”

“十年？五十年？一百年？一千年？也许正像你说的，谁会知道呢！成吉思汗如今还存在吗？不存在。即使人们小心翼翼地去呵护这些永恒，它们也会稍不留神就被毁灭。”

第二天，艾琳娜又从镇上雇佣了十几个人，让他们帮忙清理庭院枯萎的树木花草，她让他们把假山撤去了，在那个地方建了一个不大的游泳池。一个月后，艾德走进庭院，从庭院中飞出上百只小鸟，在天空中盘旋着，原来这儿变成了小鸟的栖息地。

他已经有好长一段时间不再和外界联系了。他一个朋友也没有了。也许人生会这样持续下去，直到世界灭亡的那天，倘若世界在他死之前没有灭亡，那么就持续到他死的那刻。

有时候他觉得安静让他害怕，他故意拿起石子朝庭院扔去，看那些被惊飞的小鸟。自从进入冬天之后，很少再有小鸟逗留在这儿了。他只看到孤零零的两只小鸟从那里飞出，丝毫不能让他感觉到什么。

有一天，他正坐在庭院里走着，看着落叶纷飞的大树。他发现有只老鹰正落在枝头。是他过去养在这个庭院里的那只老鹰，它重新飞了回来。

任何经历都会留下痕迹，艾德想，即使像老鹰这种高飞的动物也是如此吧。

他打开那只鸟笼，老鹰过了片刻飞了过来，它走进去，似乎在寻找什么，就像是在回忆它在这里留下的那段记忆。当艾德要走过去的时候，老鹰从笼子中飞出，一跃飞上天空，越飞越高，远去，从此它再也没有回来。

十二月末的下午，正好赶上下雪。艾德听到庭院开门的声音，他看到艾琳娜走了进来，她的后面跟着一个穿着白裙的女子，脸上蒙着白纱。是那个巴黎的女子，艾琳娜的姐姐。

在她的身上，似乎没有季节的分别。当她走进来的时候，他发现她的眼睛，就像是某种动物的。

“姐姐要在这里待几天。”艾琳娜对艾德说。

艾德想起她说过的话：我们将永不再见。她从他的身边走过的时候，衣裙从他的手上滑过，他的心一阵颤抖。

“我们又见面了。”她的声音掠过他的耳畔，他还没有应答，她的身影就消失在了客厅。

没有人知道她是来做什么的，就连艾琳娜都不知道。她说姐姐从来没来过这个地方。

“那她不是在这儿出生的吗？”艾德问。

“不是，她在俄罗斯出生。”

“你们不是亲生姐妹？”

“一个母亲。我们只在我七岁的时候见过一面，再次见就是上次在巴黎的时候。”

“她是做什么工作的？”

“没人知道，也许她从来没工作过。据说她有个情人，在巴黎很有势力，可以满足她的一切要求，一切。所以她不像我，根本用不着自己去挣钱。这就是人的命运的不同之处。”

“比起来，她也许嫉妒你的人生。”

“没人知道她的想法，她几乎不和这个世界上的人往来，就像不是人类，很神秘。”

她从来不和他们一起吃饭，都是他们吃完了后她再吃。艾德将饭菜端到她的屋子里，她正默默地坐着，就像根本不存在一样。

一天晚上，艾德将饭菜送过去的时候，他觉得此刻就像是在巴黎的那个房间，她坐在桌子后面，茶水的蒸汽在半空中飘浮着。他将东西放下，抬头的时候发现她的眼睛正注视着她。他从来没见过那张面纱后是怎样的一张脸，她端起茶壶，将水轻轻地倒在杯中，然后将茶杯推到桌子的另一侧：“喝杯茶。”

艾德将茶杯端起来，他发现她的眼睛死死地盯着他。屋子里一片安静，他将茶杯小心翼翼地放下，正想走出去，这时他听到她的声音："你一定想知道，我来到这里是为了什么？"

屋子好像一直是这么安静的状态，直到永恒。

外面的雪花在飞舞，艾德试图望着窗外，他看到艾琳娜的身影，她正打开庭院的门往外走。

"我是为了见艾琳娜最后一面。"

"最后一面？"艾德用吃惊的表情望着她。

"是的，从此以后我们不会再见。不是她，就是我，我们其中一个人的生命将尽了。"

她在笑，他可以感觉得到，那张面纱后面的脸有着怎样一种表情。

"你不用担心，每个人都有每个人的命运。"

她从桌后站起来，朝他走过来。在他的耳边低声说道："我来这里还有另一个原因，同你告别。"

他看到窗口有一只小鸟在扑打着翅膀，也许是想钻进房间里来暖和一下。屋子里渐渐变黑，他可以看得到她的双眼，她将手停留在他的肩头，然后放到嘴边，从他的嘴唇上滑过，他似乎在梦中一般，他感到她在他的耳边说："再见，一切。"他感觉到她在他的手中塞了什么东西，不知道什么时候，他听到开门的声音，然后他看到庭院里，她飘然离去。

当他回过神的时候，他发现手中多了一条丝巾，轻若无物，和她身上穿的是同一种丝绸，在丝巾的中间，绣了一个爬行的蜘蛛，同艾琳娜胸前的蜘蛛一模一样，下面有一行符号，像是梵文，又像是拉丁文，他一个字都不认识。

艾琳娜回来的时候，将身上的雪簌簌地抖落在地板上。她走到火炉边烤着火，她一个字也不提姐姐，好像她已经知道姐姐离去了一样。

八

这年的春天，艾德第一次完整地把莫扎特的《安魂曲》弹好，没按错一个键。寒冷已经慢慢地离开了这片土地，他可以听到庭院里水流的声音，日子就这样相安无事地过着，直到一次他的梦中出现了那个神秘女子，艾琳娜的姐姐，他从睡梦中惊醒，艾琳娜还在熟睡，他就走到庭院里，在游泳池边上坐下来，睁大眼睛望着模糊一片的景物。

艾德时常走在这个小镇的每一个角落，他希望在某个地方可以看到那个熟悉的身影。从草原上骑马回来，他会打开那扇酒吧的门，在里面喝上几杯，然后独自离开，很长一段时间，他都没有关注过艾琳娜，甚至连她在做什么都不知道。

去看布鲁托的时候，艾德对他说："我觉得自己的灵魂已经被拆散了。"

三月中旬，艾琳娜对艾德说："我们要去非洲。"

"怎么去？"艾德问。

"到了莫斯科，坐飞机去。"艾琳娜说，"我讨厌非洲。"

"我听说非洲许多国家都处于混乱状态，大群非洲人正想方设法从那片土地上逃出来，我们此时去那个地方干什么？"

"你知道的，即使再贫穷混乱的地方，也会有富人存在，只要有富人，就有生意存在。"

第二天，他们收拾好行李，从庭院出发，到达中国边境，将马交给酒店老板，两人借着月夜穿过边境线，进入俄罗斯境内，三天之后，他们到达莫斯科，在那儿休息了一天，次日坐上去南非的飞机。

贫瘠和荒凉，是非洲留给艾德的第一印象，当然这里也不乏酒店和娱乐设施，但是他看到一个个黑人从他的面前走过就感到很吃惊，城市中时常飘浮着扬沙，艾琳娜说那是从沙漠中吹过来的。艾德问哪儿有沙漠，艾琳娜默默地回答："到处都是沙漠。"

这里的音乐与世界其他地方的不同，总是充满了激情，不带任何忧伤的曲调，似乎这些非洲人从来不懂得忧伤。他在中国，在莫斯科，在巴黎，听到的音乐无不充满了忧伤，就像是一个人在这个世界上行走，却不知如何走一样。

艾琳娜和艾德走进酒吧，但是没过多久就走了出来。艾琳娜对他说，她听不了非洲的音乐，那曲调让人觉得心情烦躁。

下午，他们从路上租了一辆车，准备到两百公里外的一个小镇上。汽车嘎吱嘎吱地行驶在不平坦的道路上，艾德看到眼前是一望无际的沙漠，沙子被风从一侧吹到另一侧。不知什么时候，车子突然停了下来，那个黑人用蹩脚的英语说车子抛锚了，需要找工具修理，但是他的车上没有任何工具，他走下车，等待从这里驶过的汽车。可是过了半个小时，一辆从这儿经过的车都没有。艾德看到太阳渐渐落到沙漠的边缘，黑人司机走了过来，敲了敲汽车的窗子，艾德打开窗子，一股热气冒了进来，黑人对他们说，也许今天不会有汽车经过了，但是明天早上一定会有。他还说最近的一个村庄离这个地方有三十公里。没办法，他们只能跟着黑人朝最近的村庄走去，直到晚上十点，他们才走到那个村庄。黑人司机帮他们找到一个住处，当他们走进去的时候，发现里面横七竖八地躺着一群孩子，黑人司机对他们说，这个地方的条件就是如此，让他们委屈一下。

非洲的天气让他们难以适应，睡到凌晨三点，艾德就怎么也睡不着了，于是他打开门，走到外面。外面是漆黑一片，什么都看不到，他很难想象这和北京、莫斯科、巴黎是同处一个世界的地方。他的脚踩在泛红的泥土上，从这里朝后面那个村子看，一盏灯都没有，宛若那个村子根本不存在一样。

第二天早上，黑人司机从这个村子借了一辆人力三轮车，将他们两个人载到车抛锚的地方，等了半个小时，他们才等到一辆从这里经过的车，好在那辆车上有工具。他用半个小时的时间才将车子修好。

车子又重新上路，有两三辆车从他们的身边开过。下午三点，他们到达了那个小镇，在一家小旅馆安顿下来。艾德走在大街上，看到许多赤身裸体的孩子，在街头奔跑。

艾琳娜翻弄着一张小小的地图，艾德回来的时候，她和他说她感觉这次的情况不妙。

“怎么不妙？”

“我们可能死在这里。”

“那我们就离开这里。”艾德建议。

“希望只是我的直觉而已。”艾琳娜说。艾德是第一次看到艾琳娜的眼神这样失色。

他们在这种不安的气氛中度过了两天，第三天的时候，艾琳娜换了一身波西米亚风格的裙装，和艾德一起走出去。他们穿过了不计其数的街道，最后来到了一栋破旧的房屋里。里面坐着一个人，是白人和黑人的混血。他的四周站着四个黑人。艾琳娜一直轻轻地说着什么，好像是这一路的经历，还有她对这个地方的印象，直到那个男人将视线转移到屋子里的一幅画上，她才停止说话。之后那个男子笑了。艾德松了一口气。当艾琳娜和艾德朝外面走的时候，两把枪顶在了他们的头上。

“不要回头，跪下。”

其中的一个男子将艾琳娜拉到那个混血男人的面前，他用手托起她的下巴，手摸着她的脸。然后他的手放在她的脖子上，粗暴地把艾琳娜推到在地。艾德正想过去，被旁边的那个人用枪托打中了脸，鼻子上流出了鲜血。

这是战争，那一刻他的心中闪过死的念头。

两个男人固定着艾琳娜的身子，艾琳娜在拼命地挣扎，可是一点儿用处都没有，艾德看到她的眼泪，从她的脸颊上流下来。艾德拼命地喊了一声，他听到一阵沉闷的枪声，自己倒在了地上，他以为自己中弹了，结果一根木棍打在他的头上，他慢慢地失去了意识。

半夜的时候，艾德才恢复了意识，他发现自己在沙漠里，他没有中弹，只是头上流了好多血。这时他看到躺在一边的艾琳娜。他摸着她的脸，可怜的艾琳娜，他的眼泪落在她的脸上，他发现她还有呼吸，他抱起她的身子，在沙漠里走着，不知道走了多久，最后倒在了沙漠中。一直到第二天早上，艾德才苏醒过来，他在马路中间拦了一辆汽车，然后让那人将他们送到医院。那人的眼神很平常，似乎这样的事情在这里再常见不过。

艾琳娜在医院住了一周，艾德拎着东西走进去的时候，发现她的眼睛正望着外面发呆。

“我们回去。”这是艾琳娜开口说的第一句话，自此她再没说什么话。

艾德买了两张飞往北京的机票，艾琳娜没有说什么。他们在北京下飞机后，没有直接返回那个小镇，艾德携艾琳娜住进一栋靠近后海的旅馆里。艾德相信这里能够让艾琳娜忘记非洲之旅的遭遇。他们在这里度过了幸福的两周，但是艾德却担心，因为艾琳娜很少开口说话，她的身子经常莫名其妙地颤抖。

两周过后，他将她带往他们长住的那个庭院，好长一段时间，艾琳娜都待在屋子里，不说一句话。六月份的时候，她做了一个让艾德感到不可思议的决定，她在草原的附近买了一块地，雇了上百人在那里建造。八月中旬，那个建筑差不多建好了，原来是座教堂。艾琳娜将钢琴搬到了教堂里，好长一段时间，她都没有回家，艾德去教堂的时候，发现她正在里面一幅一幅地绘着《圣经》中的图案。他在钢琴前坐下来，凭着记忆弹完了莫扎特的《安魂曲》。

艾琳娜从梯子上爬下来，她说：“我们在非洲已经死去了。”

也许她说得对，经历了这么多，所有的一切都已经没有意义了。

他觉得艾琳娜想在这里建一座属于她的精神城堡，她想在这里寻找什么，艾德知道，那些东西没有了，从他们的生活中永远消失了。

夜晚的时候，艾德对艾琳娜说："我不想失去你。"

"我答应你。"他听到她的声音，那声音让他想哭。

他走在大街上，寻找着艾琳娜当初的商店，可是已经辨认不出。当走到酒吧门口的时候，他才发现一点儿熟悉的东西，可是他转身离去。

十一月份的时候，艾德去到那个教堂，发现教堂内部的装饰已经施工完毕，基督像也立了起来，四周所有的插图，都是艾琳娜亲手绘制的。艾德看她像是要花尽所有的钱在这座教堂上一样。艾琳娜弹奏了一曲，然后随艾德回到了家中，吃过晚饭，他们靠着壁炉烤火，艾琳娜开口说："我想去看海，带我去看海，中国南方的海。"

他们先去了大连，在那里停留一天，然后是青岛，在那里停留两天，再后来是厦门，在那里停留三天，最后是海南，在那里停留一周。

艾德说："这里就是天涯海角。"

艾琳娜在海边跑起来，顺着沙滩，一直跑到海水涌上来的地方。艾德追上去，艾琳娜回过头，紧紧地抱着艾德，他发现她在哭，那双蓝眼睛，就同海水一样蓝。

回到草原时，已经快十二月份了。艾琳娜站在教堂的前面，艾德握着她的手，他从她的身上看到了痛苦。

这天晚上，艾德开始给艾琳娜讲起他过去的时光，他们未曾认识时他经历的一切，他过往的经历就像是在行路一样，没有任何让他觉得心动的事情。他说他来这里时，以为自己最多在这里可以待一个月，因为他觉得在这儿一个月就相当于在其他地方经历十年。

艾琳娜默默地听他讲自己的故事，她望着窗外的雪花，那个庭院里，还立着她的雕像。

十二月二十四日那天，他看到她站在庭院里，面对着自己的雕像，她用手拂去上面的雪花，然后双手合十跪在前面，艾德不知道她在说什么，他从她的表情上可以看出来，她又重新焕发了活力，就像是过去那个不在乎任何事情的艾琳娜。

圣诞节的傍晚，艾德去酒吧喝了几杯酒，当他回到家中的时候，发现艾琳娜不在。他知道她在教堂里，于是便骑马到了教堂，走进去的时候，里面没有任何声音，他发现艾琳娜躺在钢琴上，她的身子冰冷着，已经死去好几个小时了。

艾德在基督像前跪下来，他的眼泪无声地流下，他不知道该说什么好，他听到他的心一点儿一点儿碎掉的声音："这个世界上，再没有任何美好。"

他爬上梯子，在墙壁上一幅画一幅画地看，试图从上面找出什么东西。

第二天早上，他把她抱出教堂。三天后，他将艾琳娜的骨灰安葬在教堂的后面。望着这座教堂，他想：艾琳娜传奇的一生就这样结束了。

艾德又这样沉默地生活了三十天，第三十一天，他走到布鲁托那里。

"我听说艾琳娜死了。是真的吗？"布鲁托问。

"是的。"

"你想说点儿什么吗？"

"我什么也不想说。"

布鲁托沉默了。

"这种永别的痛苦永远不会被改变，它将铭记在你的心中。"布鲁托说。

他走出去，经过那个商店，他似乎还看到艾琳娜在叫卖真皮大衣时的情景。

记忆就是这样，造就着一种无法解脱的痛苦。

他做出一个选择，将艾琳娜的房子卖掉。是当地的一个富户买的，他提出的唯一要求是将那座雕像留下，不要有任何改变。那人看着庭院说："其实我还是挺喜欢这个庭院的，那个雕像是艾琳娜吧！"

艾德点了点头，他随那人走到雕像面前，那人惊愕地看着这座下半身是蛇身的雕像。

艾德从布鲁托那里取了一匹马，他借着夜色赶路，从布鲁托家出发，到达最北方的边境。酒店老板认出了他，说他已经很长时间没有来了，他没有提艾琳娜的事，将马交给他，然后穿越中国边境，到达俄罗斯境内，坐上火车，然后转坐地铁，他在酒店住了两天，白天他顺着过去走过的路又走了一遍，在记忆的长河中想着他在莫斯科的每一处回忆。他走进酒吧，发现一切如同他第一次来到这儿时的情景，年轻人的寻欢作乐永远没有结束的时候，一个钢琴师在角落里演奏柴可夫斯基的曲子，那个人问艾德要什么样的酒，他说伏特加，当酒放到他的面前，他端起酒杯的时候，他发现自己的双手颤抖着拿不住酒杯。他放下酒杯，转身离去。

一周之后，他回到中国境内，从酒店老板那里领回马儿。酒店老板告诉他还有两匹马在那儿放着，他想起来了，那是去非洲时放在这儿的。他对酒店老板说开个价将那两匹马卖掉，最后除掉各种照看喂养的费用后，只剩下一匹马的费用，他捏着钱，放进口袋中，骑上马，他想起来，那个令人讨厌的巴里也是这样死的，死在巴黎。

艾德走到教堂的时候，发现教堂的后面摆放着一束百合花。应该没有人来祭拜艾琳娜才对。他看到花的下面压着一条丝巾，上面绘着一只爬行的蜘蛛。他将这条丝巾收起来，从怀里将另一条拿出来对比了一下，不同的是这条下面什么符号也没有。于是他将这条丝巾重新放到花下面压好。他骑上马，在草原上奔跑，一直跑到呼伦湖的边上，看着湖水发呆，谁也不知道他是在沉思，还是什么都没想。

他又在布鲁托的家里住了三个月，六月份的时候，他最后一次去看了布鲁托，他告诉布鲁托自己要离开草原了。

“永远地离开，不再回来。”他说。

这一天，艾德对布鲁托讲了那个神秘的女子，艾琳娜的姐姐，讲到最后的时候，两个人都沉默着。

布鲁托说，他从来没听说过艾琳娜有个姐姐。

“这不是问题的关键。”艾德从口袋中把那条丝巾拿出来，布鲁托拎在手上，轻若无物。

“我从来没见过她的真正面貌，那是一种痛苦。”艾德说，“我记得她对我说过，有比爱情更痛苦的东西，我认为她说的就是这个。”

“也许……”布鲁托说。

“也许什么？”

“这就是与世界无关的爱，如这条丝巾般，轻若无物，却能给人造成最大的痛苦。”

艾德让布鲁托看上面的字，布鲁托摇了摇头，艾德问：“那不是蒙古文吗？”

“不是。”

“难道是梵文？或者拉丁文？”

“在我看来，它是一种古老的咒语，除了她自己明白以外，恐怕没有第二个人知晓它是什么意思。”

艾德将丝巾收进自己的怀中，他对布鲁托说：“谢谢。”

然后他离去，此刻，夕阳正从地平线上沉下去。

艾德又一次踏上去往俄罗斯的行程。他走到中国边境，将马卖给酒店老板，酒店老板很吃惊，他说：“我不会再回来了。”酒店老板送给他一瓶酒，让他在路上喝。他越过俄罗斯边境，进入俄罗斯，坐上火车，在火车上，他同一个俄罗斯青年喝了酒。那天夜里，他进入莫斯科，但是他没有停留，直接坐车向西行驶，穿过了几千公里的西伯利亚，进入另一个国家，最后火车停在巴黎的火车站，他从车上走下来，朝他心中的那个地方走去，当他走近那栋二层小楼时，发现小楼同他刚来时一模一样，仿佛就是发生在昨天的事情。

他让门口的女人去通知，那个女人摸不着头脑地问他通知什么，他说想见里面的人，女人说里面有很多人，不知道他要找谁，他让她把他带进去，她让他自己走进去。

他推开门，有个姑娘迎了上来。问他需要什么服务。他看到屋子里满是穿着短裙行走的女子，好不容易摆脱那个纠缠的女子，他跑上二楼，仍旧如此。他走到下面的柜台上，问这里原先的主人哪儿去了，那个女人告诉他，这里从来就没有什么主人。

“五年前呢？”他问。

“一样。”那个女人不屑地说。

“十年前呢？”他仍旧不死心，那个女人招呼过来两个男人，架着他的肩膀把他扔到了门外。

“这个世界不曾存在过。”他痛苦地闭上了眼睛。

第二天，他坐上了飞往北京的班机。到达北京后，他开始联系自己多年不联系的朋友，那个朋友给他安排好住处，几个月后，他开始在北京工作。

日子就这样平淡地过着，过去这几年的经历，他对谁都没有说过。因为他知道，即使他说出来，也没有人会相信，甚至连他自己都不相信，只有当他从怀里拿出那条丝巾的时候，他才相信那些事情是确实存在过的，布鲁托、艾琳娜、巴里、艾琳娜的姐姐。

无论走到哪里，什么时候，艾德总是把那条丝巾带在身上，如果洗澡，他就把它绑在自己的手腕上，上面爬行的蜘蛛，经过多次洗刷，颜色一点儿都没褪，鲜亮如初。他觉得这条丝巾就是他的爱情，在他的生命中占有不可取代的地位。在他的脑海中，浮现着那个戴着神秘面纱的女子，她正坐在一张桌子后面，茶壶冒着热腾腾的蒸汽，升在半空中，她穿着一身白色透明的丝绸衣服，如蝴蝶翅膀，轻若无物。

不管怎样，他知道，她仍旧生活在这个世界上，不是在这个城市，就是在那个城市。

静静的河畔

一

寂静的夜晚传出一阵阵狗吠的声音。

大雪纷纷扬扬地下着，远处灰暗的田野都成了白花花的一片，干枯的树枝上也挂满了白雪，好似棉田里的棉花在一瞬间全部开放了，被瑟瑟的风吹过，便一下子全落到地面上了。

前面的小路上铺满了积雪，一丁点儿脚印都没有。河面已经结了厚厚的冰，但被雪覆盖住了，什么都看不到，宛如平地，倘若生人从这边走过，也许会一不小心滑到河面上。在河畔上有两棵柳树，但并不是纯正的倒垂柳，好像是嫁接而成的，在这时已经败枝残景，叶子一片也见不到了，树枝白森森的。

阿吉躺在床上,怎么也睡不着,他来到这个村子已经有十个年头了。阿吉长着一双机灵的眼睛，可并不灵活。最近几年里，阿吉时常有种郁郁寡欢的神情，或许是青春期使然，使他由一个活泼的少年变成了一个忧郁的小伙子。但他工作得倒挺勤快，在下人里面算是得这家老爷赏识的了，不过因为粗心大意，他还是被老爷罚过几次，可是每次被罚，都有小姐的关心，因此他认为这是一种幸福。正像现在，在这冰冷的雪天里，因为有小姐送他的一块手帕，他觉得暖和极了，好似这手帕化作了厚厚的棉被盖在他身上。

十年前，阿吉来到这个村子的时候，他瘦骨嶙峋，穷困潦倒。他自小就是个孤儿，在他的记忆中从未有过父母的影子，他是跟着一个比他大六十岁的老头儿长大的，他叫他“干爹”，每天跟着他去要饭，在大街小巷里露宿，一老一小缩在一起，就这样过了三四个寒暑。他衣服破破烂烂的，成年没得换。夏天的时候苍蝇、蚊子叮得他浑身红肿，热得全身出汗，臭烘烘的；而冬天则冻得瑟瑟发抖，鞋子上破好几个洞，手、脚、耳朵全都冻得像干树枝一样，整天化脓，一到开春，天气转暖，冻坏的地方全都奇痒无比，跟夏天浑身爬满跳蚤没什么两样。

可他没有抱怨过自己的干爹，反而有些感激他，如果不是他，阿吉或许早就饿死在街头，或者早被夜晚出没的狼群叼走当作晚餐了。

阿吉的记忆是从三岁开始的，因为从小受苦挨饿，所以对于穷苦的日子记得特别清楚。七岁以前，他无非是穷苦饥饿，可是七岁那年冬天，天气特别寒冷，干爹和他几乎有两天没有吃饭了，最后干爹在第三天的夜间离开了这个世界，阿吉自己也晕倒在雪地里。

后来，就是这家小姐救了阿吉，给他热腾腾的饭菜，并让他洗了个澡，给他红肿的地方涂上药膏，并让他换了一身干净朴素的衣服。小姐见他无家可归，便求老爷收留他。她对他说：“你以后就在这儿干活儿吧！管吃管住，一个月给你二两银子。”

阿吉激动坏了，原本自己要饭，吃了上顿没下顿，而且还受人虐待，在这儿不仅有吃有住，而且还有钱拿，这样的好事上哪儿找去，于是他慌忙跪下，结结巴巴地说：“谢谢小姐，谢谢小姐。”

“别那么客气，你起来吧！”小姐上前把他扶起来，“别叫我小姐，我比你大不了几岁，你就叫我欣姐吧！”

自此之后，阿吉便在这家住下来，这家老爷是本地的一位举人，因仕途不顺，便离开官场，在这个村子里过起了安稳日子，他的夫人相当标致，是贤惠女子的典型代表，耳、鼻、眼搭配得很好，她时时流露出一种高雅的气质，可并不是故意造作，这就显得她别具魅力。

老爷因为仕途不舒心，所以经常发脾气，抱怨自己运气不好，或咒骂陷害自己的小人。可幸亏有夫人，所以老爷才收敛了，从此了无牵挂，安稳地服从上天的安排。他希望自己能有个儿子，以完成他未竟的事业，不巧的是，夫人只给他生了个女儿，那时他整天唉声叹气，抱怨自己命运不好。直至女儿十七八岁的时候，他才想开，儿子是求不来了，只想女儿找个好郎君，于是一心扑到女儿身上，把她视作掌上明珠，宠着，惯着，什么都服从她的安排。

小姐正好遗传了母亲的特质，又比母亲更加漂亮。不过，她年轻的生命好似经受过不幸的打击，所以她的脸上常含有忧戚的神情，那忧郁的眼神使人感觉到生命的脆弱，令人不胜同情。阿吉觉得，小姐的面容与他的心境如此一致，每次看到小姐，他都觉得自己的心隐隐作痛，多看她一眼，他的痛楚便增加一分，可内心里，他需要这份痛楚，想从中得到一些安慰。

第二天一大早，阿吉便起床去扫雪了，他从屋门口扫到宅子门口，老爷、小姐的房门前全扫出了一条路。阿吉戴着一双破手套，累得额头都沁出了汗水，他站在门口休息了一会儿，见道路上已经有些凌乱的脚印，远处一家门口还铺了沙子，于是阿吉又从门口扫出一条道，直通河岸的大道上。

当他扛着扫帚往回走时，他恰好遇到了小姐，他慌忙站住，行了个礼。

“小姐早。您这么早，是要出去吗？”

“不是的，只不过随便走走。”小姐看了看阿吉额头的汗水，问道：“怎么就你自己，别的下人呢？”

“大概还没起床吧！”阿吉憨厚地笑了笑，“我睡不着，所以就早起了，反正闲着没事，就顺便把这些活儿给干了。”

“昨晚的雪下得可真大啊！”小姐望着远处，感叹道。

“是啊，是啊！”阿吉附和着，“上一场雪还没化完，这一场又下了，像我刚来到这儿的那年冬天一样寒冷，可现在比那时好多了，我还清楚地记得小姐当年救我的情景呢！”

“阿吉，我不是说过了吗，在没有别人的时候你叫我欣姐就行了，怎么这么多年了你还是叫我小姐啊！”

阿吉忙低下头，尴尬地说：“毕竟小姐是小姐嘛！我是下人，不配这样叫您。”

“你怎么还这样想，难道你不把我当作朋友吗？”

阿吉谨慎地抬头看了小姐一眼，他自己何尝不想这样，可这是根本不现实的，他望着地上的雪，侧着脸说：“小姐的朋友应当同小姐一样，像我这样的人，哪配做小姐的朋友，我想都不曾想过，阿吉对小姐您，有的只是崇拜、尊敬，哪还敢有这样的奢望呢！”

“别这样说，我从来都没有拿你当下人看，也从来没有把自己当作小姐，你怎么能这样自暴自弃呢？人生下来是什么命就是什么命吗，还不是靠自己后天的努力！别说这样泄气的话，说不定哪一天你发达了，还看不起我了！”小姐教训阿吉说。

“不会的，不会的。”阿吉认真地说，“我一定不会忘记小姐的，无论我成了什么，遭遇如何，都不会忘记小姐您的。”

“看你，还把我的话当真了。”小姐娇声笑着，“我是跟你开个玩笑，不过你这样认真，也就不枉我这样对你了，你晚上——”

这时候，远处传来“阿吉，快点儿去打扫厨房”的声音，打断了小姐的话，阿吉看了小姐一眼，行了个礼，说：“小姐，那我先去了。”

“哎！”小姐叫住他。

阿吉回过头问：“小姐，还有什么事吗？”

“没事了。”她这样说，接着又补上一句，“晚上来我的房间一趟。”

阿吉应着，然后拿着扫帚向厨房走去，这时候传来“阿吉，干什么呢！怎么这么慢”的声音。

二

“咚咚”，黑夜中传出敲门的声音。

一阵风掠过，树枝上的积雪全落到地面上，在清扫干净的地面上留下斑斑白迹。

“谁啊？”屋里的人小声问道。

“是我，阿吉。”他用嘴哈着气，身体冻得发抖，脚不停跺着，稍微提高了嗓音喊道。

“进来吧！”

阿吉推门进去，忙把门关上，生怕冷风吹进小姐的房间，他回过头，搓了搓手，说：“小姐，今天可真冷啊！”

“是啊！”小姐说着给阿吉倒了杯茶，把茶碗推到阿吉面前，“快喝点儿茶，暖和暖和身子。”

“谢谢小姐。”

阿吉双手捧起茶碗，喝了一大口，顿时觉得身子暖和多了，或许是因为这是小姐倒的茶。他双手端着茶碗，来回转动着，随口说着：“小姐，您还不知道吧！村后面德亮家的房子昨天晚上被雪压塌了，他老婆、孩子全压在下面了，今天一大早大伙儿帮忙把他们弄出来，早断气了，德亮一个人抱着冰凉的老婆孩子哭呢！这样的人真可怜，是不是，小姐？我虽然孤苦伶仃，可是从未经历过这样的场合，所以起先没什么感触。这一闹，我才发觉，德亮比我这样的人更可怜。我没有父母，压根儿没有想过有父母会是什么样子，可是我还有小姐您呢！小姐，您还记得十年前你救我的情景吗？我可是记得清清楚楚，第一眼见了小姐，我还以为见到了妈妈呢！因为小姐太善良、和蔼了，所以我一开始就将小姐您同母亲联系在了一起，我虽然没有妈妈，可是我多么希望能有个这样疼爱我、关心我的妈妈。见到小姐的那一刻，我多么想扑在您怀里感受一下慈母般的温暖！我这一辈子，最大的幸福就是遇到了小姐，虽然一辈子没什么其他亲人，我也不会觉得寂寞。”

“可是，我并没有帮助你多少啊！”

小姐笑了笑，那笑中含着淡淡的忧伤，这一点儿阿吉早已经注意到了，有时候他会无端猜想：小姐为什么这样忧伤呢？难道是夫人平时过于开朗了才使小姐变得这样忧伤？可是又说不通，按说女儿应该或多或少地遗传母亲的性格，而小姐却截然相反。那是什么导致的呢？阿吉真想不通，家庭又好，修养又高，到底还有什么可愁的。他一无所有，可是还是很好地生活着，也许不是很快乐，但也不像小姐那样哀伤。每当看到小姐这样，他都想替小姐分担一下痛苦，可是他根本不明白小姐在想什么。所以他只能沉默不语，呆呆地望着小姐，他觉得小姐这种忧伤的美比盛开的鲜花都要娇艳。

“小姐您觉得没有帮助我多少，可是在阿吉看来，已经多得承受不起了。”

小姐的头发全束在后面垂至肩头，用一个黄色的蝴蝶结扎着，阿吉觉得小姐犹如落日的余晖般无可比拟，她美丽、娇艳的容颜使阿吉不敢正眼看她，只能用眼睛的余光去捕捉她的神情。阿吉想起了什么似的，胆怯地问：“小姐，您叫我来有什么事吗？”

“噢！差点儿忘记了。”小姐起身，走到后面的房间里拿出一身整齐、崭新的衣服，双手递了过来，“阿吉，我看你也没有多少衣服，天又冷了，就给你做了一身，不知尺寸合不合适，你试一试，不合适我再给你改。”

“那怎么好意思呢！小姐那么忙，怎么能劳烦您亲自动手给阿吉做衣服呢？”

阿吉没有接衣服，不好意思地低下了头。

“叫你拿你就拿嘛！再不拿我可生气了！”小姐把衣服又向前递了递。

阿吉抬起头，看着小姐的脸色，双手小心地接过衣服。

“谢谢小姐。”

“客气什么呢！我不就是你姐姐吗？”小姐调皮地说，“要是不合适，拿来我给你改。”

“小姐做的衣服一定合适的。”阿吉把衣服捧在手里，“小姐，您平时看书什么的，一定很累吧？”

“当然很累。”小姐畅快地回答，而且叹出一口气，“读书读得头痛，我真讨厌读这些书籍。”

“小姐可真幸运，从小就有条件读书，像我这样的人，想读也读不来。”阿吉丧气地说。自己跟小姐完全是不同的人，家庭、修养都截然不同。他觉得自己的心隐隐作痛，还要说些什么呢？说什么都是没有用的，自己这一辈子又能有什么出息呢？小姐将来嫁个如意郎君，到那时侯，连小姐都离开了自己，自己应该怎样活下去呢？还不如一了百了，像自己这样的人，即使突然死去，恐怕也没有人会在意，可能只有秃鹫会前去凭吊，盘旋在空中，陪伴着自己。

阿吉听到风吹得房门吱吱作响，他来的时候见天空一片漆黑，连颗星都没有，恐怕今天晚上又要下雪了。

“如果这真是幸运的话，我宁愿把这种幸运分给你一些。”

“小姐的意思是——愿意教我读书了？”他试探性地问。

“当然乐意了。”她笑着点了点头，“我一直把你当作我的弟弟嘛！”

“可是我不愿意。”阿吉低着头回绝道。他的话语有些冷淡，如同外面呼啸的寒风。他想挣扎着站起来，可一倾身子，又坐回原处，“像我这样的人，恐怕学不来这些，即使学得来，也没什么用处。”

“怎么老说这样的话呢？”小姐教训似的对阿吉说，“人只有自己看得起自己，才能被别人看得起。”

“我看不起自己，也不希望别人能看得起我。”阿吉低着头说，“什么时来运转，我完全不相信它，这一生就这样庸庸碌碌直至死去也罢，一辈子在寂寞、孤独中终老也罢，又有什么区别呢？难道我只有出人头地、光宗耀祖那才叫不枉一生吗？可那样照样不舒心，照样忧伤万分，还不如什么都不去追求，平平凡凡地过自己的生活呢！小姐您说我自甘堕落也罢，自暴自弃也罢，这些我全认了，或许生我的父母根本就没有什么骨气，所以我也这样懦弱，可有哪个父母希望自己的儿女生活在痛苦之中呢？人活着追求来追求去，到头来不还是一场空，干吗要去做自己不愿意的事情呢？蒙您照顾我这么久，可是我什么都不能为您做，真的很对不起，我辜负了您的一片苦心。阿吉只希望您能找一个好郎君，细心地照顾您，疼爱您，那阿吉也就感到欣慰了。”

阿吉的眼中闪烁着泪珠，像珍珠一样闪闪发亮，他说完话，吸了一口气，用手揉了揉眼睛，突然站起来，抱着衣服向门外走去。

小姐一把拉住阿吉，用眼盯着他，叫他坐回原处，阿吉用泪汪汪的眼睛看着小姐，又坐回原处，把衣服放在一旁，他这是第一次正眼看小姐，可朦胧之中，他还是看清了小姐的容貌，小姐那忧伤的表情跟他此刻惨痛的心汇合在一起，这种既包含着阵阵痛意，但又无法割舍的窘意正是他所期盼的，让他痛苦，却透出淡淡的高兴，这种痛苦，怅然若失，是不能用言语表达出来的。

“瞧你，怎么老说这样的话呢！你什么时候才能长成大人，不让人担心呢？以后再也不要说这样的话了，不然我真的会生你的气。”小姐语重心长地对阿吉说。

“知道了。”阿吉低着头回答，可是眼泪却啪嗒啪嗒地向下落，落在裤子上变成了泪迹，“小姐，我明天要去益都办点儿事，您有什么东西要买吗？我顺便给您带着。”

“去益都？去益都干吗？”小姐惊诧地问。

“老爷吩咐阿吉去购置些家当，大概是过年的时候府上用的。”阿吉回答。

“那干吗去益都呢？怎么不去县里买？益都不是和潍县差不多远吗？买东西值得去那么远吗，恐怕来回一趟需要三四天吧。”

“是的，”阿吉说，“大概是老爷认为那儿的家当种类齐全，质量好。小姐，您有要捎的东西吗？听说那儿有许多西洋玩意儿，像法国香水什么的那儿全有，小姐不需要吗？”

阿吉并不知道有些什么西洋玩意儿，不知道从哪儿听说的法国香水，便只说法国香水什么的，以填补他知识的空缺。

小姐皱了皱眉头，说：“我从不用香水什么，你这一趟去一定要买很多东西，快去快回就行了，我不希望你给我带什么。”

“噢！”阿吉回应着，回头去看那被风吹得吱吱响的门，他感觉自己的心也沉浸在这无尽黑夜的寒风里了。这时远处隐隐约约传来狗叫的声音，接下来一切又归为平静，阿吉只能听到自己跟小姐的呼吸声了。

三

当天夜间，雪果然沸沸扬扬地下了一夜，从晚间十点半开始，直到凌晨六点钟，阿吉好不容易才睡下了，他反反复复地思索着小姐的话，抑或高兴，抑或伤心，最后他完全沉浸在这样的氛围中，直到迷迷糊糊睡着。

第二天早上，阿吉照例起得早，他仍旧把雪清扫干净了。前天跟昨天的雪加起来足有四十多厘米，远处有好些房子都坍塌了，不过今天天已经大晴了，冬日的阳光洒在一望无边的白雪上，闪耀得眼睛都难以睁开，天上一望无云，晴朗美丽，门口的杨柳也轻轻柔柔，可河水仍然结着冰。或许再过几天，雪就全化完了，也就可以看到那清澈的河水了，小鱼在水中游来游去，那种情景依稀就在眼前，令阿吉神往极了。

阿吉吃过早饭便出发了。路上积雪很厚，踏上去淹没到脚脖子，他只得慢慢地行走，这样的情景，别说是三四天，就是四五天能回来也算很快了。待到回来，已经腊月二十几了，马上就要准备过新年了。

走到任疃时，阿吉顺着马路向后望去，还可以看得清小姐的家，他感觉小姐站在门口向他这边张望呢！这样远看起来，小姐像蚂蚁那样小，这样小的生命，怎么能承受得起外界的突然变故呢！他不禁有些同情小姐，可一想，小姐有那么多人照顾，怎么会受伤害呢？倒是他自己，孤苦伶仃，生活艰难，论起可怜来，有谁能跟自己相比呢？

他回过头，继续向前走，爬上一个很陡的坡后，他再回头，已经望不见那个村子了，于是他便低下头，加快了脚步。

寒风吹过，把阿吉的衣服撑得像快破裂的气球，阿吉把衣服拉下来，一会儿风又把它吹上去。此刻阿吉觉得衣服里半点儿热气也没有，可他的手还紧攥着那些银子，银子比他身上的温度都高，他还拿着一小壶酒，是小姐送给他御寒用的，他一直舍不得喝，可这时无论怎样往好处想，身子还是在变冷，于是他从布包裹里拿出瓶子，看了看，还是决定喝一口，于是他拔开瓶塞，立刻传出一股酒香，他嗅了嗅，麻利地喝了一小口，又塞上盖子盖好，放回去。他觉得身心有一股热气膨胀开来。天已经渐渐地暗下来，他本来想到前面的村庄去借宿一晚，可现在他觉得身体热乎，没有睡意，况且他也想早一点儿回去，便抬起头借着月光向前赶路。

穿过一片白杨树林时，林子正好怒吼着波浪般的风声，树木一棵棵笔直地顶到天际，阿吉望也望不到头，可他还是艰难走着，待走出树林时，前面是一片坟地，阿吉看见一个个圆形的坟头。阿吉虽然害怕，可还是咬紧牙关向前走，双掌并在一起，一边拜着一边向前移动，终于走到了大道上，可他还心有余悸，过了好久才恢复常态。这时，他却突然想起那些坟墓，如果没有那些坟墓，谁也不会想到在那片土地上还曾生活过那么多人，时间与空间，如此不可思议地交织在一起，也许多年以后我也会那样躺在坟墓里。阿吉这样想着。

第二天晚上，阿吉没有赶路，而是找了个农家借宿了一晚。他找了好几家都不肯收留他，只肯给他一些剩饭，他感到很沮丧，莫非是因为自己地位低贱才使别人瞧不起的吗？他想到这些不禁落下泪来，当他绝望地敲开最后一家时，出来一个满脸皱纹、脚步蹒跚、大约七十岁的老奶奶，她看了看阿吉，待阿吉说明来意后，她用模糊的话语说："进来吧！反正这家里就只有我这么一个老太婆，你如果不嫌弃的话就在这儿住一宿吧！"

阿吉感激地点了点头，跟了进去，屋子里黑洞洞的，一切都很陈旧，只有破破烂烂的桌子上点着一盏煤油灯，连地面都崎岖不平。老奶奶把阿吉领进里面，指着屋子里的土炕说："你今晚就睡那儿吧，孩子，还没有吃饭吧？等会儿我给你去做饭吃。到睡觉的时候我给你多烧些柴火，把炕烧得热烘烘的，这样冷的天，别感冒生病才好！"

"谢谢您了，老奶奶。"阿吉行了个礼。

"好了，你在这儿等着，我给你做饭去。"

老奶奶一步一步走进里面黝黑的厨房，过了一会儿，那边亮起了火苗，老奶奶坐在灶前，往里添着柴火，借着微弱的火光，阿吉看清了老奶奶那张历经沧桑、慈祥和蔼的面孔，他不禁感到心里一阵剧痛，这样一个老奶奶自己一人是怎么过活的，他实在不敢想象。于是他转过身，走进里屋，坐在有一丝热气的土炕上，默默地想着自己的事情。

不知过了多长时间，老奶奶叫他吃饭，他走出去，见桌子上放的是炒白菜，旁边还有腌萝卜。他坐下，老奶奶也坐下，她递给阿吉一个窝头说："我一个老婆子，也没有什么好吃的，希望你能将就着吃一点儿。"

阿吉吃着，却想：老奶奶为了招待他，竟然把家里所有的菜全拿出来了，恐怕平时老奶奶就只有腌菜可吃吧！想着他感觉到自己的歉意倍增，这个世界真的是太不公平了，这么善良的人却过着这么穷苦的日子。

吃完饭后，老奶奶跟阿吉聊了好一会儿，当阿吉问到她的儿女时，她异常激动地回答："儿子在一次砍树时被砸死在树下了，儿媳也跑了，本来有个孙子的，可因为生病去世了，我的命真苦啊！如果孙子活着的话，恐怕也有你这样大了……"

"我的命真苦啊！如果孙子活着的话，恐怕也有你这样大了……"老奶奶失去控制，呜咽着失声痛哭起来，一边哭一边还反反复复地说着这句话。

"老奶奶，您别再说这个啦！我相信总有一天生活会好起来的。"阿吉只能这样安慰着，他看着老奶奶哭了一会儿，便起身去睡觉了。

第二天清晨，阿吉告别老奶奶，继续赶路。阿吉临走时塞给老奶奶一些碎银，这些是他平时节俭下来的，他觉得老奶奶太可怜了，自己虽然可怜，可还有对自己很好的小姐呢！老奶奶却连一个亲人都没有，而且几乎失去了劳动能力。

"这怎么可以！我让你住并不是为了钱，你给我这么多银子，我实在不敢当啊！"老奶奶一手拉住阿吉说。

"那就当是饭钱吧！"阿吉想快点儿赶路，再过半天，他就可以到益都了。

"那也用不了这么多啊！我是因为看见你就想到了孙子，所以才……我应该谢谢你，怎么还能让你这么破费呢！"老奶奶缠着阿吉不肯放他走。

"老奶奶，您还是收下吧！至少是我的一点儿心意嘛！路不好走，您还是留步吧！"阿吉向老奶奶行了个礼，退着向远处走去。

"那下次你还要来啊！"老奶奶继续跟着向前走。

"知道了，路很滑，您还是回去吧！"

阿吉见老奶奶停住时，才回过头，向前走去，他觉得自己的心舒畅极了，连走路也有劲儿多了。

临近晌午时，阿吉赶到了益都，这里一片繁荣的景象，拥挤的人群，琳琅满目的货物，确实比他想象的要好很多。他先去吃了午饭，休息了一下，然后花了三个小时把该买的东西全买齐了。他往回走时，恰巧遇到一个卖木梳的，他想应该给小姐带点儿什么东西回去，而自己也不懂买什么小姐才喜欢，便左挑右选买了把金黄色的木梳。

傍晚时分，阿吉开始往回走，此刻雪已经化得差不多了。他背着很重的物件，可走得还是比来时快多了。一路泥泞不堪，他的鞋子全是泥，但一想到马上就可以见到小姐，他浑身便有使不完的劲儿，他走一会儿歇一会儿，终于在两天后回到了府中。

四

府前那条河面上的雪全化干净了，连冰也消融了，只有些许冰块还漂在水面上，傍晚雾气腾腾，笼罩在静静的河面上空。最后一缕夕阳消失在天空中，西边的天空中还现着赤红的颜色，映得整个世界都成了绯红色。

阿吉敲了敲小姐的门，过了一会儿，仍没有听到小姐的回声，他便推门进去了。

“小姐，小姐您在吗？”

他走到里面朝里屋看时，发现小姐正趴在梳妆台前哭泣，他那高兴的心像被什么弹了一下，立刻止住了，他拿着梳子的手背在身后，悄悄地走了过去，用手轻轻地拍了拍小姐，关心地问：“小姐，您告诉我怎么了？发生了什么事？”

小姐抬头看了阿吉一眼，她那眼睛红肿显出痛苦的表情，一下子扑在阿吉的怀里，阿吉惊慌失措，焦急地问：“小姐，您告诉我到底是怎么一回事啊？”

她从阿吉的怀里抬起头，无可奈何地说：“爹爹，要我嫁给三里外王府的三少爷。可是他是谁呢？我根本都不认识。”

阿吉痛苦地闭上眼睛，手使劲地攥着那把木梳，手攥疼了也不足惜，他这次去买的物件大概便是小姐的嫁妆，想到这些，他感到无限痛苦，他怎么会去给小姐买嫁妆呢？自己傻了吗？他低着头，痛苦地说："我明白，自己应该为您做点儿什么，可是我知道，我无能为力。"

"我没有责怪你的意思。"小姐擦着泪水说，"这大概便是我的命，跟谁过一辈子不是过呢？你不用为我担心，我只不过觉得有些悲伤，一时无法接受现实才哭的。一想到要离开父母，离开你，离开这儿，去过一种新的生活，面对陌生的人，我便觉得恐惧，以后再也不可以干自己想干的事情了，再也无法跟你这样说话了。"

"那么，您难道不可以拒绝吗？"阿吉鼓起勇气问。

"父母都已经订好日子了，我拒绝又有什么用呢？腊月二十七，据说那天是黄道吉日，让我在那天就嫁过去。"

阿吉觉得自己几乎喘不过气来了，他仿佛遭受了什么重创，身陷绝境，在这时，他反而想起了童年的时光，夏天的夜晚在河边追赶萤火虫，那时的日子虽然穷苦，却是多么美好啊！没有忧虑，没有烦恼，可何时，生活成了一团糟，人为什么要长大呢？他反复考虑道，他甚至无端地去想：为什么当年要遇到小姐呢？如果当时他没遇到小姐，现在就不会为此而烦忧。人的一生怎么会这样不顺呢？难道小姐平常那忧戚的眼神就预示着小姐悲惨的婚姻，那自己那时常惨痛的心呢？又意味着什么！难道他要奔波劳累一生吗？他无法劝阻小姐，因为他连自己也把握不住了，他感觉到前途渺茫、无限忧虑，他不知道自己怎么承受这一切。这时他想到小姐恼火地骂他"人不能自己看不起自己"的话，不禁噙满泪水，他别过头，让冷空气去洗刷它，更是为了不使小姐发觉。

阿吉明白，自己需要的痛楚并不是这种，直到现在，在他的眼前浮现的还是小姐那副忧伤的神情，那样孤苦无助。他明白，自己想帮助小姐，可是他爱莫能助，他连自己都保全不了，他怎么还能帮助别人呢？他还记得以前自己跟干爹要饭时别人鄙视的眼神，那种眼神像利剑一样刺穿他的心，那时他的自尊心虽然还不强，可他还是无法面对这样的眼神。

五

冬日的天空，即使没有惨淡的愁云，也不甚明亮，一切有生机的东西全都销声匿迹了，除了偶尔有几只小鸟叽叽喳喳地从空中飞过，其他皆归于平静，连府前的那条清水河，也寂静得激不起半点儿涟漪，化了的雪在土地上结了冰。临近中午温度升高，这片土地便变得泥泞不堪，前面的麦田里还残留着野兔跑过留下的足印，很轻，宛如燕子掠过的水面一样。

这个冬天，阿吉不胜悲伤。他喜好冬天，特别是对于雪的喜好，简直到了疯狂的程度，即使他曾在雪天里受过苦遭过罪，可他从未在乎过。但这个冬季，他却觉得寂寞难熬，甚至痛苦万分。对于小姐，他有一种莫名其妙的依赖感，他希望生活就这样继续下去，可现实却残酷地打破了他的这一点儿奢望，他思忖着，自己究竟应该怎么面对接下来的生活，每天晚上他都会带着这个问题入睡，每每想到小姐那凄美的声音，忧戚的眼神，他都会暗自落泪。

阴历二十二，是年前倒数第二个任疃集。那天天气晴朗无比，夫人叫上阿吉，一并叫上了小姐，小姐不胜惊奇。原本她是不轻易出门的，对于别的事情她向父母撒娇，父母都会一一听从，唯有这方面，他们极遵从古代的传统理念，说“女孩子家不宜出门，不宜抛头露面”，很少让她出村半步。夫人解释道：“你快成家了，出去看看外面的风景也好，看看大千世界到底有些什么样的人，他们都在怎样生存，我这个做母亲的，和你一起外出这恐怕是唯一的一次了。”说完了夫人不胜叹息，说她自己如何不舍得小姐，她就这么一个女儿，将来可怎么过啊！

阿吉低着头跟在后面，听着夫人的抱怨，不禁在心里发问："既然如此，那干吗还要将小姐嫁出去呢？"

到了集上，夫人遇到了几个熟人，便和那几个人攀谈起来，有人看到夫人旁边的小姐，宛如观赏一幅风景画一样，不停地打量，最后问道："这是小姐？"

"是啊，这是我女儿。"夫人满脸笑容地把小姐拉到前面给那些人一一介绍。小姐却低着头，脸上浮现出痛苦的表情。

"姑娘家长得可真是快呐！我上一次见的时候还是一个这么高的小姑娘呢！"那人把手一比，说，"这样标致的姑娘，我平生还是第一次见！真让人羡慕啊！小姐今年多大了？许人家没啊？"

"十九岁了，已经许人家了，是三里外王府的三少爷，等到这个月二十七就嫁过去啦！"夫人回答道，"我就这么一个女儿，真舍不得啊！"

"夫人您别说这样的话，王府可是大户人家，小姐好福气！可惜我家那小子才十五岁，再说也高攀不起，看到这样娇美的人儿，真想让她做自己的儿媳！"

"将来贵府与王府成了亲家，肯定蒸蒸日上，您别忘记我们这些穷姐妹才好啊！"

"一定不会的。"夫人满面容光地笑着，一边又聊了些无聊的话题，无非是抱怨自家丈夫有什么缺点，今年天气偏冷，周围又有谁死了，孩子如何之类的话。

阿吉全然不去听这些东西，他侧过脸，望着道路两旁那些卖东西的人的眼神，一个个满面愁容，看来每个人的日子都不好过，把能卖的东西卖掉，回家吃最低价的食物，这样窘困的生活是那些富人们不曾经历过的，他们谈笑风声，互相吹捧，每天过着无聊的不愁吃穿的富裕生活。这时，太阳从愁云后出来，洒下一缕金黄的光芒，路旁的土豆、山药、萝卜、白菜全都笼上一层光辉。行人从身旁来来往往，阿吉感到无限悲伤，他抬头去看小姐，只见小姐一动不动地站在那儿，细长的秀发上铺满金黄的阳光，明媚的眸子一张一合，这时阿吉忘记了自己身在何处，他觉得这一刻异乎美丽，干枯的树枝在微风中晃动，红砖建成的房屋一排排整齐地列在路两旁，有家门口有两个石狮子，生龙活虎，仿佛要跳起来一般，地面小摊上铺开的年画，色泽鲜艳，青山绿水、花草树木、秋景落日、春之樱花、冬之腊梅，都映入眼帘，令人无限高兴、激动、畅然。

在回来的路上，夫人走在最前面，阿吉拿着很重的东西，落在最后面，小姐愤怒地用脚踢着路上的小石子，和阿吉走在一起，不一会儿，两人便被夫人落下很远了。

“阿吉，拿那么多东西累吗？”小姐回过头问，“要不要我帮你一下。”

“不必了。”阿吉从口中挤出这几个字，把手中的东西向上提提，步子迈得稍微大了些。

小姐等阿吉赶上来，然后两人并肩走着，一边走一边攀谈起来。阿吉见小姐跟他并肩，便向路边靠了靠，小姐再向这边靠，阿吉又拉开距离向里靠，几乎要掉到路下的麦田里了。

“阿吉。”

“小姐，什么事？”阿吉侧过脸问道。

“没什么，没什么事。”小姐又回过头继续向前走，阿吉也眼望着那一望无际的绿色麦苗，心事重重地走着，就这样，他们走了一里路，两个人都无语，宛如夜间栖息在枝头的小鸟靠在一起一样无声无息，只听着对方的以及自己的心跳。

“真是一个绚丽的季节啊！”小姐突然感叹道，仰头看着路两旁树叶全都凋零的白杨树。她大概心中有许多的话语要说，阿吉便没有开口，只听她把话说下去。过了一会儿，她果真说道：“这样美好的冬日我还能拥有多少个呢？以后可能再也见不到这美丽的风景，辽阔的田野，还有门口那静静的小河，春天再也不能在花丛中追赶蝴蝶、采摘鲜花，夏天也不能在小河边嗅那清新的青草味，不能脱掉鞋子，将脚伸在水里感受河水的清凉带来的惬意。从此之后，我将一个人在月色皎洁的夜晚难以入眠。这痛苦忧伤的日子，将伴随着我以后的人生，而且没有你的陪伴，我再也没有可以倾诉的对象了。细雨霏霏的时候，将只有我坐在窗口，看流星般的雨点飞落，雪天的时候，也只有我漫步在鹅毛大雪中，用冰冷的手捧起那晶莹剔透的白雪，任自己的泪水顺着面颊流下。你能想象到那一幕吗？想到这些，我便无比悲伤，还有五天，还有五天我就要过这样没有目的、没有希望、没有憧憬的生活了，你说我该怎么办才好呢？阿吉，你说我如何才能摆脱这样的生活呢？”

听完小姐的话，阿吉觉得自己的喉咙一阵难受，话语全塞在里面吐不出半句，他张了张嘴，终于用发涩的声音回答说：“小姐，您以前为阿吉付出的太多了，现在您需要帮助时，阿吉却什么也不能够为您做，不能为您分忧解难。其实在这段时间里，阿吉已分不清白天与黑夜、欢乐与痛苦；阿吉常常在黑暗中寻求光明，在痛苦中寻求欢乐。可是，我做不到，这太难了。”

小姐看了看阿吉，说：“你累了吧？我们坐下休息一会儿吧！”

“不累。”阿吉艰难地说，“夫人还在前面等我们呢！”

“没事的，晚一点儿回家不会有事的。”

小姐说罢，走向一块大青石，阿吉也跟了过去，他把东西轻轻放在地上，然后背着身跟小姐坐下。他将手放在膝盖上，抬头看着蔚蓝的天空，他心里隐隐约约地产生一种情愫，可他还是一动不动。他听到小姐的叹息，心中便浮起一幅凄凉的景象，在这景象中，小姐在悠然散步，脚踏在金黄的落叶上，发出咯吱的声音，可是渐渐地，小姐的身影越来越模糊，最后干脆看不清楚她的面容了。他想到这里，便觉得不能离开小姐，一旦小姐从他的生命中离去，他也觉得人生没有趣味了。这时，他觉得视线中有东西正一掠而过，便向远处看了看，是一只雄鹰，搏击着双翅，越飞越远了，最后终于消失在了视线中。

“小姐——”阿吉迟疑了一下，环视着四周，最后目光落在小姐那白皙的手上。“其实，在阿吉的内心深处——”

小姐转过头瞧着阿吉的脸，问道：“什么？怎么不往下说了。”

“小姐，您可以，可以成为我的幻想吗？”阿吉清了清嗓子说。

“可是，我就实实在在地坐在你面前啊！怎么会是幻想呢？”小姐认真地回答，并惊讶地看着阿吉。

“我早知道小姐您不能成为我的幻想，哪怕只是幻想。”

阿吉的话说到此便缄口不言了，他扭过头，发现眼前的一切正在渐渐变模糊，远处的群山也都和眼前的景象连在一起了。

六

接下来的几天，阿吉不知道自己是怎么度过的，他无可奈何地为小姐准备嫁妆，清扫厨房，更换新的用具，在墙头上贴满大红的“喜”字，空气中也弥漫着喜庆的气氛，夹杂着新年将至的愉悦和匆忙感，阿吉还特意用网子把门口河面上漂浮的杂物清除了，干净剔透的河水使人顿感舒服。

在阴历二十六的晚上，一切已准备完毕，门口红色的布条在风中飘上飘下，从屋子门口到大门口都铺满了红色的布匹，一切装饰一新，阿吉都有些不认识了。他悄悄地返回自己的房间，在床头静静地坐了很久，他想到这么多年来和小姐一起度过的美好时光，小姐那忧戚的神情，可人的话语，随风飘动的秀发，渐渐地，小姐的各种形象都在他的脑中一一浮现出来，他坐了很久很久，直至月上半空。他起身，从柜子里拿出自己的衣服，小姐送他的手绢，乃至纽扣，他全部放在包袱里，临走时又扫了一眼屋子，然后悄悄关上门离去。

他先去向老爷、夫人告别，老爷、夫人都不愿意他离开，说：“你是嫌地位太低吧？以后在这儿你做总管就行了。”阿吉摇摇头，泪无语地流下，老爷、夫人见他无意留下，便不再挽留，夫人从后面橱子里拿出一个包递给他说：“阿吉，这么多年来你在府上确实帮了不少忙，这五十两银子，就算是给你的一点儿报酬吧！”

阿吉回绝了，他说自己只有一个要求，就是请求跟小姐告别。

“只说几句话，用不了多少时间的。”阿吉这样说。

夫人点了点头：“别让小姐睡得太晚，明天就要出嫁了，今天要好好休息才行。”

阿吉感激地说：“谢谢老爷、夫人。”

阿吉退出门，凝视着那弯明月，他感觉没有比这时更为难过的了，自己在这儿生活了十几年，今日就将彻底离去，以后再也不回来。他离开了这儿，该向何处去呢？他不知道，反正小姐已经不在身边了，去哪儿不都一样嘛！反正痛苦已经注定将伴随他一生，他还有什么力量去挣扎，去改变呢？

寒冷的风这时也显得微不足道了，他缓缓向小姐的房子靠近着，小姐的窗户还亮着微弱的灯光，在纸窗户上映着小姐的身影。小姐这时候在想什么呢？是在想明天该怎样面对吧！明天是一个什么样的日子呢？无非是痛苦忧伤，愁云密布。在无数个夜晚，阿吉曾在这个角度看小姐的房子。春夏的时候，窗前总开满鲜花，空气中袭来阵阵花香，这种花香跟日常小姐身上散发的香气一样，所以他感觉特别亲切，闻到这股花香便仿佛看到了小姐。而这时，窗前什么也没有，只有小姐那孤单的身影。他看到小姐好像在啜泣，便迟疑地停住了脚步，这种情况下该不该进去见面呢？进去小姐肯定会更伤心的，而不进去，明天一旦离开，这辈子恐怕再也见不到小姐了。左思右想，他还是走过去敲响了小姐的门。

“等一下。”屋子里的人停住哭泣，起身，缓慢走过来打开了门。

“是你啊！阿吉，有什么事吗？”小姐的脸上还残留着泪痕，连声音都走了调。

阿吉呆呆地望着小姐红肿的眼睛，心里痛苦极了，可是自己却无能为力。

“进来说吧！”小姐把阿吉让进屋子里，阿吉仍坐在以前常坐的地方，小姐给他沏来一杯茶，然后也在对面坐下。

阿吉看小姐脸色凄然，急忙说：“小姐，您没事吧！”

“没事。”小姐勉强地笑了笑，那笑容阿吉看了都觉得心里难受。

“明天，阿吉就要离开这儿了。”阿吉低着头看着地板说。

“离开这儿,什么意思？离开这儿去哪儿啊？”小姐惊奇地抬起头，用噙着泪水的眼睛望着阿吉。

“我也不知道去哪儿，反正是要离开这儿了。走得越远越好，最好是永远都不再回来。”阿吉用颤抖的声音说。

“为什么要离开这儿呢？”

“小姐，不，今天晚上就让我称呼您为欣姐，好吗？欣姐，您一旦离开这儿，我还有什么权利留在这儿呢？即使能留下，可是每天都生活在回忆的痛苦中，留下又有什么意思呢？还不如离开这儿去天涯海角，去流浪！怎样活不是活呢，可是我也并不想一味地苟且偷生，我也有自己的追求，我追求的是快乐，即使在这儿不愁吃不愁穿，可是痛苦却像一把利剑一样，穿透我这颗脆弱的心，使我艰于呼吸，您明白吗？欣姐，您一旦离开，我的天地便少了阳光，少了欢笑，连生活都难以忍受。还记得您以前跟我说的话吧！您嫌我不够坚强，那时我是多么高兴，多么欢愉，至少表明您是在乎我关心我的，可是，没想到，过了这几天，竟完全成了另外一种心态，大概是由于您明天要出嫁的原因吧！那一天，我对您说：‘在阿吉的内心深处——’您还记得吧？其实我要说的是，在阿吉的内心深处一直，一直喜欢着您，您在我心里占有很大的分量，任何东西都无法代替。我问小姐您能不能成为我的幻想，是因为我知道自己不可能成为小姐您的幻想我才这样说的，哪怕是幻想，只是在心里，我也很难有这样的奢望。欣姐，您现在感觉不好受吧！其实阿吉要比您更难受更痛苦，在以后的日子里，就只剩阿吉自己来承担风雨了，或许我那颗彷徨、脆弱的心经受不了这样的挫折，就此溺死在这无助中也不一定。”

阿吉一口气把这些话说完了，泪如雨下，连声音都变了，他起身，向小姐行了个礼，用哽咽的声音说：“阿吉对您说的就是这些。再见了，欣姐，希望以后您不会忘记有个叫阿吉的人曾经深深地、深深地爱恋着您。”

小姐看了阿吉一眼，用手捂住脸失声大哭起来，双肩颤抖，看上去痛苦极了。

经历了一周的艳阳天后，当天晚上又飘起了雪花，而且是漫天大雪，静悄悄地，下到第二天清晨还没停。地上铺的红布全都被雪掩埋了，早上一大群人清扫出来，早已经湿透了，雪还在无休无止地下着，人们一刻钟清扫一次雪，可直到上午迎娶的人吹吹打打地来接新娘时，雪还是那样一直下着。

半晌时，花轿抬出了门口，门口围着许多看热闹的人。此刻，阿吉拿着包袱站在对面的河岸上，他的右手攥着那块小姐给他的手绢，头上已经落了厚厚的一层雪花，看来他在这儿已经待了好久了。他的双眼窘迫无神，面颊上还有哭过的痕迹。花轿经过静静的河畔，这时阿吉想起了去年夏天跟小姐在河面上划船时的情景：小姐坐在船的一头，将白皙的脚伸进河水中，自由自在地拍打着清凉的河水，而阿吉，则在另一头，用一根厚实的竹竿当作桨，向前慢慢地划着，四周飞舞着小虫子，夕阳的余晖洒在河面上，他仿佛置身于天堂，一切都显得梦幻无比……他不敢再想下去了，他望着花轿，心想：欣姐也在痛苦吧！在这欢庆的日子里，任何人都在欢声笑语，伤心的只有他们两个。他想到昨天晚上，即使两人近在咫尺，两颗心还是靠不到一块儿。莫非这就是命运，无论走到哪里，也摆脱不了这种痛苦无助的感受。

雪渐渐地越下越大了，四周变得一片苍茫，这个世界被雪覆盖住了，只剩下他那颗迷惘无助的心在痛苦地呻吟。

这时花轿已经穿过小河，走向远处了。看热闹的人也渐渐散去了。

可阿吉的目光，却还放在那静静的河畔上，雪落在水面上，然后消融，四周一片喧嚣，可是唯有这条小河，还在辽阔的大地上，静静地、静静地哭泣。

冬月藏红花

那是一个春天，正值樱花盛开时节。一簇簇美丽的樱花挂满枝头，像迎风招展的笑脸，而不显娇艳，是那样飘逸美丽，经常令行人驻足观望，忘记了前行。五月份，已经处处是樱花的世界了，粉红色的樱花装扮着整个城市。夜晚，昏黄的灯光和着这柔美的樱花，人们在花下嬉戏、吃饭，那种感觉美极了。

李祖然还记得去年跟妻子去青岛看望妻子的弟弟顺便游览中山公园的情景，园中的樱花从门口一直盛开到山上。据说，青岛中山公园的樱花是中国范围最广、树龄最长的。不过，当时李祖然并没有在意。到了今年在街道上发现盛开的樱花才记起这件事来。过去，他从来没发现在上海也有这么多樱花树。

李祖然的家在上海湖南路的附近，他在一家物流公司担任经理一职。

公司每年都例行组织人员出去旅行，这次让员工们自己选择去的地方。李祖然觉得自己差不多各个地方都去过了，就是没去过西藏，于是便选择了去西藏。

回到家中，他和妻子说了这一行程。妻子还抱怨他怎么选那么远的地方。他对妻子说要不要一起去，妻子摇了摇头。他了解自己的妻子，年轻的时候还经常嚷着出去旅行，可是过了三十五岁，基本哪里也不想去了。她说还要在家照顾儿子李泽，李祖然说："那好吧，等我回来的时候给你们带礼物。”

第二天他就出发了。车子行了不知道多少路程，才到达西藏的土地上。傍晚的时候，车子停在一个小镇附近。有些人选择从这里下车，有些人则选择第二天跟随车子去拉萨。李祖然觉得自己看惯了城市，便在这里下了车，借着炙热的阳光，李祖然望着不远处的那座山，最上面似乎还有未融化的积雪，他只在电视中看过这一景象，一望无际的原野铺展着，低垂的白云像是伸手就可以够到一样。

有一条河流从山下面穿过，沿着峡谷不知道流到什么地方去了。李祖然不知道这条河流叫什么名字，可能在西藏这样的河流算不上什么，可是对于上海来说，这样的河流已经算是相当雄伟的了，它的清澈与蔚蓝，都是大大区别于长江的。长江沿岸的那些城市他都去过，无论在重庆、武汉还是南京，他都只把它当做是一条交通运输线而不是风景、艺术品。而他在西藏看到的一切，无论是群山，湖泊还是灌木丛，都像是一幅幅优美的艺术画作。他转过身，穿过这个镇子，走到后面一个村子里，当看到那里有一个旅馆，他便走了过去。

大厅的木柜后面坐着一个女子，她似乎在低头缝着什么东西。他望着里面的布置，屋顶上悬挂着各式各样的小饰品，统统都用线串着，在风中微微晃动。他走进了，发现那个女子的手中还抱着一个刚出生没多久的孩子。

“你好。”李祖然试探地问了一下，他怕女子听不懂汉语。

女子这才抬起了头，她不像是李祖然在电视上看到的西藏女子，因为日照太强脸都变成了一种不自然的铜色，那张无瑕的脸，让李祖然竟以为她是个汉族的女子。

“您是要住宿吗？先生。”

“啊？是啊！”李祖然回过神来，仓促地回答。

“几位啊？”

“一位。”

女子从柜子下掏出一把钥匙，递给李祖然说："这是房门钥匙，您顺着走廊向前走，走到最前面，那儿有个楼梯，上了楼梯向左拐就是了。"

他望了望四周，被黑暗笼罩着的群山，已经露出了模糊的影子。

他将自己的行李放下，稍微整理了一下。他从窗户向外眺望的时候，看见女子抱着孩子走过。

风从门缝钻进屋子，使人觉得冷极了。

由于不习惯高原气候，他无论如何也睡不着，便坐在桌子旁喝着热水，可一会儿便觉得无聊了，便推开门走进了庭院。

月色很美，一年之中，再也没有比春天更美的夜晚了，空气中还散发着徐徐的花草香味，感觉很清新。

"先生，这么晚了，还没睡觉吗？"这时他听见后面传来一个声音，便回过了头，是那个女子，她怀中抱着一个孩子。

"是啊！第一次来西藏，高原反应太厉害，睡不着觉。"

"第一次来吗？也难怪，大部分人都会这样的，习惯了就好了。"

他看了看她手中的孩子，问道："这个孩子好可爱啊，是你的吗？"

"是啊，"说着她轻轻拍了拍手中的孩子，抱怨似的说道，"小孩子真是吵啊！弄得人睡觉也不安稳。"

"是吗？我第一眼见了你，还以为你也就二十多岁呢。"

"真的吗？我现在已经是两个孩子的母亲了，大的三岁了，小的这个才刚满周岁。"

"我也有一个儿子的。"他也不知道自己为什么要说这个。

"噢！真看不出来啊，先生看上去不像是个有家室的人啊。"

"儿子都是由妻子照顾的，大概跟小孩子在一起的时间太少，所以看上去才不像个爸爸。"

"男人都是这样，只知道忙于工作，"她又忙说，"您别见怪，我不是说您……"

"没关系的，说得很对嘛，我觉得也是工作太忙了，疏于照顾孩子和妻子，有时候，真感觉对不起他们母子俩！”

“都是一样嘛，跟我丈夫一个口气，可是你们总是口头上说，落实到实际行动上，又……”

“所以不应该草率结婚，恋爱之中谁也不会有负担，可是一旦结了婚，有了孩子，女人常常一心扑到孩子身上，而男人呢，负担压力大了，就只有拼命工作了。”

“怎么能这样说呢？恋爱的结果总是结婚啊，谁都希望有一个可以依靠的肩膀，在伤心的时候可以靠一靠，相互扶持才会有安全感。”

“大概吧，你说的对。对了，你丈夫呢，他不在吗？他是干什么的？”

“他啊，他在离这里不远的一个镇里当医生，平时很少回来，只有周日才回来一趟。”

“这样子啊！”他回应着，抬头去看月亮。

“先生，不早了，早点儿休息吧！”她说完后，抱着孩子走开了。

他回头望她时，她已经拐进走廊消失不见了。

夜里有点儿冷，第二天，李祖然说话的鼻音有点儿重。

“您感冒了吗？”女子收下钱，问道。

“没事的。”

女子从后面的抽屉里拿出一盒药，放在柜台上，对他说：“这个您先喝着吧，免得在路上受罪。”

他看了看药，又看了看女子，心中洋溢出一股特别的感觉。

女子见他这个样子，笑了笑说：“拿着吧！反正我家有的是药。”

接下来的几天，李祖然去了几个叫不上名字的湖边。在路上时不时地可以见到骑着山地车来西藏旅游的年轻人。李祖然很羡慕那些年轻人的激情，虽然他年轻的时候，父母送他到国外留学，但是回来之后，他还是秉持着中国人的传统，娶妻生子，过着简单而平凡的日子。

李祖然年轻的时候就喜欢草原和沙漠，他时常幻想，某一天到草原和沙漠去，感受那里的阳光，他本来打算大学毕业之后去新疆，可是父亲的意外去世将他的幻想毁灭了。他只能留在上海，留在母亲的身边。

不过，身在无人的群山中，他也感到不适应，他不知道西藏的这些人的生活方式。或许再年轻十岁的话，他会羡慕这里的生活，可是现在，他就像一个各方面都定型的机器一样，在上海这座城市留给他的空间里有序地生活着，他想象不出自己一旦离开这样的生活会变成什么样子。

当他离开西藏的时候，望着远处的雪山，不知道怎么地，心中突然浮现出那个女子的形象来。返回上海后的第二天，他就进入了紧张而有序的工作中，让他连空下来发呆的时间都没有。城市的生活就是这样，有时候他也很享受这种繁忙给他带来的充实感。某一天，一个员工对他说："李总，有一批从西藏发过来的货，按照上面的地址找不到收件人。"

"电话呢？"

"电话也打不通。"

"西藏那边的电话也打不通吗？"

"联系了几次，都没人接电话。"

"哦，你把电话告诉我，我试着联系一下。"

那个员工把一个电话号码写在纸上。接下来好几天，他几乎忘了这个事情，某天中午休息的时候，他睡不着，看着那张纸，就试着拨打了那个电话，没想到电话竟然通了。

"您好，那批药材还在您那里吗？"对方说。

"是的，已经在这里放了好几天了，对方的电话一直联系不上，可能换号码了。"

"对不起，电话号码我可能写错了。到时候我通知对方去您那里去取吧！"

"那也行。"

“太谢谢您了，我还以为这批药材丢失了呢，联系了好久都没联系上，这虽然是不起眼的东西，可是对有些人来说真的是太重要了。”对方说，“对了，到时候我和取货的人说好时间，就说是罗盛通知的。”

等对方挂断了电话，李祖然隐约记起，上次在西藏的时候，那个旅馆的女子曾经对他说她的丈夫好像就叫罗盛，不过他认为没有这么凑巧的事情，也许只是名字相同而已。

随着年龄的增长，李祖然觉得自己的专注力越来越差，原来一个十分钟的事情，现在他得花费一个小时甚至几个小时来想。有时候他也独自练习一下书法，可是他的心总是不能平静下来，毛笔字写得自己都看不下去。

这个周末，他带妻子和儿子李泽去电影院看一部名为《西藏往事》的电影。出电影院的时候，五岁的李泽对李祖然说：“爸爸，西藏真的是那个样子的吗？”

“是的。”李祖然回答道。

“真有那么美丽？”

“是的，那里很美。是在上海看不到的美。”

“那等你下次去西藏的时候，带我去好不好？”

“好啊！等你长大了，我就带你去。”说着李祖然把李泽抱起来，与妻子朝着停车场走去。

李祖然一个人在屋子里发呆的时候，妻子走了进来，对他说：“李泽已经睡下了，看来累了，睡得很香呢！”

“嗯。”

“我跟你说个事。”妻子坐了过来。她从抽屉里拿出一沓纸来，在床上翻开给李祖然看，“李泽马上就要上小学了，我最近出去打听了，现在好的学校生源可紧张了，我看了几家，你看看行不行，如果行的话，我们就赶紧办这个事情，要是晚了，名额可就满了。”

李祖然拿起来看了几个学校的介绍，对他来说，这似乎不是他该操心的事情。

“我觉得小孩子上哪所学校无所谓吧！这么小他本来什么也不懂，上什么样的学校我觉得区别不大，到了中学以后，再按照他的情况去给他找个好的学校。”

“这你就说错了，隔壁的小王你知道吧？她家的孩子才三岁，现在他们都忙着给孩子找好学校呢！我们应该对李泽负责，不能让他输在起跑线上，虽然他是小，可是在好的学校，环境和师资力量还是更好，培养出来的学生当然也是更优秀的。”

“过几天有空的时候我去看看。”

“你可别忘了。”妻子嘱咐道。

睡觉的时候，李祖然想起晚上看过的关于西藏的电影，顿时脑海中浮现出那高大的雪山，悠远的风景，那种场景是没去过的人根本无法想象得出来的。

接下来的日子，李祖然的工作很忙，有几件处理起来相当麻烦的工作让他感到十分头痛。最后好歹处理完了，没让公司损失多少利益，但是他却感觉很劳累。周末的时候，还要同妻子一家一家去找学校。一个月下来，竟然还没找到合适的学校。那些学校，不是许多人都争着往里面进的，就是无人问津的。许多人往里面进的基本上名额都已经满了，而无人问津的学校，妻子又觉得不好，所以这样折腾了一个月，最终还是没有决定。

这天在家里吃饭的时候，李祖然觉得自己的心阵阵绞痛，也许是烦心的缘故，没吃多少东西就回到了房间里。

晚饭过后，妻子走进卧室问：“怎么了，身体不舒服吗？”

李祖然回答：“没事，也许是最近太忙累的吧！随着年龄增长，身体是一年不如一年了。”

妻子见他一副无精打采的样子，问道：“怎么了，在公司遇到什么事情了吗？”

“没事。”他说，“虽然有些烦心事，但这不是主要的，我就是感觉现在的生活太压抑了。”

“压抑吗？我怎么不觉得，也许你是生病了吧？”说着妻子将手放在他的额头上，不是高温，反而有点儿凉。

李祖然觉得产生这种感觉，完全是自己导致的。当然，在这样一个世界里，确实也有很多难处，并不是一个人想做什么就可以做什么的。

有时候，他也想过个简单的日子，悠闲地和别人下下棋、喝喝茶，然后毫不在乎地和一帮人去骑着自行车去旅游。可时下的生活成本太高了，他目前还算优越的生活完全来自眼下的这份工作，祖父积累的财富已经完全让父亲败光，到了他这一辈，虽然并不贫穷，可是做什么事情都得靠自己的努力，就拿眼下的生活来说，只要他一停止自己的工作，他家的生活就立即陷入一种无法运转的境地，将来李泽要是上学的话，那么他在工作上还需要比现在更加努力才行，他觉得这样的生活很累，并不是他想要的，可是他就像机器一样无法停下来。

七月份的时候，有一批从国外订制的电力设备要运送到西藏去，本来李祖然可以派下面的人去，可是他让手下的人去了另外一个地方，自己去了西藏。

那是一批运往昌都地区的设备，因为时间限制，所以走的是川藏线。到了西藏的时候，李祖然觉得肠胃都要吐出来了，他想如果早知道路这样难走的话，自己应该坐飞机到拉萨，然后乘车到昌都去接货。

等设备顺利交接完毕，已经是七月中旬了。他本来想立即返回上海，可心里不知道怎么想的，想去上次住的那个旅馆看看那个女子。

到那个村庄的时候，天上飘着雨点，雨滴顺着屋檐流下来，汇集在沟渠中一直汇入远处的河流。远处的山笼罩在烟雾中，仿佛梦境一般。

他走进那家旅馆，那个女子认出了他，问道：“您又来了啊？”

“哦！”他有点儿喜出望外，她还记得他。他望着女子说：“我这次是因为公司业务才来的，给昌都那边送了一批电力设备过来，也许是某些地方要更新设备吧！不过我们公司有时候配送西藏的药材。”

“这样啊，我丈夫就是医生，经常和药材打交道。”

“这么说的话，以后可能在工作上还有互相需要帮助的地方呢。”

“呵呵，他就是一个小小的医生而已。”

“哦，还是你一个人照看着两个孩子吗？”

“是啊，不过最近小女儿安稳了点儿，不那么闹腾了。”

“嗯，小女孩是很安静的。”

“哪里啊，小孩子无论是男女都是一个样子的，总喜欢撒娇，闹腾得人难以入睡。好在大女儿很温顺，小女儿嘛，倒是很调皮。”

李祖然望着女子抚摸女儿的姿势，他从来没有注意过妻子是怎样照顾李泽的。

“还给您安排以前住过的那间房吗？”女子问道。

“行，住过那间再住别的或许还不适应呢！”

他整顿好自己的东西，望着对面的群山时，不知道有什么东西惊扰，鸟群从树丛中飞出，约莫有几百只，没过多久，那些鸟儿又落回了树林中。

李祖然下楼出去的时候，发现坐在柜台后面的女子正在给小女儿喂奶。或许是听到了李祖然下楼的声音，女子抬头看了看，她似乎觉得不好意思，将衣服往下放了放。

“您这是要出去啊？”她问。

“嗯，刚才从窗子看到外面已经晴天了，出去走走。”

“刚下完雨，路上有点儿滑，走得时候得小心一点儿。”

“谢谢你的提醒。”李祖然说，他望着走廊上晃动的小饰品问，“今天旅馆里没有多少游客吗？”

“前两天有个十几人的团队住在这里，昨天刚走，正好把房间都空出来了。”

“哦，那我先出去了。”李祖然说道。

对李祖然来说，待在西藏唯一不同的就是心情。望着湛蓝的天空和低垂的白云，仿佛所有的心事都没有了。那一脉绿色，就像是镶嵌在自己心中。他觉得这种心境是在上海不可能有的。

他返回旅馆的时候，发现那个女子正抱着小女儿慌慌张张地往外走。

他向前询问道："看你这样着急，发生了什么事吗？"

"刚才去看孩子，我一摸她的额头，才发现孩子发着高烧，我这做母亲的真是粗心啊！"她像是责备自己似的抱怨道。

"你这是要去哪里？"

"家里没药了，我抱着学馨到村头的门诊去看看。"

"小孩子怎么能马虎呢？还是送医院吧！"

"可是木子还在家里呢！我怕出去太久了，她万一找不到我就糟了。"

"她在哪里？"

"在屋子里呢！现在睡着了。不过她一般睡一个小时就醒了。"

"要不这么着吧，我去替你看着木子，你带学馨去医院，她醒了的话，我帮你哄她一会儿。"

"那太谢谢您了。"

"不用客气，你还是赶紧去医院吧！"

女子抱着小女儿匆匆忙忙地离开了旅馆，消失在了视线中。

木子是个很可爱的小女孩，李祖然望着躺在床上睡觉的木子，觉得她的小手，她的呼吸都很可爱，他一面望着她一面想，如果自己也有个这样的女儿就好了。可是不知道什么时候，木子醒了过来，看到眼前坐的是陌生人，一下子就哭了起来，嚷着要见妈妈。

李祖然没有哄孩子的经验，李泽从出生以来，他几乎都没怎么照看过，所以这时他急得不知道怎么办才好了。他给木子做鬼脸，劝她别哭，可是她哪里听得进去，李祖然最终没有办法，只得抱起她来说："好了，我带你去找你妈妈。"

李祖然在路上问了几个人，都是本地的藏族人，连汉语都不懂，最终遇到一个年轻人，终于问出了医院在哪个地方。

当李祖然抱着木子走进医院的时候，看见女子正坐在大厅中，于是便走了过去。

“您怎么来了？”女子很诧异地问。

“刚才木子醒了，我怎么哄她都不行，一直喊着要见你，我没办法，就带她过来了。”

“给您添麻烦了。”

“说哪里话，我也没帮上什么忙。”

木子扑在母亲的怀里，立马停止了哭声。

“学馨呢？怎么样了？”

“我丈夫带她进去检查了。他说应该没什么事，打一针再吃点儿药就行了。”

“哦，那就好。”

“诗齐。”一个人走了过来。李祖然判断出那个人就是她的丈夫罗盛。

他看到诗齐的身边坐着一个男人，问道：“这位是？”

“这位是旅馆的游客，刚才我出来的时候他看到了，我让他帮忙照看一下木子，木子睡醒了哭了起来，他将木子送到医院来了。”

“谢谢您。”罗盛说，“我叫央吉波措，汉名叫罗盛。”

“我叫李祖然。”李祖然回答道，“其实我也没帮上什么，只是看着木子哭没办法，才把她带到这儿来的。”

罗盛转身朝向诗齐，对她说：“医生已经帮学馨检查并打过针了，她现在睡着了，等她睡熟后，就可以把她带回家了。”

“你今天晚上回家吗？”

“可能不行，有几个重症病人需要看护，说不定晚上会发生什么，所以得盯着点儿。你也知道，现在医院的医生就我们几个人。”

“哦，那你忙完了一定要回家。”

“嗯。”

罗盛转头对李祖然说：“先生，麻烦您帮忙把学馨和木子一起带回去。”

还没等李祖然回答，罗盛就匆匆忙忙地朝着手术室走去了。

“你丈夫很忙啊！”

“嗯。他一般一周有五天都待在医院里，在这地方，医生本来就少，也是没办法的事情。”

“哦。”

“您帮我抱一下木子吧，我去把学馨抱回来。”

就这样，李祖然抱着木子与诗齐一起返回了旅馆。

坐在房间里的时候，李祖然觉得经历了这件事后，他似乎对诗齐产生了一种奇特的感情。这种感觉他也说不清楚，总之，这种感觉让他沉浸在往事的某些回忆里，似乎很久之前经历过某些事。

当他走过诗齐的房间时，发现她正在安心地照看着两个女儿，用手拍打着两个女儿的背，哄她们入睡。突然间，诗齐转过身来，李祖然不知道她看没看到自己，赶紧走开了。

美丽的月光倾泻在地面上，仿佛带着一种虚空的色彩。李祖然一面拍打着飞舞的蚊子一面望着天空发呆。

诗齐不知什么时候走了过来，她拿着一瓶花露水。

“需要吗？外面蚊子挺多的。”

“谢谢。”

李祖然接过来，在自己的肌肤上撒了几滴花露水，浑身立即充满了那股特殊的味道。

“您还在这里住几天？”

“再过几天就走吧。”

“没几天就是端午节了。”

“端午节，上海差不多到了最热的季节了。可是在这儿根本还感受不到夏天呢。”

“西藏本来就是这样的，海拔高，温度最高也就是三十度左右。不过，我还从来没有离开过西藏呢，您一定去过很多地方吧？”

“嗯，不过我觉得在任何地方都没什么不同，第一次去某一个地方的时候，可能会觉得不同，有惊喜感，可是一旦适应那里的生活，就觉得没什么区别了，风景啊，环境啊，都成了次要的事情。”

“我倒是挺希望可以到其他地方逛逛的。”

“以后有的是机会。”

“嗯，不过我也许不会离开西藏。”

“为什么呢？”李祖然感到很惊愕。

“因为我生来就是属于西藏的。”说着她抬起头，“天色不早了，您也早点儿休息吧！”

端午节是一年之中最热的日子，到了那一天，包粽子，划龙舟，用艾草煮鸡蛋，把长长的艾草挂在房门口和院子门口，来辟邪消灾。

不过，对于生活在西藏的人来说，端午节倒不是一个什么重大的节日，但随着汉族文化的传播，藏族人也会在那时候从外面弄一束艾蒿来，插在自己家门口。

在庭院里的花丛之间，有几棵高大的无花果树，长成这样至少也需要几十年。它们中间蕴藏着一股奇特的力量，使人感到震撼。这种力量透过花丛散发出清爽的鲜叶味道，像是薄荷透过心头沁进内心里。

他抬起头，想从那上面摘下一个熟透的无花果来，可东方骤然暗起来，眼见暴雨就要来了。

李祖然伴随着雷声迅速回了房间，可心中还想着那无花果。

雨很快就停了，雨过天晴，远处积水的地方黑压压一片，蜻蜓飞舞着，有的落在水面，有的落在树枝上，在阳光下如在梦中飞舞的精灵一样，西边天空也飞满了的小昆虫。

“静子，又来卖粽子了。每年都吃你包的粽子，一年不吃都不习惯了啊！”李祖然听到院子里传来诗齐的声音。

“瞧你说的，诗齐姐，每次都是蒙您照顾。”

“今天的粽子卖完了吗？”

“差不多了，还剩下七八个，不卖也无所谓了。”静子温和地笑道。

“那就一起卖给我吧，”她这样说着，“静子，有空的话到我家里坐坐。”

“家里小孩子很闹吧？那样打扰怎么好意思！”

“没事！家里没人。只有小孩子在家，学馨睡着了，木子那孩子比学馨乖多了，一点儿都不闹。”

“那改天吧！我一定到您家去坐坐。今天可真热啊。”静子抱怨似的说。

“是啊，刚下过雨就这么热了。每年都是这样，端午节前后是最热的时候。这样的天，人也懒得动弹了。”

“诗齐姐，我家里还有点儿事，先走了啊，改天一定来登门拜访的。”静子好像急于结束这段对话，身子都开始向路上移动了。

“那么，就这样说定了。一定要来啊！”

“再见了。”静子说完，便消失在了门口。

诗齐拿着那几个粽子走进庭院里。她去厨房把粽子放下，又去看了看木子和学馨。

过了半小时，天上的云彩全部散去，只剩下了澄澈的天空。刚下过雨，院子里散发着一股泥土和青草的味道，那富有诗意的曲折小路，看上去还腾着淡淡的雾气，使周围的一切显得朦朦胧胧，极富梦幻色彩。远处的山上也都虚无缥缈的。李祖然望着庭院，心里却透着清幽的哀愁，这种淡淡的感伤或许是由刚才诗齐和静子的谈话引起的。诗齐那柔和缱绻的话语透出浓浓的感情，让他感觉到自己的心好像陷在了棉花中，连跳跃的能力都没有了。可是他想着想着，蓦然想起了自己的妻儿。他便不再去想诗齐那使他无法自制的情怀。他感觉有些许歉意，对妻子和儿子，在每次过节的时候都不能陪伴在他们身边，不能为他们做点儿什么。他明白，妻子不是要他为她做些什么，而只是要求他陪在她的身边。可是他连这点都做不到，他对自己也厌恶了。

“您没有出去吗？”

诗齐走到过道上时，从窗户里看到了观望远方的李祖然，便走了过来。

“是啊。”他望着站在院子里的她，闪烁其辞地说。

她们隔着窗户，一个站在院子里，一个在屋子里，就这样谈着话。

“昨天晚上我经过您的房间时没有听到声响，我还以为您回上海过端午节了呢！”

“昨天晚上啊，天气太热，我到后面的山上凉快去了，半夜才回来的。”

“您看起来有心事。”

“没有啊。”他侧了侧头，回答道。

“没什么事怎么会一个人半夜去山上呢？晚上去爬山，可要小心呐！山上经常有巨石滚落的。”

他想到从山上滚落的石头，经过一棵棵树木，撞得树木哗哗作响，那声音宛然就响在耳边。他想到动物，比如熊啊、猎狗什么的，从山上滚下来一点儿事都没有，便隐约觉得人有些可怜，人这瘦小的身躯，哪能经受这样的打击呢？同动物比起来，人显得过分脆弱。

“谢谢提醒，我以后会注意的。”

“您今天还没有吃粽子吧？我刚好买了些粽子，您等着，我去给您拿两个吃。”

“不必了。”他说着，可诗齐早已转身向厨房走去了，那优美的身影渐渐消失在他的视线中。

诗齐一会儿就回来了，手中拿着两个粽子，用一个碗装着。她从窗户外向他递了过来，他倒有些不好意思。

“没关系的，我丈夫晚上回来或许还会带些回来，您拿着这两个吃吧！”

诗齐又向前递了递。他双手伸过去把碗接了过来，放在屋子里的桌子上。

“谢谢你了。”

这时远处诗齐的房子里传出小孩子的哭声，大概是学馨醒来发现母亲不在急哭了。

“客气什么呢！”她警觉地回过头，望了一眼房子，转过身来笑着说，“您慢慢吃，学馨那孩子大概又哭了，我去看看。”

“你去吧！”

他目送诗齐走到门口，直至诗齐的身影不见时才收回了目光。

在屋子里待着，他无所事事，便拿起诗齐给他的那两个粽子吃了。

天气又渐渐热了起来，他感到心里烦躁极了，便拉开门走了出去。

他路经走廊，走过拐角时，却没有丝毫要拐的意思，他一直向前走，走到了诗齐的房门口，他听见里面没有一点儿声响，连小孩子的呼吸声都没有，便推门进去了，他见房子里空无一人，走到床边坐下，被窝还是暖的，看来她刚带孩子出去不久。

他拿起桌子上诗齐和她丈夫的结婚照看了看，两个人看起来幸福极了，他感到嫉妒，甚至感到一丝失望。

他看见桌子上有一沓纸，便拿起其中的一张，在上面写道：你好，没什么事，只不过想问候一下。

见诗齐还没回来，他便轻轻带上门，自己回房去了。

在河滩附近，有些小孩子在玩耍。河滩上有个木头搭建的小棚子，小棚子顶上挂着一个果实状的小球。看上去这个棚子荒废已久，没人居住。树枝的叶子都伸展到了上面。

阳光洒在河滩上，柔和的光芒和河水交织在一起，如同人梦中的景象。

一个妇女从远处的山坡上下来，怀里抱着一大捆艾草。艾草都高过了肩头，把人挡住了。

他抬头的时候，正巧诗齐也从山坡上下来了。幼小的木子跟在她的身后，一步一步走着，像是可爱的娃娃。她的身上也背着一大捆艾草。

“您在这儿干什么呢？”诗齐笑着走过来，在河滩旁停住了。

“没什么。你这是去哪儿了啊？”

“去山坡上拔了些艾草，晚上熏蚊子。前些天拔的艾草端午全用完了。现在蚊子又多了起来，所以就去拔了些，准备以后用。”

“……”

“我给您的粽子吃了吗？”诗齐捋了捋头发，问。

“吃了，那粽子味道不错，看来真是花心思做的。”

“那当然。静子做的粽子是我们这一带做的最好吃的，我们大家都喜欢吃静子做的粽子。静子可真能干啊！虽然才十九岁，可是干起活儿来顶一个男人，比我强多了。”

“……”

“木子这孩子可真乖，真听话……”他面向她说。

“是啊，木子比学馨乖多了。她从来不哭，不让人担心，可学馨就不同了，她一见不到大人就哭，饿了也哭，吃饱了也哭，我真拿她没办法。如果学馨也像木子这样乖的话，我就省心多了。”

此刻的李祖然，或许偶然间想到了年幼的李泽，在妻子照顾下的李泽，会是什么样子呢？恐怕李泽会给妻子带来很多烦恼吧。

“小孩子真的很纯真……大人们怎么就这么多烦恼呢！小孩子总生活在快乐之中，而大人们，则生活在无奈中，在长久的痛苦中得到偶尔的欢乐。”

“……”诗齐无言以对。

“有时候，我会莫名其妙地忧伤。一个人凝望海滩，回想往事，感觉到心里彷徨无助。人为什么就不能有个片刻安宁，体验瞬间的幸福感呢？即使是在睡觉的时候，也不能完全放松下来。”

“您这样子说话，我越发没话可应答了。”她说着提了提背上的艾草。

“对不起，”他低着头说，“我不该这样对你说话的。我只是想把我心中的感受说出来，所以……真的很对不起，我不应该说这样的话。”

“其实您不用说对不起的。”

旁边的河边，在阳光的照射下，可以看清在空中飞舞的带翅昆虫。路两旁的树木苍翠清新，树下的土地还是湿润的。

傍晚，李祖然出来乘凉时，发现诗齐正在院子里燃烧艾草，发绿的艾草冒着浓浓的白烟，从院子上空飘向远方了。

艾草那特殊的味道飘进他的鼻子里，他感觉一种美丽展现在诗齐身上。诗齐那凹凸的曲线，在夕阳下格外显眼。

在院子里待了一会儿，他回到了屋子里。吃过晚饭，他本来想去外面乘凉，可一想起下午给诗齐写过的字条，便重新回到房子里。躺在床上，他却无论如何睡不着觉，他想象诗齐看到他写的字时的表情，或尴尬，或生气，他甚至做好了诗齐来找他的准备，诗齐到来之后自己说什么话，做什么动作他都想好了。不过，当他从窗子看到诗齐的丈夫从外面归来的时候，又担心那张纸条会被罗盛看到。

可是一晚上过去了，诗齐没有来找他，他像踩进了一个陷阱一样，感觉空虚极了，连觉也没睡好。

第二天，他出去买早饭时遇到了诗齐，诗齐并没有什么异样的表情，她只是跟他打了声招呼，问道：“起这样早啊，干什么去呢？”

“出去买早饭。”他低着头说。

“买早饭？”

“是啊。”

“我做的饭我们母女仨也吃不完，不如就一起吃吧！”

“那怎么好意思呢，我还是出去买吧！”

“您这人怎么这样，叫您吃您就吃吧，还拒绝什么呢！”

“那好吧……”

吃饭时，诗齐抱着木子吃饭，一口一口地喂，看得李祖然都不好意思吃了，她喂木子吃过饭之后，还要再给学馨喂奶，自己却吃不了多少。

当李祖然站在高高的山冈上时，发现天空中飘满了蒲公英的种子。

回到旅馆的时候，他对诗齐说：“我还是头一次看到这么多蒲公英的种子，往年看到的都是柳絮飘飞的景象。”

“在这里不稀奇，就和漫山遍野开满的油菜花一样，没见过的人也会觉得很新奇。”

“嗯，是啊，这些东西在城市都是见不到的。”

诗齐指着远方的山头对李祖然说：“那一带的山据说最近要开发出来种植茶树，原来那里也有茶树的，不过品种不好，销量一直不好，人们逐渐放弃了，听说最近政府引进了一批优良的品种，就种在那个山头，看到了吗？”

李祖然顺着诗齐的目光，他看到那个山头上的茶树都已经被草丛给覆盖起来了。

在以后的日子里，李祖然每天晚上都会将一张写着话的字条从诗齐的门缝里塞进去。

“每当太阳升起，睡醒睁开眼睛的那一瞬间，脑中都会出现你的影子，直至日落黄昏，我的思念无时不在。”

“当你打开窗子看见微风吹动时，我的心正在像风一样无止境地思念着你。”

“每当夜幕降临时，千家万户亮起了灯光，你顺着窗口抬头去看天空，一弯明月悬在东方，轻轻地闭上眼睛，感觉被月光抚摸的美好时刻，我就在这后面看着你，领略你的芬芳和美丽，思念也像黑暗一样在慢慢加深。”

李祖然觉得自己的这种行为就像是一个不成熟的少年，但是他从来没从诗齐的脸上看出有什么异常。

直到公司领导给他打电话，他才意识到自己在西藏待了太久。加上自己对诗齐说了那些不理智的话，他也想回上海清醒一下，便趁着诗齐不在的时候将钱放在房间的桌子上，不辞而别。

回家的时候，妻子对他说："李泽的上学问题已经解决了。"

"怎么解决的？"他问。

"我有一个同学在学校里当老师，找他帮了点儿忙。"

"解决了就好，我还正为这事犯愁呢！"

"这趟出差还顺利吧？"

"嗯。"李祖然回答，一面躲避着妻子的眼神。

过了一段时间，又出现了同上次一样药材地址写错的情况，不过这一次李祖然收到了对方的电话。

"太对不起了，这次又把地址写错了。"

李祖然听对方的声音有点儿熟悉："你是罗盛吗？"

"是的，正是我。"

"你的妻子是不是叫诗齐啊？"

"啊！是的，您怎么知道的？"对方很吃惊。

原来真的是他，李祖然没想到会这么巧。

"我在西藏的时候见过你一次，当时我住在你家旅馆，你的小女儿生病了，你妻子带小女儿去医院，让我帮忙照看大女儿，可是她醒来哭了，我把她带到了医院……"

"原来是您啊！真的是太巧了。上次的事情，还没有好好谢谢您呢！"

"不用客气。"李祖然回答。

挂断电话，李祖然几乎感到绝望了。也许对于某些事情的向往，只是他个人心理的需求吧！

次年他再次到西藏的时候，发现诗齐比上次见到的时候胖了一些，两个女儿依偎在她的身边，最小的学馨也已经学会走路了。

“哦，好久不见了。”诗齐抬头看到李祖然的时候显得很吃惊，或许她没想到他还能再次来到这里。

在李祖然看来，自己去过那么多地方，每次都只是一个游客，把每个地方的景象记在脑海中，至于人和事，他只当作很遥远而且很陌生的回忆来对待。

如果这个地方他只来第一次，以后永远不会再来的话，他还会和过去一样。可是眼下他已经是第三次来这里了。

李祖然不知道该说什么，只是望着她的面容。周围美丽的风景对他来说似乎已经失去了原先的魅力。

“我听罗盛说有一批药材是你们公司转寄的，还得到了您的帮忙。”

“那都是我应该做的事情。”

收拾好行李后，他就拿着单反摄像机到了外面。当返回的时候，诗齐正在大厅里织毛衣。他从口袋里拿出一张从山上拍的照片说：“刚拍的照片，送给你吧！”

“谢谢了。”诗齐伸手拿起那张照片，那是从山上俯瞰这个旅馆的照片，四周都是苍翠的树木。

“对了。”他欲言又止，可想了一会儿，还是开口问道，“你，你有见到字条吗？”

“什么字条？”她看上去完全不明白怎么回事，这把他也弄迷糊了。

“那没什么了，我先回房间了。”他低着头，悻悻地向楼上走去。

正当他拐弯的时候，这时候他听到诗齐叫他的名字，便回过头，停住了脚步。

他看见女子的眼中噙满了泪水，慢慢地向他这边走来。

“其实，那些字条，我已经都看过了，我假装没见过，是因为……”

“……”

两个人就这样面对着，谁也不知道该怎么办才好。

“我也不知道为什么会是现在这个样子。当初我第一次来西藏的时候，第一眼看到你，我觉得我的人生就在那刻发生了偏差。我知道我们都是结婚的人，我不该有更大的奢望，可是我尝试过，我忘不掉你，我控制不了自己对你的思念。”他尽量保持着笑容，可是眼神却显出痛苦的表情。

“您太鲁莽了，您将纸条放在地上，要是被罗盛发现的话，我就完蛋了。”

“对不起……”

“您不会珍惜的……而且，我从来没想过要背叛我的丈夫。”诗齐说。

“我从来没坠入过情网——这是第一次，虽然以现在的年龄来讲有些可笑，我也从未想过背叛谁。”

“请不要再说了，您一个上海人，是不懂得我们的生活的。”

李祖然没有再说什么，返回了房间里。外面不知道什么时候下起了雨。

李祖然透过窗户去看外面的雨水，他觉得忧伤和彷徨，心情异常激动，他起身，走到庭院里，这时候，诗齐打着伞从外面进来。

他跑进了雨中，在诗齐旁边停住，拉着她的手说：“让我们好好谈一下吧！”

“没有什么好谈的，我们不会有结果的。”她抬头看了看空中飘落的雨水。

“怎么会呢？幸福不是掌握在自己的手中吗？既然组合错了，那么就让它重新组合吧！”

“你放手，我丈夫马上就要回来了！”

她甩开他的手，刚想走开时，又回过头把伞塞在他的手中。“不要这样傻了，回去吧！”

他没有接伞，伞滑落在地，溅起朵朵雨花，伞的里面，也在顷刻间落满了水。

她走进了旅馆，他仍旧没有动，就那样傻傻地呆着，任雨水淋着他无力的身体。

可过了一会儿，她又转回来了，站在他的面前。

“我们去咖啡店谈吧！”

到咖啡店时，两人都淋成了落汤鸡，衣服全湿透了，紧紧地贴在身上，他擦了把脸，把雨水甩下来，然后用胳膊擦了擦头。

他们叫了两杯热咖啡，一会儿，服务员把咖啡端上来了。

他们两人都先喝了点儿咖啡，暖了暖身子，咖啡屋里寂静得只能听见雨水下落的声音。

“人生，确实有可能组合错了，可是我们没有办法，只能把生活继续下去。”诗齐先开口说道。

“那什么是人生的意义呢？难道人不该去追逐自己想要的东西吗？”

“那得看是什么东西，也许，我们都不明白人生。”

“给我一支笔，我将为你画出整个世界，你只要把你的手交给我，我将带给你幸福！”

“别天真了，什么是幸福呢？难道你不知道我们都是为人父人母的人吗？”

“也许你说的对，但是我很疑惑，我不知道自己该怎么办。”

“人都会做梦的，但醒来之后，梦就是梦，人们不会把它当成现实一样对待的。”

“那不一样啊！”他竭力辩解道。

“有什么不一样呢？”

“……”

他不知道怎么回答，既而反复地说：“反正是不一样的，不一样的啊！”

“你看到的群山只是你作为一个游客看到的样子，而对于我来说，它具有更重要的意义，因为从出生以来，我的命运就是与它相连的，你明白吗？”

李祖然明白她说的话。可是命运就像是在他的眼前投掷了激情的诱饵，他是没办法去无视这种诱惑的。就像是他所做过的梦，并不是一个梦结束了就彻底结束了，而后还会带着一连串的梦到来。

他俩回到旅馆的时候，罗盛已经回到家了，他正照看着两个女儿，好在他没有看到他们俩一起回去，当他问诗齐去哪儿了的时候，诗齐说谎道：“家里没盐了，我去商店买盐去了。”

李祖然在庭院里坐着的时候，罗盛看到后走了过来。

“您又来这儿出差了？”

“是啊，今天刚到这儿。”

“前两次的事情，真是谢谢您了。”

“太客气了，相对您的职业，我该感到惭愧才对。”

躺在床上的时候，李祖然无论如何都睡不着。他想起白天诗齐对他说过的话，她的意思已经很明确了，在万分绝望之中，他打算明天离开这儿，以后可能永远不会来这个地方了。

返回上海的时候，他竟然觉得在上海的生活才是虚幻的，只是一种生活的历程。

有一天夜里，他做梦的时候，竟然在梦中喊出了诗齐的名字。

妻子发呆地望着他，他对她说，那是他一个初中同学的名字，是他的初恋。

他撒了谎，是为了让他的妻子不产生怀疑。

上海的秋天并不暖和，反而有点儿过于冷了，路旁的树极少，所以路上很少有飘落的树叶，可他走到公园，却见地面落满了叶子，把整个大地都覆盖了，风吹过，显得相当凄凉。

他跑到公共电话下，在里面避雨，望着从天空中落下的雨点，他皱了皱眉头，心想：现在诗齐在干什么呢？

他用手拿起电话，拨通了诗齐家的电话。

“你好，请问，你找谁？”接电话的是她的丈夫。

于是，他拿着话筒不说话也不挂断，这时对方问到：“喂！你是谁？说话啊！”

这时他隐约听到对方的话筒里传出的声音。“是谁啊？”那是诗齐的声音。

“不知道，大概是打错电话了吧！对方不说话，只能听到雨声。”

他听到对方挂了电话，可自己手中却还拿着话筒，过了片刻，他想放下话筒，可是还是再次拨通了那个号码。

“喂，你好。”对方还是那样问，可是好像知道还是个无声电话，所以用试探的口气。

他觉得还是挂掉为好，便又挂上了，他呆呆地望着外面的雨，感觉心中很忧伤。

树上的叶子又落了一大半，看来再用不了几场雨，树上就没有叶子了。

很少见到行人在走路，只有飞驰而过的汽车从附近穿过。

雨并没有渐小，反而越下越大了。

他再次拿起了话筒，拨通了电话，这次是一个女声接的。

“您好。”

“我是李祖然。”

他可以感觉到他说这句话时她的吃惊程度。

“怎么是你啊！刚才两次电话也是你打的吗？”

“是的。”

“怪不得呢！这么晚打电话，有什么事吗？”

“你丈夫呢，他不在身边吗？”

“他说医院有些重要的资料忘带了，回去拿了。”

“哦，这样啊！”

“你到底有什么事呢？”

“没什么事，只不过想告诉你一下，我生活得很好。”

“那很好。”

接下来一阵长长的沉默，四周的雨声在电话中听得一清二楚。

“我听到电话中有雨声，你那边，是在下雨吗？”诗齐问。

“是啊，下得很大呢！深秋的天没想到还会打闪，恐怕经过这场雨，这儿就更寒冷了。”

“哦，这儿没下呢，你可要注意身体啊！”

“木子和学馨都还好吧？”

“嗯。他们都很好。”

“我……”李祖然迟钝了一会儿，继续说，“我不能忍受没有你的日子。”

“听到你这么说，我很难受，可是，我不能伤害任何人，所以，我什么也不能做。”

他隐隐约约地听到诗齐哭了。他向远处看了看，美好的风景正在接受风雨的打击，大概经历了这场雨，一切都会变化的吧！明天一睁眼，恐怕就是枯枝败叶了。于是，他不禁也特别悲伤，两个人就这样拿着话筒，谁也不说话，只是默默地听对方哭泣。

沉默了很久，他慢慢地说：“没……事了，挂了吧！明天，明天我去你那儿。”

“你明天要来吗？”诗齐匆匆地问。

“也许吧！”

“为什么要来呢？”

“因为生活得不好。”李祖然回答。

诗齐没有再说什么。

因为刚下过雨，所以地面很湿，可进了西藏，却还是一派美好的草原景象。

他来的时候，正好罗盛去上班，他们在路上遇到了。

“您好啊！又来这儿，有什么事情吗？”罗盛先开口问道。

“没什么事，只不过来想研究研究植物特征和药性，这方面还要向你多多请教啊！”他说。

“哦，我今天没时间，改天吧，改天一定奉陪。好了，快到时间了，我该走了。”

“那再见了。”

望着他的远去，李祖然竟觉得自己很卑鄙，瞒着他而跟他的妻子产生了这样说不清的感情，李祖然突然有一种负罪感。

他走进旅馆，她正在织毛衣，他就这样看着她，也没有开口说话。

她发现了他，抱怨似的嚷道：“为什么用这样的眼神看我呢？”

“我就想这样看着你！”

“你又来做什么呢？如果让罗盛知道了，他会发疯的。”她放下手中的东西，站了起来。

“可是……”他顿了顿，说，“我忘不掉你！”

“……”

“你的脸看上去，比上次分别的时候臃肿多了。”

“大概是昨晚没睡好吧。”她摸着自己的脸，慌张地说。

“难道是因为我说要来吗？你担心会被自己的丈夫发现。”

“……如果发现的话，那就让他发现吧，没什么可怕的。”

“不，不能让他知道！”她神情激动地嚷了起来。

“那……”他的声音仿佛卡住了，变得有些颤抖了，“我想再爱你一次，哪怕最后一次。”

“别说了。”她本来想走开，可是却一头扎进了他的怀里。

“为什么会这样呢？你又回来干吗呢？”她躺在他的胸前说。

“我也不知道，也许是我太自私了吧，还想纵容自己的感情……”

在庭院的一角，有一张台球桌，罗盛回家闲着没事的时候就会自己一个人打打台球，这天他叫李祖然同他一起打，李祖然虽然会打，可是技术却不怎样，罗盛瞄准着球，对李祖然说：“你的工作，不用回到公司去吗？”

“要的，”李祖然尴尬地说，“我过几天就回去。”

“我常常这样一个人打球，”罗盛说，“一个人打球的乐趣在于永远不会有输赢。”

在李祖然看来，打台球或许是作为医生的罗盛用来释放心情的一种方式。

“你生活在上海，对生活的理解也许比我更透彻。”

“但是我同样不理解生活。”李祖然说。

罗盛抬头望着李祖然，打进了最后一个黑球。

除了工作，李祖然找不到返回上海的理由。当然如果要思索回去的理由，会有很多，比如说适应了上海的生活节奏感，每天听到的声音，看到的不计其数的人，还有永远都走不到头的城市。有时候李祖然会想放弃这个他已然掌握的世界，可是当他闭上眼睛的时候，觉得一离开那样的世界自己就失去了生存的真实感。

离开的那天李祖然刚从诗齐的房间里走出来，罗盛刚好走进庭院，同他打招呼，他微笑了一下，内心却很惶恐，迎面走过的时候，李祖然担心自己的身上还散发着诗齐身上的味道，当罗盛走过去，他才松了一口气。

回到家中的时候，妻子并没有对他长期的外出说什么话，只是平常地问他吃饭了没，他回答说没吃，妻子说我去给你做，然后就走进了厨房里。

晚上睡觉之前，妻子一边脱衣服一边对他说：“我从来没有打算要和你离婚的。”

“……”李祖然不知道该说什么好。

“我知道你有事情瞒着我。可是……”

“你多虑了，我怎么会有事情瞒着你呢！我出去那么久真的只是为了工作。”

妻子没有再说什么，背对他躺着。他觉得自己的理由很可笑，过去他从来不曾这样出差，换了任何一个人都会明白是怎么一回事的。

只不过妻子并不想放弃他们这么多年的感情，还有他们的儿子李泽。况且，在上海这样的城市，离婚的成本太高了，一旦两个人离婚了，那么两个家庭都将变得残缺不全，失去两个人十几年的努力成果，所以纵然妻子晓得怎么一回事，她认为只要丈夫的心思还在家庭和工作上就行。

接下来的日子里，他打诗齐的电话，每次都打不通，秋天的时候干脆停机了。他打算自己抽时间再去西藏一趟，可是他不知道在妻子这里怎么交代，就这样一直拖到了深秋季节，某一天回家的时候，见桌子上放着一张被水浸泡了的纸条，上面的字迹已经很模糊，但李祖然看出那是诗齐的笔记，上面写的是：如果不想让我死，就不要再返回。

李祖然感到妻子的目光正在背后注视着他。当他回过头的时候，妻子冷漠地说：“这是从你刚洗的衣服中找到的。”

李祖然不知道诗齐是在什么时候将这纸条放在自己的口袋中的，也许是临别的时候吧！因为纸条放在里面的口袋里，这几个月他从来没有发现。

他本来想质问妻子凭什么翻他的东西，可是他发现自己说不出口。

“忘了她吧，这就是人生。”妻子冰冷地说着走进了房间。

但是他不知道诗齐发生了什么事情，这让他坐立不安。从那张纸条判断，他只能认为是罗盛知道了他们两人的事情，那么诗齐会遭受到什么样的对待呢？李祖然不敢想象。

十二月初，李祖然没有通知妻子，还是坐上了通往西藏的火车。到达西藏的时候，天空中布满了乌云，当他下车的时候，升腾的蒸汽正在空中变成云朵，被风斜斜地吹着，一直到了山的另一边。

旅馆静悄悄的，李祖然走进去，没有任何声音。他悄悄地走到诗齐的家门口，从门缝看到里面空空的，不仅诗齐没在，学馨和木子也不在。正当他纳闷的时候，他听到远处传来脚步声，诗齐带着木子和学馨从外面返回了。

“你怎么来了？”

李祖然望着木子和学馨，诗齐将她俩送回了房间。

“我不是让你不要再来了吗？”

“你丈夫发现了吗？”

“还没有，但会有那么一天的。”诗齐说，“如果你为了我好，就离开这里吧！”

“我不能忍受没有你的日子……”李祖然咬着牙说。

“我宁愿不懂你的语言。”

“为什么？”

“如果我不懂你的语言，就不会走到这一步。”

“……”李祖然望着远处的山，山顶上聚集着皑皑的冰雪。

“这里已经下过雪了吗？”李祖然问。

“下过一场了。”

“现在游客不多了吗？”

“嗯，几乎很少了。旅客总是在最热的季节来这里避暑，而一旦到了寒冷的季节，他们就返回了自己居住的地方。”

“我们的事情被我的妻子发现了。”

“是吗？”诗齐有些许意外，但又感觉这是意料之内的。

“她看到了你留给我的纸条。”

“也许将来我也会面临这一切的。”

罗盛还是像以前一样，一周回一两次家，这次李祖然都躲避着，当罗盛回家的时候，他就在房间里不出来，诗齐自然没对丈夫说他来到了这里。每当李祖然想到睡在床上的罗盛和诗齐，他的内心就嫉妒得难以自已。

在罗盛不在的时候，诗齐有时候会和李祖然出去散会儿步，当然他们是分开出去的，害怕同村的人会遇到。诗齐一般都是等木子和学馨睡着后出去。

他们就沿着河岸走着，一会儿说几句话，一会儿缄默不言。

“要不你跟我一起到上海去吧！”李祖然突然说。

“不可能的，你还是赶紧离开吧！”诗齐说，“木子现在已经有点儿懂事了。她虽然还不明白什么事情，可是她看我的眼神都有点儿怪异了。”

“你也可以带着木子和学馨一起离开啊！到了上海，我完全有能力养活你们三个的。”

“如果我这样做，那无异于要了罗盛的命。”

“……”

“走吧，这次走了就不要回来了。把发生在这里的一切当做是一场梦吧！”

李祖然望着群山，他似乎听到雪的嗡嗡声，从远处渐渐传来。

可在第二天李祖然想要走时，诗齐却又突然改变注意说：“我跟你一块儿走吧！”

李祖然吃惊地望着诗齐，可他还是去买了两个人的车票。

在车上，他们两个靠在一起，他靠着窗子，紧紧地握着她的手，可是她却神情恍惚。他转过头看着车窗的玻璃，玻璃上有一层水雾，他伸手过去，用右手拭了拭玻璃，这玻璃便镜子般的映出了诗齐那双忧郁、焦虑的眼睛，这双眼睛贯穿在流动的景物中，好像在观察一部追忆往事的电影一样，介乎于现实和幻想之间，渐渐地，他也陶醉在这种往昔的回忆中了。

慢慢地，车行驶过密林区，进入高原区，外面的景物便远去的河流一样永远地逝去了，只剩了诗齐那双忧郁的眼睛，可是因为失去了景物，这双眼睛也就因此失去了它诱人的力量，他也就回过头，不再去看它了。

到上海时，天气并不坏，可是阳光也并不好，只是偶尔照出几缕光，之后便是一阵阴暗。

他们刚下车，李祖然拖着箱子在前面慢慢地走着，他走出很远，在路边拦出租车时，一回头，才发现诗齐还在原地没有动。

他走回去，用手在她的眼前晃了晃，她的眼睛丝毫不动，他把手放在她的肩上，轻轻地问："怎么了？"

诗齐回过神来，慌慌张张地喊道："不行，我不能放下自己的孩子。"

说完，她又晃晃悠悠地跑上了车，在座位上哭泣，他看了看她，回头望了上海一眼，也跟着又上去了。

"我回去就行了，你为什么也要跟来呢？"她带着哭腔说。

"没有为什么，走就是了。"

他裹了裹衣服，两个人刚经过长途跋涉来到上海，可是又马上坐车回去了。

冬天已经来临了，李祖然自从这次去西藏后，就再没有回过一次家，在这期间，他只给家里打过一次电话，还是匆匆挂了，妻子问他什么时候回来，他只搪塞地说："到过年之前，我一定会回去的。"公司那边刚开始还催他，后来接电话的时候他回答说自己准备辞职，辞职报告过些日子寄回公司去。对于生活了三十多年的上海，他似乎一下子完全放弃了。

闲着没事的时候，他就沿着一条条河流散步。他觉得自己解脱了，从过去那个受到各方面约束的世界中完全自由了。他感觉过去的生命已经崩溃了，而眼下面对的，都是新的生命。

转眼间，已经到了冬季。诗齐的丈夫仍旧在医院工作，对于妻子的事情一无所知。

十二月底的时候，李祖然第一次先将黑球打进袋中，赢得了胜利。

李祖然还跟罗盛学习了一些药材的知识，有一天，罗盛拿着一株雪青色的花，李祖然问他是什么花，他告诉李祖然：“这是藏红花，是一种草药，也是一种香料。”

李祖然听说过这种花，是专门治疗妇女疾病的良药。在李祖然看来，这种花像极了诗齐，可是他没有说出来。

“哦，原来这就是藏红花啊！”

“是啊，我将它带回来，是为了做香料的，诗齐制作的香囊里面，填充的就是藏红花。”

“它很香吗？”

“香倒是不怎么香，可是它有种独特的香味。”

说着罗盛递过来，李祖然鼻子凑上去闻了闻，果然有股淡淡的香味，和诗齐身上散发的味道是一样的。

罗盛是个老好人，好到李祖然都不忍伤害他。他觉得自己的行为非常卑鄙，有时候他会想自己是不是一时心血来潮，才做出这样的举动，可是当他试图反对自己的时候，又发现自己做不到。

某一天，李祖然去附近的一个寺庙去闲逛的时候，从寺庙门口买回一本《西藏度亡经》。过去他曾看过古埃及的《埃及度亡经》，那还是在大学的图书馆中随手翻到的，当时看并没有什么心得。可是自从买回这本《西藏度亡经》，闲着没事的时候就翻看一下，因为没有其他杂念，他反而被其中的理念给吸引了。人的生只不过是其中的一个环节，死亡，是更为重要的一个环节，特别是临死前的那段时间，书中的观点认为人临死前浑身都会充满光明，只不过这种光明是很难被我们察觉，我们常常用回光返照来形容一个将死之人的光辉，这一点确实是很难用科学知识来解答的。

罗盛看到他在看这本书的时候，很吃惊地问道：“你还看这样的书呢？”

“是啊，去寺庙的时候买的。其中的理论很有意思，不过也让我感到很困惑，罗盛先生，您相信其中的理论吗？”

“我相信。”

“相信人死后会进入另外一种状态？还是轮回转世？”

“我不知道人死后是进入另外一种状态，还是轮回转世，但是我相信，死并不是一个生命的终结，它还延续着我们的生命……”

“这有点像柏格森的理论了。”

“我不知道柏格森是谁。”

“他是法国的一个哲学家。”

“哦，在我看来，死亡就像是人的青春期一样，会使一个人发生变化，只不过这种变化有些不同，甚至不被我们认识和理解罢了。”

“你是个医生，还持有这样的观点吗？”

“呵呵，这并不矛盾。医生所面对的是肉体，而死亡所面对的是灵魂。”

当罗盛走后，李祖然还在想着他说的这些话，他觉得罗盛的观点似乎是对的。而过去生活在上海的他，是从来不会去想这些问题的。

当天晚上，西藏地区下了一场很大的雪，白茫茫的雪花从天空飘落，给人的感觉妙极了，李祖然感觉自己的心静极了。

八点的时候，诗齐来房间给他更换热水。她对他说：“你还不回去吗？西藏马上就进入冰封时节了。”

“再过几天吧，我等等再做打算。”

“还要等什么呢？”

“……”李祖然思索着，“我也不知道自己要等什么，反正再过几天吧！”

“这几天要降温，可能雪要连着下好几天呢，你自己多注意身体，别感冒了。”

“谢谢了。”李祖然说。

当诗齐要撤出去的时候，李祖然突然对她说道：“我想问你一个问题……”

“什么问题？”

“你也相信轮回转世吗？”

“啊？”诗齐显得很吃惊，她没想到他会问这样的问题。

“是这样的，我最近买了一本书，最近看的时候，产生了一些思想，白天同你丈夫遇到的时候，他告诉我说他觉得死不会是一个人的终点，人还存在轮回转世。”

“他是这样说的啊！”诗齐扶着门框，“我也是这样认为的。”

第二天一大早，李祖然还在睡梦中，就听到外面劈里啪啦的，好像远处的喇叭在播放什么广播。

李祖然刚起床，诗齐就从外面跑了进来，她嚷道：“你快走吧！离这儿不远处的山上发生了雪崩，如果后山也发生的话，那这个村子恐怕也……”

“雪崩？！”他的眼睛望着外面，只见外面白花花的一片，所有的高山、树木、河流都被雪花覆盖了。这个词语他从电视中听到过，但是在现实世界中还是第一次听到。

“是啊！雪崩，你快走吧！回上海去。”

“可是我还不想走！”

“不走？难道你不怕死吗？”

“就像你们所说的，死亡并不代表着什么特殊的意义，它并不是结束，只是某个过程的转变。我为什么要还害怕呢？”

“那好吧！你就待在这儿吧！千万别出去，我吃完早饭就去帮忙，在厨房里有饭，你饿的话自己进去热热就行了。”她说完，便匆匆忙忙向外走，可是被他一把拉住了。

“我跟你一块儿去吧！我也想救人的。”他用严肃的眼神看着她。

她盯着他的眼睛看了看，说：“那好吧！你跟在我的后面，出去千万小心。”

“知道。”他笑了笑。

罗盛也跟着一块儿去了，他们到那儿，才发现有很多人在那儿帮忙，连飞机、扫雪车都有，雪崩淹没了好几个村庄。于是，他们也一起上前帮忙了。

干活儿的时候，诗齐借着人多，跑到李祖然的身边，喘着粗气说道：“这本来不关你的事，你为什么要来呢？”

“人总有同情心啊，没有爱心的人哪能有能力去爱一个人呢？”

她看了看远方，说：“你自己要小心点儿，我丈夫在那边，我过去了。”

“嗯！”他点了点头，目送她远去。她走到很远时，还回过头，向他挥挥手，笑了笑。

正当人们都在全神贯注地在铲雪时，诗齐抬头想看看远处的李祖然，可是她却发现，山上的雪正在慢慢滑动，很快就要冲下来。

来不及了，从她抬头到雪滑下，这只不过是一瞬间的事情，可是在她的眼中，却是此生最长的时间了，她回过神来，朝丈夫喊道：“快走啊！快要发生雪崩了！”

这声喊叫并没有引起人们太大注意，因为周围声音太吵了，所以没有人听到她的喊话，她一边跑一边喊道：“大家快走！快要发生雪崩了！”

而她自己，却跑到了李祖然的身边，她拉着他的手匆忙地说：“快走，你想死在这儿吗？”

“即使真要死的话，也要死在一起嘛！”

他的话刚完，雪就压了下来，他只觉得眼前一片漆黑，之后就什么事也不知道了。

一天之后，被雪掩埋的尸体被清理出来。一具具尸体被抬到一起，当天，这些尸体就被运送走火化掉了。

半个月后，李祖然的妻子从邮局领回一个邮包，里面是个骨灰盒。

风中的眼泪

一

海水慢慢涌上来，退下去；
风在耳边轻轻低吟；
我的心，
锁在你心中；
你已远去，
我的眼泪，
化作了海水。

已经是十二月了，海还是那样蓝，并未因为灰蒙蒙的天空而变得暗淡，这样的天气还能落下不安分的雨点，倒令人有些吃惊，哪怕是一滴水落到地面上，恐怕不出五分钟便会结冰，可这雨竟一点儿事也没有，不过落在脸上倒比冰还要凉。我穿了件不紧不松的牛仔裤，上身咖啡色羊毛外套，脚穿灰褐色运动鞋。这时风有些冷，这身装束已经耐不住寒冷了，我注视着这平静且蔚蓝的海面，远处海面上一艘货船冒着青烟从远处驶过，传出一阵阵比音乐还要动听的鸣笛声。听到这声音，我把手从口袋里拿出来，从地上捡块小石头，使劲儿向海里扔去，不过没有像我预想的那样传来石头落水的声音。我回过头，这时教堂上的大钟敲响了下午三点的报时声“当，当，当”，我同时也在心里默数着，声音没了，我还在心里默念，希望它多敲几下，倒不是希望快点儿天黑，而是想多领略一下钟声的感觉。

海水涌上来，直到脚底，我向后退了几步，沿着海岸向前走着，旁边的高楼全是从山坡上拔地而起，四下里全是树，大部分没了叶子，除了冬青。走到一个木桥时，我见一个男孩和一个女孩在木栏上刻东西，不用看就知道，他们刻的必是什么誓言，在这种微妙的时期，人人都会做出这些举动，特别是青春期的少男少女，他们做出什么事情都不为过，等到中年后，他们再回忆，或许记忆早已一片空白，即便还有印象，恐怕也会质疑自己当年有没有干那样的事。我想着，唇边滑过一丝微笑，然后又看了一眼那男孩和女孩，见他们已经拿好相机在照相，女孩子的笑容很真实，清纯极了。我回过头，想继续向前走，这时，那个女孩子拿着相机跑到我面前，礼貌地说：“请问，可不可以帮帮忙，给我们两人拍张照片。”说着她指了指在桥边的男孩子。

“是男朋友？”我没有动，眼睛仰望着海面。

“嗯。”女孩子点了点头，脸瞬间涨红了。

“好吧！”我从她手中接过相机，她说了声“谢谢”，便跑到男孩的身边，两个人的手握在一起，当两个人都在笑时，我用相机记录下了这一幕，不过我觉得男孩子的笑不太真实，很勉强，有几分社会成分。大概男孩子都这样吧！我也曾经有过一段迷惘时期，每天眼神忧郁，不知道干什么好，喜欢冷清，讨厌人多的地方，而且还曾为一个女孩子伤透了脑筋，那时候我简直为她着了魔，一刻见不到她便感到失落，我真希望牵一牵她的手，我想象中她的手一定很柔软温暖，后来才知道她的手并不是我想象的那样，有点儿粗糙，还涂了指甲油，我平生最讨厌这样打扮的女孩子，于是对她的兴趣便减弱了。这可以说是我的初恋吧！论起来也确实简单了些，唯一的印象是我牵她手的那晚和她那时的笑容，那笑容里面带着一点儿羞怯，我这一生都不会忘记。

放学之后，同学们早已离开教室，而她还在整理书籍。那一刻我心里甚为矛盾，好像在考虑一件人生大事，最后我跟在她后面走了大约半公里路，她发现了我，回过头问道："你为什么要跟着我？有什么事吗？"

"没什么！"我摸着头，继而又说，"我想牵一下你的手，可以吗？"

她用惊异的目光看着我，此时我也不知道自己说了些什么，感到万分尴尬，可是借着路灯，在她的目光中，我发现她的吃惊远大于我的惊慌，这倒给了我几分勇气和安慰。

"牵我的手？牵女孩子的手？好奇怪的要求！"她的口气很轻柔。

"我只想牵一下，难道不可以吗？"我要求道。

"那好吧！"她沉默了二十秒之后，把手伸了出来，我开始还不敢，后来才慢慢握住她的手，那双手摸上去比想象中的要小，甚至我一只手就能握住她的两只，唯一遗憾的就是这双手有些粗糙，而且还涂了指甲油。在路灯的照耀下，她的指甲可怕得吓人，我把她的手端在眼前，问："这是什么？"

"指甲油，是我姐姐帮我涂的，好看吧？"她把双手十个手指头放在我眼前晃了晃，我立刻感到一股寒意，直在心里骂：讨厌。

后来的事我记不清了，反正我们在路上拐了七个弯，过了六个行道，还有一次从冬青中间跨进小路，直到分手时，我才放开她的手，不过我早已讨厌那双手了，都怪该死的指甲油。

到我走时，她突然叫住了我，我回过头，见她扑过来，在我的脸颊上亲了一下，凉凉的，她笑了笑，说："下次直说就行了，不用这样拘谨。"

我目送她远去，直至消失在深巷里，我才敢用手指去摸刚才她亲吻的地方，我用手狠狠地擦了擦，仿佛害怕留下什么痕迹，不过幸亏她没有涂口红。我回过头，走向了自己家。

第二天，我对她的态度便变了。“我真受不了女孩子这样主动。”我在心里这样对自己说，甚至怀疑自己以前为什么会喜欢她。人的感情真是奇妙，一会儿喜欢这个，一会儿喜欢那个，像云一样变化无端。可我并没有后悔，所以那个夜晚没有从记忆中抹掉，都说初恋是最令人怀念的，也许吧！怀念的只是那种感觉。

我把相机还给那个女孩子，她又说了声“谢谢”，便和男孩向桥下的台阶走去了。

听到海浪的声音，以及他们两人踏在木制台阶上远去的脚步声，甚至还有海鸥的叫声，我望着他们两人远去的身影，竟回想起两年前那个下午赏樱花的情景。

二

一大早醒来，已是七点一刻，我记起与同事约好去公园赏樱花，于是赶紧洗了把脸，穿了件灰色西服，系了条淡黄色领带，皮鞋没擦，头发也没梳，但出门时还是赶上了车流高峰，公路上的车全都堵在一起了，车速可以与蜗牛媲美。我本来还想如果自己买了车，上下班就方便多了，正预计过几天去买车，可一看这架势，买车也顶不了用。还不如走过这段路，到别的路段坐车，我走了大约十二分钟，觉得有点儿累，便停在公路旁，伸着右手拦车。可每辆车上都载了人，没一个理我的，好像整个世界忽略了我的存在。这时恰好有一辆空车，我顿时心中窃喜。可没想到正当我向前走时，前面一个穿橘黄色衣服的女孩把车拦住了，我的笑脸顿时变作哭丧脸，可我又一想，明明是我先看到的，为什么要让呢？这在某种程度上似乎显示了我的懦弱。于是我走了过去，这时车门打开，女孩正想上车，我按住车门，她回头望着我，我赶紧收手，仰头望着天空。

“先生，你想干什么？”

“你是在说我？是在说我吗？”

“这个地方除了你难道还有别人吗？”

我用右手大拇指指了指车窗，说：“当然，他。”

“真是不可理喻。”说着她便想上车。

听到这句话，我觉得气血上涌，向前一步按住车门，说道：“谁不可理喻？这辆车明明是我先看到的，凭什么要让你先坐？”

女孩向后退一步，好像是在做开战的准备，果然，她像演说家在台上演讲那样，说：“你先看到的，你先看到的就该你坐？公路这么长，你拿着望远镜看到十里外有空车，难道也应该你先坐？”

我涨红了脸，一时说不出话，便忙回过头，用牙咬着嘴唇，不让她看到我的窘态，这时，车里的司机不耐烦了，嘴里像喷火似的扔出一句话：“你们到底要不要坐？”

“你坐吧！”这时我听到这个声音。

“为什么？“

“让你坐你就坐吧！还问什么为什么。”

“我凭什么要坐？你让我坐我就坐，我为什么要听你的话。”其实我心里早想上车，可又不愿意丢掉男子汉气概，不愿受这个女孩子恩惠。

“我看你这样子，大概是赶时间吧！头发也乱了，纽扣还系错了。”

我低头一看，忙把衣服弄好，又用手弄了弄头发，倔强地说：“我哪有赶时间！我用不着你让，你想坐就坐，别这么多废话。”

“那我先走了。”她打开车门对我说。我脸上表现出掩不住的失望，大概连旁边的树木也看出来了。再等下去大概遥遥无期，同事大概又要抱怨了，我正准备离开时，这时女孩子又转过头问：“你去哪儿？”

“中山公园。”我觉得不是什么隐私，便直言相告。

“真巧呀！我也是去那儿，那就一起吧！”她微笑了一下，那笑容看起来令人陶醉。

我如蒙恩赦，心里突然明朗，便上了车。

上了车，我反倒觉得不舒服，空气凝重得很，拘谨得连话也没了。我眼望着路旁的海棠花，已经开放好些天了，颜色都有些变淡了，不过还可以见到柳絮飘飞。这时我无意间碰到她的手，更把身子向远离她的方向移动，记得以前跟妹妹在一起时，什么都可以聊，谁知见了陌生人，竟沉默至此，是心中有别的什么思想在支配着自己吗？对了，是惊慌，我的脑子大概瞬间生锈了，连动也动不得了。

"你叫什么名字？"车开了十几分钟的时候，她才打破沉默。

"许辉，你呢？"

"江容。那家庭呢？"

"父母健在，还有一个妹妹。"

"你还有个妹妹吗？"

"当然，难道看起来不像吗？"

"这倒看不出来。"

"能看出来那就不会问了，难道不是吗？"

"呵呵，是啊！"她笑了笑，"那你现在是在工作吗？还是上学？"

"你看我这个样子像学生吗？不会吧，我有哪一点使你误认为我是学生？况且学生有这样严肃的吗，现在的学生全都玩世不恭。"

"哪能这样说，我是学生怎么不这样觉得。"

"你是学生吗？"我瞪眼看着她，"高中生？大学生？"

"你什么眼神啊，我都大三了！"

"噢，是吗？"我动了动身子，沉吟半分钟，问："你是学什么专业的？"

"计算机。"

"以我实际工作的眼光来看，学计算机跟什么都没学一样。"

"什么？"她瞪大了眼望着我，竭力反对道，"全是瞎说，那你是学什么的？"

“数学。”我悠然回答。

“学这个才跟没学一样。”

“是吗？你这都不懂，现在数学即经济，人除了政治便是经济，而政治属于官场，经济就是社会的精华。”

“谬论，瞎说，你这人全是歪理。”

之后，她就没再跟我说话，我也不好再搭讪，不过幸亏路短，不一会儿便到中山公园了。她先下车走了，我也忙付完钱，找自己的同事去了。

我顺着大道向前走，同事在前方中间的音乐喷泉旁等我，看得出来，他早已是一副不耐烦的样子，我走过去，他从池子上站起来，不高兴地说：“怎么这时候才来？”

“堵车嘛！真不好意思了。”我笑着赔不是。

同事看了看周围，我以为还有什么人要等，便径直走到池边，池子高出地面一米左右，中间安置了二十八个喷头，隔几秒钟，水柱便喷至空中，这水中竟然游着红色的金鱼，真是可爱的小生灵，在一起嬉戏着，好像水中嵌着红花一样，美丽极了。

同事走过来，用不太信任的眼光看着我：“纪美呢？她没有来吗？”

“纪美？我妹妹？她也要来吗？”

“天哪！你该不会是忘了吧！我不是叫你带她一起来的吗？天哪！你究竟在想什么啊？”

我努力回想，还是记不起来有这回事，便耸着肩说：“没有的事啊！我一点儿都不记得。再说，这周末我妹妹根本没回家。”

“是吗？她没有从学校回家吗？”

“是啊！她已经有一周没回来了。不过——”我说，“这正好，她不回家，我总算能过几天安稳日子。”

“这样啊！那我们开始赏樱花吧！”说罢，他自己嘀咕着向前走去，好像说着“真讨厌”，看他一副失落的样子，我明白了，他也是我妹妹的爱慕者之一。不过我真想不明白，妹妹哪一点招男孩子喜欢，都大学生了，整天就知道逛街、睡觉、上网，却还能招来一群爱慕者，每到周末，很多男孩子就打电话到家里来，直到深夜两三点。我恨不得让妹妹住在学校，永远别进我的地盘，每次妹妹接电话，都会做出一副让人羡慕的样子，笑着从我手中接过电话，还对我说道："哥哥，出去一下，出去一下嘛！"

三

妹妹搬到我的地方住是在三年前，那时我刚毕业，在这儿找了份工作，我让她考大学千万别考这个城市，到她报志愿的前天晚上，我给她打电话说这儿的学校如何不好，环境如何差，我还对她说这儿的男生都长得怪模怪样，将来找男朋友也难，而她竟然在电话中笑了笑，说："有哥哥你就行了。"

最后，她还是来了这个城市，而且还上了这所我上过的大学，临来的当天晚上，妈妈给我打电话来，说："纪美报那个学校挺好的，我和你爸也赞同，再说，那儿正好有你，你可要好好照顾你的妹妹啊！"

"妈，你不知道，这个地方有多烂，而那个学校更是无法形容。"

"你不就是这个学校毕业的吗？我看你不是挺好的，好了，就这样了，周末的时候她还可以去给你做点儿饭。"

"天哪！"我喊道，"让她给我做饭，那简直不可能，不让我给她做就属幸运了。"

"怎么能这样说你妹妹呢！好了，不跟你说了，记得好好照顾她，她住你的房子，我给你负担三分之一的房租，这下没意见了吧！"

我挂了电话，自言自道："我仅仅是为了这三分之一的房租，才让她住这儿的。"想着我便躺在床上，眼睛望着天花板，脑海中浮现出妹妹小时候的淘气模样。

“哥哥，哥哥，把东西给我看看嘛！”我在前面跑，她在后面边追边喊，手里拿的是我写给前桌一个女生的情书。那天下午，我趴在桌子上思索了两个半小时，才从泰戈尔的诗集里拼成一封情书，这时上初中的妹妹恰好闯进我的房间。

“进来时难道不会敲门吗？”我气愤地对她喊道。

她并没有因此而害怕，一双眼睛直盯着我的抽屉，她走过来想打开看看是什么，该死的，我挡在她面前，对她说：“为什么你对什么都有兴趣？这里面没什么，什么也没有。”

“哥哥，我不信，你给我打开看看，打开看看嘛！”她用小手撕着我的衣角，乞求道。

“真是烦人。”我自言自语道。可没想到这小家伙竟上前来硬拉抽屉，我赶紧按住抽屉说：“好妹妹，晚上哥哥给你买糖，好不好？”

“不好，不好，”她摇着头，执意要看我写的情书，于是我趁机从抽屉里拿出来，跑到了后花园里，于是便出现了以上的那幕。

可是，她跑着跑着突然摔了一跤，坐在地上大哭，我回过头，望着两眼泪汪汪的她，狠狠地说道：“这下满意了吧？不要看了吧？叫你不要看吧你偏看，看你这个样子，自作自受！”

她停止哭泣，揉了揉发红的眼睛，迟疑地说：“我告诉妈妈去。”

“你去吧！我不在乎！”我洋洋自得。

可没想到她真的喊了起来：“妈妈，哥哥给人家写情书——”没等她喊完，我赶紧上前捂住她的嘴，“小声点儿，你真想让妈妈知道啊！”

“那你把信给我看，我就不喊了。”

“好吧！”我实在没办法，只得妥协了，到妈妈那里还不知道她能添油加醋说成什么东西，给她看就给她看吧！反正她也看不懂。

“背我，我的脚扭了。”她伸出手，一副命令的口吻。

我背起她，她竟然有些重，记忆中她还是那个瘦弱的小姑娘，没想到一眨眼长这么大了。我沿着草坪右侧，把她背到自己的卧室，我把写的情书递给她，她接过来，津津有味地看着，我则斜眼望着窗外的蓝天和草坪。

“哥哥，这句话是什么意思？”她指着一句问我。

天哪！看我的情书，还要我解释是什么意思，我怎么会有这样的妹妹！

“哥哥，天上的白云跟姐姐有什么关系啊？”

“什么姐姐？”我凑过去看了一眼，原来她看的是“天空的云散了/我心中的热恋加深了/岁月的流逝快了/相思的情感无穷尽”这一句。

“就是你要写信给她的那个姐姐啊！”她抬起头，凝视着我的眼睛。

“你不用管了，到时候你就明白了。”我不耐烦地回答。

但是，妹妹在我的卧室坐到吃晚饭时才离开。

想到这里，我笑了笑，从床上爬起来，到浴室洗了个澡，然后看了场球赛，便睡觉去了。

四

妹妹来的那天，我叫同事开车去接她，帮她把行李搬到我的住处，然后带她去报名。一路上，她东张西望，看看这边，看看那边。我叫她多注意点儿，但她兴致勃勃地撒娇，让我带她出去玩儿，我警告她注意自己的身份，她是来这里上学的，不是来游山玩水的。

“行啊！星期天。”同事回过头来对妹妹说。

“你就别纵容她了。”我拍了拍同事的肩膀，让他专心开车，“她在家就养成这一副坏习惯，出来可不能由着她的性子。”

“哥。”妹妹抗议似的喊了声，这时候她还叫我哥，后来便直呼其名了，“许辉，许辉”地喊，真搞不懂这个妹妹。

到了学校，我们给她找好了宿舍，在楼下遇到几个她宿舍的姐妹，她们问我是谁，我还没有回答，妹妹便抢先说：“这是我学长。”

天哪！什么学长？我是你哥哥哎！真是越来越不像话了，待那些人走后，我恨恨地对她说："以后再也不来这个学校了！竟然叫我学长。"

"难道不是吗？你也是从这儿毕业的，我们还是校友呢！不叫你学长叫你什么？"她一脸诡笑地说。

我说了几句作为兄长应该说的话，最后加了句："没事不用去我那儿，在学校住就挺好的，既安全，又不会觉得寂寞，而且去我那儿我也没空招呼你。"说完，我便离开了。

到了晚上，我跟同事出去喝了点儿酒，一不小心喝多了，刚出门我就吐了。同事要开车送我，我叫他小心点儿，我自己打的回到住处。还没进屋，就见里面灯亮着，莫非早上我忘记关灯了？不对啊！怎么隐隐约约还听到电视的声音？我摸索着打开门，见妹妹坐在沙发上看电视，一边吃着苹果，身上穿着浴袍，大概刚洗过澡。

"怎么这么晚才回来啊？"她回头看了看我，"哥，你喝酒了？"

"你怎么在这儿？"这时我记起来，白天时我把房门钥匙给了她一把。

"在学校睡不习惯。所以就来这儿了，谁知你不在，我就先进来了，实在闲得无聊，我用你的浴室洗了下澡。瞧，你这一身味儿，快去洗洗吧！"

什么？来跟我挤房子，还要用我的浴室，真不知道哪辈子修来的福气，有她这样的妹妹，我懒洋洋地脱了西服，换了双拖鞋，进了浴室，发现我的东西被搞得一团糟，肥皂少了一半，洗发水干脆不见了，我大声喊道："纪美，我的洗发水呢？"

"不好意思啊！我全给你用完了。"她嘴里还吃着苹果，传出的声音模糊不清。

没法再说她了，有这样的妹妹，不知道是福还是祸，等我洗完澡出来，我对她说："以后留短发，这么长的头发一次就用半瓶洗发水。"

"我给你买还不行吗？"

“不用了,你早点儿睡吧！明天不是要正式上课吗？我还要去工作。”

我刚想回房，妹妹却拉住我的手，“哥哥，我们好久没聊天了，坐下陪我聊会儿好不好？”

“有什么好聊的，我好困啊！”

其实想来，我确实很久没有和妹妹聊天了，近年来忙于工作，心有余而力不足，连她的学习也疏忽了。可为了生计又没办法不干下去，久而久之，连性格也变内向了，很少跟人打招呼，也很少能够再交朋友，年纪都一大把了，还没有女朋友，人说三十而立，眼见快三十了，我还没有要立的趋势。可这方面的事急也没有用，没到那个时候，再去怎么努力也不行。

“你可以聊一下你的大学生活，以及你的恋爱，也好给我点儿大学的必修课。”妹妹拍了拍沙发，示意我在她旁边坐下。“你瞧，天还早呢！干吗那么急着睡觉。”

“大学没什么好聊的，以后你慢慢体会就行了。”

我说罢，打了个哈欠，催促她早点儿睡觉，自己便去睡觉了。

直到第二天早上我才醒来，我刷完牙，梳完头，刚想锁门上班，才记起妹妹还在，便敲了敲她的门，“纪美，还在不在？”见没人回应，我推开门看了看，天哪！七点多了，她还在睡，真是一个懒虫，我进去拍了拍她的脸，她睁开睡眼，问道：“哥，干什么？”

“天不早了,你上学该晚了。门口有卖东西的,饿的话,你自己去买，我上班该晚了，先走了啊！”

她嗯了声又闭上眼，倒回床上，我也懒得再叫她，便先去上班了。

就这样过了三年，妹妹每周末都会来我这儿住，她是越来越皮，而我却越来越空虚、忧郁，整天无所事事，在工作上一直打不起精神，对将来老持一种怀疑态度。不过房子倒因妹妹的居住而变得清洁了很多，她虽懒，可还有打扫卫生的心，这是她身上唯一可以称之为优点的东西。

五

我抬起头，早已不见同事的踪影，于是便一人横跨过草坪，向下面走去，走到了池塘边，四下里有些高大挺拔的柳树，完全把前方的视线挡住了，里面的水倒很清，像徐志摩写的《再别康桥》里面的康桥一样，水草在波光粼粼中晃动。

我继续向前走，这时在黄烂烂的草丛中，我发现刚才一起坐车的那个女孩子，对了，是江容，看来我的记忆力并不坏。她跟好几个女孩子在照相，可恶的是，她们竟然站在花丛里，把花全踩了，真差劲。这时，我发现了在大道上走的同事，忙赶上去拉住他，说："你刚才哪儿去了？"

"我还想问你呢？这个地方一点儿都没趣，我从后面去动物园了。"

"噢！那你还叫我来。"我大声喊道。

"算了，我们走吧！"

"走？才来这一会儿就要走吗？我一大早等了一个小时的车就是这个结果？"

"你不走就一个人待在这儿吧！我可要先走了。"他说着，从口袋里拿出车钥匙，朝外面走去。

我做了个讨厌的表情，自己回过头在树间乱走，可心里乱乱的，周围的景象一点儿也看不进去。

在一条小道上，那几乎不能称之为路，斜斜歪歪，走起来相当困难。在这儿我又遇到了江容，她脖子上挂着相机，眼睛看着周围，可她还是看到了我。她认出了我，不可思议地说："真巧啊！"

"是啊！真巧啊！你的同学呢？"

"我的同学？噢，她们去那边买东西了。"

"在这儿真无聊啊！"我随口感叹道。

"有吗？我觉得挺美丽，挺好的！大概是你工作了，所以才对什么都没兴趣。”

我和她一起向前走着，两旁的红色重樱、八重樱正绽放新色，慢慢从树上飘下几瓣柔弱的花瓣，落在脚下。我用手把挡着的树枝弄开，走到了大道上。

“这樱花的景致并不坏啊！看起来真叫人觉得幸福啊！”

我随声应了一句，看了看蓝天。远处来回的人群，有的在休憩，有的在吃东西，有的在照相，也有小孩子在路上乱跑。

我们两个踏上山顶，就着夕阳俯瞰公园的整个暮景。

“男朋友没有一起来吗？”我问。

“男朋友？哪有啊！”她笑了笑，身子俯在栏杆上。

我本来想看一下她的脸，可天已经黑了。她回过头来，叹了口气，已经天黑了，我只看到她的眼睛闪烁着光芒，于是我们一起下了山，在路上遇到几个女学生，可是面容都看不清了。

临走的时候，她把电话号码给了我，“有事给我打电话。”她笑了笑，便飞快地上了车，消失在夜幕之中。

六

春天的天气确实热得让人窒息，这种热不像夏天那样坦然，而像从无氧的空间里一点点放出来的。整个夜中混合了泥土味、花香味、香水味和啤酒味。人躺在床上都觉得难受，我坐起身打开音响，一遍遍听着音乐。

这时电话响了，我拿起来，是妹妹打来的。

“许辉，下周末有时间吗？我要带一个朋友去你那儿。”

“叫我哥。”我有气无力地强调道。

“下回知道了。”她嘿嘿笑着，“有时间吗？下个周末。”

“男的还是女的？”

“当然是男的，要不请你看干吗？”

“这样的事别找我。”我不耐烦地说，“我可没有给你审批男朋友的本事。”

“就是去吃顿饭，叫你看看嘛！”妹妹爽快地说。

“那看看吧！到时候有时间再告诉你。”我头望着外面漆黑的夜，“其实，我只希望你一个人来。好了，没别的事了吧？挂了啊，晚安。”

“晚安。”

挂了电话，一股寂寞感涌上心头。

我把音响开到最大，用被子蒙住了自己的头。

七

第二天是晴朗的日子，可我却睡到七点半，睁眼之后还躺在床上不想起来，最后干脆给公司打了个电话，请了一天假。

其实，我是相当讨厌这份工作的。这份工作是我要好的同学浩帮我找的，那时我们还是学生，大四的时候我签了一家公司，可是最后被别人捷足先登了。那一天我去温馨酒吧喝酒，意外遇到了浩，他笑呵呵地对我说：“老兄，过来坐。”

我走过去坐下，他歪着头，看来已经喝的差不多了，可他还是拍着桌子问：“老兄，大几了？”

“大四，”我回答，“我叫许辉。”说着我伸出了手。

他伸出手握了握，醉得话音都有些颤了，“有什么事吗，怎么来这儿？”

“工作没了。”

“哈哈……”他大声笑着，“就这事啊！我还以为你失恋了呢！我有个舅舅在这儿一家公司当经理，不如毕业后跟我一起干吧！”

他站起身，拍了拍我的肩膀，大声喊道：“再给我拿两杯冰镇威士忌。”

“这酒太烈了吧！”我说道，那时我还柔弱得很。

“没事的，我每天都在这儿喝至少五杯，喝醉的感觉真好。”他说着把杯子里的酒喝完，身上传出浓浓的酒味，“醉了就会很快淡忘这些烦心事。”

酒端上来我喝了一口，马上肝胃里便冒出火来，可浩硬握着我的手让我把它灌下去，立刻，我头便晕了，自己思想也和身体分离了。

“呵呵，该享受的时候就享受嘛！我们不必去担心地球会不会转，世界政局会不会变动，我们过我们的就行了，何必想那么多呢？该死，”他打了个嗝，指着我的鼻子说，“一切统统见鬼吧！你相信爱情吧？相信爱情的全是傻瓜，什么爱情，全是扯淡……”

迷迷糊糊中，我趴在桌子上呼呼大睡了。

八

我做了个梦，自己闯进了幽深的黑森林，变成了一只秃鹫，在半空中飞来飞去。

我已经很久没做过梦了，能够重温做梦的感觉，真好。我从床上爬起来，已经是十一点十七分了，肚子很饿，也懒得下楼去买，泡了包方便面吃了。我拿起本杂志翻了翻，没有感兴趣的，便把它扔在床上，从衣柜里找了件干净衣服穿上，想来想去，决定去新华书店买几本书。

在书店转了几圈，站在新书专栏前，我发现并没有一本感兴趣的。我走到外国作品专栏前停下，这时我发现一个熟悉的面孔，是江容。她今天穿了件红色上衣，下身是乳白色的休闲裤，脚穿白色运动鞋。她倚在那边很专注地看书，一边看还一边用右手拿着薯片吃。

我走过去，她抬头发现我，表情很惊讶，连手中的薯片也忘了吃。

“你可真会享受，在这儿还吃着东西。”

“你在这儿工作？”她把书反扣在书架上，回头问道。

“不，我来买书。”

“工作了还需要买书看吗？”

“当然，你现在研究什么呢？”说着我凑过去看了看，原来她看的是《莫里哀喜剧全集》。

“莫里哀。”

“那莎士比亚呢？”

“已经过去了。”

“噢！”我吁了口气，“中午一起吃饭，有时间吗？”

“下午有课。”她又拿起一片薯片塞入嘴里。

“什么课？”

“实验课。”她顿了顿，说，“不过不去没关系，实验课这学期我还没去上过呢！”

九

我把一枚硬币投在唱片机里，点了首 *my heart will go on*。

我走过来坐下，她那杯柠檬汁已经少了一半，我便也端起杯子喝了一大口。

左边的墙壁上挂着一幅莫扎特的肖像画。莫扎特那忧郁的眼睛似乎在搜索什么，看到他，耳边便响起他的《安魂曲》，我忙侧过脸，不去想它，怕把我绝好的心情都给搅了，右边挂的则是梵·高的《向日葵》的复制品。

“你这样邀女孩子吃饭，女朋友不在意吗？”她说完把杯子里的柠檬汁一饮而尽。

“我也希望有在意的，可是……”我做了个无奈的表情，“我没有女朋友呢！”

“还在等待？”

“嗯！像《等待戈多》里的人等待戈多一样。”

“可谁也不知道戈多是谁啊？”

“我也不知道自己等的是谁啊！”我笑了笑，也把剩余的柠檬汁喝干了。

“真怪。”

“什么怪？”

“你这个人。”

“我怪吗？我头一回听人这么说我。”

吃饭之际，我问了她的家庭情况，得知她是天津人，家里还有两个妹妹、一个弟弟，一个妹妹跟她同岁，另一个比她小一岁，两个都已经结婚了，弟弟在上高中。

十

本来就是傻小子的我，显然现在还没有完全摆脱那种附庸风雅的口气，就像布思·塔金顿描写的傻小子威利·白斯特一样。

> 因为在十七八岁的年龄，青春期发育可能已完成，但不是由于经验的成熟。这些年龄有自己的悲剧。一个人一生中的这个时期不能容忍自己在外表方面有任何不完美：地位、财富、家庭，以及在公共场合的风度、优雅和尊严。然而那青年经常被他内心依然不时要冒出来的那个孩子所出卖，而不识趣的人们也总当他还是个孩子。

这是那天在新华书店看的塔金顿的《十七岁》，虽然他写的是十七岁，显然十七岁的人是欣赏不了的。其实后来我才知道那是幼稚，极度的幼稚。而现在自己虽然已不在乎地位、家庭、财富，以及自己的风度，可还是避免不了地干傻事，这是唯一没有改变的。

十一

经历了堵车风波，我还是决定买辆汽车。我小时候就梦想有一辆车，可以自由地、轻松地开着它去海边接受海风的沐浴，看随波逐流的海浪和自由飞翔的海鸥。现在有资本实现梦想了，我却迟迟不肯动手，好像极怕破坏这天真无邪的梦想。两年前浩就建议我买辆车，这样每天上班不必去挤公车，也是消遣时间的一种好方法。

我给浩打电话，让他陪我去买车，因为浩对各式各样的汽车最有研究，这方面是他的强项。

“怎么，你想买车？天哪，我没听错吧？你会买车，不会是生病了吧？”他几乎不相信我的话。

“别开玩笑了，快过来吧！”

浩赶到我的家中，刚见到我，便张大嘴说：“真不敢相信，你会买车，记得两年前怎么劝你都不行，怎么现在肯买了？是不是新交了女朋友，说，是不是？”

“好了，别开玩笑了，请你帮个忙有这么难吗？”我穿上外套，擦了擦皮鞋，我们俩出了门，我回过头锁上屋门。

“帮忙可以，不过我有个请求，星期天帮我约纪美吃饭，好不好？”

“这事我可帮不了。”这时我记起妹妹那天说星期天的事，差点给忘记了。“噢！我好像记得我妹妹说过，她这周末没空。我会告诉她，不过她去不去可是她自己的事。”

“你这个哥哥开口她会不听吗？”浩笑了笑，“好了，上车吧！”

我上了车，在心里回答浩刚才的话：“那可不一定。”

到了汽车商店，我一下车，就发现各式各样的车都有，不过在我的眼中都没什么区别，因为我就是个车盲。浩拍了拍我的肩膀，说道："跟我来。"

我跟着浩径直走到一款黑色的汽车前停下，他拍了拍车顶，问："你看这辆怎么样？"

"看起来蛮不错的。"

"是吗！坐上感觉应该不错吧？"他打开车门，坐了进去，转了转方向盘。"感觉确实很惬意。坐起来舒服极了。"

"那就买这辆吧！"我说。

"不再转转看看别的吗？"浩从车里出来问。

"我相信你的眼光，就这辆了。"

我跟浩去办完手续，便叫人先把车开到家里，当天的天气相当不错，平时没开的花在这一天都开了。我的心情也好极了，很久没有这样好的心情了。早知道如此，我早就该买汽车了。我觉得平时忧郁的我似乎变得高傲、轻松了，于是便拉着浩去酒吧，好好痛饮了一番。

十二

晚上回家，我觉得肚子有点儿饿，便到厨房找了两块面包，沏了杯咖啡，边吃边看电视。从窗户可以看到对面公路上的巨幅广告牌，照得路面一片亮堂。电视上的广告播完，开始播出电视剧，可是我毫无兴趣。我换了几个台都在重播一样的电视剧，最后干脆关掉电视，打开音响听歌。

这时我突然想起了什么，把干面包片全塞到嘴里，就着咖啡灌了下去，我把杯子扔在玻璃茶几上，拿起电话，拨通了妹妹的宿舍电话。

"喂！你好……"对面传来一个柔和的声音，这大概是大学生接电话惯用的开场白。

"请接许纪美。"我打断她的话。

“纪美，你的电话。”从那头传出来的喊声，接着便有个声音在那说：“喂！我是纪美，你是……”

“我是你哥。”我把腿跷在沙发上，使自己的动作更随意些，也使自己舒服些。

“哥，你把音响关小一点儿，我听不清你的声音。”

“什么？”我对着话筒做了个讨厌的表情，起身把音响关小了，然后又躺回沙发里。

“有什么事啊？”妹妹在那边不耐烦地问。

“对了，纪美，我突然想到了一个问题，对你来说或许没什么，可是对我而言，这时一件极其严肃的事情——”

“什么事嘛，你倒是说啊！”

“你有没有戴耳环？”

“天哪！这就是你所说的问题？”妹妹在那边失声喊道，“你平时没发现吗？”

“没有。”

“那口红呢？有没有涂？”我继续问。

“现在是晚上哎，不过平时我也很少涂。你发什么神经呢，哥。”

“我给你个电话号码，你帮我问她一下这两个问题，好吗？”

“我才不。”妹妹大概已经明白了我叫她干什么事，她在学习上虽然不怎么样，可是在感情中却异常敏锐，好像感应器一样，“哥哥的感情问题我才不要去干预。”

“这不是干预。是帮忙。”我说，“算我求你了，好不好？”

“不好，我才不帮你这个忙。”

“好妹妹，今天我刚买了车，星期天带你出去玩儿，好不好，就帮这一次。”

“不帮，不帮，我说了不帮就是不帮，”妹妹喊着，把电话咔嚓一声挂了，传来的声音震得我耳朵嗡嗡的，我望了望窗外，无奈地把电话放好。

我又把音响开大了，然后又沏了一杯咖啡，没有加糖。

十三

尼采自诩自己是阳光，说只求付出，不求索回，只是散发光和热。许多文学家批评他高傲，可他只是用这样一句话回应：“白昼，岂知道夜色之深。”毋庸置疑，我们谁也搞不清别人在想什么，就像别人搞不明白我在想什么一样。

反正，总而言之，我从未因任何一个人而改变自己的生活方式，我可以发誓，即使遇到一个让我心动的爱情女神，我心依旧，她别想来束缚我。我常常这样对自己说，可怎样在爱情中保持清醒、理智的头脑呢？我挣扎着，可是找不到出路，就像是困在暗室里的苍蝇一样无助地呻吟。

我开着车在幽静的学校旁缓慢移动，暮色已至，我在学校附近来回开了五趟，最后拨通了那个号码。

“喂？”在电话铃响了三声后电话接通了，正是我想要找的人的声音。

“江容吗？我是许辉，还记得我吧？一起在中山公园赏过樱花，在新华书店附近吃过饭的那个。”

“噢，是你啊！这时候打电话，有什么事吗？”

“我想约你出去一下，吃顿饭，看看海边夜景，不知道肯不肯赏脸。”

“现在吗？”

“当然，”我说着打开车门出来，倚在车门上看了看手表，说，“我现在在你学校门口，现在是五点四十七分，十三分钟能走到这儿吗？我在这儿等你。”

“噢——”她迟疑了一会儿，“好吧！六点学校门口见。”

“好的，过会儿见。”挂了电话，我不停地看着手表，一分钟过去了，两分钟过去了……我从口袋中摸出一盒香烟，其实我并不会抽烟，那烟是为了应付特殊场面而准备的，我拿在手里翻弄着，直到十分钟左右，我才把它放进口袋里，因为我不想她误认为我抽烟，这时候，我把墨镜也摘了，放进车里。对了，我忘记买花了，天哪！怎么能忘记这个呢？我看了看表，还有两分钟，已经来不及了，算了，我想一个学生应该不会在意这方面，她也未必接受，想到这些，我感觉轻松多了。

直到二十分钟后，她才出现在校门口，我见她的头发还是湿的，大概刚洗过头。我真是太唐突了，幸好春末吹的是带着白天热气的风，很拂面的那种，所以不一会儿她的湿发就会干了，我把她请上车，然后自己也钻了进去。

“刚买的车？”她打量着我的车问。

“已经三天了。”我回答。眼睛从反光镜里看了看她的表情。

我们在海边一家小餐馆停下，那里面的设备很简单，可是配着很好的灯光，既不失风度，又可以保持浪漫的色调，所以我很乐意选中了它，我把菜谱递给她让她点菜，然后要了瓶白葡萄酒。

“幸亏你来了，要不我真像演《秃头舞女》一样，下不了台了。”我看着她说。

“呵呵！”她笑着，“既然这样，那我该多吃一点儿。”

“你能吃多少尽管吃好了，一顿饭我还是请得起的。”

她淡淡一笑，把头转向外面，望着点点灯光点缀的海面，她纤细的手指看起来不像是手指，而像是雕塑一样。她用手拢了拢被风吹乱的头发，回过头，盯着我的脸看了良久。

“我从来不想欺骗人。”

“我也是。”我点点头，表示赞同，或是赞赏，“可是据说这是种病症。”

“病症？”

“是啊！”我认真地回答说。

“不想欺骗人是一种病症？”她看上去似乎不相信我所说的话。

“人的潜意识里都不想欺骗人，可是表现到外边就是病。”我解释说。

“照你这么说，你也患了病？”

“当然，而且还很严重，”我说，“如果不是今天，恐怕我觉得天也是阴暗的，而且人人都在侵犯我的生活，或许他们认为这是友好，可是我简直不能忍受，他们把侵犯别人的生活当成是自己的乐趣。更可恶的是，他们把自己对别人的看法、生活习气也带到这里面来，这简直叫人无法忍受。”

“是吗？”

“是的。”我坚定地回答。

菜都上齐了，我给她倒了一杯白葡萄酒，自己也倒了一杯，然后分别在里面放上两块冰块，她吃了口菜，问道:“你现在干什么工作呢？”

“工作？”我抬起头来瞧了她一眼，喝了口酒，落在肚子里顿时浑身都清凉了，“别跟我谈工作，好吗？还有天气，谈这些不意味着我们没话可说了吗？这些在大学都谈厌了，在这种场合难道不会谈些别的吗？譬如家庭、食物、哲学，那样你不觉得更好吗？”

我们陷入了沉默，可以听到远处海浪拍打海岸的声音。

她的视线放在了远处，我也顺着她的视线把目光放在了远处一对情侣身上。

“本来，我一直以为自己是狮子座的，”我淡淡笑了笑，可仍旧没回过头，“后来才知道是处女座，据说这星座的星运不好，事实上也正如此，我的运气一直就没怎么好过，找女朋友，被女朋友骂神经有问题，大四找工作，最后被踢了，现在的工作——反正从小到大，我一直走霉运，所以心情一直很压抑……算了，我跟你说这些干吗，对了你呢？你是什么星座的？”

“天秤座。”她回过头，端详着我，大概因为刚才的话。

“一个不错的星座。”我回过头，可不敢正视她，把目光移到桌子上，悬在桌子上方的红色蜡烛快要燃尽了，这时服务员又换了一根，它那跳动的火焰就像我的心一样，随时都有被淹没的可能。

饭罢，我们散步去了海边，两个人倚在一起，远望着一望无际的大海，天空中弥漫着玫瑰色，显示着爱情的色调，这时我闻到从她身上飘出的紫罗兰花香味。

我们都保持着同样的姿势，许久地缄口不言，聆听着微风的声音、细浪拍打海岸的声音，从海里飘上来的空气里有些清鲜的味道，遥远的海中央传来汽笛的声响，这时我陷入了缥缈的憧憬中，以至于有多久没说话都忘记了。我心中极留恋这份美好的感觉，即使没有喜欢的人在身边，恐怕也还是会觉得幸福的。

从远处望去，只有两个身影倚在车窗上，一切都被暮色淹没了，持续闪起的灯光把海面和整个城市照亮了，海面闪耀的灯光把两人的脸映衬成暗黄色。

“我没有现今的男孩子具有的气质，”我侧过脸，用手触了触她的指尖，“所以，我从来不受女孩子青睐。”

“是吗？”她看了看我，“可我觉得你的气质比那些人好。”

“可我不在乎，你明白吗？即使没有一个人欣赏，我还是照自己的性格行事。”

“这样很好，有时候我也想这样做，可是每次都做不到。”

我离开车顺着海岸向前走着，她说：“你的车？”

“先放这儿吧！等回来再取吧！”

她小跑跟上来，我步子稍微慢了些，跟她保持了一致的步调，轻轻的风在移动，真的很轻。连海面都没有涟漪，她刚洗过的头发散发着香味，走了一会儿，我用手抓住了她那白皙柔软的左手，她颤了一下，继而她握紧了我的手。

等我再次看她时，她的脸颊上早已落了两行泪，我用手抚摸着她的脸颊，问：“怎么了？”

“没什么。”她用双手把眼泪擦去了，可眼圈还是红红的，我把她搂在怀里。

风还在轻轻地吹着，路灯照着路上几个孤独的人，远处，那辆车还停在黑暗中，海水席卷着浪花涌到车轮下。

十四

星期六，照样是晴好天气，可是越来越快地滑入夏季，使人的心情变得急躁，打开窗户，竟有罕见的小鸟从眼前飞过。

我回到房间收拾了一下自己的脏衣服，一股脑儿塞进了洗衣机，此时的洗衣机左晃右晃，震得整个楼房都在颤动，于是我便关了。该死的，等妹妹回来帮我洗吧！我穿上西服，到外面买了牛奶和面包，正想着今天出去干什么，或邀江容出去玩儿，去哪儿玩儿，该说什么话，中午一起去哪儿吃饭，下午又该去哪儿玩儿，这些我都想到了。

这时，电话铃响了，我回到现实中，伸手拿过话筒，是妹妹打来的。

“哥哥，准备好了没？过会儿我就去你那儿。”

天哪！这时我想起妹妹今天要带男朋友来玩儿，飞翔的思绪瞬间复了位，看来今天又是无聊的一天，于是我更无可奈何地回答道：“随便。”

“那好，两个小时后见。”妹妹说，“对了，家里有没有菜啊，没有的话你去买一些。”

“你别装了，自己做的又不好吃，领着他去饭店就行了。”

“那怎么行呢！”妹妹沉默了一会儿，说，“我想一下，该买哪些菜好，你拿支笔来，我说着你记下来。”

“麻烦，真是讨厌。”我到桌子上找了一支笔，重新拿起话筒，“你说吧！”

“西红柿、黄瓜、芹菜、莴苣、马铃薯、香菜、两条黄花鱼，还有龙虾、螃蟹，好了，就这些吧！挂了电话马上去买啊！”

“真啰唆。”我挂断电话，闷闷不乐，自己工作三年了，从来还没亲自买过这么多菜，而今天竟要为妹妹所动，想起来肚子有气，等结束了一定狠狠教训她，我痛苦地想道。

我花了一个小时买完所有的菜，几乎是遇见就买，价格都没问，总共花去了我二百八十块六角，回到家，我把东西扔进厨房便不顾了，自己冲了杯咖啡，打开电视看着节目，这时我看了看房间，乱得像猪窝，啤酒瓶横七竖八地躺在沙发右边。沙发上放着些前天、大前天、大大前天乃至一个月前的报纸，地上堆满了瓜子皮、香蕉皮、苹果皮、橘子皮和一双不知道怎么弄来的脏鞋，床上被子没叠，以前不觉得怎样，现在一看倒有些不顺眼，纵使不想帮妹妹，也不能让外人嘲笑吧！于是我便马马虎虎地收拾了一下，把地上垃圾扫到门后，酒瓶排好，被子叠好，整整床铺，把沙发上的报纸塞到床底下，干完这些我便累得不能再动了，看看表，十点十一分，还有二十九分钟才到约定时间，于是便驱车去买了几瓶啤酒和白葡萄酒。

十点四十五分，妹妹来了，从窗户我看到她和那个小伙子，他穿着倒没什么刻意，可是戴着一副眼镜，一副老学究的样子，个子好像比我高一点儿，大概也就高二到三厘米吧！毕竟妹妹的身高不算矮——一米七二，所以看起来也并没什么不妥，但是他生了一张不太协调的脸，下巴极尖，离嘴巴大概有十几厘米，而且他笑起来比我还难看，简直比哭还难看，笑完了连眼睛都闭好一会儿，好像在体验刚才的感觉，记得初中时有个同学就是这个样子，后来因偷盗蹲了监狱，他俩的笑一模一样，可见他生了一张犯罪的脸相。

这时门铃响了，我赶紧过去开门，妹妹见了我，便微笑着介绍道:“这是我哥，哥，这是我男朋友，端木文林。”

“端木文林？”我脸上掩不住的惊异，还起个日本人的名字。

妹妹马上解释了我的疑问:“文林的母亲是中国人，父亲是日本人。”

“噢！这样啊！”我忙把他请到客厅，让他坐下，然后给他冲了杯咖啡，他站起来行了个六十度的礼，“谢谢，大哥。”

“不客气，不客气。”我尴尬地说着，让他坐下，这时妹妹去厨房做饭了，她让我跟他聊一会儿。

“天哪！”我喊道，“让我跟他聊，不是比坐牢还难受吗？”

我走过去坐在他旁边，见他喝咖啡的样子，左手托着杯底，右手拿着杯柄，只把嘴唇的一点放在上面，一口一口品着，平时我喝咖啡都是像喝水一样，没想到还有这礼节，不禁暗自羞愧。

这时他抬起头，双手把杯子放下，笑着问：“哥哥是干什么工作的？”

“在一家小公司工作，不像是在大企业，干什么工作层次分明，而我们这些小公司什么都干，所以性质不是很明确。”我说。

“但据纪美说，哥哥的工作很出色。”

“哪有，哪有，都是她瞎说的。”我微笑着说。

他又端起咖啡喝了一分钟，我觉得这一分钟有一个小时那么长，待他放下杯子，我问道：“你从小在日本长大吗？”

“我二十岁以前是住在日本的，后来父亲来中国开公司，便一起跟过来了。”

“噢！那你对日本应该很了解了，我是说你对日本的人文、地理，应该都很了解吧！”

“谈不上了解，只不过知道一些罢了。”他看起来相当谦虚。

“伊豆山，知道吧？川端康成《伊豆的舞女》中的伊豆山，你知道吧？”

“当然知道了，”他向我靠了靠，弄了弄眼镜，“我还去那儿住过一短时间呢！”

“是吗？那儿一定很美吧？”我问。

“也谈不上美，只不过住在那儿，感觉很好，”他说，“哥哥，难道你喜欢日本文学作品吗？”

“喜欢看夏目漱石、芥川龙之介、有岛武郎和川端康成的作品。里面虽然带点儿感伤，却很真挚动人。我能感到那无可救药的孤独、无可排遣的空虚、无可言喻的惆怅，——这种充满失落感的心境很真实。”

这时妹妹做好了饭，端菜上来，我也起身帮她去端，在厨房里她朝我挤了眼睛，笑着说：“很谈得来吗？”

“也不是很谈得来。”我回答。

“那我以后应该多带人来。”她眨了眨眼睛，“这房子比以前整洁多了。”

“死丫头，快端出去吧！菜都凉了。”我狠狠地说道。

饭菜上毕，我刚要坐下，这时端木从身后拿出一个礼盒，双手递过来，“这是送给哥哥的。”

“不用了，不用了，干吗这么客气，见到人就行了，至于东西，就不必了吧！”

“收下吧！只不过是一件衬衣而已。”他说着放在我的手里。

我无奈地接过来，可一看标价：一千二百元。虽然只是衬衣，可却足以顶我去六七次酒吧，我觉得好像被人欺骗了一样，刚才对他开始转变的一点态度也葬入海底，讨厌浮出水面。

“哥哥，不知纪美平时喜欢——”

“就这些。”我打断他的话，指了指桌子上的菜。

“我不是说菜，是说她有什么喜好。”

“不知道。”我冷冷地回答，起身去拿了三个杯子，回头问道：“你要不要喝酒？”

“不必了。”

“那喝白葡萄酒吧！”我一手拿着三个杯子，一手拿着一瓶啤酒、一瓶白葡萄酒，把杯子放在他面前，给他倒满白葡萄酒，然后给妹妹倒了一杯，给自己倒了杯啤酒，我俯下身，试了试温度，正好，便说道：“好了，开始吃饭吧！”

吃饭期间，端木问我：“哥哥，你有女朋友了吗？”

问题可真多，我喝了口啤酒，不耐烦地说：“我脑子里只有吃喝玩乐的念头，工作或许还会用点儿心，可是这上面，随便吧，压根儿没想过，再说，女人是男人的坟墓，我倒不想这样进坟墓。”

“我以前也这样想。”他直言相告，“可是一旦遇到一个自己真正喜欢的人，就无论如何也做不到了。”

“那爱情可真是一件叫人害怕的事情。”我用筷子弄了点儿鱼吃，“不过，幸亏我没有。”

“哥哥是想做个卓尔不群的人？”他问。

“卓尔不群？”我没想到他会想出这个词语来，不过倒挺具体的，“不是卓尔不群，是傲慢与偏见。”

“哥。”妹妹叫了我一声，提示我别再瞎说下去，而我刚想说的话已到唇间，万没有再收回去的可能，我说：“你到底喜欢我妹妹哪一点？清纯？幼稚？还是她那种懒惰。”

“很多，很多，她所有的一切我全喜欢。”

“哥，我给你放你喜欢的音乐。”她说着起身过去放好光盘，这时传来一首女声的歌曲。显然她故意打断我的问话，以阻止我说出更难听的话，可是天哪，她放的这首歌，简直像马路上的汽车发出的声响。

“哥哥喜欢这样的音乐？”他问，“我也很喜欢。”

“是吗？还有莫扎特的《安魂曲》，瞎子阿炳的《二泉映月》，以及贝多芬的钢琴协奏曲，这些我都喜欢。”我闭着眼乱说了一通。

“那李斯特、肖邦的呢？”

“那自然是——更喜欢了。”

在这些谈话中，我们结束了饭席，又瞎聊了一会儿，直到下午四点钟，端木站起来告别，妹妹说今天晚上住这儿，就不一起回学校了，他点了点头，用三分零二十五秒的时间消失在我的视线里。

等他走后，妹妹收拾了一下饭桌，她从厨房里出来，笑着对我说："哥哥，觉得他怎么样？"

"家里很有钱。"

妹妹无奈笑了笑，"我是说，他这个人怎么样？"

"卓尔不群。"

"哥，认真一点儿好不好？"

"我觉得——"我又从角落里拿出一瓶啤酒，倒满杯子，给她倒上一杯白葡萄酒，"他不怎么适合你。"

"是看不惯？"

"对，"我说着喝了口啤酒，"不仅仅是看不惯，他的气质配不上你。"

"是吗？"

"当然，我是你哥，我还不了解你吗？"

"那你觉得我是个什么人呢？"

"无聊，懒惰，小心眼……还有很多，我一时想不起来。"

我端起酒杯碰了碰她眼前的酒杯，"来陪哥哥喝一杯。"

我喝完了，放在桌上，妹妹也拿起酒杯一仰而尽。

"哥，你说人为什么要活着呢？"妹妹的脸色微红，大概是刚才喝了点儿酒的缘故。

我也有点头晕了，我迷迷糊糊地说："说什么呢！"

窗外，天渐渐黑了，对面楼上传来音响的声音。我看了看外边，问道："妹妹，还吃晚饭吗？"

"我一点儿也不饿，你饿吗？你饿的话我再给你做。"说着她便起身向厨房走，我一把拉住了她，"我不饿，不用做了。"

接下来，我和妹妹沉默了很久，一直在沉闷地喝酒。

"妹妹。"我说。

"嗯！哥有什么事？"她侧着脸看着我问。

“下个星期有时间吗，我同事浩想请你吃饭。”

“有时间我也不去。”

“可是，”我望着淡黄色的灯光说，“我已经替你答应了。”

“哥——”妹妹大声喊道，“你怎么这样呢！”

我看了看妹妹，她好像真生气了，我拍了拍她的手，“我……你不愿意去的话就别去了。”

“可是你已经答应别人了。”

“没关系，”我笑了笑，“我可不希望欠妹妹个人情。”

对面公路上的巨幅广告牌又映入我的眼帘，我回过头看着妹妹，问：“你谈过几个男朋友了？”

“这是第二个。”妹妹回答，接着又问：“哥哥，你呢？”

“我啊？我一次都没有。”

“撒谎。我知道的就有好几个，还记得你上高中时给人写情书吗？”

“那些都是普通朋友，那时候的感觉也根本不是爱，你没见我大学时从未谈过吗？”

“为什么？”妹妹歪着头问。

“我觉得，她们不是以真面目示人，再说她们根本不会付出自己的真心，”我说，“所以我也不会献出自己的真心。”

“女孩都是希望找一个爱自己比自己爱他更多一点儿的男孩啊！”

“所以你才找他？”我问。

“找一个爱自己的人，总比找一个自己爱的人要幸福一些吧？”

“是吗？”我闭上眼，痛苦地想：难道真没有两情相悦，难道爱情如此经受不起外界的诱惑？

“哥，明天有空吗？”妹妹在我的耳边轻轻地问。

“有。”

“带我去海边玩儿，好吗？”

“行，明天带你去海边玩儿。”我答应着，一边倒在沙发上，沉睡过去。

妹妹则在一旁，用右手托着下巴，呆呆地看我的脸，这时一缕月光，洒在她的脸上。

十五

第二天起床时，妹妹已帮我把洗衣机里的脏衣服洗完了，正在阳台上晒，我刷完牙，梳了梳头发，望着镜子中的我，脸上掩不住的憔悴，好像生病了一样，嘴的四周有暗黑的胡须，便用剃须刀刮了刮，不小心刮破一块皮，流出红色的血，我离开镜子，这时妹妹刚好从外面提着豆汁和油条回来。

“谢谢你帮我洗衣服。”我说。

她把豆汁倒在杯子里，把油条放在桌上，笑着说：“你衣服可真多啊，有一星期没洗了吧？”

我点了点头：“正好一星期。”

我们一起吃完早饭，然后我带妹妹去了海边，我顺着沙滩向前走，妹妹像雀跃的小鸟一样在前面跑着，而后突然跑到我身边，拉着我的手，说：“哥哥，这是你第一次陪我来海边吧！”

“嗯！”我点了点头，望着涌上来的海水，“三年来，第一次。”

我跟妹妹沿着沙滩走了一上午，她脱了鞋，让我帮她拿着，自己跑进海里捡贝壳，望着她一串一串的脚印，我笑了笑，对她喊道：“小心点。”

“知道了，哥。”从远处传来她轻柔的声音。

从小就是这样，妹妹一点儿都没变，还是那么喜欢玩儿，干事还是那样不经大脑，唯一不同的是，她留了长头发，身材也发育成了少女。

她把捡来的贝壳给我看，我笑她傻，如果喜欢的话可以到那边贝壳店去买，她则笑着说，不如自己捡的好。

中午我带她去餐馆吃海鲜，我喝了一大碗海鲜汤，喝得肚子都有些胀了，妹妹喝了两碗，吃了十只大龙虾、八只螃蟹、一整条鱼和一碗面。

我对她的肠胃大为惊叹，她一顿竟然能吃下这么多东西。她用纸巾擦了擦嘴，见我的样子，她耸了耸肩，眨着眼睛说："哥哥，请客当然要多吃一点儿了。"

"那也不用这么夸张吧！"

妹妹没有回答，莞尔一笑，然后叫我去埋单。

下午，我们去了几个公园。公园里的樱花早已落尽，夏日的风轻轻地吹着，到处充满了花香味，公园右边有个小亭子，里头有四个石凳，有四个人在那儿打牌，周围还有两个站着看的，废弃的玩具火车已经翻倒在地，生满了锈。有个小湖，里面游着红色的金鱼，一排排倒垂柳，枝条快要垂到湖里了，在黄色的花丛里有一对情侣在接吻，我便拉妹妹从左边的小道拐进密林里。走累了，我躺在草地上休息了一会儿，妹妹则坐在地上望着空中飞舞的蝴蝶，直至它们飞离她的视线。

很快就天黑了，我和妹妹离开公园，又去海边看了日落，直到最后一抹余晖消失在天边的海面上，我们才转身往回走。

"你饿不饿。吃完晚饭我送你回学校。"

"不用了，我一点儿也不饿，饿了的话晚上我会出来买的，倒是哥哥你自己不饿就行了。"

"我一点儿吃的欲望都没有。"

我开车把妹妹送到学校门口，她临走时抬头望了望我，迟缓地说："谢谢哥哥，你能拿出一天时间来陪我。"

我拍了拍她的肩膀："进去吧！"

她走进校门，又回头看了看，我朝她笑了笑，她回过头，然后消失在人群中。

我刚想走，这时有个人拍了拍我，我回过头一看，原来是江容。

她看着我的脸，指着妹妹消失的地方问："刚才那个？"

"是我妹妹。"我笑了笑回答。

"那个就是你妹妹吗？"她说，"看起来挺不错的。"

"你有空吗？"我问，"出去喝个茶吧？"

学校门口东边有个茶馆，不过，去的大部分不是学生，学生才没这兴致来喝茶，所以我们进去的时候，人并不是很多，还有好些个空位。

我让她坐下，自己也坐下，然后要了两杯龙井茶。

"最近都忙些什么呢？"我问。

"没什么，"她笑笑说，"忙着期末考试呢，可什么还不会呢，总不能大四前留下个破摊子吧？"

我喝了口茶，嘴边滑过一丝微笑。可在瞬间就消失了，这使我想起了自己的大学。

"大学生还是那副样子，一点儿都没变。"我说，"颓废的日子，空虚的生活，日复一日，直至毕业。"

十六

总体来说，大学好像没在我的心中留下什么印象，没有几个朋友，四年下来，同班同学都不认识几个，几乎连有几个女生几个男生都不知道，有一次在路上，遇到一个同班女生跟我说话，谈完之后我还不知道她是谁，直到有一次上英语课，我才发现我们是一个班的。

在学校这四年里，我倒看了不少书，四年下来，积了几百本书，摞起来有我那么高，主要有川端康成、井上靖、夏目漱石、有岛武郎、志贺直哉、岛崎藤村、森鸥外、芥川龙之介，也有莫泊桑、司汤达、加西亚·马尔克斯、乔治·桑、普希金、福楼拜、塔金顿、巴尔扎克、雨果、儒勒·凡尔纳、莎士比亚、大仲马、小仲马、屠格涅夫、埃德加·爱伦·坡、奥斯特罗夫斯基。同学说我整天看小说还不如去交个女朋友，那样生活就充实起来了，我没有理睬他们，到最后就只剩我一个人待在宿舍了，他们都和女朋友去逛街，看电影，每天都深夜十点半才回宿舍。有一次我从窗户见他们分离，将近半个小时两人才松手，各自脉脉含情看对方一眼，然后跑向各自的宿舍。

到大三时，舍友们全搬到学校外边去住，足足有半年，宿舍连个人影都见不到，这时我倒庆幸自己没有女朋友了，虽然有点儿寂寞，可时间没因无聊得不能称之为爱情的“爱情”而浪费掉，从那一刻起，我仿佛瞬间明白了做人的道理，此后细心做学问。其实那时我想象阿Q一样，捡块小石子，在黑暗处扔向那些小情侣，不过想归想，我从来没做过。

打了三次架，喝过二百八十八瓶啤酒，十六瓶白酒，三瓶白葡萄酒，两瓶红葡萄酒，上了二千九百二十个小时的网，穿过衣服若干件，逛过超市有限次，看书几百本，挂科七门，这便是我的大学。

总的来说，我并没有在大学留下什么遗憾，可也没得到多少东西，只有那淡淡的哀愁和莫名的空虚，贯穿整个大学期间。

十七

或许人人都以为我缺少了大学最重要的东西——爱情，可是，没有遇到令自己心动的人，却随便找个人，那就不是爱情，而是玩弄感情。其实我的内心极渴望爱情，但不是少年时代那种冲动的感情，也许交往好长时间都察觉不出那是爱情，只在某一天蓦然回首时才明白一切。这样平平淡淡的爱情，也就是我所向往的吧！就像马尔克斯《霍乱时期的爱情》中说：“我对死亡感到唯一的痛苦，就是没能为爱而死。”

妹妹回学校之后，我一个人寂寞极了，一个大房子里一点儿气息都没有，于是每晚我都跟同事出去，直到深夜才回家，回去便睡，连澡也懒得洗，只迷糊地打开音响，让它的声音驱散我的孤独。

已经仲夏了,无处不在的蝉叫个不停,连汽车的声响都被压下去了。夜里非常热，仿佛整个世界都变成了烤箱。

上班之后，我叫浩陪我去喝酒，可他说有事。我便把车停在酒吧门口，推开那扇沉重的门，里面有四五个空调呼呼吹着，比外边凉爽多了，可这里面混着啤酒味、香水味和臭脚丫子的味道，像产生了化学反应一样，各种味道在屋子里抢占空间。

我找了个靠窗的座位，要了一盘花生米、一盘牛肉和三瓶啤酒。对面坐着一个约三十岁的女人，在那儿大口大口地喝白酒。

“喂！一个人喝闷酒不觉得无聊吗？”对面的女人瞧着我说。

“你不是也一个人吗？”我头也不抬地回了她一句。

“是啊，我觉得很无聊啊！”她眯着眼说，“不如我们两个一起喝吧！”

“无所谓。”我抬头看了她一眼，她化着很浓的妆，像要上台演戏一样，身穿一件薄如纱的浅色连衣裙，脸上带着妩媚的笑。

“你是大学生？”她望着我问。

“不，工作三年了。”

“噢，有女朋友了吗？”

我摇了摇头。

她又喝了一杯白酒，然后望着空杯子说:“我结过三次婚，上个月刚离婚。”

“为什么要结这么多次婚？”我问,“人这一辈子，结一次婚不就够了吗？”

“刚开始还有感觉，可是结了婚后便没感觉了，这三个男人我都曾爱过，可是，没有一个是真正的爱情。”

“人也真奇怪，”我说，“以前妹妹刚住到我那儿时，我觉得她挺烦的,可是她离开之后,我总觉得心里好像少了什么,觉得空虚极了。”

“呵呵！”她笑了笑,“我下个月结第四次婚。”

我瞪大了眼睛望着她，有点不敢相信，“第四次？”

“嗯！”

“这次能长久吗？”

“不知道。”她显得很轻松，“不过估计不会超过一年。”

“我不明白这样有什么意思。”

“自己高兴就行了呗！”

她拿过我的酒杯给我倒满白酒，然后递给我，说:“喝啤酒太没劲了，喝这个吧！”

不远处，音响里传来西城男孩的歌，我渐渐地迷糊了。

第二天一大早，我从酒吧爬起来，身边的女子已经不见了。我便开车去了公司。

十八

接下来的两个月里，我一直忙于工作，到福建出差了一周，上海一周，北京一周，几乎没在家睡过觉。自然，这两个月没见过妹妹一次，江容更不用说，连个电话都没打过，在外面出差每天跑来跑去，白天联系客商，晚上一起协商、喝酒，每次都折腾到下半夜，回旅馆时，连灯都关了。

在我回去的第三天上午，妹妹便给我打来了电话。

“哥，明天我们就放暑假了，帮我把东西拉到你那儿。”

“放学校就行了，过几天就开学了，搬来搬去多麻烦。”

“不嘛！”她强调道，“明天来接我。”

“好的，好的，”我说，“那你回不回家？”

“回家？等到过年的时候吧。”

“妈叫你回去。如果你不回去，给家里打个电话。”

“真啰唆。”

“谁啰唆？”

“行了，行了，”她说，“别忘了明天来接我。”

第二天，我去学校接妹妹时，见学校已没多少人了，她在宿舍楼门口站着，我便把车开了过去。

“你先自己搬着，我打个电话。”我对她说。

我拨通了江容宿舍的电话，接电话的是一个声音甜美的女孩子。

“江容走了吗？”我问。

“走了三四天了，好像是跟她一个老乡一起走的，我们宿舍就剩下我一个人了，可真无聊啊！你是谁？要不她来的时候我告诉她，要不，我告诉你她家电话号码吧！你等着，我找找看啊！”那边传来翻东西的声音，可又瞬间没了，接着话筒里又传来一阵翻东西的声音，我料想她这样找下去会找上一个世纪，便挂了电话。

我转过身，见妹妹的东西还没搬完，便上前帮了她一把，可见车里已经塞满了，我哭笑不得地说：“你这是搬家啊！难不成要把所有东西都搬到我那儿。”

妹妹笑了笑，没有回答，用手背擦了擦脸上的汗。

我把东西扔在家里，然后带妹妹去吃意大利面。

“哥，这两个月哪儿去了？怎么连个人影也没有啊。”

“忙。”我简单地回答了一句。

“是不是去找女朋友了？从实招来。”她伸手指着我问。

我拍开她的手，回答说：“瞎说。”

“暑假在这儿没事，我想找份工作干，你说，我干什么工作好呢？”

“除了促销，你还能干得了什么。”

“促销也行啊！你帮我找份促销工作吧！”

“懒的——“我吃完面条，将筷子放在上面，“要找你自己找，我才不帮你。”

“好，你不帮我自己找。”妹妹鼓着腮气呼呼地说。

自从出差回来后，我愈觉得无聊了，几乎每天都去酒吧打发时间，眼见自己这样一日日堕落下去，可是又无能为力，每次都是妹妹把我从酒吧带回家。

那一次去喝酒，又遇到了之前遇见的那个女子，她仍旧坐在窗边独自喝酒，手中的杯子似乎又加了一个型号，我怀着似乎是同情的心走过去坐下，她抬头望了一眼，发觉是我，便笑了笑，给我也倒了一杯，这次喝的是白兰地。

“刚结婚一个月就来酒吧喝酒？”我笑着问。

“难道不行吗？”她瞪了我一眼，“况且也没有结。”

“没有结？”

“是的，没有结成，上个月的婚礼也取消了。”

“为什么？”

“因为他爱上了别的女人。”她喝了口白兰地，淡淡地说。

“这么说，女人的妒忌心还是挺强的。”

“当然，”她说，“妒忌心最强的便是女人，她可以容许他爱上别人，但绝不能容许他对别人的爱超过对自己的。”

“你的意思是——他爱那个人超过了你。”我小心翼翼地问。

“说白了，就是这个意思。”

“你怎么知道？我是说，你怎么知道他爱那个人超过你？”

“感觉呗！女人的感觉向来都是很准的。”

“真的？比男人的都准。”我笑着问。

“当然。”

我们两人都哈哈大笑，然后拿起酒杯，这杯白兰地，确实相当不错。

十九

第二天醒来时，我已经躺在自己的床上，人醒了，可是头还隐隐作痛。我穿上拖鞋，迷糊地洗刷了一番，然后坐在沙发上，呆望着窗外：已经升得老高的太阳透过玻璃，洒下阳光，公路上又堵车了，看样子又是繁忙的一天，蝉在四周叫个不停，可是一只都见不到，看来今天又是个热天。

这时我看见桌子上有张纸条，拿起来一看，是妹妹惯用的小字，上面写着：哥哥，早饭做好了，在电冰箱里，以后少喝点儿酒，看你昨晚喝的，回来吐了三次，希望你注意身体。看完我笑了笑，把它又放回原处。

我倒了杯水漱了漱口，从冰箱里拿出早饭：一份三明治和一杯牛奶。我边吃边努力回想昨晚是怎么回来的，可吃完饭还没有想起来，大概这段记忆不属于我或者干脆没有。于是，我从柜子里找出一件单裤和一件红色的T恤穿上，直到过了高峰期才开车去了公司。

到公司门口时，我见对面的手机店里有个熟悉的身影，便把汽车停在停车处，向那边走去。

“先生，你好——”妹妹见是我，后面的话全成了无声的。

“纪美，你怎么……”我真不知道该怎么说她好了。

“你不帮我找，我就自己找了。”她低着头回答。

“那你也不用到我公司门口吧？”

“我怎么知道。”她看起来理直气壮，见我气呼呼的样子，她反而笑了起来，“先生，您如果想买手机的话请往这边来，不想买的话，请别妨碍我们做生意。”

“我想跟你谈谈。”我拉起她的手便往外走。

她使劲挣脱开，说：“先生，这是上班时间，不能随便跟人聊天，更不能随意走开。”

“好，那中午吧！”我改口说，“在右边那个饭店见。”

中午我们在饭店吃了午餐。

“昨晚是你把我弄回家的？”我问。

"除了我还会有谁啊！"妹妹伸了伸腰，抱怨说，"可真累啊！站了一上午。"

我低下头，默默喝着茶。

"哥，你快找一个女朋友吧！"妹妹用很认真的口吻说。

"为什么？"我问。

"你找个女朋友，我就不会这么累了，每天把你从酒吧拉回家，你不知道你喝醉了是什么样。"这时我脸红了，她继续说，"这些其实都不算什么，可你不能这样颓废地生活，找个女朋友，你或许有心思干别的，不再这样懒惰，也可以体验一下照顾别人的感受。"

我摇了摇头，问："怎么找啊？"

"我怎么知道，这是你自己的事情。"

"好，这方面的事就不劳你为我操心了。"说着我从口袋里拿出一张卡，递到她面前，"谢谢你这么多天对我的照顾，为了表示谢意，这是我公司发的去韩国免费十日游的卡，送你，你去吧！"

"为什么让我去啊？"她那眼神纯真得像个不懂事的姑娘，如果一个陌生人第一眼见到她，我保证那人会误认为妹妹是标准的淑女。

"理由很简单。我不想去。"

"可我的这份工作？"她说。

"放心，"我拍了拍她的手说，"我替你去说说。"

"那谢谢哥哥了。"

"祝你玩得开心。"

妹妹笑了，她的笑很好看，用刚刚盛开的鲜花来形容她的笑那是最恰当不过的了。

妹妹走后，又剩我一个人了，我不再去酒吧，自从那次跟妹妹谈话后，我宁愿在家里看电视、看书、研究地图，看看哪条道连着哪个公园，哪儿有河流，哪儿有大海，甚至有时去逛超市，冰箱里塞满了苹果、香蕉、菠萝、橙子、大枣等。往往昨天的还没吃完，今天的又塞满了。季节倒没有变化，天气依然热，因为是夏季，所以树木也就格外茂盛，好像一年所有的力量都在这时爆发了。

一天傍晚，妈妈竟然给我打来电话，这是令我惊奇的事，她一打电话绝对有事情，于是我便先不开口，让妈妈先说。

“你妹妹最近怎么样？”她问道。

“她很好，生活得很愉快。”我想决不至于这么简单，便悬着心等待着她再问话。

“有女朋友了吗？你打算什么时候结婚啊！”妈妈开始切入正题。

早知道就是这样，我便迷糊地说：“快了快了，明年吧！”

“你说了多少个明年了，前年问你，你说明年，去年问你，你说明年，今年问你，怎么还说明年，到底明年是什么时候啊？”

“妈，”我面露难色地说，“我不想把它当作是一种责任，难道你要我把它当作一种责任来看待？那样肯定是不行的。”

“你别跟我强调理由。”妈妈打断我的话说。

之后我硬磨了一会儿，妈妈才挂了电话，这时我擦了擦满身的汗，从冰箱里拿出一瓶可乐，一边喝一边回到自己的房间，我倒在床上，透过窗子望着外面的月亮，想象明天该是什么样子，可是我实在想不出。不过我从不奢望明天会是个好日子，会出现浪漫的爱情，以及各种有趣的事，我把可乐喝完，空瓶放在桌子上，想着想着，睡意便来了。

二十

就在妹妹回来的前一天晚上，我得知浩出了车祸，已经送到医院急救了。我慌忙赶到医院，匆匆忙忙跑进去，可进病房之后我却一声不响了，周围站了一圈人，其中有浩的舅舅——我的老板，我向他们打了个招呼，然后看着床上的浩，他浑身包着白纱布，头上只露着眼、鼻、嘴，看起来可怜极了，浩动了动手，用微弱的声音叫他们出去，然后叫我留下了。

我坐在床边，握着他的手，他虽称不上是我的知己，可也算是最好的朋友，就这样看着他，我感到痛苦极了，泪水忍不住流了下来。

“许辉，谢谢你来看我最后一面。”他用微弱的声音说。

“不要这样说。”我握着他的手说，“不要这样说。你会没事的，你会好起来的。”

“纪美呢？她在哪儿？我想见她，见她最后一面。”

“她去韩国旅游了，明天才能回来。”我哭着说，“明天，她一下飞机，我就叫她来看你。”

“这样啊！”他用极痛苦的表情笑了笑，“可是……恐怕……我恐怕真的见不到她了。”

说完这些，他便永远不再说话了，他的手从我的手中滑落到床上，我望着他，内心一团乱麻，一个人，就这样逝去了。我擦了擦眼角的泪，望向窗外的星星，一闪一闪的，很明亮。我站起身，走出病房，这时外面的那些人进去，我听见里面传来哭泣的声音。

二十一

妹妹回来的时候，我已经在机场等了她六个小时，可以说那天晚上我压根儿就没回家，顺着海边一直向前走，不知道走了多少路。我只听到汹涌澎湃的海水声和夜间树上蝉的叫声。直到太阳东升的时候，我发现自己已经快走到机场了。

妹妹是最后一个从机场出来的人，她见了我向我挥手，很高兴的样子，身上穿了件黄色的裙子，我以前没见过，大概是在韩国买的吧。

我帮她提着行李，妹妹兴致勃勃地对我说：“哥，我好高兴，你不知道，在汉城时，我在公园里看一个男子向一个女孩求婚，那对白简直美极了，连我都感动了，如果是我的话，我会毫不犹豫地答应他的。”

“还有一个地方，那个地方简直和我们小时候住的地方一模一样。野花绽放着，在一望无际的田野里，蝴蝶在翩翩起舞，蜜蜂飞来飞去，微风吹过，碧绿的水稻苗像波浪一样向远处滚动，那种感觉美极了，我竟错以为是在故乡，还产生了种种幻想，我看到小时候，哥哥和我在那儿玩耍，一起抓蝴蝶，一起放风筝，一起奔跑。”她天真地说。

我没有说话，只是朝她苦涩地笑了笑，她也笑了笑，然后继续说：“我现在做的远比我所做过的一切都美好，我将获得的休息，远比我所知道的一切都甜蜜——在一家超市时，一个穿着时髦的男孩子竟然当众对我这样表示爱意。天哪，虽然我觉得《双城记》中卡顿的这段独白并不太适合这种场合，可是我还是兴奋极了，我曾幻想得到的浪漫爱情没想到会出现在韩国，噢！至今回想起来我还感到很幸福。”

妹妹的话说完了，可还陶醉在刚才的情景中。

我叫了辆车，把行李放在后面，让妹妹上车。

“你的车呢？”妹妹不解地问。

“在家里。”

“在家里？”妹妹对此感到不理解，“那你怎么来的？”

“打的。”我说。

“噢！”妹妹说，“回去我给你做泡菜吃吧！我在韩国刚学会的。”

“我的同事浩，他昨天出车祸去世了。”我低着头低沉地说。

“这样啊，怪不得你今天不高兴呢！”妹妹喃喃自语。

“关键是，他最后一个愿望都没实现，这样带着遗憾离开，是多么令人惋惜啊！”我默默地说，“他最后一个愿望就是见你一面。”

“你因此才感到内疚吗？”妹妹重复道，“你是因为我才对他感到内疚吗？”

“不，”我强调地安慰说，“妹妹，不是因为你，这一切都与你无关。”

“如果是因为我才令你感到内疚的话，那我觉得自己对不起哥哥。”

“不是你的关系。”我握起她放在腿上的手，认真地说。

“可是因为我，才使哥哥与这件事产生了某种意义上的联系，使哥哥因为我而感到自责，那样的话，我不能够原谅自己。”

“不能这么说，这不是任何人的错，已经是既定的事实，再去计较这些又有什么用呢？况且——”我抬头看了看，已经到家门口了，便说，“到家了。”

上了楼，我和妹妹都坐在沙发上一言不发，我从桌子上拿起妹妹从韩国带回的韩文报纸，仅凭我懂的韩语几乎连一句话都看不全，不过，大体意思还是明白的，我向来不关注政治，所以把报纸放下，轻轻地叹了口气，把双手交叉放在脑后。

对于这十天来发生的变化，宛若经历了一个世纪一样沧桑，时间在这一刻变得鲜明起来，我突然觉得自己充满了危机感和恐惧感，又恢复到以前坐在海边默默观望海滩的状态，心中感到异常伤悲。

妹妹从包里拿出一个包装精美的盒子交给我，我看了一眼，问：“什么东西？”

“我在韩国给你买的T恤，”说着她打开盒子，从里面拿出T恤比在眼前看了看，“好不好看！”

“好看，”我无力地回答，“中午在哪儿吃饭？出去吃吗？”

“不用了，我做吧！”说着妹妹去厨房看了看，其实厨房一点儿菜也没有了，一般情况我要么去饭店，要么就近买个盒饭，随便填饱肚子。马上妹妹就出来了，她说：“我去超市买些菜吧！”

妹妹出门后，我也随手关上门出去了。我随便在街道上走着，十字路口的红灯像感冒了一样，反应像蜗牛一样缓慢，绿灯都亮过好几次，它才慢慢熄灭。我摸了摸口袋，里面还装着那包一周前的香烟，我把它扔进垃圾箱，继续向前走着。

“许辉。”我听到有个声音叫我，便朝四周看了看，原来是江容，她拉着个行李箱，在人行道上走着，于是我便走了过去。

“你不是回家了吗？怎么这么快就回来了？”

“在家没事可干，所以就提前来了，”她擦掉脸上的汗说，“这次坐轮船来的，速度可真慢。”

“先找个地方休息吧！”我帮她提着箱子，找了一家茶馆。

“你家在这附近吗？”

“是的。”我指着外面街道说，“顺着这条街向前走，到十字路口右拐就到了。”

“噢，很近啊！”她笑着说。

这时茶上来，我一边喝茶一边看着外面喧嚣的街道。

“我……”她说，“在假期这段时间，我可以住在……住在你家吗？”

“什么？”显然这话太出乎我的意料，我用疑惑的眼光看着她，喃喃地说，“我跟我妹妹住在一起的。”

“那又怎么样？”她不在乎地说。

“我曾对妹妹许诺，不会把女朋友带回家，况且，你也不是我女朋友。”

“你很意你的妹妹，很在意你在她心目中的形象，是吗？”

“也许。”我说，“而且我不习惯两个人睡在一起。”

她淡淡一笑，起身说：“那好吧！我去租个房子住一段时间吧！”

“要不，”我顿了顿，说，“我跟我妹妹商量一下。”

“不必了。”她提着箱子走出门口，又回过头说，“谢谢你的茶，找到房子后我会给你打电话的。”

“好的，拜拜。”

我目送她远去，看了看表，已经十二点多了，便慌忙跑回了家。

二十二

其实我说不习惯两个人睡在一起是有原因的，因为第一次也是仅有的一次跟女孩子睡觉时，给我留下了很不好的印象。那个女孩子性格怪异，眼睛老盯着天花板，而且眼神焦虑，她有喜好咬人的怪癖，不是像吃东西的那咬，而是像狮豹追到小动物那般，这使我觉得尴尬极了，以后哪怕是跟同事浩挤一张床，我都觉得不自在。

那是在两年前，妹妹刚来到这个城市的时候，那个夏季，雨水一连下了好些天，连下水道都灌满了水，公路两旁好些树木都因为多日下雨而且有风变得倾斜了，楼房的表面都像干衣服上不小心弄了墨迹一样。路上车辆很少，只有公交车没有停止运行，草倒因为这雨而青翠了许多。不过据报道，当时韩国已经下了半月的雨，爆发了洪水，河面的石桥被冲垮了，连家里水面都有二三十厘米，人就像在小河里一样，屋子里的冰箱、洗衣机、电视机、衣柜，全都浮在水面上，有的顺着水流漂到大街上，而人们则在后面追赶。正巧那段时间公司没什么要紧事，所以我每天待在家里，妹妹几乎有两周没来我的住处，我懒得去买菜做饭，家里储备的方便面、饼干、面包都让我统统吃光了，连冰箱都空了。

幸好，在一个傍晚雨终于停了，我便关了电视，想出去吃顿好饭，改善一下生活，近一个星期几乎没吃过菜，身体好像有些瘦了，连精神也颓败了。

下过雨后，虽然是盛夏，也不是很热了，宛若秋天般使觉得清爽，周围寂静无声，大概人们早已进入梦乡了，要不刚雨过天晴，街道上不聚满人才怪。今天的月光，比路旁的路灯要明亮多了，夜色朦胧中，可以听到很多声音：近处树上轻快悠扬的蝉声，远处海水拍打海岸的声音。我心情舒畅，用轻快的脚步向前走着。

我穿过一排倒垂柳，木桥底下的水已经退了不少，能看清河底的黄泥和碎树叶了，微风徐徐，倒垂柳都轻柔地飘起了枝条，但河面却没有一丝涟漪，晴空少云，四周宁静安谧。

我从木桥上走过，立刻传来木板咯吱的声音，我小心翼翼地走过去，俯下身子捡起一块小石子扔进河里，河面激起一圈涟漪，波纹一圈一圈向四周散开。

海岸上有一只废弃的小船，船舱都破了洞，胶都脱落了，里面有些泥水，一只小鱼在里面静静地休息，我用手指一碰水面，小鱼便飞快游动起来，我用了很大的劲儿才把它捧在手中，它在我的手心里翻腾，于是我走到海边，把手放在海水里，它便轻快地游向大海了。我站起来用T恤擦了擦手，继续向前走着，这时的我，竟然一点儿饿意都没了。

我顺着台阶拾级而上，发现有个女孩坐在木制台阶上，眼睛瞧着远处的大海，一动不动，她穿着件白棉布裙，上身是蓝色的T恤，跟海水一个颜色，我本想越过去继续向前走，可她回过头用焦虑的眼神看了我一眼，这就使我停住了脚步，我看到她的脸上有泪迹，便怀着同情的心走过去问："你为什么半夜坐在这儿？发生了什么事吗？我看你脸上有哭过的痕迹，你可以告诉我发生了什么事吗？或许我可以帮助你。"

她惊讶地看着我，没有回答我的问题，而是呜咽起来。

我一时不知所措。本来想站起来走开，可转眼一想一个人在遇到什么意外或不幸时没人安慰，那是多么难过啊，我不能不闻不问。

于是我继续追问下去："为什么要哭呢？如果遭遇了不幸那肯定有解决的办法，人活着是无聊，有时候我经常坐在海岸上想一个问题，可是到日落都想不清楚，其实生活本来就是那样子的嘛，每天早上起床，吃饭，然后工作，再吃午饭，再工作，再吃晚饭，最后睡觉，一天之中，除了这些还有些什么呢？小的时候盼望长大，可长大了又希望变成小孩，就像是渴望一样东西，没得到时再不好的东西也是心目中最好的，可是得到后便觉得它再平凡不过了。你想想是不是？你把心中的事情告诉我一些，有人分担痛苦，自己心中的痛苦也就减少了，对不对？"

我注视着她颤动的脖颈，她的脖子白极了，令人觉得她浑身都是那样白，她的头发被风吹乱了，她用洁白的手把吹乱的头发弄到耳朵后，可她仍旧一句话不说，她停止了哭泣，用一双大而有神的眼睛看着我，我被看得羞怯，慌忙站了起来。我断定她是个哑巴，因为从她的眼神中我看出她极想说些什么，可又一句话也没说。

我没有再蹲下，就那样站着问：“你是不是不想说？”

她点了点头，从台阶上站了起来，站的时候她的头碰到了我的肩膀，她便羞涩地向后退了一步。

这时候我突然又觉得饿了，便上前说道：“我要去吃饭了。”

不过我看她的眼神，好像也想去，于是我又问：“你是不是饿了？要一起去吗？”

她又点了点头，跟着我一起向前走，不过她离我一米左右。既不向前，又不向后，我加快了脚步，她也加快，当我回头看她时，她便也停下，可是还是保持着那个距离。

我带她走进一家还没有关门的饭店，我问她吃什么，她也不回答。于是我便要了两碗拉面，一份牛肉和一份干炸里脊。

等我坐下好久了，她才慢慢地在我对面坐下，我要的东西上来了，我把一碗先推到她面前，她低下头默默吃着，不时抬头看看我，我朝她一笑，她便又低下头大口大口吃着，当我吃完一半的时候，我抬头发现她已经吃完了，并用眼神盯着我碗里的面。于是我又给她点了一份，等我吃完时，她也刚好吃完那一碗。

我付完钱，拉开门走了出去，这时她也跟了出来，我回过头对她说：“好了，我要回家了，你家在哪儿？快点儿回去吧！”

告别了她，已是凌晨一点多了。我觉得有些睡意，便加快了脚步，一路上的超市虽然还开着门，可早已经没有顾客了，广场的霓虹灯还一闪一闪的，像海水拍打海岸那样周而复始。

当我还有一个路口便到家的时候，我发现那个女孩竟然还跟在我的后边，她看到我回头，便在原地茫然地站着，我走到她面前，问道：“你为什么还跟着我？难道你没有家？”

她的眼光回答了一切。是的，她没有家，天哪，怎么会没有家呢？

那太不可思议了吧。如果我不管她，就意味着让她露宿街头，这下子我明白她为什么一个人在海岸上哭了，在一个举目无亲的城市里，或许还没有认识的人，她该怎样独自生存呢?

我左右为难，这时候去找旅馆肯定不行了，难道让她住我家里?是的，这两个星期妹妹没有来，可是这似乎有些不妥，再说，我那也不是久住之地。妹妹的房子虽然空着，可她还是要回来的，难道要为了她让妹妹住在学校别回来? 那妹妹肯定不同意,所以这肯定行不通。不过现在已经深夜一点半了，我也有些困了，不如让她在妹妹的床上睡一晚吧，就一晚，明天再另想办法，于是我便大胆地跟她说："如果不介意，今晚就住在我那儿吧！不，你别误会，我是让你住我妹妹的房间，她这几天没有回来，如果你不嫌弃的话就先住那儿吧！"

她又惊讶又感动地点了点头，表明愿意住在那儿。

我把她带回家，打开妹妹的房门，对她说："你今晚就睡这儿吧！浴室在出门左拐的第一间，洗手间在出门左拐的第二间，好了，你好好休息吧，我不打扰你了。"

我回到自己的房间，衣服也没有脱便躺在床上呼呼睡了。隐约地我听到浴室里传出水声，接下来我听到隐隐约约的哭泣声，我没去管它，用被子蒙住头，可过了半个小时那哭声还没有停，反而愈来愈大，我心想她再哭下去，不仅是我，连整栋楼的人都不用睡觉了，于是我穿上拖鞋走了出去，我见她坐在沙发上，穿着妹妹的睡衣，刚洗过的头发有几缕拂在脸颊上，是那么妩媚动人，身材婀娜，可眼睛却因为哭泣有些红肿。

我走过去，问她为什么哭，她看了看我，仍旧哭，我不知道怎么办才好，坐在那儿望着她，可她保持那个姿势又哭了半个小时。我没想到一个女孩子的眼中会储存这么多泪水,如果我不管她任其哭下去，我的沙发第二天肯定会像被雨淋了一样。

我想为她做些什么，便上前握了握她的手，足足有一分钟，我无奈地说："那边有纸巾，哭够了回去睡觉。"

等我回到房间后，哭声瞬间停止了，本来我还想思索一下她为什么要哭，可是实在太困了，不久我便沉睡了过去。

第二天，我被闹钟弄醒，睁开眼，感觉很是疲惫。可望了望已经初升的太阳，我还是挣扎着爬了起来。可是我吓了一跳，因为我的旁边躺着那个女孩。我揉了揉双眼，怎么回事？这难道是妹妹的房间，可一看桌子上叔本华的书仍躺在那儿，墙上是一幅碧绿色的森林图案，是我的房间啊！可我想不起发生了什么事，我来不及多想，马上穿上衣服，穿衣服的时候发现胸前有牙齿的痕迹。

我回过头，这时她醒了，我慌忙站起来，心想逃跑还是解释，她看了我一眼，我忙转过头，望着窗外明亮的阳光。

"我，我……"我回过头，尴尬地解释道。

她仍用焦虑的目光看着我，脸上透着一丝绯红，"我知道，你不用解释了，昨晚上完厕所后我走错了房间。"

"你会说话？"我大吃一惊。

"我什么时候说过我不会说话？"她反问说。

"那么你昨晚——"我说，"我问你的时候你为什么不说话？"

"困为我不想说。"她默默地低下头，"不过谢谢你。"

"谢谢？谢我什么？"

"总之，是要谢谢的。"她反复强调道。

我看了看表，已经到上班时间了，便对她说："我要去上班了，冰箱里有吃的，抽屉里还有些零钱，你出去买点儿东西也行，等我晚上回来再说吧！"

这一天我上班上得也不安宁，于是下午我提前回了家，可是进门以后，她已经不在了，冰箱里少了一些饮料和水果。抽屉也开着，但只少了两百块钱，妹妹的睡衣被洗过了，在外面晒着，我到妹妹的房间看了看，跟原来一模一样，好像没有丝毫动过的痕迹。我见妹妹的桌子上有张纸条，上面写着简短的几句话，说她是四川人，自己是被表哥骗来的，很幸运遇到了我，上面还写明她拿了两瓶可乐、三个橘子、四个苹果、两百块钱。钱作为回去的路费，水果、饮料用在路上充饥。

二十三

我之所以想起这件事，是因为那天江容约我时穿了一件天蓝色的T恤，白棉布裙子，跟我见到的那个女孩的装束一样，我一下子便呆住了，竟以为回到了从前，可是我还不知道她的名字呢！我惊慌地想，该怎样跟她开口说话，可刚抬头发现眼前站着的是江容，而不是那个女孩，刚才的一切全是幻想。

江容看出了我的惊恐，关心地问："你脸色不太好，这是怎么了？"

"没什么，没什么。"我慌忙掩饰性地回答。

她没再问我什么，我们便慢慢向前走去，路下边是个斜坡，种的全是松树，再往前便是海滩了，她用手推开挡路的枝条，小心翼翼地走下去，我也跟了过去，地面长着很厚的青草，有些滑，我险些摔倒，我追上了她，跟她一起在柔软的沙滩上走着。

"我们交往吧！"我走着，对她说道。

"交往？"她停住脚步看着我，"难道我们以前不是在交往吗？"

"当然，那不能称之为交往，"我强调说，"从现在开始，我们正式交往好吗？"

她看了看我，迟疑了一会儿，说："好吧！"

于是我们又向前走，海水涌上来，被海水淹过的沙滩像被雨淋过一样。

自从浩去世后，我连个聊天的伙伴都没了，每天除了工作，就是约江容出去，可江容毕竟还上着学，所以大部分时间，我都自己整天围着海岸走，几乎走遍了各个角落。

我参加宴会的次数也多了起来，现在闲着也是无聊，便经常去打发时间，喝得醉倒在哪儿也不知道。一次宴会，我因为心情不好而只喝了一点儿，别人心情不好时爱喝酒，可我正好相反，心情不好连酒也不愿意喝，给江容打了几个电话她也不回，我感觉烦躁极了，便提前退了席，走到门口，恰巧遇到一个同事，他平时很少跟人联系，整天一有空就抱着书看。此刻，他却过来跟我搭讪，我跟他聊了几句，可一聊起来便没那么好停止了，他提议去茶馆坐一坐，我也同意，便一同走进路边的茶馆里。

“为什么犯愁呢？感情吗？女人嘛！只要拼命地进攻，就准会说是的。”

“这是谁说的？”今天我的头脑很清醒，便兴趣索然地问他。

“森村诚一《小虫的土葬》看过吗？”

“《小虫的土葬》？没看过，倒是一个挺有趣的名字！”

“里面说的是一个四十岁的男人掉在一个洞穴里，他回忆自己的青春，当然还有现状，他觉得自己处境跟小虫没什么两样。”

他想了了继续说：“说说他的回忆吧！他在一个大学的兴趣小组里认识了一个女孩大江则子，我想应该是这个名字吧，对了我还没说主人公叫什么呢！他大概叫上松，是的，上松，上松大学毕业后靠则子到了她父亲的公司，有许多媒人给则子做媒，而她看也不去看，上松把这事解释为则子与自己之间早已心意相通，其实两人并没有什么山盟海誓，可他认为彼此已心心相印，则子一定会等他的，可他这种想法完全颠倒了他后来的命运，他的一个同事川崎趁机接近则子，而他傻乎乎地认为自己和则子培养起来的好感和默契是不可能那样轻易垮掉的，刚才那句话便是川崎经上松同意后决定追则子而对上松说的话。”

我听得津津有味，他喝了口茶，继续讲下去，“曾经则子越过川崎的肩膀向上松投过悲哀的目光，那时上松若大胆地去决定，或许可以改变那个结果。然而他默然无声，最后川崎跟则子结了婚，而上松，则跟轻浮花哨的昌枝结了婚，自此之后，川崎，张开了翅膀，自由翱翔，而上松却每况愈下，他曾流下悔恨的泪水，那又有什么用呢？最后还不是不堪忍受妻子、上司、工作，命运像小虫那样被埋藏了，这样的男人真傻，是不是？他竟会相信等待的爱情，竟会相信女人，女人是最受不住甜言蜜语和死缠烂打的，难道不是吗？”

我笑了笑，拿着杯子说：“一个人老生活在回忆中，那种滋味恐怕不好受。”

“是啊！对现实不满意，而去回想对人生的艰辛及惨败的滋味一无所知的少年时代，那样简直是自我欺骗的愚笨方法。”

是的，这确实是一种愚笨的方法，可是我似乎也在使用它，而且不止一次，对于江容，有时候我真不知道她在想什么，我给她打电话她也不接，约她出去她也不说什么，对感情这种模棱两可的态度，真是让我备受煎熬，每次心中都为她的不在乎而感到气愤，可又担心得不得了，每次不接电话我都会想她在干什么，是在开会呢，还是在外面，或者出了什么事，有时我压不住怒火竟想跑到她面前训她一顿，问她为什么不接电话。可是焦躁不安之后，我还是会原谅她，这跟上松有什么区别呢？被别人夺走了恋人，妻子最后也背叛了自己，难道我也要落得这个下场，以别人为中心，等到自己四十岁时还这样徒劳地挣扎吗？我不敢想下去了。

二十四

小时候，总是对未来有憧憬；而中年时，既有对未来的憧憬，也有对过去的回忆，但更多的是现实；而到老年，恐怕就只剩对过去的回忆了。

中秋节那天，我坐在餐馆里等待江容的到来，我想今晚应该跟妹妹在一起的，等我回家的时候一定给妹妹道歉。

秋天的风已经有些寒气了，远处的海面上笼罩着雾气，路上也都是雾，隐约可以看到树叶已经开始颓败的树枝。

“先生，你觉得我怎么样？”一个眉目清秀的漂亮女子，坐在我的对面看着我问。

“什么觉得怎么样？”

“你是在等人吗？”她微笑着问。

“是的。”我回答。

“是在等我吗？”

我摇了摇头，“等我的女朋友。”

“女朋友？你喜欢她吗？”

“当然。”

“那你喜欢她哪一点？”

我一时想不起，便缄口不言，转头望着外面随风而动的青草。我回过头，这时对面的座位还空着，原来刚才的一幕全是幻觉，可我细想自己究竟喜欢江容哪一点呢？我说不清楚。

这时门被推开了，江容走到我的对面，脱了外套放在旁边，坐下后，笑着对我说：“真不好意思，我迟到了一刻钟，路上有点儿事，耽搁了。”

我望了她一眼，淡淡地说：“没关系。反正我已经习惯了。”

“你等好久了吗？”她似乎有点儿歉意。

“也没多久，”我说着，拿过菜单递给她，“这是我点的菜，你看看有什么喜欢的没点，再叫就行了。”

“不必了。”她把菜单放在桌子上，轻轻地说。

“你今天约我出来有什么要紧的事吗？”我直截了当地问她。

“是有点儿事。”她从桌子上倒了一杯茶喝了，然后说，“我找了一份工作。不过是外资企业，有可能要去总部工作，总部设在日本。”

“既然已经决定的事情，何必再来问我。”我打断她的话。

“还没有决定，所以才来问你啊，你说我去好呢，还是不去好呢？”

“这是你自己的事，该由你自己决定。”我抬眼看着她那化着淡妆的脸，在灯光的照射下，左右形成反差，右边的脸笼罩在阴影下，像幽黑的山谷一样。我又说：“要不无论你以后工作多么出色，生活多么美满，总会留有遗憾，我可不愿意做这让你将来为此抱憾终生的人。”

“那你是同意我去了。”她用喜悦的眼神看着我说。

“我是让你自己决定。”我又强调了一遍，继而我又说，“这个世界正在发生变化嘛！”

“那么，我们两个人之间——“她小心翼翼地问。

“看缘分吧！”我用痛苦的表情无奈地说。

这时菜上来了，我拿起筷子，慌忙说道：“先吃饭吧！”

吃饭之际，我和她没再谈论过多的话，我只用忧郁的眼神望着后面墙壁上的钟表，看着秒针一下一下地跳动，这时我的心里隐隐作痛。其实，我的伪装并不高明，口头上虽然勉强应付着，外表并无任何异常，可在我心里早已经汹涌澎湃，再一开口，那苦涩的声音便出卖了我，这顿饭我吃得一点儿胃口都没有，我不断地给她搛菜，她也看看我，叮嘱我多吃，我点点头，用筷子翻弄着碗里的米饭，却丝毫不见少，我感觉到自己的眼睛湿润了，蒙眬了，我猛地吸了一口气，斜着身子望着窗外漆黑一片的夜，希望从中找到一点儿安慰。

饭罢，已经八点了，她提议我们在海边散散步，我已经什么都没心情了，便对她说：“今天是中秋节，你们宿舍的人大概都在等着你呢！”

“没关系的。”她不在乎地挥了挥手，“她们早不知道哪儿玩去了，今天宿舍里连个人影都没有。”

“可是——”我用干涩的声音说，“妹妹还在家等我回去呢！”

“你妹妹？”

“是的。”我侧过身，竭力控制自己别流下泪水来。

“噢，是这样子啊！”她轻柔地说，眼睛望着涌动的大海。

“我送你回学校吧！”我说完拉开车门，她迟疑了一下，说了声“好吧”便上了车，我以最快的速度把她送到了学校。她下车的时候，吻了吻我，说了声“明天见”便走进了校园。

在路的拐弯处，她又回过头朝我挥了挥手，我也朝她笑了笑，幸亏她没看见我的眼泪。这时我如释重负，趴在方向盘上呜咽着，大约过了半个小时，我才擦了擦红肿的眼，朝家的方向开去。

进了门，见桌子上摆着些菜，一瓶红葡萄酒，厨房里传来动静，这时妹妹从厨房里端着菜出来，她笑着说：“哥，你才回来啊！等你等的菜都凉了，这不，我刚热好，你站着干吗，坐啊！”

妹妹在家里这样等着我，而我竟傻傻地去赴什么约会，而且把心情弄得如此糟糕。想来我也真傻，于是我缓慢地坐下，抱歉地对妹妹说：“对不起，明知你在家等我，而我却回来得这么晚，哥哥对不起你。”

“哥，你这是怎么了？”她把菜放在桌上，凑近我看了看我红肿的眼睛，“哥，你怎么哭了？”

“没什么事，快坐下吃饭吧！”我握着妹妹的手，让她坐在我的身旁。

“真的没什么事吗？”她不大相信地问道。

“真的没事。”我摸摸她的头，微笑着说：“我能有什么事呢？”

“那好，我们吃饭吧！”妹妹说罢，给我倒了满杯红葡萄酒，自己也倒了一杯，“哥哥今晚就别喝那些伤胃的酒了。”

“好，好，听你的。”

“妹妹，”我想起了什么似的，问她，“你和那个端木什么的，现在还来往吗？”

“早没来往了。”她皱着眉头说，“他缠了我几个月，看我对他冷淡淡的，便转头去追别的女孩子去了。”

我笑着说：“你跟哥哥我一样，都不受别人欢迎啊！”

“才不是呢！”她反驳说，“追我的男孩子一大堆呢，只不过没自己喜欢的罢了。”

“那还不是一样。不过，有时候女孩子的冷淡是挺令人害怕的。”

“怎么害怕？”她问。

“害怕她不理自己，不喜欢自己。”

妹妹笑了笑，搛了块肉放在我的碗里，说：“女孩子的冷淡是有道理的，在恋爱的时候女孩子当然要靠冷淡来使自己的男朋友多关心一下自己啊！恋爱的时候不冷淡到结婚之后想冷淡也起不到作用了。”

“我一点儿也搞不明白女孩子的心。”我耸了耸肩，无奈地说。

“所以哥哥找女朋友才这样难啊，不会讨女孩子的欢心。可是哥哥这样的人，其实也是挺好的，至少里外如一，不像现在那些会说甜言蜜语而行为做事又是一套的男孩子。”

“是吗？你也太高估你哥了，我又不是圣人，自己的生活起居都料理不好，你说我里外如一是因为我懒得花心思去讨女孩子欢心，喜欢就是喜欢，不喜欢就是不喜欢，将来是两个人过日子，又不是两个人聊天搞浪漫，所以我向来不计较话的多少而是讲求话的质量，说了只要能起到相应的作用就行了。”

“其实，我是喜欢哥哥这种人的。”妹妹一本正经地说。

我笑了笑，打趣对妹妹说：“那你找男朋友可难啊！”

“难就难呗！可是，我就喜欢。”妹妹赌气似的笑了。

我仔细看了看妹妹，好像是看个陌生人一样，从她的头发一直到脚底，我发现自己有整整十五年没有这样看过妹妹了。十一岁的时候还对我这个淘气的妹妹有所觉察，每天看她脏兮兮的手和脸，可曾几时，她竟换了一副模样。平时只觉得她是我妹妹，可细看起来，确实有些陌生，光滑洁净的皮肤，一双炯炯有神的眼睛，美丽的睫毛，一排小且整齐的白得透明的牙齿，原来妹妹竟是如此漂亮，我以前竟从未发觉过，其实，对于熟悉的人，往往就忽略了他们的容貌，只以声音、行为方式来判别，这是习以为常的事。

我许久地沉默不言，只是望着窗外对面那块广告牌，对于它，我早已经形成习惯了，每当寂寞时候，我都会不自觉把目光转向那儿。

其实，最后跟自己结婚的人并不总是恋爱中的人，也就是说双方结合不是因为真爱，所以我也就不去想江容了，跟妹妹爽快地喝起来。

“愿妹妹早日找到如意郎君。”我拿起酒杯，举在半空说。

“我也祝哥哥早日找到心仪的女朋友。干杯。”

喝完酒，我们两个都哈哈大笑，笑声在深夜里传到远处。

二十五

第二天，我当什么事也没有发生，照旧约江容去咖啡店喝咖啡，一切都将变成过去，我们仍在那木制台阶上坐着，观望大海。

我握着她的手，问她：“你明白什么叫‘真爱’吗？”

她摇了摇头，看样子她不想回答。

“真爱就是在两个人变得又老又丑时，依然深爱着对方，从彼此的眼中看到整个世界、过去、未来，并且从不后悔自己所做的决定。”

她唐突地站起来，手从我身边拿开，顺着台阶下去，到海滩上去了。

我望着她的身影默默发呆，微风吹动着她的薄衬衣和裙子，我感觉好像一切都在离我远去。

后来，下了一场秋雨，树叶开始飘落，天气由暖转冷，外面街道上的行人也少了。

华灯初上，我一个人在冷清的街道上缓慢地行走，超市已经远没有一个月前那样火爆了，停车场的车也少了很多，四周的楼房家家开着灯，远处的电视塔看得一清二楚。

我裹了裹衣服，街道上有些刚飘落的枯叶，我走向车站，买了张去大连的车票。

去大连的前一天，我到学校找了趟江容，她出来说了简短的几句话，然后说自己很忙便回去了，我望着她离去的身影，默默地回到住处，找了几件厚一点儿的衣服，给妹妹留了张字条，便出了门。

在大连待了两天，我便坐飞机去了丽江，又在丽江待了五天，当再次回来时，正巧遇上第三场秋雨。天气也变冷了许多，风大了，树叶在空中凌乱地飞舞着，我迎着风，推开了家中的门。

“去大连玩得可好？”我刚进门，妹妹便迎上来问。

“我只在大连待了两天，然后在丽江待了五天，那个城市还算不错吧！”

我把行李放在沙发旁，“不过那儿有点冷。”

“噢！一周就把中国从北到南逛遍了，你可真是个旅游狂。”

“我出去不是旅游，”我默默地说，“是散心，而不是旅游。”

“反正都一样。”妹妹这样说着，“洗澡水已经备好了，你出去这么多天，一定很累吧！快洗个澡早点儿睡觉吧！”

“你啊你！”我拧了拧她的鼻子，她灵巧地躲开了。

她嘿嘿笑着，我拖着疲惫的身体朝浴室走去。

二十六

尧尔耶特：我的上帝！看他多凶啊！他的那双眼睛，直盯着人看。吓坏我了，简直要吓死我了，我从来没有见过一个人有这么难看的脸色。

阿南：我对你说过的，是那位先生把他惹火的。

尧尔耶特：可是他见了什么鬼了，那样蛮不讲理，要我们把女当家的在家里看守起来？他为什么要把她藏得严严的，不许外人接近呢？

阿南：因为这事会让他吃醋。

尧尔耶特：可是他是从哪儿来的这种怪想法啊？

阿南：是从……是从他吃醋上得来的。

尧尔耶特：对。可是为什么吃醋？为什么动怒？

阿南：因为吃醋……尧尔耶特，你要听明白了，是这么一回事……就是……让人不放心……把房子四周的人赶走。我给你打个比方，你就明白了。你端着一碗汤，来了一个饿鬼，要喝掉你那碗汤，你不止生气，还要揍他，你说，对不对？

尧尔耶特：对，这话我懂。

阿南：吃醋完全跟这一样，女人其实就是男人的汤。一个男的如果看见别人有时候也想尝尝他的汤呀，马上就会大发雷霆。

尧尔耶特：对，可是为什么有人就不是这样子啊？我就看见有些男的，他们看见太太和漂亮的先生在一起，反而显得高兴。

阿南：那是因为有人闹恋爱，并不这么贪，只肯一个人独吞。

尧尔耶特：我要是没看错人的话，是他又回来啦！

阿南：你看对啦，是他。

尧尔耶特：看他那副样儿啊。

阿南：那是因为他心里难过啊。

心里好难受啊！这大概便是男人面对这种情况时的感觉，没法子压住自己的怒火，再也压不住了，只能发脾气，只能让怒火燃烧起来。

我坐在观众席上，对台上的戏剧表演并不感兴趣，看这无聊的演出，我还不如在家里看剧本呢。可是最近江容不知道怎么了，竟拉我来看这种戏剧演出，把莫里哀先生的剧本改得乱七八糟，可能是江容签的那家公司要求职员必须看完莎士比亚和莫里哀的全部戏剧。这家公司也真怪，这跟工作有什么关系呢，我用可怜的目光看着江容，而她正津津有味地望着台上，我恨不得离开这儿，太难受了，我几乎快要窒息了。

“怎么不演《罗密欧与朱丽叶》？”我无趣地问道。

“下个礼拜是莎士比亚的戏，这个星期全是莫里哀的。”她头也不回地回答。

“人家一辈子创作的剧本这样一星期就完结，岂不是对艺术的糟蹋？”

“你懂什么叫艺术吗？”她飞来这句话。

“不懂。”我也不便强求说好，随便支吾着，“莫里哀的戏剧语言很随意，观众还受得了，莎士比亚那样既压韵又像诗的语言，平时听起来恐怕觉得很别扭吧？”

“怎么会呢？”她回过头对我说，“这才是艺术，听了使人无不觉得舒服、轻快，无不崇拜，无不欣赏。你是不懂的，如果你也明白的话，你就可以做大戏剧家了，可是我看这不可能，命中注定你再怎么努力也难改那副颓废的样子。”

她像开玩笑那样说的，可我却是认真听的，我的骨子里有种自尊像要摆脱屈辱似的，激发了我那偏激的性格，我站起来气愤地说：“也许，我一辈子不会有所作为，可是至少，我有我自己的主见，我过属于自己的生活，你们瞧不起我，那没关系，我完全不在乎。”说完后，我气愤地走出了剧院，她本想用手拉住我，可我甩开了她的手。

走出去之后，我回头看了看，江容没有追出来，这时我竟流下了泪水，我耸了耸肩，擦去不争气的眼泪，穿过马路，走进小区的一个公园里。

公园里已经满是红叶了，小道被清理得干干净净，一点儿杂草也没有，顺着小道向前走，是一排排高大的杉树，杉树底下长满了野草，都已经枯萎，在风中一晃一晃的。我离开公园时，恰好天起雾了，蒙蒙的雨雾，把我身后的路都隐没了。

我回家时，江容给我打来了电话，向我道歉。

“今天下午我对你说的话是太过分了吧？其实我本来是开个玩笑的……对不起，真的很对不起。”她在话筒中的声音有些低沉。

“你没有什么对不起我的。”我说。

“可是……”

“没什么的，”我说，“其实下午我的口气也不太好，大概是心里有些混乱吧！”

“那，你不会生我的气吧？”她小心翼翼地问道。

“不会，怎么会呢！”我笑着说。

“那么，明天……”

“我继续陪你去看莫里哀的戏剧。”我忙说。

“真的很谢谢你，肯陪我看这些无聊的戏剧，也难为你了，不如明天看完戏剧后晚上一起吃个饭，然后去看电影好不好？据说明天电影院放映《爱有天意》，是一部唯美主义电影，很不错的。”

“那好吧！”我答应着。

挂了电话，我无力地躺在床上，心中涌出多种情绪，到底是为她在乎我而感到高兴，还是为下午她说的话而感到苦恼，这实在说不清。

二十七

我和江容坐在观众席上，四周人并不多，大部分是搞文学艺术的，或者是老太婆老头儿，局外人恐怕就只有我们两个，不过里面这种氛围实在怪异，有的甚至因为观点不同而吵了起来，可是等换角色，这些争吵立刻停止，过了一会儿，再争吵起来，这样周而复始。

今天出演的角色是主人公阿尔诺耳弗，扮演者迈着严肃的步子走上舞台，神情痛苦，言辞激烈地说：

我在他面前受够了活罪！痛苦到了极点，还要闷在心里！什么？一个天真无知的女孩子，心眼儿会这样灵活。贼丫头，她对我装出一副傻样子来，不然呀，就是魔鬼帮她想出了这条诡计。反正这封恶毒的信要了我的命就是了。我看坏小子已经抓住她的心，把我顶掉，在里头待下来了。我又是伤心，又是苦恼万分，人家偷了她的心，我受双重罪：爱情和名声都受到打击。我气的是，我的位子让人夺了去；我气的是，我的安排无济于事。我晓得，她不守规矩，应当受到惩罚，我只要由她自作自受，断送一生，我也就报了仇。可是丢掉心上人，并不好受。天呀！我是经过多次考虑才挑上她的，怎么还会这样迷恋她的美貌，她没有父母，没有亲友，没有钱财；她辜负我的关切、我的恩爱、我的情意；可是她干下对不起我的勾当，我还是爱她，爱到难分难解的地步。傻瓜，你羞也不羞？啊！我恨死了，我气死了，简直想打自己一千记耳光。我想进去看看，也就是看看她干下这样黑心事，拿什么脸见人。天啊！免了我这顶绿帽子戴吧，万一注定了我非戴不可，至少也把某些人有的刚强之气给我，应付应付这些意外变故吧。

他的话结束了，接下来是阵阵鼓掌，江容也拍得有劲儿，我呆呆地望着她笑的样子，心想：自己不是也是这个样子吗？明明受到了伤害，受到了不公平的待遇，可还是爱她，一再容忍她的过错，几乎把她所有一切都当成了理所当然的喜欢，当遇到同样的问题时，自己宁肯离开，也不愿去批评她，可是无论走到什么地方都坐立不安，心里千头万绪，七上八下。

阿尔诺耳弗：你知道不知道我不喜欢？

阿涅丝：我？简直不晓得，这对你有什么不好？

阿尔诺耳弗：也真是的，我就该欢天喜地才对。这么说来，你不爱我啦？

阿涅丝：你？

阿尔诺耳弗：对。

阿涅丝：哎呀！不爱。

阿尔诺耳弗：怎么，你不爱！

阿涅丝：难道你要我撒谎不成？

阿尔诺耳弗：不要脸的小姐，你为什么不爱我？

阿涅丝：我的上帝，你不应该怪罪我：你为什么不像他一样招人爱啊？我想，我没有拦着你吧？

阿尔诺耳弗：我使足了力气，可是我心血完全都白费了。

阿涅丝：说实话，在这上头他比你在行，因为他不要费什么事，就招人爱。

要是没有看这一出戏的话，我记忆中的东西不会被激出，那似乎是一段快要忘掉的记忆，在我的心底最深处，可是一旦被翻出，就再也忘不掉了，而且愈来愈显明，好似也在台上被公演开来。

那是我高中时喜欢的一个女孩子，不过我担保那时候我已经有理智来控制自己的感情，我没有给她写过一封情书，没有约过一次会，没有牵过一次手，没有接吻过一次，只有几次简短的对话，第一次我问她的年龄和爱好，第二次是谈论将来的理想，第三次便是如同以上的这段对白，几乎相同的话语，激起我心上的涟漪，可是对于这件往事，我不想多谈，所以那一幕还像雪一样晶莹剔透地记在我心里。

二十八

看完戏剧后，我跟江容去吃饭，也可能是刚看完戏剧，觉得肚子并不饿，所以光顾着喝茶，只吃了很少的一点儿菜。

随着秋天的结束，空气变得寒冷了些，显得很凝重，几个月前，路旁碧绿的树木，如今像进了暮年一样颓废，在风中，那几片仅有的树叶，也慢慢飘落了。

“在这个时候有种被遗弃的感觉。”我喝着茶，淡淡地说。

“是吗？”

“好像以前联系的人在这时候一下子音信全无了，树叶落了，花儿谢了，人也该干什么就干什么去了，难道不是那种感觉吗？”

“这是必须的。”

我点点头，说：“毕竟走的路不同，怎么走也走不到一块儿的。”

“不愉快的事很快就会被淡忘的。”

“可是——”我追问她，“万一忘不掉，那么，应该怎么办呢？”

“反正都已经物是人非了，再去想它又有什么用呢？”

“是啊！一切都物是人非了，再去想又有什么用呢！”我说着拿起手中的杯子把玩着。

吃完饭后，我们一起去了电影院，电影院的人如拥挤的野草一样多，跟剧院里截然不同。

灯光暗下来，一个女解说员上台解说电影的剧情和特点，然后电影正式开演。

电影一开始，我前座一个男孩子跟一个女孩子便窃窃私语，两人有说有笑，好像男孩在给女孩讲笑话，这大概是一对高中生，而后边两个人，不用说便是大学生，电影没开演时两人便抱在一起，直到结束散场时，两人还抱在一起接吻。

电影放映了有足足两个小时，或许更长一些。

电影倒挺好看，里面的音乐也恰到好处，结尾没用平日韩剧的悲情，而是用了圆满浪漫的接吻瞬间来结束，是最好不过的了。

散场之后，我说俊河悲惨，江容则说是珠熙，我也不和她争辩，其实无论是早逝的俊河也罢，孤独终老的珠熙也罢，都是一样令人同情的。

在这两星期里，我几乎天天陪江容去剧院，不过，实话说来，这两个星期对我以后生活态度的改变起了重要作用，两个星期以来，好像观看了一个个人的生活，由此，使我找到了自我的感觉。

平安夜的那天，是我和江容最后一次一起吃饭，那一天，我还特意准备了一束花送她。

“明天圣诞节，跟同学一起出去玩玩，然后回家过年。”

“过后不再回来了吗？”我问。

她点了点头，“应该吧！回来也没事了，我想多回去陪陪父母。”

“噢！这样子啊！”我的声音似乎有些颤抖了。

对此，我有点儿忧伤。我脸色苍白，无可奈何，有些筋疲力尽了。其实我也不希望这样周旋下去了，可是心中又不免产生一丝失望，我茫然若失，不知道干什么好了。

“我坐二十六号上午的火车。”

“买票了吗？”

“嗯。”她点了点头，拘谨地看着我，这时我觉得她的眼神美极了，真希望这一刻就这样瞬间停住。

“那么，到时候我去送你吧？”我摸着她放在桌上的手，关切地说。

“不必了吧！那是最早的一班车，你那时候不上班吗？”

“工作无所谓的，我尽量去。”

“那好吧！”她说着低下了头。

“有时候，”我望了窗外一会儿，这会儿外面已经很热闹了，前几天下的雪还没有完全融化，“我觉得自己好像是多余的，我已经好久没有喜欢过一个女孩子了，唯一的一个是在高中，而且只说过几次话，那时候我做了些什么我都不记得了，可是一定是彻彻底底地幼稚，爱而不敢说出口，直到人家有了男朋友，我还那样只知道傻傻地望着她，那时候，能看见她我就觉得自己很幸福了，从来没想到要进一步发展，就在我大二回家过年的时候，收到了她的结婚请柬，你明白吗？跟她结婚的不是我，而是一个我不认识的男人。那一刻我的梦好像碎了，自己的心坠进了深渊，拿着那封请柬去看自己喜欢的人跟别人结婚，你知道有多么痛苦吗？除此之外，还能抱怨什么呢！在她结婚时，她笑说还不知道怎么回事便披上了婚纱，看到她跟丈夫笑着接吻时，我恨不得说：‘我还不知道怎么回事呢，你就结了婚，为什么会这样呢？’其实有一句话是我一直想对她说的，可是到现在都没有说出来，你笑我懦弱，是不是？可我就是太懦弱了。”

她看着我，双手握着我的手说：“其实，你一点儿都不懦弱，真的。”

“我能给你的别人都可以给你，那我还能给你什么呢？我给你的只有恨了，让这淡淡的恨，留在你心中，永远抹不去！这便是我一直想说的话，现在我说给你听，不过别误会，我不是说我恨你，其实我宁愿你恨我。”我说着，眼睛变红了。

“那，她现在怎么样了，”她问，“生活的幸福吗？”

“不知道，”我擦了擦眼睛，“不过，我想应该很幸福吧！已经有两年没见她了，两年前见她时，她已经有个两岁的孩子了，男孩，她对我笑着说像他的父亲，之后，我向她告别，在黑暗的街道上走时，不知道怎地，我的眼泪簌簌地滚落下来。”

“是因为有点儿后悔，才哭的吧？”她给我递过来一块纸巾。

我接过纸巾，擦干了眼泪，哽咽地说：“是有些后悔，但更多的是不习惯，面对婚后的她，我感到特别难受。”

“这也正是你不找女朋友的原因？”

“忘不了她，即使她结了婚。”我摸了摸脸，“可是都没用了，不要谈这样的话题了，我们谈些别的吧！”

“好的，那谈什么呢？”她问。

“谈将来吧！”我略一想说。

“一想到将来我便感到害怕。”她说。

“我也一样，”我说，“大概是因为对将来没有打算，感到一片空白，所产生的心理不平衡吧！”

“或许。”她用手捋了捋头发，笑了笑表示赞同。

二十九

当我告别江容，走在回家的路上时，天上飘起了雪花，路灯在雪花中若隐若现，地面立刻结了一层薄冰，可马上就被雪花所覆盖了。干燥的寒风渐渐大起来，无论是什么地方，都由暗淡的茶褐色变成了白色。

海面上，却若隐若现地冒着白色水蒸气。像热水沸腾了一样，使人如陷梦中。

我回到家中时，妹妹早睡了，我没有打扰她，洗了个热水澡，打开组合音响，但声音开得很小，这时候传出来的是韩语歌曲《我就这样心痛》。

我躺在床上想着江容，可一闭上眼睛全是高中女同学的影子。那个曾经刺痛我心的人。

夜已经很静了，从窗户能看到外面飘舞的雪花。

次日清晨，昨夜的狂风还一直吹个不停，从窗口瞧下去，大街上的人行道，雪已经被清扫了，还铺上了沙子，远处，有一两辆扫雪车在那儿劳作，看来昨晚的雪下得不小，我离开窗口走进大厅，妹妹恰好刚洗刷完进来。

“哥，昨晚什么时候回来的？”妹妹凝望着我问。

“大约十一点吧！”

“噢，并不算晚啊，可能是我睡太早了吧！”妹妹回卧室穿上外套，回来对我说，“对了，哥哥，你什么时候回家啊？”

“我们公司一月七号放假，大概八号吧！”

“那好，你给我也买张票吧！我们一起回去。”妹妹说着拿起皮包，拉开门，准备往外走。

我问：“你这是要去哪儿啊？”

“我们班组织出去玩儿。”妹妹做了个鬼脸，“本来不想去，可没办法，不过我会早些回来的。”

“好了，快走吧！要不让人家久等，那样多失礼啊！”

“好的，拜拜，哥哥。”她笑了笑，带上门便出去了。

我自己下楼去买点饭，吃过饭，刷完盘子，便又上床躺了一会儿。

一觉醒来，指针指向十一点。屋里仍然静得没有一丝声音。

我从冰箱里拿出一瓶啤酒，倒在一个小杯子里，喝了一口，有些凉，便又把它放回冰箱。这时我觉得身上有些冷，发现原来是空调坏了，便给维修公司打了个电话，顺便订了份午餐让人送来。

外面的天又开始下雪了，我打开电视机，看无聊的广告。

二十分钟后，维修工人和送饭的一起来了，我对他说：“那边，要不先吃点儿饭吧！”

“不用了。”他回答，便拿出工具去修空调了。

我付了钱，打发走送饭的，然后把饭菜摆在桌子上自己吃起来，有鸡肉、牛肉、草莓酱、生鱼片和海带。

半个小时之后，空调修好了，我说了声“谢谢”。

“不客气。”那人穿上大衣，戴上手套便出去了。

我打开空调，屋子里的温度骤然升到了二十八摄氏度。

天刚黑，妹妹推开门挤了进来，头发蓬松着，身穿淡红色圆领衬衣和白纱裙，她捋了捋头发，抱怨地说：“天哪，可真是一场糟糕的雨夹雪，怎么会下得这么猛烈。”

坐下之前，她用手抖了抖裙摆。我递过一块纸巾，她擦了擦丢在桌旁，望着她这副样子我倒凭生一种侧隐之心。

“是啊！好几年都没遇上这样的雪了。”我坦然地说。

我看了看外面，可以清楚地听到雪夹杂着雨的声音。

“记得小时候，一下雨打雷打闪我就往妈妈怀里钻，那时我可胆小了，每逢下雨，无论是冷是热，我都穿着睡衣，跑过走廊，钻进妈妈的被窝。”她像在回忆似的说着，神情悠然。

听了这句话，不知道怎么回事，我觉得特别温馨。

“今天玩得可高兴？”

“高兴个头。”妹妹用毛巾擦着湿漉漉的头发，满脸不高兴的样子，“这样的天出去玩儿，你说能玩得好吗？下着雪，风又大，走路都要谨慎，而且还寒风刺骨。照我的个性，这样冷的天就哪儿也不应该去，坐在火炉旁专心地看书就行了，还玩什么玩，简直是自作自受。”

我看着她的样子，忍不住笑起来，便添上一句：“那是因为你懒，所以才哪儿也不想去。”

“也就你才那样说。”妹妹反驳道，“女孩子的皮肤多重要啊！冻坏了怎么办。”

“好，既然这样，以后你就哪儿也别去了，安心待在家里，等着以后嫁人吧！”

“哥！”妹妹朝我大喊大叫道，我便立即缄口不言了。

二十六号早上，我起得很早，可却坐在沙发上一动不动。

妹妹问我今天怎么没上去上班，我木然地回答，请假了。

“为什么？”妹妹追问道。

“没什么，死丫头忙你的去吧！”

“到底为什么啊？”她又重复了一遍。

“让我安静一下，好吗？”我瞪着她说。

“好吧。”她用怀疑的眼光看着我，走开了。

我又在沙发上坐了一会儿，喝了杯咖啡。喝完咖啡时，表的指针指向七点四十分，还有二十分钟，江容就要上火车了。

我还是按捺不住自己的心，拿起车钥匙，开车去了火车站。到火车站时，发现火车站人很多，我匆忙地在拥挤的人群中找寻江容的影子。这时，我发现她穿着件显眼的黄色衣服站在我的对面，呆呆地望着我，那眼神流露出的是焦灼。

“江容！”我叫着她的名字，走过去，我感觉自己的声音好像是从地里传出来的。

“来得可真准时。”她看了看表说。

这时候还有八分钟发车，我是用了最快的速度赶过来的，几乎都有些喘不过气来了。

“我说过我会来的嘛！”我淡淡一笑。

我明白这时间的宝贵，可是两人一直就这样沉默着，我感到嘴里干得连唾液都没有了，两片嘴唇都快黏到一起了。

“那个……”

“什么？”她问。

“没什么。”我失神地望着她回答说。

“其实，”我又开口说，“有时候金钱并不能代表什么的。”

“这我知道。”她笑笑，“譬如时间。”

一切皆将成为过去，我无论怎样都无济于事。

我闭了闭眼，脑中闪过相识以来一幕幕的场景 。

阴郁的天空又飘下散漫且温馨的雪花，我伸手替她把肩膀的雪掸去，双手放在她的肩上。

这时，站台传出还有一分钟发车的鸣示，我望了望站口，一把搂过她，吻了吻她。

分开时，我本来还有千言万语要说，可全卡在喉咙里，到最后只说：“路上小心，多多保重。”

她点了点头，走向了进站口，进去的时候，回头看了我最后一眼。

我在那儿呆站了十分钟，火车已经远去了，我才回过神来，在漫天飞舞的雪花中向自己的车走去。

三十

我的回忆到这儿就快要结束了，可在我回忆往事的这段时间里，这段时间也在慢慢变成过去，成为回忆。

过年时，我和妹妹一起回去，刚回家妈妈便唠叨着："许辉啊！怎么没带女朋友回来啊！什么时候结婚啊！"妹妹刚要替我回答，我便拧了她一把，让她住口。

回家整天陪着叔叔伯伯吃饭喝酒，在外面还可以拒绝，可在长辈面前没法拒绝，只得小心应付，过年下来，我足足重了十斤。

我还见了几个初中同学，但几乎都认不出了，有个以前上课老睡觉的成了养猪专业户，吃胖了很多斤；而一个平时不爱说话的人，竟成了村长，有的依然靠那二亩三分田过日子，有的在打工，一年半载下来，温饱都难自足。

他们甚至谈起一个没来的同学，说他砍了人，判了十五年有期徒刑。还有一个出车祸死了。不过，他们现在都结了婚，有的有了孩子。

真是时过境迁。我感叹道，在短短的几年里，人的命运竟有了如此大的差距。

我还去参加了高中的同学聚会，这些人都大学毕业，甚至研究得更深，跟那些初中同学比起来简直天壤之别。每个人都事业有成，家庭幸福，但也有少数过着艰辛的日子。

过完年回公司后，我再也没见过江容。

我曾给她的宿舍打过电话，她的舍友告诉我她过年之后直接去了那边公司总部。我问她联系方式，她说她也不知道，到了日本后就没联系过。

在此之后，我常开车去海边，一个人走着那条同她一起走过的路。回想以前发生的每一件事，我站在木制台阶上，长久地凝望着大海，一副忧郁的样子。

每逢夜晚，我都会躺在床上静静地回忆，努力回忆起一些事情，然后伴着音乐睡去。我反反复复听的音乐是——《再回到从前》：

如果再回到从前，所有一切重演……

半年前的夏天，我结了婚，当时我二十九岁，妹妹二十六岁，妹妹也订了婚，婚礼将在下个月的一个星期二举行，我的妻子是妹妹的一个同事，比我小一岁，同样在旅行社工作。

我喜欢旅行，而妻子在旅行社工作，这是最好不过的了，不仅省钱又省时间。我们去韩国济州岛度蜜月的行程，就是妻子所在的旅行社包办的。

不过，直到现在我也经常会发呆，坐在沙发上，一坐就是一下午，或者去海边，直至夕阳没了才回家。

我不知道自己幸福不幸福，两个人过日子，我觉得谈不上什么幸福不幸福，勉勉强强过下去就行了。

因为，爱情对我来说，简直是妄想，生活在爱情当中，简直太痛苦了。

我抬头看了看天空，好像快下雨了，我加快了脚步，一边走一边想：去参加妹妹的婚礼该穿什么样的衣服好呢？